무관심 도주

무관심 도루

초판 1쇄 인쇄일 2017년 11월 24일
초판 1쇄 발행일 2017년 11월 30일

지은이 | 기진
펴낸이 | 김기선

편집장 | 김은지
편집부 | 임종성, 박지은, 김지현, 김아름
디자인 | 한주희

펴낸곳 | 와이엠북스(YMBOOKS)
출판등록 | 2012년 7월 17일 (제382-2012-000021호)
주소 | 서울시 도봉구 노해로 379, 802호(창동, 대성빌딩)
전화 | 02)906-7768 / **팩스** | 02)906-7769
E-mail | ymbooks@nate.com

ISBN 979-11-322-4355-7 03810

값 9,000원

무관심 도루

YMBOOKS ROMANCE STORY

기진 장편소설

차 례

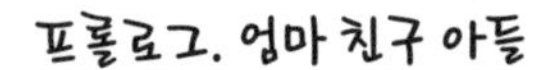

프롤로그. 엄마 친구 아들

그 녀석, 신재준에 대한 첫 번째 기억은 여섯 살의 아주 춥던 겨울날. 엄마 친구네가 마을버스 한 정거장 거리로 이사를 왔다고 해서, 아버지가 출장 갔다 돌아오시면서 사온 과자가 잔뜩 담긴 봉투를 들고 그 집 문을 두드리던 날이었다.

지금 생각해보면, 그 집 아저씨 사업이 잘 안 돼서 외가로 들어와서 살게 된 거라 재준의 집에는 불행한 일이었다.

그래도 그때는 여섯 살짜리들이니 아무것도 몰랐고, 유영은 그저 마당이 있는 재준의 집이 부러울 뿐이었다.

“세상에. 우리 유영이랑 동갑인데 재준이가 훨씬 오빠 같네.”

제 엄마 손에 끌려 나온 녀석은 그때부터 또래보다 키가 컸다. 그때 이후로도 유영은 그 녀석보다 커본 적이 없었다. 남자애고, 평균보다 한참 큰 데다가 유영보다 6개월 일찍 태어났으니 변명거리는 많았지만 그래도 억울할 때가 있었다.

파란색 줄무늬가 있는 티셔츠를 입고 있었던 것 같은데 그건 정확하지 않고, 손에 글러브를 끼우고 있었던 건 분명하다. 무척이나 건강해 보이는, 겨울인데도 까무잡잡하던 그 녀석의 첫 마디도 분명히 기억이 났다.

"너 야구 해?"

여섯 살 인생 처음 들어보는 질문이라 고개를 저었더니 그가 이어서 말했다.

"난 하는데."

"야구가 뭔데?"

유영이 고개를 갸우뚱하며 묻자 재준은 세상에 그런 것도 모르는 애는 처음 봤다는 듯 기막혀하며 그녀의 팔을 덥석 잡아끌고 마루에 앉았다.

"알려줄게."

재준이 앉자마자 마당에 있던 하얀 강아지 밀키가 달려와 그의 무릎에 올라앉았다. 역시 아이들끼리는 금방 친해진다며 어른들끼리 유쾌하게 웃었다.

그날이 태어나서 제일 추웠던 겨울날의 기억이며, 야구에 대한 첫 번째 기억.

그리고 신재준에 대한 첫 번째 기억이었다.

* * *

재준과 동네친구가 된 이후부터 쭉 가까운 곳에 사는 친척처럼 지냈다.

한 번쯤은 그 녀석보다 키가 더 커보고 싶어서 매일매일 우유를 챙겨먹던 유영의 마음을 모르고, 재준은 말 그대로 콩나물처럼 쑥쑥 자랐다. 야구 실력은 그의 키보다도 더 월등하게 성장했고, 그는 고등학교 졸업 직전에 미국으로 떠났다.

국내에서는 위아래로 이삼 년 내에 경쟁할 상대가 없었는데, 마이너리그에서 메이저리그로 올라가는 것만도 3년이 걸렸다. 그러고도 이렇다 할 성적을 내지 못해서, 다음해에 곧바로 마이너리그로 다시 강등되었던 것이 스물네 살.

그 즈음 두 사람은 거의 매일 전화를 했다.

"너는 너무 빨리 어른이 되고, 나는 너무 느리게 어른이 돼."

늦은 새벽, 서울의 유영이 샌프란시스코에 있는 재준에게 말했다. 그러자 늦은 오전, 막 나갈 준비를 하던 재준이 대답했다.

-돈 번다고 다 어른은 아니지.

"그래도. 뭔가 책임감 같은 게 다르잖아."

-그런가.

임용시험을 준비하는 유영에게 재준은 너무나 많이, 어른인 것처럼 보였다. 인터넷에서야 저렇게 마이너리그로 강등될 거면 한국리그에서 뛰는 게 낫다고 얘기하지만 메이저리그 경기를 뛰어봤으니 연금도 보장되고, 이제 겨우 스물네 살인데 벌써 사회생활 5년 차인 셈이다.

-그래도 뭔가 가끔씩 내가 이것저것, 엄청 많이 놓치는 기분이 들긴 해. 학교 다닐 때도 수업은 제대로 들을 수가 없었고, 대학생활도 못 해봤으니까.

"……."

-실컷 술을 마시고 싶기도 하지. 밤새서 놀고 싶기도 하고, 심지어는 공부를 해보고 싶을 때도 있어. 그런데 우선은 야구니까.

"……."

-아, 미안. 내가 투정하는 게 됐네.

재준이 신경 쓰지 말라는 듯이 웃었다. 그러자 유영이 따라 웃으며 말했다.

"갑자기 자괴감이 드네. 너도 놀고 싶을 때가 있는데 참고 야구를 하는 거잖아."

-뭐, 일단 내가 제일 좋아하는 거니까.

"나도 제일 하고 싶은 건 교사니까, 참고 공부할래."

-오. 좋은 자세다.

"근데 지금은 너랑 전화 좀 더 하고."

그녀의 말에 재준이 소리 내어 웃었다. 유영이 다정하게 말을 이었다.

"넌 내 친구지만, 정말 대단한 것 같아."

-갑자기 왜 이래, 민망하게.

"그렇잖아. 난 널 평생 옆에서 봤는데도 네가 야구 외에는 하고 싶은 게 없는 줄 알았어. 네가 투정을 한 적이 없으니까."

-…….

"그러니까. 너 진짜 대단하다."

재준은 민망한지 대답이 없었다.

그 이후에는 종종, 그 무던하고 힘들다는 감각 자체를 못 느끼는 것 같던 녀석이 힘들다는 투정을 부렸다.

유영은 그게 좋았다. 그는 제 부모님에게도 힘들다는 말을 하지 않는 녀석이니까. 저 혼자만 그를 위로해줄 수 있다는 게 좋았다.

그는 힘든데, 자신은 그 사실을 좋아했던 나쁜 마음을 들켜서였을까. 아니면 한국으로 돌아오고 싶다고 말할 때마다 좀 더 버텨보라고 채근했던 게 싫어서였을까.

재준은 메이저리그에서 활약하기 시작한 직후부터 유영에게 연락을 하지 않았다. 아무리 기다려도 연락이 없어서 바쁜가, 생각하다가 재준에게 전화를 걸었을 때. 없는 번호라는 안내를 들었다.

처음에는 뭐 곧 다시 연락이 오겠지, 했다. 그런데 아무리 기다려도 전화가 오지 않았다. 그의 번호를 모르니 연락할 방법이 없어서, 고민하고 또 고민하다가 무슨 일이 있는가 싶어 재준의 어머니 해선에게 물어보니 그녀 역시 무척이나 황당해했다.

-재준이가 번호 바꾼 거 말 안 했니? 하여튼 애가 섬세하질 못하다니까! 내가 번호 알려줄게, 해봐.

해선이 곧바로 재준의 바뀐 번호를 알려주고 전화를 끊었다.

그러나 유영은 그 번호로 먼저 전화를 걸 수가 없었다. 그가 어떤 마음인지를 모르니까, 이유를 모르니까 그저 기다릴 뿐이었다.

그가 메이저리그에서 대단히 좋은 성적을 내고 있다는 기사가 연이어 올라왔지만 여전히, 재준은 그녀에게 연락을 하지 않았다.

그와 연락이 되지 않는다는 사실 하나가 이렇게 서글픈 일인 줄 처음으로 알게 되었다. 심장 일부분이 뜯겨져 나간 듯했다.

유영은 며칠 동안 울고, 또 울었다. 머리가 아프도록 울었다. 어떤 이유를 생각해보아도 결론은 같았다. 그에게는 자신이 필요하지 않다는 결론. 버려진 것이라는 결론. 결국은 그 사실이 가장 아팠다.

스물다섯 살에 시험에 합격해 스물여섯 살에 첫 발령을 받았다. 얼마 뒤 유영은 툭하면 도서관까지 찾아와 그녀를 집에 데려다주던 고등학교 동창, 진현과 연애를 시작했다.

1. 여름에 시작해서 가을에 끝난다

"서연아."

교무실 의자에 앉은 유영이 한숨부터 쉬자 그녀의 반 학생인 서연이 펌이 남아 있는 머리칼을 빙빙 꼬며 다리도 부산하게 떨었다. 본론만 말하려던 유영이 못 참고 서연의 무릎을 붙잡았다.

"다리 그만 떨고."

얼굴에 적혀 있다. '아, 짜증 나'라고.

유영이 말했다.

"선생님이 연애를 하지 말랬어, 아르바이트를 하지 말랬어? 그냥 학교만 좀 매일 와달라고. 그게 그렇게 어려워?"

"이제 안 빠질게요."

"저번에도 그 말 했잖아. 너 오늘도 수학 시간 중간에 들어와서 바로 잤다며? 수학 선생님이 한소리 해달라시더라. 등교 시간도

다 사회적인 약속이야. 이런 기본도 안 지키면서 사회에는 어떻게 나갈 거니?"

"알았다니까요."

서연이 결국 못 참고 짜증을 낸다. 유영이 푹 한숨을 쉬고 말했다.

"그래. 가봐. 선생님이 지켜보고 있다? 응?"

유영 딴엔 농담조로 한 말인데 서연의 짜증만 돋웠는지 인사도 없이 휙 돌아서서 교무실을 나가버렸다.

유영이 푹 한숨을 쉬자 옆자리 또래 수학 교사인 선아가 등을 토닥토닥 두드렸다.

"어쩌겠어, 해마다 반에 꼭 한 명은 저런 애들이 있다니까. 그래도 쟤 정도면 순하지, 뭐."

"쟤만 있는 거 아니야, 선아 쌤. 차지강도 우리 반이잖아."

야구 유망주이던 지강은 얼마 전 부상을 당한 이후 심상치 않은 반항기를 겪고 있었다. 제 또래의 배는 되는 덩치의 녀석이 멋대로 구니까, 유영은 걱정이 이만저만이 아니었다. 그러자 선아가 어깨를 으쓱이며 말했다.

"아, 그 야구부? 뭐 야구부 애들이 사고를 쳐봤자 얼마나 치겠어. 어차피 교실에 오지도 않는데."

선아의 말대로였다. 야구부 그 녀석은 눈에 안 보이니까, 어디 가서 무슨 사고를 치는지 알 수도 없었다.

'내가 못 봤으니까 할 수 없지'라는 마음가짐을 가지다니. 유영은 교사 3년 차에 벌써 스스로가 안일해졌음을 부정할 수 없었다. 서연이도 그랬다. 크게 사고만 안 치고 졸업해버렸으면 했다.

유영이 행정실에 인쇄물을 맡기기 위해 자리에서 일어서자 선아도 맡길 게 있는지 같이 일어났다.

교무실을 나서며 선아가 말했다.

"근데 유영 쌤 요즘 기운이 너무 없다. 올 여름까지만 해도 나랑 동갑인데 왜 혼자 저렇게 체력이 좋나 싶었는데."

"남자친구한테 차여서 그렇다니까."

"이제 한 달은 지났어. 소개팅하라니까? 남자는 남자로 잊는 게 최고지."

"그건 그렇지? 세상에 남자가 그 자식밖에 없는 것도 아닌데."

한 달 전 헤어진 남자친구, 진현과의 이별은 갑작스러웠다. 밥 먹다 말고 갑자기 헤어지자고 해서, 얼떨결에 그러자고 했다.

유영이 중얼거렸다.

"난 있지, 아마 결혼도 얼떨결에 할 거야. 인생이 쭉 그랬거든."

"그건 또 무슨 부정적인 소리래?"

"내가 제일 친한 친구라고 생각했던 녀석이랑도 성인이 돼서 정말 얼떨결에 연락이 끊겼거든. 전화번호를 바꿨는데 나한테만 안 알려줘서."

"으, 걔 누군지 몰라도 진짜 별로다."

"전 남자친구랑도 얼떨결에 헤어졌지. 교사도 있지, 요즘 들어 그런 생각이 들어. 내가 왜 선생님이 되고 싶다고 생각했더라? 그렇게 생각해보니까 진짜 별거 없는 거야. 초등학생 때 담임 선생님이 나한테 그랬어, 넌 친구들에게 친절하니까 선생님을 하면 잘할 것 같다고. 와, 우리 유영이 대단하다, 하면서 초등학생들은 다 받았을 칭찬을 받았는데 그것 때문에 교사가 됐잖아."

"그거면 됐지, 나도 별거 없어. 그냥 어쩌다 보니까 사범대 들어가서……. 사범대 졸업하면 일반 직장 취업이 어렵잖아. 어차피 교사가 될 거라고 생각했으니까 딱히 자격증 준비도 안 했고, 토익 점수도 낮고……. 죽기 살기로 임용 봤지, 뭐."

"……우리가 이렇게 의욕 없이 선생님이 된 걸 애들이 알면 안 돼."

"응. 비밀입니다, 영어 쌤."

두 사람이 두 주먹을 불끈 쥐고 의기투합했다. 그러고는 지쳐서 이런 농담이나 하고 있는 자신들이 허무하고 우스워 힘없이 웃었다.

처음 임용이 된 직후는 이렇지 않았다. 아이들만 봐도 너무 좋아서 눈물이 났다. 그런데 지금은 너무 힘들어서 눈물이 난다.

인쇄물을 맡기고 교무실로 돌아와보니 고등학교 동창인 효진에게서 문자가 와 있었다. 이따가 끝나고 시간 있으면 술 한잔하자는 연락이었다. 안 그래도 오늘 서연에게 전혀 통하지도 않을 잔소리만 한 게 피곤하고 답답해서 술이 고팠다.

* * *

그래도 나름 10월이 끝나간다고, 선선하다 못해 추웠다. 유영은 효진에게 전 남자친구 욕도 좀 하고, 주변에 있는 수많은 남자 중 하나만 좀 소개시켜달라고도 해야겠다고 생각했다.

유영이 다니는 학교에서 지하철을 타고 두 정거장 정도 가면 번화가가 있었다. 효진과 종종 가던 프랜차이즈 술집 2층으로 들어가 먼저 자리를 잡고 앉았다.

창가 자리에 앉았는데 갑자기 비가 내리기 시작했다.

"아, 갑자기 웬 비야."

유영이 투덜거렸다. 시월에 내리는 가을비가 창문에 비친 조명을 문질러 번지게 했다.

학생일 땐 날씨에도, 계절에도 취했는데, 지금은 술을 마셔도 잘 취하지 않는다. 이렇게 메마른 어른이 될 줄이야, 학생 땐 상상도 못했다.

효진에게 올 때 우산이라도 좀 사다달라 하려고 휴대폰을 확인하는데 때마침 그녀에게서 전화가 왔다.

유영이 전화를 받아 때마침 잘됐다는 듯이 말했다.

"효진아, 나 올 때 편의점에서 우산 하나만. 술을 내가 살게."

-유영아…….

"응?"

수화기 너머에서도 빗소리가 들렸다. 그런데 그 빗소리와 섞여 들리는 효진의 목소리에 울음이 섞여 있었다.

유영이 걱정스레 물었다.

"너 울어? 왜 그래, 무슨 일 있어?"

-유영아, 나……. 나 진현이 만나고 있어.

걱정으로 약간 찡그려졌던 유영의 표정이 탁 풀렸다. 그녀가 물었다.

"진현이? 내 전 남자친구 황진현?"

-미안해, 유영아. 정말…….

효진이 흐느끼며 거듭 사과했다. 빗소리, 음악소리, 그리고 효진의 울음소리가 섞여 그녀의 말이 제대로 들리지 않았다.

창가 자리에 앉은 유영은 휴대폰을 들고 아무 말도 못했다. 유영이 한참 후 입을 열었다.

"일단…… 일단 이리 와봐."

-나 건물 앞이거든? 근데 못 들어가겠어. 네가 화내는 게 무서워서…….

"전화로 하면 화 안 낼 것 같아?"

유영의 언성이 높아졌다. 다행히 창문을 두드리는 빗소리 때문에 어수선해서 주변의 시선은 그녀 쪽으로 오지 않았지만, 지금 유영은 어떤 것도 상관이 없었다.

효진이 울며 말했다.

-바람피운 건 아냐. 너희가 헤어지고, 내가 진현이한테 사귀자고 했어. 쭉 좋아했었거든. 미안해, 너한테 미리 말했어야 했는데 무서워서…….

제대로 판단할 기운이 없었다. 손에 힘이 풀려 휴대폰을 테이블 위에 내려놓았다. 머리가 멍했다. 효진이 전화로 무언가 계속 이야기하는 것 같았지만 들을 기분이 아니었다. 그냥 자신이 바보처럼 느껴졌다.

헤어지고 만났다는데, 정말일까. 그거 되게 중요한 문젠데, 왜 이렇게 궁금하지가 않은지 모르겠다.

그저 지쳐서 힘이 쭉 빠졌다.

"서러운 건 난데, 왜 자기가 울어."

유영이 효진에게인지, 하늘에게인지 핀잔하고 의자 등받이에 몸을 기댔다. 차라리 이대로 기절해서 정신이라도 잃었으면 좋겠다는 생각을 했다.

"뭐가 이래, 정말."

그녀가 힘겹게 중얼거렸다.

* * *

샌프란시스코 자이언츠의 구장, AT&T파크에서는 메이저리그의 시즌 마지막 경기가 예정되어 있었다.

마지막 경기 선발투수인 재준은 이어폰을 꽂고 클럽하우스로 향했다. 재준이 선발인 날에는 그에게 아무도 말을 걸지 않는 것이 불문율이었기 때문에, 사방에서 오프 시즌에 할 일에 대한 수다를 떨고 있는 다른 선수들에게 조금도 방해를 받지 않았다.

유니폼으로 갈아입은 그가 나가려는데, 좌익수인 데니스가 재준의 어깨를 툭툭 쳤다.

「신, 어차피 오늘 이기나 지나 순위는 똑같은데 뭐가 그렇게 진지해?」

그 순간 락커룸의 분위기가 싸늘하게 식었다. 멀리에 있던 포수 알레아가 다급하게 걸어왔으나 때는 이미 늦었다.

재준이 데니스의 멱살을 움켜쥐었다.

싸움이 일어날 위기였다. 경기 전에는 재준에게 말을 거는 사람이 있을 리 없다고 생각하며 안심하던 재준의 통역사 릭도 정신없이 달려왔다. 알레아가 주먹을 들어 올리는 데니스를 눈짓으로 말리며 재준이 잡은 멱살을 자기가 대신 잡았다.

「자, 내가 잡고 있을게. 그럼 되지?」

「…….」
「천천히 놓자, 천천히.」
재준은 싸움을 일으킬 생각까지는 없었지만 치민 짜증을 쉽게 삭히지도 못했다. 재준이 살기까지 느껴지는 눈으로 데니스를 바라보자, 데니스가 먼저 진정하고 마지못해 사과의 의미로 두 손을 올려 보였다. 그제야 재준이 천천히 멱살을 잡은 손을 놓았다.
그가 손을 놓은 후에도 잠시 데니스의 멱살을 잡고 있던 알레아가 잠시 후 손을 놓고 낮게 말했다.
「왜 말 걸었어?」
「내가 뭐 틀린 말 했어?」
「틀렸지. 어차피 승패에 상관없으니까 대충 하라니, 그게 프로가 할 말이야?」
멱살 잡힌 것도 억울한데 알레아가 명백하게 미친놈인 재준의 편을 들자 데니스가 씩씩거리며 알레아를 휙 밀치고 자기 락커로 향했다. 젊고 혈기왕성한 데다가 체격도 큰 두 선수를 말리느라 진이 빠진 알레아가 덜덜 떨고 있는 릭의 어깨에 어깨동무를 하고 말했다.
「릭, 가서 너희 에이전시에 말해. 신재준 저 자식 좀 쉬게 하라고. 점점 더 공격적이잖아. 나도 아주 돌겠어, 쟤 때문에.」
「무슨 수로 뭘 어떻게 해?」
「납치를 해서라도 데려가서 쉬게 하라고. 안 그럴 거면 나한테 양육비를 주든지.」
성격 좋기로 유명한 알레아가 드디어 화를 내려 하자 릭이 재빨리 대답했다.

「알았어! 어떻게든 해볼게. 올핸 한국에 좀 보내야겠다.」
「그건 안 되지!」
「왜 안 돼? 쉬게 하라며?」
「안 돌아오면 어떡해? 난 신이 매일 보기 싫은 거지, 영원히 보기 싫은 게 아니라고.」
「에이, 신재준에서 야구 빼면 뭐가 남는다고, 성격도 더러운데.」
「한국에도 프로리그 있으니까 하는 말이지! 재가 한국 가면 연봉도 꽤 받을 거 아냐!」
알레아가 툴툴거린 후 경기를 위해 구장으로 향했다. 릭은 마음 같아선 알레아에게 양육비를 줘서라도 재준을 케어해달라고 하고 싶었지만, 진짜로 그랬다간 알레아의 참을성이 박살날 것이 분명했다.
샌프란시스코 자이언츠의 시즌 마지막 경기, 마지막 선발투수가 마운드에 오르자 팬들이 환호하기 시작했다. 올 시즌 팀의 성적이 그다지 좋지 않았지만 재준은 만족할 만한 성적을 보여줬으므로 그가 선발인 마지막 경기도 구장은 만석이었다.
그는 6이닝을 던졌고, 경기는 샌프란시스코 자이언츠의 승리로 끝났다. 경기가 끝나자 재준은 구장으로 나가 모자를 벗고 관객석을 향해 고개를 숙여 보였다. 올 시즌 낮은 성적에 대한 사과였다.
경기가 끝난 후 재준은 뒤풀이도 생각 없다며 곧장 집으로 가버렸다. 에이전시와 대충 연락을 한 후 릭이 재준의 레지던스에 가보니 그는 거실에 앉아 게임을 하고 있었다.
"재준아. 오프 시즌 때 뭐 할 거야?"
"……."

"아, 게임 하려는 거구나. 그래."

46층에 자리한 재준의 숙소는 멀리 바다가 보여 야경이 기가 막혔다. 릭은 이 숙소가 재준에게 지나치게 과분하다고 생각했다. 어차피 쉬는 날에도 저렇게 거실에 앉아서 게임만 하는 놈에게 뭐 하러 이런 숙소를 줬는지. 그냥 TV로 둘러싸인 방 하나 주면 거기서 먹고 자고 하겠구만.

릭은 재준이 시즌 중에는 할 수가 없어서, 사놓고 뜯지도 못한 게임팩 상자를 들고 ㄱ자로 꺾인 소파에 재준과 멀찍이 떨어져 앉았다. 릭이 게임을 하나씩 꺼내보며 말했다.

"그래, 게임 좋지. 이건 총 쏘는 게임인가? 아, 이건 칼을 쓰는 게임……. 이것도 칼 게임……. 오, 이건 좀 동심을 자극하네! 타임머신…… 을 타고 가서 공룡을 죽이는 구나, 총으로."

재준이 처음 에이전시와 계약했을 땐 그가 저 끝내주게 잘생긴 얼굴과 훤칠한 몸매로 경기가 없을 때 사고를 치고 다니진 않을까 걱정했는데. 이젠 사고를 치거나 말거나 집밖이나 좀 나가줬으면 하는 마음이 간절했다. 야구 실력에 비해 너무 순해서 걱정되던 예전의 신재준이 그리웠다.

에이전시에서 다시 연락이 와 릭이 전화를 받자 직원이 물었다.

-「재준 씨 뭐 할 거래?」

「신재준, 게임팩 한 박스 사놨어요. 저거 다 할 건가 봐요.」

-「어떻게든 좀 쫓아내요. 제발 연애 좀 하라고 해. 말랑해지게. 남자친구든 여자친구든 좀 만들라고.」

「재 게이도 아니에요. 남자 엄청 싫어해. 좋아하면 저럴 수가 없어. 그냥 연애를 안 하는 거라니까.」

-「아니, 그럼 도대체 왜!」

한참 불만을 토로하던 두 사람의 전화가 끝나고, 릭이 소파로 걸어가더니 재준에게 말했다.

"게임 좀 저장해봐. 얘기 좀 해."

"무슨 얘기."

"아, 일단 해봐. 안 그러면 그냥 끈다?"

릭이 게임으로 협박하자 재준이 혀를 차며 게임을 저장했다. 그가 다리를 꼬고 뒤로 기대며 릭을 보았다. 재준은 이제 통역이 전혀 필요 없을 정도로 영어를 유창하게 했지만, 워낙 성격이 더러워 릭이 계속 돌봐주는 중이었다. 사실 돌봐준다기보다 그의 욕설 섞인 말을 순화해서 통역하고 있었다. 그걸 알고 있기 때문에, 재준은 그나마 릭의 말을 잘 들었다.

릭이 한숨을 쉬고 말했다.

"너 이번 오프 시즌에는 좀 쉬어."

"응."

"나 너 문장으로 대답하는 걸 들어본 지 너무 오래됐다. 길게 좀 말해줄래?"

그러자 재준이 한쪽 입꼬리를 올리며 물었다.

"뭐라고 대답해줄까?"

저 재수 없는 비웃음도 웃음이라고, 저렇게 웃으니 정말 더럽게 잘생겼다…….

릭은 좋은 외모에 좋은 성격이 깃들진 않는다는 안타까운 사실을 통감하며 말했다.

"나가서 술도 좀 마시고, 연애도 하고. 아, 너 농구 좋아하지? 골든 스테이트 워리어스 경기 아무거나 말해. 제일 좋은 자리로 끊어 줄게. 하다못해 농구라도 좀 보러 가."

"나 집에 갈 거야."

"그래. 집에 좀 그만 있고. 네 팀 동료들이 고양이도 너보단 활발하겠다잖아."

"소극적인 편은 아닌데."

"기가 센 거랑 활발한 건 다른 문제거든? 밖에 좀 나가."

"그러니까, 집에 간다고."

"그러니까 집…… 어느 집? 한국 집?"

"어."

그러자 릭이 기겁해서 재준의 바위 같은 팔을 붙잡았다.

"안 돼."

"뭐가 안 돼?"

"너 여기 와서 한국 5년 동안 안 갔잖아. 한국 가면 눌러앉을 거지?"

"나 계약 1년 남았잖아. 돌아올 거야."

"그렇게 말하니까 왠지 더 불안해. 너 못 가. 에이전시에 이를 거야."

그의 말에 재준이 약간 인상을 썼다.

"나 지금 인종차별 당하는 건가?"

"이게 인종차별이랑 무슨 상관이야? 애초에 너랑 나랑 인종이 같은데. 너처럼 이동하기 싫어하는 애를 뭘 믿고 한국을 보내? 뭐 하러 가려는 건데?"

"갈 때가 됐잖아."

재준이 무덤덤하게 말했다. 벌써 5년째 한국에 가지 않았다. 슬슬, 한국에 갈 때가 온 것 같았다.

* * *

그날 이후 며칠 동안, 유영은 매일 술을 마셨다. 퇴근하고 나면 술을 마시고, 집에 가면 취한 상태로 그냥 잠이 들었다. 같이 마셔 줄 사람이 없으면 집에 와서 혼자라도 마셨다. 취하지 않으면 잠들 수가 없었다.

퇴근 후, 자취방에 돌아온 유영은 누우면 눈물이 무게를 못 견뎌 쏟아져 내릴 것 같아, 벽과 화장대가 만든 수직 안에 들어가 앉았다.

"한심하다, 박유영."

그녀가 중얼거렸다. 지나친 우울감에 몸이 부서져 바닥으로 쏟아져 내릴 것만 같았다.

유영은 두 사람의 일을 잊으려고 안간힘을 썼다. 밤에는 술과 안주를 먹고, 아침은 숙취로 굶었다. 그나마 중학교 교사라 학교에서 급식은 꼬박꼬박 주니 점심만은 제대로 챙겨먹었다.

일도 생활도 인간관계도 모두 엉망진창이었다.

자리에서 겨우 일어나긴 했지만 씻기는커녕 옷 갈아입을 체력도 없어 그대로 침대에 풀썩 누웠다. 그대로 잠들려다 휴대폰 진동에 눈을 떴다. 유영이 몸을 일으켜 휴대폰을 보니 친구인 은해였다. 전화를 받고 유영이 입을 떼기도 전에 은해의 욕설이 쏟아졌다.

-이효진 진짜 양심이 있어? 어떻게 둘이 그래? 내가 아주 머리

털을 다 뽑아버리든지 뭔가 대책을 마련해야지, 복장 터져서 이대로는 못 살겠다! 잠이 안 와!

올해 12월에 결혼을 하는지라, 예비신랑과 함께 살고 있는 은해가 나름 자기검열을 거친 욕을 퍼부었다. 은해가 대신 화를 내주는 것에 보답하려고 유영이 애써 웃는 소리를 내보였다.

"그러게. 열 받네."

그러자 은해가 버럭버럭 소리를 질렀다.

-야! 웃음이 나오냐, 이 호구야! 나 같으면 뛰어나가서 머리털 다 쥐어뜯어놨다. 호구짓도 적당히 해야지!

그녀의 짜증에 유영이 이번엔 진심으로 웃었다. 물 먹은 솜처럼 무겁던 몸에서 물기를 조금 짜낸 기분이다.

-그래서 그 개새끼랑은?

"연락 안 해봤어. 하기 싫어서."

-연락을 왜 안 해? 전화해서 욕이라도 해!

"욕을 못 하겠어. 할 힘이 안 나."

유영이 중얼거렸다.

"울 것 같은데, 울면 매달린다고 생각할 것 같아서 그것도 싫어. 그냥…… 생각도 하기 싫어."

-하긴…….

"게다가 뭐, 효진이 말로는 바람피운 것도 아니라는데 믿어야지, 달리 방법도 없어."

그녀의 말에 은해는 더 말이 없었다. 그러다 맛있는 거나 먹자며 전화를 끊었다. 조용해지고 나니 다시 우울감이 찾아왔다. 자신이 아무래도 잘못 살아온 것 같다는 생각만 며칠 동안 했다. 남들

보다 특별히 더 착한 사람은 아니었어도, 평범한 정도는 된다고 생각했다. 그런데 그것도 아니었나. 사람들이 이 정도로 계속 나를 떠나간다는 건, 내 문제가 아닐까.

"은해한테 잘해줘야겠다. 은해도 없으면 어떻게 살아."

유영이 우울한 목소리로 중얼거렸다. 너무 조용하니까 더 땅을 파고 들어가는 기분이라, 일단 TV를 틀었다. 그리고 이것저것 돌려 보는데 뉴스 채널에서 익숙한 얼굴이 보였다.

-미 프로야구 샌프란시스코 자이언츠 신재준 선수가 오늘 오후 세 시에 입국했습니다. 신재준 선수는 한국에 석 달 간 머무를 예정으로, 기자회견은 3일 후인 11월 2일 오후 세 시에…….

그 모습을 물끄러미 바라보던 유영이 쓰게 웃었다.

"신재준 한국 왔네."

어릴 땐 제일 친한 친구였는데, 이제는 뉴스로나 볼 수 있는 사이가 되었다. 하긴, 계속 친구였어도 저 정도로 유명해지면 불편할 것 같긴 하다.

유영이 리모컨을 눌러 채널을 돌리고, 무릎을 당겨서 두 팔로 끌어안았다.

재준이 무심하기만 한 녀석이었으면 번호 알려주는 걸 잊어버렸으려니, 하고 먼저 전화를 했을 것이다. 그 녀석이 그렇지, 이렇게 가볍게 생각했을 것이다.

그러나 유영이 여섯 살 때부터 봐온 재준은 무심한 성격과 별개로 주변 사람들의 애정에 민감했다. 야구 생각밖에 안 하면서도 누군가의 생일이 되면 지나가는 말로라도 축하를 전했고, 그의 친할아버지가 돌아가셨을 때에는 귀찮을 정도로 제 아버지 뒤를 따라

다니며 위로 같지도 않은 위로를 하곤 했다.

그런 그였으니, 그가 번호를 알려주지 않은 건 잊어버렸기 때문에 아닐 것이다. 알려줄 필요가 없다고 생각하니까, 알려주지 않은 것이다. 해선도 그걸 알았기 때문에 더더욱 아들의 원인 모를 모진 행동에 화를 냈다.

유영이 휴대폰을 보았다.

그냥, 생각난 김에 한번 전화나 해볼까, 생각이 들었다.

유영이 휴대폰을 들었다. 마지막으로 전화한 게 4년 전이다. 어쩌면 그사이에 또 번호가 바뀌었을지도 모르지만, 해선이 알려주었던 번호는 계속 가지고 있었다.

설마 자신을 기억도 못하는 건 아니겠지, 하는 불안감이 들었다. 아니, 어차피 모르는 번호니까 받지도 않으려나. 그렇게 생각하니 오히려 마음이 편해졌다. 유영이 재준의 번호를 찾아 통화 버튼을 눌렀다.

통화 연결음이 울리는 동안, 혹시나 재준이 전화를 받으면 무슨 말을 할까 생각하려고 했다. 그런데 채 한 번 울리기도 전에 그가 전화를 받았다.

-…….

조용했다. 여보세요, 정도는 말해야 하는 것 아닌가? 유영이 생각하는데 목소리가 들렸다.

-……박유영?

그 순간 유영이 전화를 끊었다.

그녀의 눈이 동그래지고, 심장이 정신없이 뛰기 시작했다.

그냥 이름을 불렀을 뿐인데. 그 목소리가 너무 익숙해서, 울컥

그리움이 쏟아졌다.

전화번호를 어떻게 알고 있는 걸까.

유영은 혹시 그에게서 다시 전화가 올까 봐 아예 휴대폰 전원을 꺼버렸다.

긴장해서 손이 떨렸다.

한참 뒤 휴대폰 전원을 다시 켜보았는데, 전화가 온 흔적은 없었다.

유영이 안도하며 침대에 풀썩 쓰러졌다. 그에 대해서 무감각해졌다고 생각했는데, 전혀 아니었다. 아무 말도 없이 연락을 끊어버린 그에 대한 미움이 다시 되살아날 뿐이었다. 다시는 그에게 연락할 것 같지 않아 휴대폰에서 그의 번호를 지웠다. 이렇게 이름을 불리는 것만으로도 놀랄 거면, 다시는 술기운에라도 그에게 전화하면 안 될 것 같아서.

그녀가 허탈해하며 웃었다.

아무 일도 없었던 것처럼 행동하는 거, 이제 보니 그 자식 특기다.

열여덟 살에도. 그는 그랬었다. 그렇게 아무 일도 없었던 것처럼 반응했다.

* * *

열여덟 살 가을, 유영은 첫사랑을 하고 있었다.

그녀가 친구인 은해에게 물었다.

"고백을 하면 불편해지겠지?"

"안 해도 불편하다며."

"그건 그렇지만……."

유영이 말끝을 흐리며 야구장 앞에서 걸음을 멈췄다.

유영이 다니는 우명 고등학교의 야구부는 명문으로 알려져 있었다. 지금 프로에서 뛰는 서울 출신 선수들 셋 중 하나는 우명고 출신일 정도였으니까. 학교에서는 야구부에 투자를 아끼지 않았고 전교생이 사용하는 운동장과 같은 크기의 야구장이 야구부를 위해 따로 마련되어 있었다.

그리고 그 야구장의 주인공은 말할 것도 없이 신재준이었다. 여학생이고 남학생이고 할 것 없이, 재준이 펜스 근처에 있으면 모두가 한 번씩 그의 얼굴을 확인하고 갔다.

청량함이 느껴지는 재준의 모습에 은해가 혀를 찼다.

"청소년 국가 대표가 저렇게 생기기까지 하다니. 여러모로 국위 선양이네."

그녀의 농담에 유영이 금방 또 까르륵 웃고는 펜스 가까이에 다가가 재준을 불렀다.

"신재준! 오늘은 우리 집 와서 저녁 먹으래!"

그녀의 목소리에 재준만 빼고 모두가 펜스 쪽을 보았다. 그 시선에 화들짝 놀란 유영과 은해가 후다닥 달려 도망쳐버렸다. 재준 근처에 있던 야구부의 동갑내기인 진현이 물었다.

"야, 쟨 뭔데 저렇게 맨날 너랑 친한 척이야?"

"엄마 친구 딸."

"아. 그래서 너랑 친한 줄 아는구나."

그러자 재준이 인상을 찌푸리며 모자를 푹 눌러썼다.

"친한 줄 아는 게 아니고 나랑 제일 친한 친구야."

"으잉? 진짜? 재랑? 재 공부는 잘해?"

"공부?"

"엄친딸이잖아. 생긴 거 보면 잘하게 생겼는데."

진현이 비꼬는 투로 말하곤 킥킥 웃었다.

재준은 청소년 국가대표로 선발되었던 유일한 2학년이었다. 오랜만에 메이저리그에 직행할 가능성이 높은 선수가 나왔다며, 툭하면 스포츠 기자들이 학교에 와서 그를 취재해 갔다. 심지어 세계 청소년 선수권 대회 이후에는 일본이나 대만 기자들도 재준을 취재하러 왔다.

그런 재준에 비하면 유영은 지나치게 평범했다. 성적은 좀 괜찮은 편이었지만 그렇게까지 대단한 정도는 아니고, 화장품 하나 바르지 않는 맨얼굴도 피부가 뽀얀 것 빼고는 특별할 것이 없었다. 늘 쓰고 다니는 동그란 은테 안경도 그녀와 잘 어울리지 않았다. 늘 앞머리 없이 질끈 묶은 머리칼에 줄인 흔적 비슷한 것도 없는 교복. 키도 보통, 체격도 보통.

피곤한 표정만 지어도 온 사방에서 떠받드는 재준과 그리 눈에 띄지 않는 서너 명의 친구들과 늘 어울려 노는 유영이 친하다는 건 남들 눈에 좀 이상해 보일 때가 있었다.

"너 좋아하나 봐?"

듣고 있던 1루수, 호경이 말하자 진현이 배를 잡고 웃으며 말했다.

"지 주제에? 신재준을?"

"좋아는 할 수 있지, 인마. 마음이란 건, 뜻한 바대로 되는 게 아니잖아."

호경이 두 손을 가슴에 올리고 연극톤으로 말했다. 결국은 그도 놀리고 있는 것이다. 그러자 재준이 신경질적으로 말했다.

"친구라고 했잖아. 함부로 말하지 마."

아무리 동갑이라도 재준은 체격도 훨씬 크고, 미래도 창창했다. 그런 그가 화를 내니 호경도 진현도 더 말을 못했다. 그들이 입을 다물고 나서도 재준의 기분은 나아지지 않았다. 유영과 연애라니, 상상도 할 수 없었다. 그녀는 제 제일 친한 친구이면서 친척 같은 존재여야 했다. 그녀가 여자인 것은 감정적으로도, 현실적으로도 불편했다.

그러나 이내 재준에게는 관계성에 대하여 고민할 시간적 여유가 없어졌다. 짧은 잡담만으로도 코치에게 혼나게 생겼으니.

* * *

재준은 훈련을 끝내고 유영의 집으로 향했다. 그녀의 집 거실은 이미 두 가족이 점령하고 있었다. 재준의 어머니 해선은 유영의 부모가 끓인 삼계탕을 보며 감탄하고 있었다.

"세상에, 뭐가 이렇게 실해? 이걸 어떻게 맨입으로 받아먹어?"

해선이 삼계탕에 정신이 팔려 있는 사이 유영이 대신 재준을 반겼다.

"일찍 왔네?"

유영의 부모와 재준의 부모, 그리고 두 집의 각각 하나뿐인 아이들이 다 모이니 마루가 가득 찼다. 아내들끼리 제일 친한 친구다 보니 남편들끼리도 서로 죽고 못 사는 친구가 되었다.

넷은 죽이 잘 맞아서 툭하면 이렇게 같이 모였고, 특히 중요한 재준의 경기에는 두 가족이 우르르 몰려가 응원을 하곤 했다. 유영의 부모도 우명고등학교 야구부가 수요일마다 야간운동을 쉰다는 것을 알아서, 모이는 날도 이렇게 딱 수요일로 잡았다.

재준이 풀썩 유영의 옆에 앉자 그녀가 핀잔했다.

"손이라도 씻고 와."

"귀찮게."

"빨리. 일어나."

유영이 먼저 일어나 재준의 팔을 잡아끌었다. 그러자 재준이 그녀의 손에 의지해 일어선다. 그러다 힘을 확 줘서 유영이 휘청거리자 킥킥 웃으며 그녀의 양팔을 붙잡아 바로 세웠다.

"신재준! 그러다 유영이 다쳐!"

그 모습을 보자마자 해선이 버럭 소리를 지르자 연진이 말렸다.

"해선아. 저 정도 장난으로는 안 다쳐."

"저런 거 보면 심장이 철렁하다니까. 딸을 키워본 적이 없으니까."

해선이 구시렁거렸다. 어른들이 먼저 삼계탕을 먹는 사이 재준은 손을 씻기 위해 욕실로 향했다. 유영이 그의 뒤에 서 있다가 거실로 돌아가려 하자 재준이 불렀다.

"같이 가."

"혼자 와. 네가 애야?"

"어. 애야."

재준이 손을 빡빡 씻고 수건으로 물기를 닦은 후 유영을 돌려세우고 그녀의 어깨에 턱을 올렸다.

"이제 데려가."
"아, 정말."
유영이 투정하면서도 얼굴이 조금 붉어져 거실 쪽으로 걸었다. 그 둘의 모습을 보며 해선이 한숨을 쉬었다.
"하여튼 아들놈은 도대체 언제 어른이 되는지 모르겠어."
그러자 옆에서 연진이 태연하게 대답했다.
"딸도 그래."
"걔네 봐. 딱 봐도 유영이가 훨씬 어른이잖아."
"그런가? 내 눈엔 재준이가 훨씬 어른 같은데."
"바꿀래? 열심히 키웠어."
"그럴까? 재준이 프로 되면 돈도 잘 벌 텐데."
두 사람이 공동모의하고 있는 사이 유영과 재준이 자리에 앉았다.
외동딸인 유영과 외동아들인 재준의 부모들은 각자 서로의 자식을 끔찍하게 아꼈다. 해선은 유영을 데리고 쇼핑을 했고, 유영의 아버지 혁수는 재준을 데리고 캠핑을 갔다. 잠깐 재준의 아버지 종환의 사업이 어려워졌을 때, 재준이 유영의 집에서 산 적도 있었다. 네 사람은 서로의 아이들을 친자식처럼 여겼다.
해선이 재준에게 말했다.
"삼계탕 그거 이모부가 닭이랑 인삼이랑 진짜 좋은 걸로만 구해서 연진이가 하루 종일 끓인 거래. 너 몸보신하라고."
"어쩐지. 이렇게 맛있는 삼계탕 처음 먹어요. 감사합니다, 이모, 이모부."
재준이 능청을 떨었다. 유영도 역시 삼계탕을 맛있게 먹었다. 진한 국물을 숟가락으로 떠먹으니 속이 뜨끈뜨끈해졌다. 먹으면서도 입맛을 다시게 된다. 편식이 심한 유영은 소금을 조금씩 찍어가며 살코기만 먹고 닭 껍질을 벗겨놓았다. 그럼 옆에서 재준이 당연하다는 듯 닭 껍질을 집어갔다.

그 모습을 보던 연진이 해선에게 '저래도 내 딸이 다 큰 것 같니?' 하는 눈짓을 보내자 해선이 시트콤이라도 본 것처럼 재미있어하며 웃었다.

재준이 많이 먹을 걸 미리 예상하고 삼계탕을 워낙 많이 끓여놓은 덕에 두 가족은 배가 터질 때까지 먹었고, 그 후엔 후식으로 큼지막한 수박을 잘라 먹기 시작했다. 수박 한 조각을 든 혁수가 종환에게 말했다.

"우리 슬슬 사돈 맺을 때 안 됐나?"

"거, 나중에 말 바꾸지나 마셔."

종환이 대꾸하고 호탕하게 웃었다. 유영은 괜히 뜨끔해서 두 손으로 든 수박을 열심히 먹는 시늉을 했다,

수박을 먹으며, 거실 TV로는 여름에 있었던 세계 청소년 야구 선수권 대회 마지막 경기를 틀어놓고 있었다. 이미 본 경기인데도 유영이 긴장하자 재준이 핀잔했다.

"너 내 경기 안 봤냐?"

"봤지, 당연히."

"그런데 뭘 그렇게 긴장해?"

"난 네가 마운드에 서면 경기를 못 보겠어. 너무 떨려서 눈뜨기도 힘들어."

울상이 된 유영의 말에 재준이 픽 웃었다.

-아, 신재준 선수가 타석에 서네요?

바로 전날 선발이었던 재준은 마지막 경기에서 6이닝부터 마운드에 올라왔다. 8이닝까지도 한국은 1점도 내지 못한 상태로 2점을 뒤지고 있었다.

재준은 타격에 욕심이 많았다. 타석에 서자마자 초구에 번트를 대고 죽어라 1루로 달려 들어갔다.

운 좋게도 공은 야수들이 잡을 수 없는 곳으로 튀었다. 그 덕에 재준이 무사히 1루에 들어갔다.

-오랜만에 1루를 밟습니다. 역시 근성이 있네요.

전 프로야구 선수인 해설자가 예뻐 죽겠다는 듯한 감정을 숨기지 못하고 말했다. 이 경기를 이미 본 것은 다른 가족들도 마찬가지인데, 다들 유영처럼 조용히 TV에 시선을 고정했다.

유영이 자기도 모르게 쿠션을 꼭 끌어안았다. 뭐라도 의지할 것이 필요했기 때문이었다.

재준이 1루에 나갔기 때문인지 다음 타자가 무조건 치겠다는 듯이 씩씩거리며 타석에 섰다. 그때 재준이 도루로 2루에 들어갔다.

-아직 2학년 선수인데 정말 대단한 기량이죠. 투수지만 도루 테크닉이 뛰어나요. 도루에는 4개의 S가 있다고 하지 않습니까? 스타트, 스피드, 슬라이딩. 그리고 또 한 가지가 뭔지 아시죠?

-센스죠?

-맞습니다. 센스가 아주 좋은 선수예요.

-내셔널리그로 가게 된다면 투수가 도루도 하게 되지 않습니까?

재준이 메이저리그에 가게 될지도 모르겠다는 아나운서의 질문에 해설자가 기분 좋게 웃음을 터트렸다. 긍정의 의미였다.

결국 다음 타자의 안타로 재준이 홈으로 돌아왔다. 9회 초를 무실점으로 막고 9회 말. 2 대 2로 따라잡은 상황에서 다시 타석에 올라온 재준이 끝내기 안타를 치며 경기를 뒤집었다.

유영은 멍한 표정으로 화면을 보고 있었다. 현실에서도 이런 일이 일어나는구나. 이런 환상 같은 일이. 그녀가 TV만 바라보는데 스윽 시야가 가려졌다. 재준이 고개를 숙여 그녀를 보고 있었기 때문이었다.

"또 봐도 그렇게 재밌어?"

"어? 뭐……. 응."

그러자 그가 눈가에 주름이 생기도록 웃고 바로 앉았다. 그 다음부터는 화면이 전혀 눈에 들어오지 않았다. 심장이 화상이라도 입은 것처럼 아팠다.

* * *

그 주는 밤에만 해도 20도가 넘었는데, 다음 주는 낮인데도 20도가 되지 않았다. 유영은 갑자기 추워진 날씨에 대비를 못해서 교복 블라우스 한 겹뿐인 팔을 싹싹 문질렀다.

"으으, 오늘 너무 추워……."

그녀가 친구인 은해를 앞장세우고 뒤에 달라붙어 말했다.

"따듯하게 입은 네가 바람 좀 막아줘."

"그니까 겉옷을 챙겨 나왔어야지."

가을이 이렇게 갑작스러울 줄 알았나. 유영은 억울한 표정을 지었다.

"이렇게 갑자기 추워질 줄 몰랐지."
"아유, 귀찮아, 진짜."
은해가 구시렁거리면서도 바람을 막아주니 그래도 한결 나아졌다.
두 사람은 학교 가까운 번화가에 있는 팬시점에 들어섰다. 실내에 들어서서 따듯해지니 겨우 정신이 든 유영이 울상이 되어 물었다.
"은해야. 나 그냥 고백하지 말까?"
"맘먹은 김에 해. 너 다신 이런 맘 못 먹을걸?"
"하긴. 그건 그래. 역시 똑똑해, 우리 은해."
유영이 두 주먹을 꽉 쥐고 심호흡을 하더니 의지가 결연한 표정으로 쇼 윈도우 선반에 놓인 액자를 가리켰다.
"이거 사서 사진 넣어서 주려고 왔어."
유영이 제 가방에서 다이어리를 꺼냈다. 그리고 그 안에 있는 사진 한 장을 은해에게 내밀었다. 재준이 야구부 유니폼을 입고 씨익 웃고 있는 사진에, 은해가 혀를 찼다.
"와, 신재준은 어떻게 역광으로 사진을 찍어도 잘생겼냐."
그녀의 말에 유영의 자신감이 또 한 번 꺾였다. 그런 그에게 먼저 고백하겠다고 결심한 자신이 지나치게 용감하게 느껴졌다. 그래도 유영은 제가 가리켰던 흰색에 은테가 둘러진 액자를 샀다. 계산을 하자마자 액자 속에 다이어리에서 꺼낸 사진을 넣었다.
그리고 주머니에서 유성 매직을 꺼내 액자 유리 위에 '청룡기 우승 기념'이라고 썼다. 그러자 옆에서 은해가 말했다.
"좋아한다고 고백하려고 주는데 청룡기 우승 기념이라고 쓰면 어떡해? 좋아한다든지, 사귀자든지 이런 걸 써야지."
"그런 거 쓰면 차이면 바로 버려야 하잖아."

"야, 차일 걸 가정하고 고백하는 게 어디 있냐?"
"어차피 안 될 것 같단 말이야."
"넌 그 자식이랑 유치원부터 쭉 같이 다녔다며. 그래도 걔가 좋냐?"
"그 자식이 하필 신재준이잖아."
거기에는 재촉하던 은해도 선뜻 대답을 못했다.
아마 재준이 소꿉친구가 아니었다면, 그리 대범한 편도 아닌 유영이 고백씩이나 하겠다고 마음먹지 않았을 것이다. 재준은 하필 엄마 친구 아들이었고, 집도 가까워서 별수 없이 만나야 할 일이 많았다.
중학생 때까지는 재준이 자고 있는 방문을 노크도 없이 열고 들어가서, 팬티만 입고 자고 있는 그 녀석을 마구 흔들어 깨울 수 있을 정도의 사이였다. 그러다 고등학생이 된 이후, 유영의 첫사랑은 그녀석이 되었고, 재준은 예전과 다름없이 불쑥불쑥 곁에 나타나고, 웃고, 학교 늦었다며 유영의 가방을 대신 매고 달렸다. 그럴 때마다 유영은 걸음이 멈출 정도로 심장이 세차게 뛰었다.
이렇게 잠도 못 자고 괴로워할 바에야 고백을 하고, 사귀면 사귀고, 안 되면 보지 말자는 결심을 한 것이 벌써 세 달 전이었다.
은해와 헤어지고, 유영은 마을버스를 타고 제 집을 지나 한 정거장을 더 가면 나오는 재준의 집으로 향했다. 초조한 얼굴로 재준의 집 마당에 들어서자 재준의 어머니 해선이 보였다.
"이모, 신재준 아직 안 왔죠?"
"저녁 먹을 때쯤 올걸? 마침 잘 왔다. 앉아 있어, 이모가 복숭아 줄게."
"네에."

태어나자마자부터 가까운 친척보다 더 많이 만난 재준의 부모님을 유영은 이모, 이모부라고 불렀고 재준도 유영의 부모님을 그렇게 불렀다.

툇마루에 앉아 있으니 재준의 집에서 키우는 하얀 강아지, 밀키가 달려왔다. 요즘 혼자 재준에게 내외하느라 자주 오지 않았더니 유영이 그리웠는지 산만할 정도로 꼬리를 흔들며 유영의 허벅지에 올라가 웅크린다.

"밀키, 오랜만."

밀키의 목덜미를 긁어주며 고개를 들어 보니 하늘은 일부러 색소를 푼 것처럼 비현실적으로 파랗고, 저 끝은 노을이 지느라 은은한 금빛으로 반짝거리고 있었다.

해선이 가져다준 복숭아를 옆에 두고, 재준을 기다리며 가방에서 책을 꺼내 읽기 시작했다. 책장을 한 장씩 넘기며 읽고 있는데 문 쪽에서 소리가 들리더니 재준이 들어왔다.

백팔십이 한참 넘는 키에 자그마한 얼굴과 반듯하고, 남자 중에서도 남자다운 느낌을 주는 이목구비를 가진 녀석.

유영의 심장이 쿵쾅거리기 시작했다. 재준이 툇마루에 더플백을 먼저 내리고 유영의 옆에 털썩 앉았다. 그가 맨손으로 복숭아를 집으려 하자 유영이 그의 손을 붙잡았다.

"손 씻고 먹어. 포크 가져오든지."

그러자 재준이 유영의 손에서 포크를 뺏더니 그걸로 복숭아를 집어 입에 넣었다. 그가 복숭아를 우물거리며 그대로 뒤로 드러누웠다.

"방까지 갈 체력도 없다, 박유영."

"게을러."
"너도 나만큼 훈련해봐."
재준이 투덜거리고 그대로 잘 것처럼 눈을 감았다. 밀키는 주인이 드러눕자 유영의 무릎에서 내려와 그의 손에 턱을 올리고 웅크렸다.
유영은 제 고백이 이 익숙한 풍경을 망가뜨리게 될지도 모른다고 생각했다. 그래도. 그래도 이 마음을 전하지 않으면 오늘 밤도, 어젯밤처럼 깊이 잠들 수 없을 것 같았다.
유영이 책을 덮고 재준을 불렀다.
"신재준, 나 할 말 있어."
"해."
"앉아봐. 진지한 거야."
유영이 재촉하자 재준은 피곤한지 짜증이 가득한 얼굴로 상체를 일으켜 앉았다. 노을 때문인지, 재준의 연한 갈색 눈동자가 반짝거렸다. 그가 고개를 비스듬히 기울이고 물었다.
"뭔데."
가까이에서 보이는 그의 얼굴이, 훈련 후에 샤워를 하고 나와서 느껴지는 상쾌함이, 마운드 위에서 세상에 자신과 타자만 있는 것처럼 집중하는 집중력이 좋았다. 늘 함께 있던 그는 어느 순간, 남자가 되어버렸다. 마치 갑자기 찾아온 가을처럼.
"박유영. 뭘 그렇게 봐."
재준이 더욱 얼굴을 가까이 해 물었다. 그러자 유영이 너무 떨려서 바닥으로 시선을 피하며 말했다.
"나 너 좋아해."

"……."

"……."

침묵이 흘렀다.

갑자기 내뱉어버린 고백에 유영의 얼굴이 단풍처럼 새빨갛게 달아올랐다. 재준의 대답이 없어서 고개를 들었다. 눈이 마주치자 그가 실소하며 입을 열었다.

"뭘 그런 소릴 해, 우리 사이에."

"응?"

"말이 되는 소릴 해라."

유영의 얼굴색은 가을이었다가, 금방 하얀 겨울로 넘어갔다. 빨리 대답해야 한다는 압박에 가슴까지 미어졌다. 아무리 그래도 이렇게까지 가볍게 차일 거라고는 예상하지 못했다.

유영이 억지로 웃으며 대답했다.

"그러게. 하긴. 우리 사이에 무슨."

"그렇지?"

그렇게 고백을 웃어넘긴 재준이 다시 드러누웠다. 제 주인은 태평한데, 주인보다 더 좋아하는 유영의 안색이 나쁜 걸 밀키가 눈치챈 모양이었다. 툇마루를 짚고 있는 유영의 손가락을 핥아주는 걸 보니.

유영은 가방을 챙겨 들고 일어서며 어제 말할 걸, 하고 후회했다. 어제는 그래도 좀 따듯해서, 집에 갈 때 기분이 나았을 것 같았다.

"그럼 난 갈게."

"왜? 저녁 먹고 가야지."

"다음에."

유영은 몰랐지만 재준은 아무렇지도 않은 척하려고 애쓰고 있었다. 그도 심하게 당황한 건 마찬가지였다. 어쩐지 요즘 제 집에도 잘 놀러오지 않고, 서먹서먹하게 굴던 것이 그런 이유였다니.

그녀를 붙잡는 게 말이 안 되는 걸 알면서도 재준이 유영을 붙잡았다.

"야, 엄마가 벌써 네 것도 하고 있을걸. 먹고 가."

그러자 마음 약한 유영이 머뭇거리다가 가방을 내려놓았다.

그렇게 결국 유영은 자신을 찬 남자네 집에서 저녁을 얻어먹고 밤늦게서야 집으로 돌아갔다.

* * *

내내 멍한 상태로 학교가 끝나 집에 가려는데, 해선으로부터 문자가 왔다. 재준이 우산을 안 가지고 나갔는데 비가 많이 오니, 편의점에서 우산 하나만 사다주라는 내용이었다.

[이모가 대신 맛있는 거 해줄게! 미안해!]

우는 표시까지 해서 보낸 문자를 보며 유영이 한숨을 쉬었다. 학교가 끝나고, 가까운 편의점으로 향하며 유영이 은해에게 투덜거렸다.

"아직도 황당하네. 내 말을 제대로 알아듣긴 한 거야?"

"액자는? 줬어?"

"밥 먹다가 줬어. 그랬더니 걔가 '잘 나왔네' 한마디 하더라. 내가 어이가 없어서……."

"나도 교훈을 얻었다. 소꿉친구한테는 고백하는 거 아니라는 거."

"응. 나도 이제 알았어."

비가 꽤 많이 와서 치마며 가방이며 금방 젖었다. 이런 날씨에 우산을 안 가지고 나오다니, 재준도 참 정신이 없는 모양이었다.

은해와 편의점 앞에서 헤어지고, 혼자 야구장으로 돌아가보니 이미 운동장은 텅 비어 있었다. 비가 와서 다들 부실로 들어간 모양이었다. 유영이 밖에서 기웃거리는데 일찍 짐을 챙겨 나온 진현이 가까이 와서 펜스에 손가락을 넣어 양손으로 쥐고 유영에게 말했다.

"야. 엄마 친구 딸."

진현이 부르는 소리에 유영이 고개를 갸우뚱했다.

"엄마 친구 딸?"

"너 말이야. 신재준이랑 아는 척하려면 화장이라도 하든지 해라. 안경을 좀 예쁜 거 쓰든지. 쟤도 입장이 있지."

진현의 핀잔에 유영은 아무 대답도 못했다. 그러자 진현이 말했다.

"상처받진 말고. 네가 못생겼다는 게 아니라. 쟤는 신재준이잖아."

이미 상처를 받았는데 이제 와서 받지 말란다. 한창 감수성이 예민할 나이에 이런 소리를 들으니 유영이 울 것 같은 얼굴이라 진현이 당황하며 말했다.

"우는 거 아니지?"

"이거 재준이 좀 줘. 나 갈게."

유영이 말하며 다이아몬드 모양으로 엮어 만든 펜스 틈으로 우산을 넣었다. 진현이 우산을 받고 얼떨떨해하더니 그녀가 움직이는 방향으로 따라 걸었다.

"야, 너 이름 뭔데? 이름 뭔지 알아야 전해주지."

"엄마 친구 딸이라며. 그렇게 말하면 되지."

"그래도 이름. 이름 알려달라고."

유영이 이렇게 상처 받은 표정을 할 걸 예상하지 못했는지, 진현도 같이 울 것 같은 얼굴로 계속 따라 걸으며 말했다.

그사이 가방을 챙겨 나온 재준은 두 사람이 있는 곳과 반대쪽에 있는 문으로 향하고 있었다. 유영이 그를 발견했을 때, 문 앞에 요즘 유영에게 무척 살갑게 굴어, 꽤나 친해진 효진이 재준에게 손짓하고 있었다. 키도 크고 늘씬해서 벌써 모델 일을 시작한 녀석이었다. 유영과 친해지니 자연스럽게 재준과도 종종 마주쳐 저 두 사람도 아는 사이가 되었다.

그때 그녀가 재준에게 우산을 씌워주며 팔짱을 꼈다.

유영은 한참 동안 자리에 서서, 그 두 사람이 멀어지기만을 기다렸다. 세 달간 고민했던 고백을 거절당했을 때도, 그 상황이 너무 자연스러워 충격이 덜했는데.

지금 더 확실히 알 것 같았다. 그와 자신은 참 좋은 소꿉친구여서 사귈 수 없는 것만이 아니라, 그가 자신을 좋아하지 않는다는 것이 문제였다는 걸.

그녀를 멍하게 만든 게 자신 때문이라 생각해 미안했는지, 진현이 펜스에 딱 달라붙어 말했다.

"야, 이름 좀 딱 한 번만 알려주면 안 되냐?"

"……박유영."

"그래, 박유영. 집에 가자. 내가 데려다줄게."

"됐어."

"너 그러다 전봇대 같은 곳에 머리 박을 것 같아서 그래."

그의 성화에 결국 유영이 고개를 끄덕였다.

그날 밤부터 유영은 이상할 정도로 심하게 앓았다. 재준에게 거절당한 직후보다 더 많이 아팠다. 재준과 엇갈려서 비를 맞아 그런 모양이라고, 해선이 걱정하며 재준을 시켜 직접 구운 카스텔라를 가져다주었지만 그것도 잘 먹지 못했다.

* * *

비가 들이치는 우산 안에서, 다른 여자아이와 집으로 돌아가는 재준과 마주치지 않기 위해 멍하니 자리에 서서 기다리던 그날. 유영은 짐작했다. 그와는 곧 사는 세계가 달라지고 말 것이고, 그래서 결국은 모르는 사이가 되어버릴 것이라고. 그래서인지 그다지 서운하지 않았다. 서운함과는 다른, 체념에 대한 슬픔은 좀 있었지만.

유영은 한 달 월급을 다 털어 가을용 원피스 하나와 한 번도 신어 본 적 없는 높이의 하이힐을 샀다.

올해 가장 바보 같은 소비를 한 사람 순위를 매기면 자신이 최상위권에 들어갈 것 같았다.

왜 그런 소비를 했는지 자신도 정확히 설명할 수 없었다. 어쩌다 진현을 마주쳤을 때 그를 후회하게 만들고 싶었다. 억울해서,

자존심이 상해서. 정말 뭐 하나라도 할 수 있었으면 했다.

왜 하필 황진현은 그날 집에 데려다줘가지고. 그 자식이 그러지만 않았으면 진현과 가까워져 연애를 시작하지도 않았을 거고, 이런 상처를 받지도 않았을 텐데.

마음 여기저기에 구멍이 나서, 곧 무너질 건물이라도 된 것 같은 기분이라 진현에게 전화 한번 못 해봤다. 난 원래 너 같은 건 안 좋아했다는 듯이 말하고 싶은데, 그의 목소리를 듣자마자 무너져 울 것 같았다.

* * *

며칠 간 매스컴에 시달린 재준이 제 차에 타자마자 사람들 시선 때문에 내뱉지 못했던 욕을 퍼부었다.

스케줄이 많은 것도 정도가 있지. 요 며칠간은 도대체 자신의 직업이 뭔가 헷갈릴 정도였다.

재준은 지하주차장에 차를 댄 후 전화를 걸며 차에서 내렸다. 그의 통역사이자, 에이전시 직원인 릭이 전화를 받자마자 구시렁거렸다.

-거봐, 역시 정작 가보니까 너무 심하지?

"뭐가?"

-숙소 말이야. 우리가 호텔 잡아준다니까……. 원룸은 너무하잖아.

"원룸이 왜?"

-응?

재준이 바로 집으로 들어가려다 간식거리를 좀 사갈까 싶어 근처 편의점으로 걸음을 옮기며 말했다.

"숙소가 문제가 아니라, 내 스케줄 도대체 언제 끝나?"

-CF도 있어. 이야, 잘생기고 볼 일이야. 엄청 여러 개 들어왔는데 네가 안 한다고 할 거 뻔한 건 다 제외했어.

"가지 말라고 할 땐 언제고."

재준의 말에 릭이 구시렁거렸다.

-돈 벌면 너도 좋지, 뭘 그래.

"너무 많잖아. 일이."

-이미 잡은 걸 어떡해……. 그나저나 숙소 진짜 괜찮아?

"어, 내가 고른 거잖아."

릭의 생각대로 재준에게 넓고 좋은 숙소는 사치였다. 전망이라고는 뒷집밖에 없는 원룸을 마음에 들어 하다니. 뭐하러 이런 놈한테 이렇게 연봉을 많이 주나, 나나 주지, 생각하며 전화를 끊었다.

2. 재회의 계절

스물여덟 살의 젊고 수려한 메이저리거가 모처럼 귀국했다는 사실은 엄청난 화젯거리였다. 그가 한국에 돌아온 이후 며칠 동안 TV를 켜면 어디서건 신재준이 나왔다. 그가 어떤 예능에 언제쯤 나올 예정이라는 것은 물론 일거수일투족이 다 기사로 올라왔다. 유영은 종종 그런 그가 제 친구였던 적이 있다는 사실이 믿기지 않을 정도로 신기했다.

점심시간 즈음부터 하늘이 다시 흐리더니 퇴근이 가까워지니 다시 비가 내리기 시작했다. 금요일인 오늘은 회식이 있었다. 여느 때 같으면 권주하는 습관이 있는 교장 때문에 회식이 싫었을 텐데, 지금은 교장이 먼저 자리에서 일어날 때까지 기다리기만 하면 다른 또래 교사들과 한잔 더 할 수 있을 테니 잘됐다 싶었다.

그녀의 예상대로 시간이 늦어지고, 교장이 먼저 자리에서 일어났다. 그러자 젊은 교사들은 해방감을 느끼며 자리를 이동해 2차를 시작했다.

유영과 선아, 그리고 남자 교사 둘과 여자 교사 둘이 더 있었다. 유영이 이제 마음을 놓고 술을 들이마시려는데 그녀의 맞은편에 있던 남자, 재혁이 말했다.

"박 선생님. 남자친구랑은 잘 지내요?"

굳이 아무도 말을 꺼내지 않았던 걸, 굳이 말을 꺼낸다. 재혁은 분명 짐작으로 알았을 것이고, 아니면 교사 중 하나가 말해줬을 수도 있다.

"헤어졌어요."

"그래요? 아쉽겠네, 되게 금수저라고 들었던 것 같은데. 잘해주지."

재혁의 눈치 없는 말에 옆에서 다른 교사들이 눈치를 줬지만 그는 신경 쓰지 않는 것 같았다. 유영은 더 얘기하기 싫어서 화제를 전환했다.

"아, 그보다 명훈 쌤. 그때 본 거 그거 교재 어디서 샀어요? 나도 사려고."

"그래요? 제가 링크 보내드릴게요."

같은 영어 교사인 명훈도 눈치 좋게 같이 화제를 전환하는데 재혁이 다시 물었다.

"근데 왜 헤어진 거예요?"

결국 이 이야기를 끝내지 않을 것 같았다. 유영이 약간 짜증이 묻어나는 목소리로 대답했다.

"걔가 바람피워서요."

"진짜? 와, 이래서 돈 많은 남자 믿으면 안 된다니까. 유영 쌤 정도면 괜찮지 않나? 얼마나 더 괜찮은 여자를 만나려고 바람을 피워, 그 자식은?"

"……그러게요."

"다음엔 남자 돈 보지 말고, 인성을 봐요."

유영이 욱하는 걸 참느라 주먹을 꾹 쥐었다. 몇 번 둘이서 밥 먹자는 걸 거절했다고 저렇게 비꼬는 거다. 아무도 건드리지 않아도 요 며칠은 울컥울컥 눈물이 날 때가 있었다. 거기에 재혁이 부채질을 하자 울컥, 울음이 터졌다. 옆에서 선아가 화들짝 놀라 얼른 제 손수건을 꺼내 내밀었다. 그 모습에 재혁이 멋쩍어하며 말했다.

"아니, 내가 무슨 말을 했다고 울어?"

직장 동료만 아니면 같이 소리치고 싸우고 싶었다. 유영이 눈물을 닦아내고 억지로 담담한 척 말했다.

"요즘 감수성이 예민해졌어요. 애들만 사춘기인 게 아니고 나도 사춘긴가 봐."

그녀가 농담조로 한 말에 옆에서 과도하게 웃어주었다. 명훈이 재혁의 팔을 당겼다.

"담배나 피우고 오시죠?"

"그럴까. 괜히 분위기 이상해졌네."

재혁이 유영을 탓하는 뉘앙스로 투덜거리며 나갔다. 유영이 안심하며 한숨을 쉬고 있을 때였다. 두 남자가 문을 열고 나가자마자 담배를 그대로 들고 달려 들어왔다. 명훈이 기겁한 목소리로 말했다.

"무, 문 앞에 신재준 있어요, 신재준!"

그 말에 유영은 마시던 술을 뱉을 뻔했다. 그의 요란한 목소리에 같은 테이블에 있던 교사들은 물론 옆 테이블까지 술렁거렸다. 다른 교사들이 물었다.

"지, 진짜? 메이저리거요?"

"지금도 있어요?"

"네, 있어요! 와, 진짜 잘생겼어. 그리고 같은 팀 동료들이랑 있을 땐 호리호리해 보여서 그냥 모델 같은 체형인 줄 알았는데 어깨 장난 아니에요. 무서워, 무서워……."

순간 그 녀석이 얼마나 순한 녀석인데, 라는 생각을 했지만 재준이 친구들과 있을 때 약간 대장같이 행동했던 걸 생각하면 남자들이 보기엔 무서울 수도 있겠다는 생각이 들었다.

유영이 맥주를 벌컥벌컥 들이켰다. 그 망할 자식이 이 동네에는 무슨 연고가 있어서 여기 있는지 생각해보니 중요한 연고가 하나 있었다.

'내가 사는 집이 그 자식 건물이었지…….'

유영이 생각하며 한숨을 쉬었다. 중산층 가정에서 태어난 스물여덟 살 청년에게 건물이 웬 말인가.

유영이 맥주를 삼킨 후 선아에게 물었다.

"선아 쌤. 여기 뒷문 있나?"

"웬 뒷문?"

"오늘 기분이 정문으로 나가고 싶지 않은 기분이야."

"그게 무슨 기분이야?"

"고등학교 때 선아 쌤이 반에서 제일 싫어하던 애 생각해봐."

"했어."

"걔가 주식이 대박 나서 건물 샀다면서 나타난 느낌."

"유영 쌤 친구 어디 있어?"

선아는 울컥해서 두리번거리고 유영은 도망칠 궁리를 하며 가방을 챙겼다. 그때 웅성거리던 술집이 조용해졌다.

술집 문으로 신기해하지 않기도 힘들 정도로 체격이 크고, 독보적인 외모를 가진 남자가 걸어 들어왔다.

유영의 입이 저절로 조금 열렸다.

"웬 양아치……."

그녀가 저도 몰래 혼잣말하자 같이 호들갑을 떨며 들어왔던 재혁이 기겁을 하며 소곤거렸다.

"양아치라니. 아무리 스포츠에 관심이 없어도 그렇지. 신재준 몰라요?"

"아니, 신재준은 아는데. 저건 그냥 양아치잖아요. 어딜 봐도……."

가죽재킷을 입고 두 주머니에 손을 찔러 넣은, 눈매가 서늘해 보이는 남자. 유영이 그와 눈이 마주치지 않기 위해 고개를 돌렸다. 설마 그가 자신을 만나러 왔을 리는 없었다. 말이 안 되는 것도, 뻔뻔한 것도 정도가 있었으니까.

그러니까, 마주치지만 않으면 될 거라고 생각했다. 한동안 창밖을 보다가, 갔나 확인하려고 고개를 돌리던 유영의 시선이, 그녀를 불만스럽게 바라보던 재준의 눈과 마주쳤다.

유영이 자기도 모르게 아랫입술을 깨물었다. 그러곤 아무 일도 없었다는 듯 박수를 쳤다.

"아, 우리 3차 가요, 3차."

그녀가 말해봤지만 이미 사람들은 넋 나간 얼굴로 재준을 보느라 3차에 관심이 없었다.

그때 재준이 유영이 있는 테이블로 걸어왔다. 그가 태연하게, 마치 어제도 만났던 사람처럼 유영에게 말을 걸었다.

"유영아."

그가 이름을 부르자마자 테이블에 있던 사람들의 시선이 유영에게로 쏠렸다. 유영이 싸늘하게 그를 바라보자 재준은 제가 뭘 잘못했냐는 듯 마주 본다.

재준이 주머니에서 손을 빼고 테이블에 있는 사람들에게 인사했다.

"갑자기 끼어들어서 죄송합니다, 모처럼 만나는 거라 반가워서."

"아, 아뇨., 죄송하긴……."

"바, 박 선생님, 먼저 가봐요!"

노는 걸 좋아해서 2차 끝까지 안 달리면 내심 삐져버리던 교사, 은주도 오늘은 유영을 먼저 집을 보내려 들었다.

유영은 이미 빼도 박도 못할 거란 걸 알고 자리에서 일어섰다.

"그럼 먼저 가보겠습니다."

말은 침착한 척했지만 속은 말이 아니었다. 몇 년 동안 연락 한 번 없다가, 불쑥 나타난 곳이 어떻게 직장 회식 자리일 수가 있나. 물론 다른 사람들은 다 좋아하는 것 같지만. 그래도. 그래도 어떻게 저러나.

유영이 굳은 표정으로 건물을 나와, 재준에게 말도 안 걸고 제 집 방향으로 걸어가자 재준이 그녀의 팔을 붙잡았다.

"어디 가. 차 저쪽에 있어."

그러자 유영이 그의 팔을 뿌리치고 다시 걸음을 옮겼다. 재준이 맘대로 하라는 듯 어깨를 으쓱이곤 재킷 주머니에 손을 넣고 그녀를 따라 걸었다. 재준이 자신을 보지도 않는 유영에게 짓궂게 말을 걸었다.

"저 모르시나 봐요."

"네. 모르는데요."

"너무하네. 초중고를 같이 나왔는데."

"……."

"이모가 너 여기서 회식한다고 해서 데리러 왔어."

유영은 대답도 안 하고 돌아보지도 않는데, 재준은 신경 쓰지 않고 제 할 말을 했다.

"근데 너 울었냐? 눈이 왜 그래?"

그녀가 아무리 빠르게 걸어도 프로필상 188센티인 재준의 적당한 걸음과 차이가 벌어지지 않았다. 지금 유영의 속도가 오히려 잘 맞는 것 같았다.

유영이 결국 멈춰 서서 재준을 노려보았다.

"따라오지 마."

"일찍도 말하네."

재준이 비웃음 섞인 투로 대꾸했다.

오랜만에 만난 그에게서는 앳된 모습이 사라진 지 오래였다. 성숙함과 여유가 물씬 느껴졌다.

신재준이 가죽 재킷 같은 걸 입을 거라고는 상상도 못했었다. 저 멋들어지게 세운 머리칼도 낯설긴 마찬가지였다.

익숙한 모든 면이 낯설었다.

연락을 끊을 때도 갑작스럽고 뻔뻔했는데, 다시 나타날 때도 마찬가지였다. 유영이 지난 몇 년 동안, 머릿속으로 하고 또 한 말을 내뱉었다.

"전화번호 바꾼 거, 왜 말 안 했어?"

그러자 재준이 무덤덤하게 대꾸했다.

"그냥."

"그냥?"

"그땐 너랑 연락하기 싫었어."

유영이 기가 막혀서 헛웃음 소리를 냈다.

정말로, 정말로 궁금했다. 내가 너한테 그렇게 아무것도 아니었나. 너는 내 첫사랑이었는데, 나는 너에게 뭐였나.

그런데 그냥 연락하기 싫었다, 라. 다시 한 번 뒤통수를 맞는 기분이다.

그녀가 싸늘하게 말을 이었다.

"4년 정도 전화번호를 몰라도 되는 정도면, 그냥 모르는 사이 아니야?"

제가 말하고 제 풀에 울 것 같아 입술을 깨물었다. 재준은 말이 없었다.

"난 내가 뭐라도 잘못한 건 아닌지 한참을 고민했는데. 넌 그냥 나랑 연락하기 싫었던 거야? 정말 그게 다야? 이제 와서 나타나놓고, 아무 일도 없었다는 듯이 넘어가면, 정말 그걸로 끝인 줄 알았어?"

안 울고 싶었는데, 재준의 대답에 너무 화가 나서 도저히 참을 수가 없었다. 엉엉 울어야 할 것을 그러지 못하니까 속이 곪는 기분이었다. 많이 취한 것 같은데, 아직도 부족한가 보다. 더 많이 마셨어야 했는데.

“신재준. 나 이제 너랑 친구 아니야.”

“…….”

“우리 그냥 모르는 사이야. 이제.”

그녀가 말하고, 때마침 도착한 버스에 올라탔다. 재준은 딱히 버스 쪽을 돌아보지도 않고 그 자리에 서 있었고, 유영도 창밖을 내다보지 않았다.

버스가 출발한 후, 유영은 감정을 추스르려 애썼지만, 버스 안의 따듯한 온기 때문에 술기운이 올라오며 오히려 더욱 바닥으로 쏟아져버리는 기분이었다.

화가 나니까, 그제야 진현에게 전화를 해야겠다는 생각이 들었다. 잠시 후 집 근처 정거장에서 내린 유영이 휴대폰을 꺼내 진현의 번호를 눌렀다. 몇 번 울리지도 않았는데 진현이 받았다.

-유영아?

“개새끼.”

유영이 말하자 진현이 그녀가 취한 걸 짐작하고 낮게 한숨을 쉬었다.

-많이 마셨어?

“응.”

-어디야?

이제 와서 전화를 한들 뭐가 변할까, 싶어 유영이 전화를 끊으려는데 그가 물었다.

-집이야? 무사히 들어갔어?

“왜 자꾸 물어봐.”

-너희 동네 골목이 어둡잖아.

"왜 이제 와서 착한 척이야?"

유영의 냉소적인 목소리에 진현이 입을 다물었다.

"나 놓친 거 후회할 거야."

-…….

"그래도, 다시는 나 아는 척하지 말라고. 말 걸지 말라고. 그 얘기 하려고 전화한 거야. 그나마 이 얘기도 술 안 마시면 못 할 것 같아서 지금 하는 거야. 이제 끊어."

-끊지 마. 집에 가서 끊어.

진현이 말했지만, 유영은 그대로 전화를 끊어버리고 중얼거렸다.

"웃기고 있네."

그녀가 집으로 들어가 구두만 벗고 침대에 풀썩 누웠다. 그리고 혹시나 덜 취해서 진현에게 또 전화를 할까 봐 겁이 나서 집에 와서 있던 소주를 벌컥벌컥 마셨다. 너무 취해서 머리가 빙빙 돌 정도로. 그리고 곧바로 잠이 들었다.

* * *

유영은 다음 날 열 시가 넘어서야 눈을 떴다. 그녀가 끙끙 앓는 소리를 내며 제 머리를 두 손으로 감쌌다. 간신히 묶일 길이의 꽤나 밝아 보이는 연갈색 머리칼이 더욱 헝클어졌다.

"왜 이렇게 많이 마셨지……."

눈을 뜨자마자 다시 숙취가 쏟아졌다.

새벽 내내 눈물이 날 정도로 속이 뒤집히던 것이, 헛개나무를 통째로 씹어 먹어도 모자랄 판이었다. 중간에 몇 번을 깨서 먹은 것을 토했지만 아직도 속이 엉망이었다. 토요일이라 망정이지 출근하는 날이었으면 큰일 날 뻔했다. 시원한 마실 것을 찾아 냉장고를 열었지만 음료수는커녕 물도 없었다. 새벽에 눈을 뜰 때마다 물이란 물은 전부 마셔버렸기 때문이었다.

"아, 죽을 것 같아."

유영이 이불로 몸을 둘러싸고 침대에서 일어났다. 빗소리가 들려 버티칼을 올리니 역시나 비가 오고 있었다. 가을장마인 모양이었다. 비도 오는데, 계단을 내려가 횡단보도를 건너 조금 걸어야 하는 편의점까지 가는 게 너무 귀찮았다.

귀찮아서 일단 다시 침대에 눕자 은해에게서 전화가 왔다. 받자마자 그녀에게서 잔소리가 쏟아졌다.

-야! 지금 시간이 몇 신데 자고 있어!

"머리 아파……. 토요일이잖아."

-토요일이어도 열 시가 넘었거든? 빨리 일어나. 난 이 아침부터 가구 매장을 싹 돌고 왔는데.

은해의 잔소리에 별수 없이 상체를 일으켰다.

"우리 엄마도 너만큼은 잔소리 안 해."

유영이 말하고 하품을 하자 은해가 물었다.

-몇 시에 잤어?

"몰라, 집 왔을 때가 한 시였…… 자, 잠깐만?"

말하던 유영의 눈이 커졌다. 그녀가 다급하게 휴대폰을 확인했다. 진현과 5분 38초 동안 통화한 기록이 남아 있었다.

"미쳐, 진짜……."

-왜 그래?

"나 어제 취해서 황진현한테 전화했어."

-뭐? 어휴, 내가 못 살아!

"나 뭐라고 했지? 막 보고 싶다고 운 건 아니겠지? 새벽에 부재중도 하나 더 와 있는데."

-어우, 몰라. 됐어. 뭐 어때? 그 새끼가 먼저 그따위로 굴었으니까 네가 술을 그렇게 마셨지. 다 그 자식 때문이야.

그 말을 들으니 그래도 좀 위로가 된다. 유영이 중얼거렸다.

"어제 욕이나 실컷 한 거였으면 좋겠다……. 5분 38초 동안."

-네가 퍽이나 했겠다, 호구야.

"그런가? 못 했으려나."

유영이 수긍하자 은해가 잔소리를 이어갔다.

-다 그 자식이 잘못한 거니까, 괜히 네가 폐인 되지 말고 빨리 정신 차려. 내가 남자친구 친구들 중에 제일 잘생긴 오빠로 골라서 소개시켜줄게. 그 자식보다 뭐라도 나은 남자로!

"바람만 안 피우면 황진현보단 나은 남자야."

-좋아. 알았어. 찾아볼게. 해장 잘 하고 푹 쉬어.

은해가 걱정하며 전화를 끊은 후, 유영이 몸을 일으켰다.

'나 놓친 거 후회할 거야.'

그렇게 말했던 게 문득 떠오르자 한숨이 나왔다. 질척거린 자신이 싫고, 후회스러웠다. 어젯밤은 정말, 두 남자와 술 때문에 엉망진창이었다.

정말 마실 게 아무것도 안 남았나 생각하던 유영의 눈에 먹다 남은 복숭아맛 소주가 보였다.

혹시 저걸 끓이면 알코올이 날아가 복숭아 주스 맛이 나지 않을까? 이온음료 마시고 싶은데. 잠깐 밖에 식히면 될 것 같고…….

술이 덜 깬 문과생의 머릿속에 그런 생각들이 휙휙 지나갔다. 유영이 입맛을 다시며 냄비에 남은 술을 부었다. 그리고 팔팔 끓여서 나름대로 알코올을 날린 후 냄비째로 시원한 복도로 나와 현관문 앞에 내려놓았다. 물리 교사에게 이게 말이 되는 작업이냐고 물어보고 싶었지만 한심해할 것 같아 그럴 수 없었다.

"얼른 식어라. 목말라."

유영이 냄비를 내려다보며 혼잣말했다. 시원한 복숭아 주스를 기대하며 냄비를 보고 있는데 앞집 문 열리는 소리가 들렸다.

신혼부부가 이사를 간 이후, 한동안 비어 있던 집이었다. 해선이 그냥 비워둘 거라고 해서 이상해했었는데 드디어 누가 들어온 모양이었다. 유영이 힐끔 앞을 보았다가 저절로 입이 벌어졌다.

앞집에 신재준 같이 생긴 사람이 서 있…… 을 리가, 없는데, 진짜 신재준이었다.

유영이 서둘러 몸을 일으키더니 휙 돌아서 집 안으로 들어가 그 자리에 주저앉았다.

'왜? 언제부터 우리 집 앞에 신재준이 살았지? 뭐지?'

유영이 멍하니 앉아 있다가 일어섰다. 그러고 보니 어제 회식 자리에 저 자식이 나타난 건 생각나는데…….

"아, 학교 가면 질문 폭발하겠네."

유영이 두 손으로 제 얼굴을 감싸며 짜증을 냈다. 아직까지 휴대폰이 조용한 건, 폭풍 전야의 징조였다.

조심스럽게 문을 열어보니 재준이 아직도 앞에 있었다. 유영이 미간을 좁히고 물었다.

"너 왜 거기 있어?"

"너야말로 거기서 뭐 해?"

재준이 적반하장으로 되물었다. 적반하장이 분명한 게, 재 연봉은 고작 월세 45만 원짜리 집에 살 만한 액수가 아니었다. 하지만 되물을 이유는 충분했다.

이 건물이 재 거니까…….

유영이 마지못해 말했다.

"이모가 월세 깎아줄 테니까 여기 살라고 해서."

애초에 혼자 살기엔 넓은 편이었기 때문에, 시세로 치면 월세가 45만 원보다 훨씬 비쌌다. 게다가 정작 월세를 내봤자 이번 달은 필요 없다면서 몇 달째 환불이었다. 재준이 무덤덤하게 말했다.

"너 여기 사는 건 알아. 거기서 뭐 하냐고."

"……몰라도 돼."

"숙취가 심한가 보네."

유영이 얼굴을 못 들고 고개만 도리도리 저은 후 잽싸게 나가서 냄비를 집어 다시 집으로 들어가려고 했다. 그러자 재준이 그녀가 문을 못 열게 뒤에서 손으로 문을 눌러 오히려 닫아버렸다.

"야. 박유영."

유영이 몸을 돌렸다가 그의 양팔 안에 갇혔다. 유영이 놀라서 눈을 깜빡거리자 재준이 미간을 좁히고 냄비를 턱짓했다.

"그거 뭐야?"

"……주스 마시고 싶은데 없어서 술 끓여. 이거 복숭아맛."

"난 너 공부 잘하는 줄 알았는데."

"……."

"마실 거 줄게. 기다려."

유영이 이러지도 저러지도 못하고 서 있다가, 제 꼴을 슬쩍 내려다보았다. 슬리퍼, 수면바지.

유영의 얼굴이 확 달아올랐다. 그녀가 다급하게 문을 열고 들어가서 냄비부터 내려놓고 현관 거울로 제 얼굴을 보았다.

'못생겼어.'

제 얼굴에 충격 받은 유영은 더 이상 밖으로 나가지 않기로 결심했지만 잠시 후, 재준은 사정 봐주지 않고 벨을 눌렀다.

"박유영, 마실 거 달라며."

"내가 언제 달라고 했어?"

문을 사이로 두고 한 재준의 말에 유영이 대답하자, 그가 문을 두드렸다.

"빨리 나와."

"싫어! 나 지금 못생겼어."

"그랬나? 내가 판단해줄게, 나와봐."

그의 태연자약한 농담에 표정이 잔뜩 구겨진 유영이 문을 열었다.

어제 그렇게 쏴대고 다신 보지 말자면서 헤어졌는데 이렇게 앞집에 살면 어쩌라는 건가. 한마디 예고도 없이.

재준이 봉지에서 오렌지 주스 하나를 꺼냈다. 봉지에 든 걸 보니, 지금 나가서 사온 모양이다. 어깨도 비에 조금 젖어 있었다.

재준이 오렌지 주스 뚜껑을 드득 소리가 나게 열어서 그녀에게 내밀었다. 예나 지금이나 말투와 안 맞게 하는 짓은 다정한 녀석이다. 저 성격이 발렌타인데이면 그의 캐비닛을 초콜릿으로 가득 차게 만들었다.

유영이 음료수를 받지 않자 재준이 그녀의 손을 잡아 주스를 쥐여주고 말했다.

"무슨 교사 회식에서 술을 그렇게 많이 마셔?"

"교장 선생님이 자꾸 주셔서."

웅얼거리는 유영의 이마에 재준의 손이 닿았다. 다른 한 손은 자기 이마에 대보더니 말했다.

"열이 좀 있네."

차가운 음료수를 들고 있어서인지 그의 손이 차가웠다. 놀라서 눈을 감은 유영의 이마에서 곧 그의 손이 떨어졌다.

"비 와서 좋겠네. 너 비 오는 날 좋아하잖아."

빗소리와 그의 목소리가 섞여 들려서, 유영이 눈을 떴다. 눈을 감았다 뜨니 그녀가 알던 첫사랑이, 멀어진 소꿉친구가 보였다. 그녀가 자신을 가만히 보고 있는 재준에게 말했다.

"나 라식수술 했어."

"그래서?"

"이제 안경…… 안 써. 원래는."

그녀가 자기가 쓰고 있는 안경을 가리키며 말했다.

"이거 도수 없어. 화장 안 해서 쓴 거야."

재준은 그래서 어쩌라는 거냐는 듯한 표정을 지었지만, 유영에게는 무척 중요한 이야기였다.

"그냥. 그렇다고."

그녀가 이제 정말로 들어가려는데 재준이 물었다.

"너 그런데 어제 왜 울었어? 무슨 일 있었어?"

"일? 음. 네가 4년 만에 나타난 거?"

"……."

"연락 한 번 없다가 갑자기, 아무렇지도 않은 얼굴로 앞집에 살고 있는 것보다 더 큰일은 없을 것 같은데."

그에게 자신이 얼마나 아무것도 아니었는지를 떠올리니, 유영은 잠시나마 긴장했던 자신이 바보처럼 느껴졌다. 당혹감이 가라앉고 나니, 속이 텅 빈 것처럼 공허해졌다. 그녀가 씁쓸한 목소리로 중얼거렸다.

"진현이 말이 맞았어. 너랑 나는 애초에 친구가 되면 안 되는 거였는데."

"뭐? 황진현이 뭐라고 했는데?"

"몰라도 돼. 난 들어갈게."

유영은 그런 이야기들이 구질구질하게 느껴져 고개를 저었다. 그녀가 집으로 들어와 문을 닫고 침대에 누웠다. 그리고 생각해봤지만 도무지 이해가 가지 않았다.

신재준이 왜 저 앞집에 와 있는 걸까. 세 달 내내 호텔에 가 있는 게 나을 텐데. 아니면 본가에 가든지.

유영이 주스를 한 모금 마셨다. 그립던 음료수를 마시니 그 와중에 또 그렇게 맛있을 수가 없었다. 그리고 자기도 모르게 손을 제 이마에 올렸다. 그의 커다랗고 거칠던 손이 생각났다. 그녀의 말랑말랑하고 굳은살 하나 없는 손과는 정반대. 늘 전력으로 공을 던지는 커다란 투수의 손이 낯설어 기분이 이상해졌다.

유영이 한숨을 푹 쉬었다. 다신 보지 말자고 한 저 자식 건물에서 살고 있는 제 탓이었다.

"이사 가야겠다."

그녀가 중얼거리며 눈을 감았다가, 생각해보니 어차피 저 녀석은 곧 있으면 미국으로 돌아갈 텐데 내가 왜 옮겨야 하나 싶어졌다.

유영은 곧 재준의 어머니 해선에게 전화를 걸었다.

* * *

스케줄이 있어 지하에 있는 주차장으로 향하던 재준은 휴대폰이 울리자 전화를 받아 들었다. 그의 어머니인 해선이었다.

-재준아.

"예."

-아까 유영이한테 전화 왔더라, 네가 앞집에 사는데 왜 자기한테 말 안 했냐면서. 내가 아주 기가 막혀서.

"뭐가 기가 막혀요?"

-뭐가 기가 막히겠니. 나도 네가 거기 사는 걸 몰랐다는 게 기가 막히지.

그 말에 여간해선 놀라지 않는 재준이 흠칫 놀라 멈춰 섰다. 에이전시가 뭐든지 다 해줘 버릇하다 보니 그런 연락도 에이전시에서 해준 줄 알았다. 부모님께 연락하는 게 당연히 제 일이란 걸 인지하지 못했다. 아무튼, 야구 말고는 아는 게 없었다.

"에이전시에서 말한 줄 알았어요."

-내가 아들이 어디 사는지를 다른 사람한테 들어야겠니? 그것

도 외국인한테?

"……."

재준이 대답을 못 하는 사이, 해선이 본격적으로 잔소리를 시작했다.

-미국에 있을 때는 그렇다 쳐. 어떻게 한국에 와서도 연락이 안 돼? 어떻게 집에 한 번 안 와? 하나밖에 없는 자식 놈이 어디 사는지도 몰라야겠어? 아, 알았다. 너 내가 모르는 사이에 어디 다른 집에 입양됐구나?

"……집에 갈게요."

-그리고 어떻게 말도 없이 유영이 앞집으로 이사를 가? 유영이 놀랄 건 생각 안 해? 넌 어쩜 그렇게 섬세하질 못하니. 누굴 닮았어, 도대체?

해선은 재준의 머리가 띵해질 정도로 잔소리를 했다. 재준이 괴로워하며 저도 모르게 중얼거렸다.

"박유영, 치사하게 고자질이냐……."

-너, 너 지금 유영이 탓하는 거니? 혹시 내가 너 낳을 때 양심은 빼고 낳았니? 어머나, 세상에, 내가 그런 실수를.

"……."

-애초에 그러니까 왜 유영이한테 말도 안 하고 번호를 바꿔.

구박은 했지만 그래도 자식은 자식인지라, 해선은 재준이 유영에게 전화번호를 알려주지 않는 것에는 무언가 이유가 있을 거라고 생각했다. 어려서부터 그렇게 친하던 유영에게만 제 번호를 알려주지 않은 것에는 분명.

재준이 못 들은 척 말했다.

"주말에 집에 갈게요. 주말에 봬요."
-그래. 주말에 오렴.
해선도 더 묻지 않고 전화를 끊었다.

* * *

월요일 아침, 눈을 뜬 유영이 침대에서 몸을 일으켰다.
주말 내내 재준과 마주칠까 봐 걱정했는데, 의외로 그다지 만날 일이 없었다. 그는 온종일 바쁜지, 집에 잘 들어오지도 않는 것 같았다. 하기야 그가 TV에 출연하는 빈도만 봐도 여유가 있을 것 같지 않긴 했다.
재준은 자신이 연락을 끊었다는 사실조차 잊어버렸을지도 몰랐다. 저 혼자 불편해하며 오두방정을 떨고 있는 걸 수도 있다는 생각을 하면 한숨이 나왔다.
재준에게 너무나 허무하게 차여버리고 기운 없이 울던 열여덟 살의 가을이. 너무 친하던 저 녀석에게, 아픈 티도 못 내고 호구처럼 웃으며 친구인 척하던 가을이. 그런데도 갑자기 자신에게서 연락을 끊어버린 저 녀석 때문에 울던 가을이. 유영에게는 중요한 이야기였지만 그에게는 아닐 수도 있으니까.
"아, 출근하기 싫다."
유영이 투덜거리며 칫솔부터 꺼냈다. 양치질을 하며 인터넷 기사를 넘겨보는데 재준에 대한 기사가 수두룩했다. 그중 유난히 자극적인 제목이 보였다.
[재준이는 건방진 후배죠.]

"걔가 성격이 나빠서 그렇지 건방지진 않은데."

유영이 불분명한 발음으로 혼잣말하고 기사를 눌렀다. 인터뷰 동영상을 보고 있으니 괜히 짜증이 났다.

이 인터뷰를 한 재준의 선배라는 국내 프로 선수가 며칠 전에 술을 한 잔 권했는데 한 잔도 안 마신 모양이다. 사회성이 없다, 선배를 우습게 본다, 이런저런 험담을 늘어놓았지만 결국은 재준이 월등한 재능에도 불구하고 자기관리까지 자신보다 철저한 게 질투가 났던 거다. 재준을 아는 입장에서 보니 이 선배란 사람의 본심이 빤히 보였다.

재준이 괜히 욕을 먹는 걸 보니 좀 안쓰러워서 그에 대한 미움이 살짝 가셨다. 정신을 차린 후 나갈 준비를 마치고 유영이 심호흡을 했다. 이제 술도 충분히 마셨고, 충분히 울었다. 오늘부터는 다시 성실한 직장인으로 돌아갈 생각이었다.

그녀가 크로스백 끈을 두 손으로 꽉 쥐고 집을 나섰다. 유영이 흘깃 앞집 문을 보더니 지하 주차장까지 내려갔다. 아직 차가 있는 걸 보니 집에 와서 자긴 하는 모양이다.

학교에 도착하자마자 선아가 기다렸다는 듯이 유영에게 말을 걸었다.

"유영 쌤!"

"어우, 깜짝이야. 우리 반 애가 부르는 줄 알았어. 갑작스러운 것이 아주."

"나도 방금 중학생같이 불렀다고 생각했어."

선아가 수긍하며 고개를 끄덕였다.

중학교 교사가 되니 점점 중학생 같아지는 기분이다. 고등학교 교사가 되면 조금 더 어른이 되려나. 유영은 한숨을 쉬는데 선아가 다급하게 물었다.

"아니, 그래서? 응? 어떻게 된 겁니까, 박 선생님?"

"어떻게 되긴 뭘?"

"모른 척하지 말고! 신재준 선수가 그 유영 쌤이 말한 건물 산 친구야? 주말에 궁금해 죽을 것 같았는데 만나서 물어보려고 꾹꾹 참았어."

"엄마 친구 아들……. 근데 그거 몇 명이나 알아?"

"응? 일단 우리 학교 쌤들은 다 알걸. 행정실에서도 아실걸? 아, 그리고 교장 선생님이 또 야구 팬이시잖아. 먼저 가서 신재준 못 봤다고 슬퍼하시던데."

"학교 참 좁다……."

유영이 속이 타서 텀블러에 들고 온 식은 커피를 벌컥벌컥 마셨다. 선아뿐만 아니라 교무실 다른 교사들도 귀를 기울이고 있었다. 유영이 입을 열었다.

"아무튼 진짜 그게 다야. 우리 엄마 제일 친한 친구 아들이라서, 어릴 때부터 그냥…… 몇 번 봤어. 성인 되고 거의 연락 안 했는데……."

생각하니까 또 열 받는다. 그렇게 사라졌다가 갑자기 나타나면서 무슨 반응을 생각한 걸까. 아무렇지도 않게 '오랜만이다!', '보고 싶었어!' 따위의 평범한 반응이라도 할 줄 알았나?

분한 마음에, 유영은 그날 하루 급식도 맛이 없고, 잘 먹지 못했더니 퇴근이 가까울 즈음부터 다시 배가 고팠다. 게다가 오늘 생리를 시작해서 아랫배가 싸르르 아프기까지 했다.

약을 먹고 버티며 빨리 학교가 끝나길 기다리는데, 교장이 복도에서 유영을 발견하고 서둘러 걸어왔다.

"박 선생님."

"네?"

유영이 의아해하며 묻자 교장이 여느 때에는 느낄 수 없었던 다정한 목소리로 말했다.

"박 선생님도 나 야구 좋아하는 거 알지?"

"예? 예. 뭐."

"내가 강재혁 선생님한테 박 선생님이랑 신재준 선수가 친구란 얘기를 듣고 그날 먼저 간 걸 얼마나 후회했는지 알아요?"

유영은 속으로 몇 번이고 재준의 욕을 퍼부었지만 상황은 변하지 않았다. 이미 교장의 눈빛은 기대감으로 가득했다.

"나랑 아들이랑 손자까지 삼대가 신재준 선수 팬이라. 바쁜 선수한테 세 장은 좀 염치가 없나?"

받아다주는 건 이미 정해진 거고, 세 장을 받아다달라는 게 민망한 모양이었다.

"그 선수랑은 별로 안 친하고, 걔네 어머니랑만 친해서 확답은 못 드려요. 그래도 교장 선생님 건 받아올게요."

"아이고, 고마워라. 그래도 될 수 있으면 세 장. 알겠지? 세 장?"

교장이 몇 번이고 강조하고 떠나자 유영은 진이 쭉 빠졌다.

"빨리 집에 가고 싶다."

그녀가 중얼거렸다.

퇴근 시간이 되자마자 유영은 도망치듯 학교에서 빠져나왔다. 이게 다 신재준 때문이다. 몸이 안 좋은 것도, 서러운 것도, 짜증 나는 것도, 외롭고, 열 받고 화나는 것도 전부 그 녀석 때문이었다.

디저트라도 먹으며 기분을 풀고 싶어서, 유영은 동네에 자주 가던 컵케이크 가게로 향했다. 줄을 좀 서야 하긴 하지만 워낙 맛있어서, 집에 가기 전에 좀 사갈 생각이었다.

꽤 길게 늘어져 있는 줄의 끝을 찾아 걸음을 옮기던 유영이 자리에 멈춰 섰다. 가게 앞에 진현이 시계를 보며 서 있었다. 깔끔한 브이넥 니트를 입은 그는 언제나처럼 단정한 엘리트처럼 보였다.

두 사람의 눈이 마주쳐서, 유영은 시선을 피하고, 진현은 계속 그녀를 바라보았다. 그때 가게 안에서 효진이 걸어 나왔다.

"바닐라맛은 다 나가서 없대."

그녀가 발랄하게 말하다가 진현의 시선을 따라 고개를 돌렸다. 거기서 유영을 발견하고는 난감해하는 듯싶더니 억지로 웃으며 말했다.

"유영아. 컵케이크 사려고?"

"……여기 오지 마."

"……."

"우리 동네잖아. 오지 마, 이제."

유영이 말하고 휙 돌아섰다.

나쁜 건 저 둘인데, 왜 저만 이렇게 찌질한 기분이 드는 건지. 아무렇지도 않은 척하려고 애써봤자, 저 두 사람 눈에 자신이 어떻게 비칠지가 신경 쓰이고, 민망하고, 스스로가 밉고, 아무튼 뒤죽박죽이었다.

그 와중에 진현과 함께 저 줄에 서 있던 기억까지 떠올랐다. 줄이 너무 길다고 유영이 투덜거리면 진현이 웃으며 라디오를 틀고, 이어폰을 한쪽씩 나누어 끼곤 했다. 그러다 보면 금방 시간이 지나가버리고, 두 사람은 곧 컵케이크를 하나씩 들고 집으로 향했었다.

뭐가 문제였을까.

유영이 생각하며 결국 빈손으로 걸음을 옮겼다.

멍하고 우울했다. 문을 열려고 열쇠를 꺼냈는데 손에 힘이 안 들어가서 바닥에 툭 떨어졌다. 허리가 아파서 집에 가자마자 진통제부터 먹어야지, 생각했는데. 문뜩 떠올려보니 약이 다 떨어졌던 것이 생각났다.

지쳐서, 눈물이 툭 떨어졌다. 한계까지 우울해서, 몇 걸음 뒤의 집 안으로 들어갈 체력도 없었다.

"미쳐, 진짜."

그녀가 고개를 뒤로 젖히고 중얼거렸다.

그때 걸음소리가 들린다 싶어 고개를 돌려보니 재준이 바닥에 떨어진 열쇠를 집어 들고 있었다.

근육질의 몸에 안 어울리게도 신사적으로 보이는 눈썹과 곱상한 얼굴이 눈에 들어왔다. 평생 자신보다 한 뼘씩은 크던 녀석. 늘 제가 오빠라도 된 것처럼 굴던 신재준.

재준을 TV로만 보는 사람들은 그가 꽤 마른 편이라고 생각했다. 체격 좋은 메이저리거 사이에 있으면 상대적으로 호리호리해 보였기 때문이다. 그래서 회식 자리에서 다른 교사들이 말했듯이, 다들 실제로 재준을 보면 그가 모델과가 전혀 아니란 사실에 놀라곤 했다. 실제로 보면 재준은 누가 봐도 운동선수의 몸을 가지고 있었다. 어깨가 넓게 벌어져 있고, 단련된 상체만큼이나 하체도 단단했다.

그런 그와 같은 공간에 서 있는 게, 이제는 유영도 불편해졌다. 친할 땐 하도 매일 봐서 잘생긴 것도 잊어버렸었는데, 지금 보니까 도대체 저렇게 생긴 애랑 어떻게 아무렇지도 않게 마주 보고 밥을 먹었을까 싶었다. 그녀가 열쇠를 달라고 손을 내밀자 재준이 주먹을 쥐어 열쇠를 감췄다. 유영이 싸늘하게 말했다.

"열쇠 줘."

"볼 때마다 우네."

"신경 꺼."

시끌시끌한 아이들에게 냉정하게 말하다 보니까, 단호한 말투가 쉽게 흘러나왔다. 그리고 아이들에게도 그렇듯이, 말하는 동시에 가슴이 따끔따끔 아팠다.

유영이 손가락으로 제 머리칼을 귀 뒤로 넘겼다. 억지로 눈물을 참아내며 말했다.

"빨리. 나 피곤해."

저 자식은 왜 앞집에 살아가지고 이렇게 제 속을 뒤집는지 모를 일이다.

"아, 술 땡겨……."

그녀가 자꾸만 툭툭 떨어지는 눈물을 손등으로 닦아내며 중얼거렸다. 그러다 교장의 말이 생각나서, 만난 김에 툭 내뱉었다.

"아, 그리고 나 사인 좀 해줘. 네가 회식 자리 나타난 거 소문나서 교장 선생님이 네 사인 노골적으로 가지고 싶어 하잖아."

"지금 해줄게."

"지금 말고. 지금은 너무 힘들어."

손가락 까딱할 힘도 없었다. 그냥 주저앉아 울면 좀 나아질까.

재준은 유영의 감정 상태가 매우 좋지 않다는 걸 눈치챘는지 제 딴엔 제법 부드러운 투로 말했다.

"나한테 말 걸기 싫잖아, 너. 그냥 맘 편하게 만난 김에 받아둬. 다음에 또 부탁하기 불편하잖아."

그건 맞는 말이었다. 유영이 아무런 반응도 하지 않자, 재준은 그걸 긍정으로 판단하고 유영의 팔을 당기려다, 그녀가 싫어할 거라고 생각했는지 문을 열고 먼저 들어가라 턱짓했다.

유영이 그의 집 안으로 들어갔다. 잠깐 살고 나갈 집치고는 아주 깨끗했고, 은은한 향기가 났다. 재준이 깔끔한 편이긴 하지만 세련된 편이라곤 생각해본 적 없었다. 그가 디퓨저나 향수 같은 걸 쓰게 될 줄이야. 여러 가지 면에서 그는 이미 유영이 알던 어린 시절의 재준이 아니었다.

재준이 공을 가져와서 소파에 앉아 옆을 툭툭 쳤다. 유영이 옆에 앉자 재준이 말했다.

"개당 5천 원."

"그럼 그냥 종이에 해줘."

"농담이야."

재준이 웃으라는 듯 먼저 웃어 보였다. 그 미소가 그나마 어릴 때의 재준을 조금 떠올리게 해서, 유영은 묘한 그리움을 느꼈다.

그때, 어릴 때는 그와 이렇게 서먹해질 줄 상상도 못했다.

재준이 박스를 유영의 무릎에 놓았다.

"공 하나씩 꺼내줘. 한 다섯 개쯤 해줄게."

안 그래도 선아도 관심이 있는 눈치여서, 유영은 이 김에 같이 챙겨줘야겠다는 생각이 들었다.

재준이 샌프란시스코 자이언츠 로고가 그려진 공 하나를 집어 사인을 하기 시작했다. 느긋하게 사인을 마친 재준이 그 공을 봉투에 넣고, 유영에게 손을 내밀었다. 유영이 재준에게 새 공을 건네자 똑같은 동작이 반복되었다. 꼼꼼하고 긴 사인이라 하나하나 제법 시간이 걸렸다. 이렇게 가까이에서 이렇게 오래 있어본 건 무척 오랜만이었다.

유영이 마지막 공을 내밀자 그녀의 손을 가만히 보던 재준이 물었다.

"단 거 사다줄까?"

"……."

"먹고 싶은 거 있어?"

그의 말에 이번엔 울컥, 제대로 가라앉히지 못한 울음이 올라와 터져 나왔다.

왜 아는 건데. 짜증 나게.

그 한마디에 겨우겨우 참고 있던 울음이 확 터졌다. 시야가 가려질 정도로 눈물이 났다. 진현도 밉고, 효진도 밉고, 재준도 밉고. 소중하다고 믿었던 사람들이 다, 너무나 미웠다. 그들에게 가졌던 좋은 기억, 행복한 추억이 전부 자신만의 오해였으면 어떡하나. 그들은 나와 있을 때 불행했으면 어떡하나. 그들은 한 번도, 나를 사랑한 적이 없으면 어떡하나 괴로웠다.

유영이 심호흡하며 울음을 가라앉혔다. 그녀의 까만 속눈썹이 물기에 젖어 엉켜 있었다. 유영은 자신과 시선의 높이를 맞춘 재준을 붉어진 눈으로 빤히 바라보았다. 재준이 웃으며 물었다.

"뭐 먹고 싶은데? 약은 먹었어?"

"……약도 사야 돼."

"그래. 그럼 약이랑 또 뭐?"

"컵케이크."

진짜 컵케이크를 못 먹어서 화가 난 건 아닌데, 컵케이크라도 먹지 않으면 이 화가 풀릴 것 같지 않은 것도 사실이었다. 제일 좋아하던 가게였는데, 마음 편히 갈 수 없게 되었다는 사실이 서러웠다. 재준이 자리에서 일어서 그녀의 팔을 잡아 같이 일으키며 물었다.

"아무 곳에서나 사오면 돼?"

"아니. 안 돼."

"어딘지 말해줘. 사올게."

유영이 못 이기는 척 고개를 끄덕이고, 제 집으로 돌아가 침대에 풀썩 누웠다.

멍하니 잠도 들지 않고 있는데 재준에게서 전화가 왔다. 유영이 그의 번호에 머뭇거리다가 전화를 받았다.

-인기 있는 건 다 팔려서 없나 봐. 당근 있는데 그거라도 먹을래?

"음……. 맛있으려나? 안 먹어봤는데. 너도 뭐 먹을 거야?"

-난 레모네이드.

그의 대답이 뜬금없게 느껴졌는지 유영이 저도 모르게 실소했다. 우울했는데, 컵케이크 가게에서 레모네이드 찾는 저건 좀 웃겼다.

"나도 레모네이드도 마실래."

-알았어. 금방 갈게. 잠들지 마.

누워 있는 거 들켰다. 유영이 생각하며 전화를 끊었다. 진짜 이상하네. 진심으로 컵케이크를 먹고 싶어서 눈물이 나왔던 것이 아니었고, 심지어 먹고 싶어 하던 맛도 없다는데 한결 기분이 나아진다.

잠시 후 재준이 돌아와 문을 두드렸다. 유영이 한동안 계속 울어 눈가가 빨개진 채 문을 열었다.

재준이 봉투를 내밀어 유영이 받아 들었다.

"고마워."

계속 화낼 건데. 이런 걸로 화를 풀 수는 없는데.

만나면 내가 더 많이 무시해줄 거라고, 그렇게 마음먹었었는데. 재준의 얼굴이 반갑고, 그립고, 그가 어른이 되는 내내 만나지 못했다는 게 아쉽고, 그래서 더더욱 그가 원망스러웠다.

유영이 봉투를 쥐고 말했다.

"나 네 번호 지웠어."

잠시 침묵이 흘렀다. 재준이 다시 입을 열었다.

"지난번에 나한테 전화했잖아."

"……."

"내가 받자마자 끊었잖아."

"이모가 알려줬는데 술 먹고 실수한 거야. 바로 지웠어. 그날."

"왜 지워?"

"너랑 친하지도 않은데, 실수로 전화할까 봐."

유영이 대답하자 재준이 손으로 제 얼굴을 한번 쓸어내렸다. 그 행동이 무척 어른스러워서, 유영은 다시 그가 낯설게 느껴졌다.

"아까 전화한 번호, 저장해."

"싫어."

"왜?"

"너 샌프란시스코로 돌아간 다음에, 또 갑자기 나한테 연락하기 싫어지면 어떡해?"

유영이 서럽게 묻자 재준이 천천히 눈을 감았다가, 떴다. 유난히 새카만 눈동자가 달이 없는 밤 같아서, 무척이나 우울하게 느껴졌다. 재준이 쓸쓸하게 느껴지는 목소리로 말했다.

"안 그럴게."

"한 번 그랬는데, 네 말을 어떻게 믿어. 됐어. 그냥 애초에 서로 번호 잊어버리자. 컵케이크는 고마워."

아까 실컷 울어서인지, 이제 울음을 그치고 담담하게 말할 수 있게 되었다. 그녀의 담담한 목소리가 이번엔 재준의 화를 돋운 듯했다. 그러나 그도 유영이 자신을 믿지 못하게 만든 건 제 탓이라고 생각했기에, 화를 억누르고 입을 열었다.

"이제 안 그럴게. 네가 그렇게까지 스트레스 받았는 줄 몰랐다."

"스트레스가 아니라……."

"아니면 뭐. 그렇게 원망스러울 정도의 일이야, 이게?"

재준이 결국 짜증이 섞인 목소리로 되물었다. 그러자 유영이 물기에 잠긴 목소리로 중얼거렸다.

"안경…… 때문인가 했어."

"안경?"

"네가 나한테 연락을 안 하게 됐을 때. 제일 먼저…… 내가 안 예쁜 안경을 써서, 네가 나한테 연락을 안 하는 건가……."

유영은 재준과 연락이 끊긴 이후, 다시는 밖에 나갈 때 안경을 쓰지 않았다.

재준은 그녀의 말을 전혀 이해하지 못하는 표정이었다. 하기야 그는 유영이 마음속에 굳이 담아두었던 진현의 말을 모를 테니까. 갑자기 웬 안경 타령인가, 하고 있을 것이다.

유영이 애써 웃으며 경쾌하게 말했다.

"내가 안 예뻐서 그런가 보다 했다고, 바보야."

"……뭐?"

"네 주변엔 늘 예쁜 애들만 있었으니까. 난 안 예뻐서, 그래서 필요 없나 보다. 친구로서도 그렇게 좋은 친구도 아니었나 봐. 그렇게 생각하니까. 그게…… 그게……."

다 변명이었다. 그런 것들은 사실, 그냥 좀 짜증이 나고 말 일이었다. 제일 아팠던 건 이제 이 녀석의 목소리를 들을 수 없고, 그와 친구일 수 없다는 것. 제일 슬펐던 건 내가 너에게 잊힐 만큼 별것 아닌 사람이었다는 것. 내가 가진 너에 대한 애정이, 네가 가진 나에 대한 애정과 양에서도, 크기에서도 달랐다는 걸 확인하는 게 힘들었던 것뿐.

그래서 그에게 다른 어떤 이유라도 있었으면 했는데, 결국 그에게 얻은 대답이 '그냥'이다. 정말로, 아무 이유도 아니었구나. 그렇게 생각하니 공허함이 느껴졌다. 유영이 이번엔 정말 문을 닫으려 하자 재준이 문을 붙잡았다.

"내 번호 저장해."

"애초에 넌 왜 내 번호가 있어?"

"없었던 적 없어."

"뭐?"

"그냥 너한테 알려주지 않은 거야. 나한텐 늘 네 번호가 있었어. 없어도 외울 수 있고."

고작 컵케이크에 앙금을 풀 순 없었다. 번호를 외우고 있다고, 그런 신뢰도 안 가는 말에도 역시 마찬가지였다.

그런데 그까짓 외모가 뭐라고, 가까이 다가온 그의 근사한 얼굴만으로도 기분이 나아진다. 게다가 그가 유난히 달게 느껴지는 목소리로 화를 풀라고 달래니 더더욱, 화가 가라앉았다. 저 이기적인 자식은 몸만 특혜를 받은 것도 모자라, 외모랑 목소리까지 모조리 특혜를 받고 태어났다.

그리고 아침에 본 인터뷰를 생각하니 그가 안쓰럽기도 했다. 그것도 꽤 스트레스일 텐데, 아마 아무한테도 말 안 하고 혼자 삭고 말았을 거다.

어디 가서도 힘들단 말 한번 제대로 못 하며 산 녀석이다. 미국에 처음 가서 불안하고 초조할 때도 제 아버지가 일도 그만두고 따라와 뒷바라지하고 있다는 생각에 힘들단 투정 한번 못 하고 운동만 했을 녀석.

그녀가 생각하는 사이, 재준이 뒤로 물러서며 말했다.

"번호 저장하기 싫으면 하지 마. 어차피 네가 나한테 먼저 전화할 일도 없을 것 같네."

"……."

"연락은 내가 하면 돼. 넌 안 해도 돼."

그가 무덤덤하게 말하더니 뒤늦게 생각났는지 유영에게 줬던 봉투를 열어 레모네이드 하나를 꺼냈다. 그리고 빨대로 쭉 들이켜 보더니 울컥 짜증을 냈다.

"아, 셔."

웃으면 안 되는데, 내내 자신을 달래느라 부드러운 척하던 녀석이 본능적으로 짜증을 내는 게 너무나 신재준다워서 저도 모르게 실소가 터졌다. 그러자 재준이 혀를 차고 핀잔했다.

"벌써 웃음이 나와?"

"시끄러워. 저리 가. 나 약 먹고 잘 거야."

재준이 고개를 끄덕이고, 두 손을 주머니에 넣었다. 유영이 문을 닫자 재준도 제 집으로 들어가는지 문 닫히는 소리가 들렸다.

그녀는 물을 한 컵 따르고 진통제 한 알을 꺼내 입에 넣고 물을 쭉 들이켠 후, 울다 지쳤는지 마음이 풀려서인지 곧바로 깊이 잠들었다.

* * *

재준과의 관계가 어떻게 되는 건지, 유영은 의문이었다. 그러나 학교에서는 더 이상 재준에 대해 고민할 여유가 없었다.

유영은 전날 술집에서 서연이 시비가 붙어 말다툼이 있었다는 소식을 듣고, 그녀를 교무실로 불러 마주 앉아 있었다. 유영이 인상을 쓰고 있는 서연에게 말했다.

"너 어쩌려고 그래?"

"……."

이 다음은 또 뭐라고 말해야 하는 건지, 사실 유영도 잘 몰랐다. 중학생이 술집에서 싸운 것도 모자라 경찰서까지 다녀왔다.

유영이 한숨을 한번 쉬고 물었다.

"왜 싸웠는데?"

"안 싸웠어요. 그래서 경찰도 그냥 집에 들어가라고 했잖아요."

"말다툼도 싸움이야."

"다른 테이블에 있던 년이 꼬라보잖아요."

"서연아. 말조심해야지."

"다른 테이블에 있던 여자가 똑바로 쳐다보잖아요."

서연이 말하곤 됐냐는 듯 유영을 보았다. 유영이 조용히 말했다.

"서연아. 이번엔 처음이라 학부모 면담 정도로 끝나지만, 다음엔 그냥 못 넘어가."

"우리 아빠 학교 안 올 텐데."

"온다고 하셨어."

"오면 선생님 맞을걸요?"

서연이 말하자 유영이 고개를 끄덕였다.

"알았어. 긴장할게."

"아, 그냥 저만 혼나고 말면 안 돼요?"

서연이 뒤늦게, 좀 불안한 표정으로 물었다. 편부 가정에서 자란 서연의 아버지는 종종 아이에게 폭력을 휘두를 때가 있는 모양이었다. 서연이 억울한 목소리로 말했다.

"아빠는 툭하면 나 두들겨 패도 멀쩡한데, 왜 나만 뭐라고 해요?"

그 말에, 유영은 대답할 말이 없었다. 그러게. 세상 참 불합리해. 그렇게 대답해주는 게 맞는 것 같았다. 하지만 그래도 되는 걸까? 이제 열여섯 살인 녀석에게 원래 세상이 그래, 세상이 불합리해. 돈이 최고야. 너도 돈 벌어서 빨리 아버지에게서 독립해. 이렇게 얘기할 수는 없는 노릇이었다.

유영이 저도 모르게 주먹을 꾹 쥐고 말했다.

"넌 아직 미성년자잖아. 보호자가 필요해. 그래서."

"아, 짜증 나. 알았어요. 수요일에 얘기해요, 그러면. 벌써부터 얘기할 필요 없잖아요."

유영이 고개를 끄덕였다.

"그래. 그때 얘기하자."

서연이 자리에서 나간 후, 유영이 두 손으로 얼굴을 감쌌다. 자신이 세상에 다시없이 무능하게 느껴졌다. 누가 건드리지 않아도 힘든데, 대각선에 있던 재혁이 핀잔했다.

"박 선생님. 더 세게 나가도 돼요. 그렇게 애한테 휘둘리면 어떡합니까?"

"쟤가 맞는 말을 하는데 어떡해요."

유영이 저도 모르게 욱해서 대답했다. 그 말에 재혁이 움찔하는 게 보여서, 유영은 제가 욱한 것을 지우기 위해 약간의 농담을 섞어 말했다.

"아, 난 원래 학교 다닐 때 무서워서 노는 애들이랑은 말해본 적도 없는데."

"신재준이랑 친구였으면 노는 애들이 박 선생님한테 말 안 건 거겠지."

재혁이 투덜거렸다.

그건 본인 이야기이기도 한 모양이었다. 왠지 회식 자리에 재준이 나타난 날 이후, 유영에게 말거는 일이 부쩍 줄었다.

유영은 '그런가' 하고 적당히 대답하고 다시 한숨을 내쉬었다. 학생이랑도 안 맞는데, 교사랑도 잘 안 맞는다. 요즘은 의욕도 별로 없고, 수업도 그리 열정적이지 않았다.

아무래도, 교사가 적성이 아닌 것 같다.

* * *

모처럼 스케줄이 일찍 끝난 재준은 집에 돌아와 저녁 식사를 하고, 가만히 소파에 앉아 있었다. 집에서도 손에서 야구공을 놓지 않는지라 오른손에는 야구공을 쥐고, 왼손으로는 책을 꺼내 한 장씩 넘기고 있는데 어느 순간부터 초조함이 느껴졌다. 평소 맞은편 집 문 열리는 소리가 들리니까, 그것으로 그녀가 온 것을 알아차리는데. 밤늦도록 문 열리는 소리가 들리지 않는다.

남자친구랑 있나 싶기도 했지만, 해선이 언뜻 전해주기로 유영이 남자친구와 헤어진 것 같다고 했다.

결국 재준이 휴대폰을 집어 들었다. 혹시나 남자친구와 같이 있더라도, 어차피 자신은 소꿉친구니까 괜찮을 거라고 생각했다. 그는 유영에게 전화를 해보고 싶은 마음에 자신의 어마어마한 존재감을 없는 셈 하고 있었다.

다행히 유영은 금방 전화를 받았다.

"어디야?"

-응? 술 마셔.

"황진현이랑?"

-아니. 혼자.

"어딘데?"

-비밀인데에.

"말꼬리 늘리지 말고 제대로 말해."

열한 시가 넘어가고 있었다. 이 시간에 혼자 술을 마시고 있다는 걸 듣고 나니 재준의 목소리가 곱게 나가지 않았다. 유영은 뭔가 먹고 있는지 우물거리며 대답했다.

-여기 시장에 있는 포장마차.

그녀의 위치를 확인하자마자 재준은 곧바로 전화를 끊었다. 벽장을 열어 트렌치코트를 꺼내 입고, 두툼한 회색 카디건 하나를 챙겼다.

"박유영, 진짜 원래 안 이랬는데."

재준이 혼자서 누구에겐가 변명을 하며 집을 나섰다.

대학을 다닐 때도 그다지 술을 좋아하는 것 같진 않아서, 엠티를 갈 때마다 술 먹기 싫다고 한숨을 푹푹 쉬던 녀석이었다. 그런 애가 직장인이 되어서 인생의 쓴맛 좀 봤다고 매일같이 술을 마실 것 같지 않다. 분명히 뭔가 있는 것 같은데 그걸 자신에게 털어놓기엔 그녀와 자신 사이의 골이 너무 깊었다.

건물과 그리 멀지 않은 곳에 있는 시장 골목으로 들어가니 낮에는 장사를 하던 길에 포장마차 여러 개가 영업을 하고 있었다. 재준이 다시 유영에게 전화를 걸자 그녀가 짜증을 냈다.

-아, 또 왜?

"어느 포장마차?"

-어느 포장마차냐고? 음……. 빨간 포장마차?

"……전부 다 빨갛잖아."

-그래? 그럼 나도 모르지.

유영이 취해서 대화가 잘 되지 않았다. 재준이 전부 빨간 천막으로 이루어진 포장마차들을 바라보았다. 드라마 보면 주인공들끼리는 포장마차에서 우연히 만나는 경우도 많던데, 이 동네에는 왜 똑같은 포장마차가 저렇게 여러 개라 사람을 헷갈리게 하는지.

그가 첫 번째 포장마차 문을 들춰보자, 그를 알아본 사람들이 곧바로 소리쳤다.

"어! 신재준이다!"

"무슨 신재준이 여기……. 지, 진짜 신재준이네?"

취한 사람들이 비틀거리며 일어나려 하자 재준이 서둘러 천막

문을 내렸다. 민망함에 두 번째 포장마차는 들어가지 못하고 투명한 비닐 창문 너머로 기웃거려봤는데 거기도 없었다.

명색이 국내에서 제일 잘나가는 스포츠 스타인지라, 어딜 가도 사람들이 경악했다. 보통 때라면 그의 체격이며 날이 선 외모에 선뜻 말을 걸지 않는 사람들이 대부분인데, 다들 취해서 그를 알아보자마자 냉큼 달려들었다.

재준이 더는 안 되겠다고 생각했는지 전화로 유영에게 물었다.

"빨간 거 말고 다른 특징 없어?"

-특징은 빨간 거 말고 없는데……. 아, 근데 여기 이름이 순심이 포장마차야.

반성의 자세로 화를 안 내려고 했는데 유영이 자꾸 울컥하게 만들었다. 재준은 목 끝까지 치민 짜증을 억누르느라 이를 악물며 말했다.

"이름을 알면 그것부터 말해야 할 거 아니야."

-이름은 안 물어봤잖아?

자신이 왜 이 짓을 하고 있나 회의감을 느꼈다. 술 취한 사람 뒤치다꺼리를 해본 적이 없어서, 이렇게 어려운 일인 줄 몰랐다.

그가 쭉 걸어가 보니 네 번째 포장마차가 순심이 포장마차였다. 그 안으로 들어가니 혼자 술을 마시는 유영이 보였다.

재준이 그녀의 맞은편에 털썩 앉았다.

"박유영."

익숙한 목소리에 유영이 실망한 목소리로 중얼거렸다.

"난 또 모르는 남자가 나한테 작업 거나 했네."

"네가 안 취했으면 방금 전까지 전화하던 남자가 왔을 거라고 생각했을걸."

재준이 굳은 표정으로 말했다. 유영이 약간 무거워 보이는 고개를 억지로 들어 빤히 그를 보았다.

늘 짧게 유지하는 머리칼이 쉬는 중이라 그런지 평소보다 길고, 정장에 어울릴 법한 트렌치코트까지 입으니 운동선수보다는 청년 사업가 같아 보였다. 뭐 이렇게 잘생긴 사업가가 또 어디 있나 싶지만.

유영의 앞에 앉은 후에도, 그를 향한 사람들의 관심이 멈추지 않았다. 포장마차 밖에서 안을 기웃거리는 사람들까지 있었다.

재준은 늘 이렇게 관심을 몰고 다녔다. 그러니 점점 멀어지는 것도, 닿지 않게 되는 것도, 유영에게는 당연하게 느껴졌다. 받아들이기 힘들었던 것은 별개의 문제다.

그녀가 소주 한 잔을 더 채우려고 병을 들자 재준이 그녀의 손목을 붙잡았다.

"이제부터 내가 따라줄게."

"오, 너 같은 고급인력이?"

"그거 알면 그만 마시지?"

재준이 차가운 얼굴로 말하더니 유영의 잔을 채 반도 안 되게 채우고 병을 제 앞에 두었다. 유영이 소주를 한 모금 마시고 투덜거렸다.

"최소한 7부는 따라야지, 무슨 애가 정이 없어?"

"정이 없는 놈이면 널 찾으러 이 밤에 안 나오지."

"그건 그냥 네가 매너는 좋은 남자라 그런 거고. 정 없는 건 맞잖아. 나 없이도 천년만년 살 자식."

그 말에 재준이 입을 다문다. 유영이 중얼거렸다.

"너 같은 건 뭐라고 부르지? 친구도 아니고. 예전 친구? 절교한 친구? 아, 뭐 용어 없나."

앉아 있는데도 그녀의 몸이 비틀거리는 게 불안한지, 재준이 단단히 그녀의 팔을 붙잡았다. 취해서 뜨거워진 유영의 몸에는 재준의 손이 너무 차갑게 느껴졌다. 유영이 몸을 돌려 말했다.

"사장님, 여기 소주 한 병 더 주세요."

"아뇨, 얘 많이 취해서, 그만 주셔도 됩니다. 죄송합니다."

재준이 곧바로 취소해버리자 유영이 불만스럽게 그를 보았다. 그러거나 말거나, 재준이 그녀를 붙잡아 일으켜고 가져온 회색 카디건을 내밀었다.

"입어."

안 그래도 추위를 느끼던 유영은, 겉옷을 보더니 반가워하며 냉큼 받아 몸에 걸쳤다. 재준에겐 딱 상의인데, 유영이 입자 엉덩이를 가릴 정도로 길었다.

그녀가 지갑을 꺼내자, 재준이 쓸데없는 짓 하지 말라는 듯 유영의 손을 밀어내고 제가 지갑을 꺼내 대신 계산을 했다. 그러자 아마 '순심'일 듯한 사장이 물었다.

"총각, 되게 유명한 사람인가 봐? 사람들이 막 몰려 있네. 드라마 나와?"

"야구선수예요."

"아! 난 또 하도 잘생겨서 배우인가 했지."

그러자 다른 손님이 어떻게 신재준을 모르냐고 한소리 하고, 재준은 더 대화의 중심이 되기 전에 유영을 데리고 포장마차를 나왔다.

유영이 비틀거리면서도 지나치게 긴 소매를 열심히 걷으며 말했다.

"아, 술 못 마시게 한다고 짜증 내려고 했는데. 옷 줘, 돈 내줘, 집에도 데려다줘. 화를 낼 수가 없네."

"너 진짜 왜 이렇게 술을 먹어? 사회에 불만 있어?"

"불만……. 음. 그거네. 그래서 술 마신 거네."

유영이 힘없이 중얼거렸다.

열심히 살고 있는데 아무것도 충족되지 못하는 기분이었다. 교사 봉급이 또래 중에 적은 것도 아닌데 집은 은퇴할 쯤에나 살 수 있을 것 같고, 학생들이 다른 선생님보다 자신을 유난히 더 싫어하는 것 같다는 기분이 드는 날이 있지를 않나. 오늘처럼 해야 할 말을 하지 못해서 속만 답답한 날도 있었다.

사랑도 우정도 없는, 그런 텅 빈 인간이 되어버린 것 같은 기분이 드는 요즘이었다. 믿었던 것이 아무것도 남지 않게 된 기분. 눈앞에 서 있는 첫사랑이자 제일 친한 친구라고 믿었던 엄마 친구 아들의 배신, 오래 사귄 남자 친구의 배신, 사랑을 퍼주어도 아무것도 돌려주지 않을 것만 같은 아이들 같은 것들이.

유영은 요즘 들어서야 왜 사람들이 술을 마시는지 알 것 같았다. 이 괴로운 생각을 하는 시간을 죽이는 가장 간단한 방법이었으니까.

어른이 되어서 제일 싫은 건 시도 때도 없이 느껴지는 이 공허함이었다. 어릴 때는 별로 대단한 목표가 있지 않아도 이런 공허함은 없었는데.

나도, 언젠가는 되게 경쾌한 사람이었던 것 같은데. 꽉 차 있는 사람이었던 것 같은데. 언제부터 이렇게 껍데기만 남은 기분이 드는 걸까.

유영이 말없이 서 있기만 하자, 재준이 그녀의 오른손을 먼저 잡아 올려 제대로 걷지 못한 소매를 몇 번 접어주었다. 그리고 왼

손도 잡아 똑같은 행동을 한 후, 허리를 숙여 유영을 마주 보았다.

"그래서 요즘 그렇게 울었어?"

그의 반듯하던 눈썹이 약간 휘어져 있었다. 취해서 그런지, 재준의 표정을 읽기가 어려웠다. 유영이 공허한 눈으로 가만히 그를 바라보다가, 진심으로 중얼거렸다.

"그냥. 잠깐이라도 마음을 쉬고 싶어."

"……."

"주말이 되면 몸은 쉴 수 있잖아. 그런데 마음은 언제 쉬어야 하는 걸까."

"……."

"아마 그래서 어른이 되면 공허해지나 봐. 마음이 쉬지 못하고, 전부 다 소모되어버려서. 그래서."

유영의 말을 가만히 듣고 있던 재준이 그녀의 손목을 단단히 잡아, 집을 향해 걸어가며 그녀를 당겼다.

"나 불러."

"너?"

"응. 친구랑 있는 날이 쉬는 날이지."

그냥 술주정이라고 생각할 줄 알았다. 재준이 이렇게 진지하게 대답할 거라고는 생각하지 못했다.

친구라서 그런가. 그렇게 오래 떨어져 있었어도 그가 곁에 있으니 저도 모르게 마음을 놓는다. 감추려고 해도, 그에게 마음을 읽혀버린다.

시장과 건물이 가까웠기 때문에 두 사람은 금방 집에 도착했다. 두 집의 문 사이에서 재준이 말했다.

"너 잠깐만 문 열고 있어봐. 선물 가져다줄게."

"선물?"

"응."

유영이 의아해하며 문을 열고 잠깐 기다리고 있으려니, 제 집에 들어갔다가 나온 재준이 정말로 무언가 짐을 들고 나왔다.

그가 유영의 집 현관에 짐을 내려놓았다. 그러더니 쇼핑백 하나에서 샌프란시스코 자이언츠의 로고가 적힌 점퍼를 꺼내 내밀었다.

"이거 입어."

"와. 옷 생겼다."

유영이 말하며 두 팔로 점퍼를 받아 안아들었다. 재준이 모자도 하나 꺼내 그녀에게 푹 눌러 씌웠다.

갑자기 눌러 씌워진 모자에 시야가 가려졌다 싶더니, 재준이 허리를 숙여 그녀의 얼굴 가까이에서 짓궂게 말했다.

"네가 하도 나 미워해서 하나도 못 줬잖아."

"네가 선물을 왜 사와? 연락도 하기 싫다며."

유영이 인상을 쓰고 묻는데 재준은 그 인상 쓴 게 웃기는지 킥킥거리고 웃는다. 그리고 그녀가 쓴 모자를 스윽 쓰다듬으며 말했다.

"볼 때마다 울거나, 취해 있거나, 울면서 취해 있네. 진짜 엉망이다, 너."

"시끄러워. 네가 나 상태 안 좋을 때만 나타나는 거야."

"이제 혼자 술 마시지 말고 나 불러."

그가 말하고는 돌아서서 302호로 돌아가 문을 닫았다. 유영은 재준이 준 점퍼를 내려다보았다. 걸어가서 거울을 보니 모자에도 샌프란시스코 자이언츠 로고가 그려져 있었다.

"뭐야, 갑자기……."

유영은 거울 앞에 선 김에 점퍼도 걸쳐보기로 했다. 그녀의 몸보다 약간 크긴 했지만 얼추 맞았다. 재준이 두고 간 쇼핑백들을 열어보았다.

"이 자식 진짜 뭐지?"

의아했다. 몇 년 만에 나타나서는 연락이 끊겼던 적 없었던 듯이 굴고, 선물에, 술을 마시고 있으면 데리러 나오기까지 한다.

도대체 뭐 하자는 건가, 유영은 혼란스러웠다. 고민하며 무심코 주머니에 손을 넣었는데 그 안에 공이 들어 있었다. 꺼내 보니 재준의 사인이 그려져 있었다.

재준은 내셔널리그에 속한 샌프란시스코 자이언츠의 투수였기 때문에, 아메리칸리그나 한국리그와 달리 타석에도 섰다. 원래 타격도 잘 하던 재준은 타석에서 홈런을 친 적이 있었는데, 지금까지 총 세 번이었다.

그리고 유영에게 준 공에는 그의 첫 번째 홈런볼이라는 기록이 적혀 있었다. 유영이 두 손으로 공을 감싸고 역시나 이해가 안 된다는 듯 중얼거렸다.

"이걸 왜 주는 건데?"

* * *

다음 날 아침까지도 유영은 왠지 멍했다. 그녀가 혹시 먼지라도 앉을까 봐 상자에 넣어 다시 서랍에 넣어두었던 홈런볼을 꺼내보았다.

"실수로 넣었겠지? 돌려줘야 하나……. 팔아먹으면 비쌀 텐데. 하긴, 어차피 친구도 아닌데 팔아먹으면 어때?"

무지막지한 고민이 들어, 유영은 한참을 혼잣말했다. 그녀가 다시 홈런볼을 상자에 넣고 서랍을 닫았다. 집에 갑자기 비싼 물건이 생겨버렸다.

출근 준비를 마치고 학교로 향했다.

자리에 앉아 옆에 앉은 선아의 얼굴을 보자마자 조금 정신을 차리고 가방을 열었다.

"아. 선아 쌤. 신재준한테 사인 받아왔어. 잊고 있었네."

"지, 진짜? 사인 해줬어?"

"응. 공에 해줬어. 개당 오천 원에 팔려는 거야, 이 양심 없는 게."

"주세요, 주세요. 얼른."

선아가 재빨리 두 손을 내밀었다. 유영이 그녀에게 공을 건네고, 맞은편에 앉아 초조하게 기다리는 중년의 남자 교사에게도 공을 내밀었다.

"이거는 정 선생님 거예요."

"아이고, 뭘 이런 걸 다."

그가 지금까지 한 번도 본 적 없는 환한 미소를 지어 보이며 사인구를 받았다. 유영이 나머지 세 개는 교장실로 가져다주고, 교장 역시 유영이 3년을 근무하는 동안 한 번도 못 본 환한 미소를 지었다. 못 받은 선생님들의 어깨가 축 늘어지는 것이 보여 괜히 마음이 무거워졌다. 유영은 괜히 미안해져서 교무실을 나섰다.

그녀가 담당하는 3학년 2반 교실로 향하다가 복도에서 그녀의 반 학생인 가영을 만났다. 가영이 경쾌한 목소리로 물었다.

"쌤쌤, 쌤, 주말에 뭐 했어요?"

"잤어. 원래 어른은 주말에 자는 거야."

"에이. 데이트하지."

"넌 뭐 했는데?"

"저 콘서트요. 쌤도 우리 그룹 안 파실래요?"

가영이 진심으로 영업하며 자기가 좋아하는 아이돌 그룹 맴버의 사진이 붙은 노트를 들어 보였다. 유영이 킥킥 웃으며 말했다.

"야, 걔네가 나보다 다섯 살은 어려. 핏덩이들."

"아이돌 좋아하는 데 나이가 무슨 상관이에요! 쌤은 학교 다닐 때 아이돌 안 좋아했어요?"

"난 야구 좋아했어. 노트에 야구선수 사진 붙여놨었어, 나는."

"진짜요? 오오, 쌤은 왠지 공부만 했을 것 같은데."

"공부만 하긴 했지, 사실."

유영이 저도 모르게 투덜거렸다. 생각해보니 정말 그랬다. 그나마 취미라고 했던 건 재준과 가끔 야구를 보러 가는 것뿐이었다. 그런데도 그 기억이, 하나도 아쉽지 않게 느껴졌다. 늘 재준이 옆에 있었으니까, 그 녀석의 존재만으로도 특별한 일들이 생기곤 했다.

유영은 문뜩, 초등학교를 다닐 때 그녀의 가족과 재준의 가족과 함께 재준의 경기를 보러 가던 걸 떠올렸다.

호들갑을 떨며 푼수들처럼 응원을 하고, 경기가 끝나면 재준의 외가 마당에서 삼겹살을 구워 먹었다. 재준의 할머니가 끓여주시는 된장찌개맛은 정말 기가 막혔다. 배 터지게 먹고 툇마루에 드러누우면 재준도 옆에 와서 드러누웠다. 그럼 꼭 밀키가 둘 사이에 끼어들려고 달려와 철푸덕 엎어지고, 그 모습에 유영과 재준은 뭐가 그렇게 웃기는지 배를 잡고 웃다가 밀키의 배를 열심히 긁어주곤 했다. 그러다 집에 갈 때가 되면 유영은 아버지 등에 업혀서 꾸벅꾸벅 졸며 재준에게 손을 흔들어 인사하고, 다시 잠이 들었다. 아쉽긴 하지만 내일 또 학교에서 볼 거니까. 아쉽지 않았다.

유영이 그때를 떠올리며 저도 모르게 미소 지었다. 그녀가 중얼거렸다.

"그래도 되게 재미있었어."

"진짜요?"

"응."

학교 다닐 땐 맨날맨날 친구를 보잖아, 가영아. 그래서 싸워도 다음 날 화해하면 되는 거였는데. 어른이 되니까. 한번 싸우면 화해하기가 어렵다. 그래서 잘 안 싸우게 되네. 그러니까, 지금 친구 많이 만들어놔. 많이 놀고, 많이 싸우고, 많이 울고, 많이 화해해.

유영은 그렇게 말하고 싶었지만, 가영에게는 너무나 먼 미래의 일처럼 느껴질 것 같아 아무 말도 하지 않았다.

3. 우산

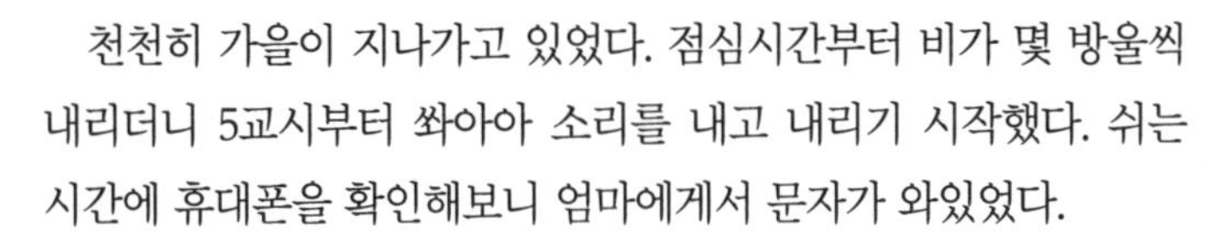

천천히 가을이 지나가고 있었다. 점심시간부터 비가 몇 방울씩 내리더니 5교시부터 쏴아아 소리를 내고 내리기 시작했다. 쉬는 시간에 휴대폰을 확인해보니 엄마에게서 문자가 와있었다.

[우산 챙겼니?]

[편의점에서 하나 사려구요.]

유영이 그렇게 답장하고 창밖을 보았다. 금방 그칠 비가 아니었다. 선아가 옆자리에서 투정하듯 말했다.

"우산 써도 다 젖겠네."

"그러게. 이럴 땐 진짜 좀 무리해서라도 차를 살까 싶다니까."

유영이 맞장구치고, 창을 빤히 보았다.

'비 와서 좋겠네. 너 비 오는 날 좋아하잖아.'

재준의 말이 떠오르자 괜히 씁쓸해졌다. 지금은 비가 오면 무리

해서 차를 살까, 이런 생각부터 드는 어른이 되어버렸다.

지금은 술을 마셔도 잘 취하지 않는데 어릴 때는 어떻게 그렇게 날씨에도, 계절에도 취했을까.

비가 와도, 말라버린 감정은 다시 젖지 않았다. 진현과 헤어지고 나서는 그나마 남아 있던 긍정도 사라져버린 기분이었다.

"차만 없나. 심지어 우산도 없어. 아, 내 인생."

유영이 혼잣말하자 선아가 어깨를 으쓱이며 말했다.

"편의점까지 같이 가. 씌워줄게."

"고마워, 선아 쌤."

"사인볼값이야."

선아가 배시시 웃었다. 안 그래도 부장 선생님도 사인볼 줬다면서 점심시간에 커피를 사주시고, 교장 선생님은 과자를 한 박스 사다가 교무실에 가져다주었다. 유영이 중얼거렸다.

"역시 괜찮은 장사야……. 사인 좀 더 받아다가 팔아먹을까 봐."

유영이 중얼거리자 멀찍이 앉아 있던 남자 교사가 손을 번쩍 들었다.

"그, 그럼 내 것도 받아줘요! 우리 아들이 진짜 많이 팬이라……."

"아. 또 만나면 받아다드릴게요."

유영이 웃자 선아가 말했다.

"요즘 신재준 선수, TV 엄청 많이 나오더라."

"그치? 나도 거의 못 봐, 요즘."

유영이 말했다. 거의 못 봐서 다행이란 의미였는데, 다른 선생님들이 듣기엔 아쉬워하는 걸로 보였을 거라고, 뒤늦게 생각했다.

학교가 끝나고, 유영은 선아의 우산을 나눠 쓰고 운동장으로 나섰다.

교문을 나서려던 유영이 선아의 팔을 붙잡고 걸음을 멈췄다. 그러자 선아가 고개를 갸우뚱하며 물었다.

"쌤, 왜 그래?"

유영이 대답도 못하고 정면을 바라보았다.

우산을 든, 아주 키가 큰 남자가 서 있었다. 한 손을 입고 있는 점퍼 주머니에 넣고 서 있는 뒷모습. 늘 갈색으로 타서 저게 원래 피부색인 것만 같은 소꿉친구. 선아는 아까 하던 대화를 떠올리고 유영의 팔을 호들갑스럽게 때렸다.

"아, 대박. 진짜?"

그녀의 신난 목소리를 들었는지, 교문을 등지고 서 있던 남자가 돌아섰다. 그가 다른 손에 든 접혀 있는 장우산을 들어 보였다.

호랑이도 제 말 하면 온다더니, 그가 진짜로 여기 나타날 거라고는 상상도 하지 못했다.

"너, 너……. 엄청 바쁘지 않아? 여긴 무슨 일이야?"

유영이 말까지 더듬으며 당황하자 재준이 걸어와 우선 선아에게 인사를 했다.

"안녕하세요. 저번에 뵌 것 같은데."

"아, 안녕하세요! 네! 회식 때 오셨었죠!"

선아가 홀린 듯이 재준을 바라보는 사이 그가 유영의 팔을 잡아 제 우산 안으로 당겼다.

"너 아침에 우산 안 가져갔다며. 아까 잠깐 이모한테 전화했는데 그 얘기 하셔서 데리러 왔어."

"으응."

유영은 뭐라 설명하기 어려운 묘한 기분을 느끼며 고개를 끄덕였다. 그러더니 재준에게 말했다.

"아, 그런데 다른 선생님들이 네 사인 좀 받고 싶으시대."

어떻게 알고 왔는지, 다른 교사 몇이 나타나서는 겸사겸사 유명인 만났으니 사인이나 받자 하는 심정으로 빗속에서 사인을 받았다. 올해 첫 부임해 유영에게 사인 받고 싶다는 말도 못 꺼낸 남자 교사가 말없이 다가와 빠르게 백팩을 앞으로 매더니 수첩을 꺼냈고, 그를 시작으로 다른 교사들도 다급하게 종이를 찾았다.

정말로 빗속에서 사인회가 열렸다. 경비원이 경비실을 내주고 제 사인도 받아갔기 때문에 비는 맞지 않았지만, 그래도 유영은 약간 젖은 재준의 옷과 머리칼에 마음이 조마조마했다. 그는 늘상 벌어지는 이 상황이 별거 아니라고 생각하는 모양이었지만 유영은 그가 감기에 걸리면 제 탓이 될 것 같아 불안했다. 저 몸값 비싼 녀석 감기 걸리게 했다고 에이전시에서 연락이 올지도 모르니까.

사인을 하고 나서 재준이 선아에게 물었다.

"집 어느 방향이십니까? 괜찮으시면 모셔다드릴까요?"

"어유, 괜찮아요. 유영 쌤, 전화해."

선아가 재미있어 죽겠다는 표정을 못 숨기고, 손으로 전화하라는 시늉을 해 보였다.

차에 타자마자 유영이 한숨을 푹 쉬었다. 그녀가 운전석에 와서 앉는 재준을 흘겼다.

남의 직장에 막 찾아온다. 화를 내고 싶은데, 그러기엔 또 우산 가져다주지, 덕분에 편하고 따듯하게 가지, 몸이 너무 편해졌다. 발이 얼 것같이 추웠는데 따끈한 열이 느껴지자 몸이 사르륵 녹았다.

유영이 재준을 보았다. 시즌 내내 탔던 피부가 천천히 제 색으로 돌아오고 있었다.

화를 내야 하나, 고맙다고 해야 하나 고민하는데 휴대폰이 연속으로 울렸다. 핸드백을 열어 휴대폰을 확인하니 문자가 쌓여 있었다. 전부 동료 교사들이었다.

"못살아, 정말."

유영이 다시 한숨 쉬자 재준이 그녀 쪽으로 고개를 돌렸다. 그러더니 뒷좌석으로 손을 뻗어 수건을 집어 유영의 머리칼을 가볍게 눌러 물기를 닦았다. 그녀의 어깨가 흠칫 떨려서 재준이 그냥 유영에게 수건을 건네고 핀잔했다.

"뭐 얼마나 걸었다고 비를 맞냐, 너는."

"누구 사인회 때문에 오래 서 있어서 그래요."

"예, 죄송하게 됐습니다. 박유영 선생님."

그래도 오래 친구였던 덕에 둘은 쿵짝이 잘 맞았다. 유영이 수건으로 입을 가리고 웃자 재준도 눈가에 주름이 잡히게 웃었다.

재준이 조수석 캐비닛을 열었다. 그의 몸이 순간 가까워지며 따듯한 온기와 시크한 느낌의 향수 냄새가 났다. 그가 캐비닛에서 컵케이크가 들어 있는 상자를 꺼내 유영에게 내밀었다.

"바닐라맛 있더라."

"어? 정말?"

유영이 눈이 동그래져서 상자를 받아 열었다. 바닐라 두 개, 레드벨벳 두 개, 녹차 두 개. 유영이 자기도 모르게 혼잣말했다.

"내가 좋아하는 것들만 골라왔네."

"네 입맛이 뻔하지."

재준이 핀잔했다. 유영이 못 참고 바닐라 하나를 집었다. 바닥에 흘리지 않으려고 숟가락으로 퍼서 한 입 먹고 너무 행복해 울 것 같은 얼굴을 한다. 재준이 자동차 컵홀더에서 따듯한 아메리카노도 꺼내 유영에게 내밀었다. 유영이 행복한 얼굴로 커피를 받아 들고 한 모금을 마셨다. 밖이 추워서인지, 커피가 유난히 맛있었다.

"부침개 부칠까 하는데 너도 좀 줄까?"

"같이 먹자. 너희 집 가서."

그의 태연자약한 제안에 유영이 살짝 뺨에 바람을 넣는다. 재준이 슬쩍 유영을 보았다가 픽 웃었다. 저렇게 귀여운 짓을 하는 건, 싫진 않지만 바로 좋다고 하긴 곤란하기 때문이란 걸 재준은 알았다.

그가 손을 뻗어 유영의 두 뺨을 두 손으로 가볍게 눌렀다. 뺨에 바람을 넣었을 때도, 이렇게 눌려서 바람이 빠졌을 때도. 재준의 눈에는 마냥 귀여웠다. 그가 웃자 제 표정이 웃겨서 웃는 줄 알고 유영이 눈을 흘긴다. 재준이 눈웃음 지으며 두 손을 뗐다.

"그냥 저녁 먹자고."

"……알았어. 사인도 해주고 컵케이크도 사다줬으니까."

유영이 작게 대답했다.

집에 들어오자마자 두 사람은 각자의 집으로 들어가 우선 따끈한 물로 몸부터 녹였다. 재준이 깨끗이 씻고 건너가니 유영이 부침개를 부치고 있었다. 그가 식탁 쪽을 턱짓했다.

"이제 가서 앉아 있어. 부치는 건 내가 할게."

"응? 아냐, 내가 할게."

"가 있어."

그러자 유영이 살짝 애교 섞인 말투로 대답했다.

"그럼 겉은 바삭하고 안은 촉촉하게 부쳐줘."

"기대하지 마."

"부침개도 제대로 못 부치면 결혼해서 아내가 싫어할걸?"

"대신 돈을 많이 벌어다주잖아. 그리고 노력하는 모습이 기특하지 않냐?"

재준의 말에 유영이 이번엔 조금 솔직한 웃음을 터트렸다.

"그건 그렇지."

그녀가 식탁으로 걸어가 앉았다. 두 사람은 부침개를 여러 장 부쳐 실컷 배를 채운 후 같이 자리를 정리했다. 그리고 재준이 설거지를 하는 사이, 유영은 따듯한 유자차를 만들었다. 유영이 먼저 소파에 앉아 있다가, 설거지를 마치고 온 재준에게 찻잔을 건넸다. 그가 잔을 받으며 말했다.

"비가 엄청 오네."

"그러게. 우산 쓰고 와도 다 젖을 뻔했어. 고마워."

유영이 대답하며 뒤로 기댔다. 그러더니 재준을 보며 어쩐지 씁쓸하게 말했다.

"네가 그랬잖아. 내가 비 오는 걸 좋아한다고."

"응."

"근데 사실, 이젠 안 좋아해. 젖는 것도 싫고, 피곤할 때 빗소리가 들리면 잠에서 깨. 짜증이 날 때가 있어."

"……."

"비가 오면, 차를 살까. 그런 생각부터 해. 대출 생각하고, 다음 달 월급 생각하고. 내 미래가 다, 월급으로 이루어진 것 같은 느낌?"

"……."

"그럴 땐, 왠지 어른이 된 게 섭섭하게 느껴져."

그녀의 말을 재준은 가만히 듣고 있었다. 소파 뒤로 기대앉은 그녀의 긴 머리칼이 한쪽 어깨를 타고 흘러내려와 있었다. 유영의 옆모습이 유난히 여성스럽고 어른스러웠다.

재준이 따듯한 차를 한 모금 마셨다. 향긋한 유자 향이 퍼지니 몸이 나른해졌다. 그리고 그가 중얼거렸다.

"지가 되게 어른인 줄 아네."

재준의 말에 유영이 핀잔했다.

"나 3학년 2반 담임 선생님이거든? 우리 반 애들이 보기엔 얼마나 어른인데."

"난 9년차 직장인이거든?"

재준이 받아치자 유영이 대답을 못하고 그를 흘겼다. 빗소리가 빈자리를 채워서인지, 중간에 대화가 끊겨도 그다지 어색하지 않게 느껴졌다. 재준이 유영 쪽으로 몸을 기울였다.

"차 사줄까?"

그러자 안 그래도 겨울이면 하루 종일 차를 달고 사는 유영이 좀 반가워하며 되물었다.

"아, 진짜? 무슨 차?"

"너 가지고 싶은 거 있어?"

"너 돈 많이 버니까 비싼 거."

"비싼 거 어떤 거? 아우디나 벤츠?"

그가 진지하게 묻자 유영이 화들짝 놀라서 되물었다.

"뭐, 뭐어? 그 차 얘기였어?"

"당연히 그 차지, 그럼 무슨 차? 네가 차 살까 고민했다며?"

"우리 지금 마시고 있는 차 얘긴 줄 알았지. 안 돼. 말도 안 되는 소릴 하고 있어."

유영은 농담이겠거니 생각했다. 그런데 재준은 그녀의 생각과 달리 백퍼센트 진심이었다.

"연락 끊어서 미안하다는 의미로 사줄게."

"말도 안 되는 소리 하지 마. 그런 사과가 어디 있어? 이거 아주 놔두면 금방 파산하겠네."

"그럼 뭐? 가지고 싶은 거 있어?"

재준이 어쩌라는 거냐는 듯, 미간을 좁히고 바라본다. 유영이 황당함으로 가득한 표정으로 말했다.

"갑자기 차 얘기하니까 너무 황당해서 아무 생각도 안 나."

"천천히 생각해봐."

"뭐, 너 메이저리그 가면 면세점에서 향수 같은 거나 좀 사오라고 하려고 했던 것 같은데……."

그녀의 눈썹이 난감한 표정을 짓느라 살짝 아래로 향했다. 재준이 그런 유영에게, 한심하다는 듯 핀잔했다.

"박유영, 향수 정도는 네 돈으로 사."

아우디나 벤츠는 제가 살 테니까 향수 정도는 알아서 사라는 거다. 그의 비상식적인 화법에 유영은 굉장한 억울함을 느꼈다.

"아……. 선물 하니까 생각났는데."

유영이 얼른 자리에서 일어나더니 서랍으로 걸어갔다. 그녀가 서랍을 열어 조심조심 상자를 꺼내는 모습에 뭐 하는 건가 싶은 재준이 빤히 보고 있으니, 유영이 그 안에서 두 손으로 야구공을 꺼냈다.

유영이 공을 내밀었다.

"이거."

"그거 왜."

"주머니에 들어 있었어."

"너 준 거잖아, 그거."

"정말 나 준 거야? 이거 엄청 중요한 거 아니야? 너 홈런 딱 세 개 쳤잖아."

"……투수가 그 정도면 괜찮거든?"

"아, 아니! 못했다는 게 아니라……. 그만큼 중요한 거 아니야?"

"투수에게 홈런 수가 되게 의미 있는 숫자는 아니지."

"그런가……."

"네가 달라며. 달라고 한 거 기억은 하지?"

그의 말을 듣고서야, 유영은 재준이 왜 홈런볼을 자신에게 선물했는지 알았다. 그가 내셔널리그에 있는 샌프란시스코 자이언츠에 가게 되었다는 걸 알게 된 이후, 재준이 돌아올 때 선물 뭐 사올까, 물어봐서 홈런볼이 가지고 싶다고 했던 것이다.

유영이 공을 상자에 고스란히 넣고 다시 서랍에 넣었다. 그리고 어쩐지 좀 부끄러운 기분으로 물었다.

"그런데 어떻게 기억했어, 내가 홈런볼 가지고 싶다고 한 거?"

"써놨어."

그가 말하며 제 점퍼 주머니에 들어 있는 수첩을 꺼냈다. 리스트

세 번째에 '비 오는 날 데리러 가기'라고 적혀 있었다. 재준이 3번에 체크하자 유영이 의심 가득한 표정으로 말했다.

"진짜 써놨어? 또 뭐가 쓰여 있는데?"

"넌 몰라도 돼."

"치사해."

유영이 뭐라고 말하든지 신경 쓰지 않고 운동화를 신고 난 재준이 물었다.

"왜 하필 홈런볼을 달라고 했어?"

그러자 유영이 살짝 웃으며 대답했다.

"음……. 네가 행복해 보였어."

"……."

"홈런을 치고 나면 네가, 정말 행복해 보여서."

"그거 홈런 쳐서 행복했던 거 아닌데."

"어?"

"이겨서 행복했던 거야."

재준이 그녀를 빤히 바라보며 말을 이었다.

"경기에 졌으면, 홈런을 쳐도 기뻐하지 않았을걸."

원래부터 그런 녀석이긴 했다. 지는 걸, 세상 무엇보다 싫어하는 녀석. 생각보다 그가 변한 것이 없다는 생각에 유영이 희미하게 웃으며 고개를 끄덕였다.

돌아선 재준은 나가려고 문을 열었다가, 자리에서 잠시 움직이지 않았다. 바로 앞에 진현이 서 있었다.

진현의 표정이 굳는 것을 본 재준이 말했다.

"가려고 했어. 지금."

"……."

그가 문 앞을 막고 있어, 재준이 턱짓으로 비키라는 말을 대신하자 진현이 조금 옆으로 비켜섰다. 그러자 유영이 뒤늦게 휴대폰을 확인했다.

근처에 있으니 잠깐이라도 나와달라는 문자가 와 있었다. 유영이 겉옷을 챙겨 입고 일어서며 진현에게 말했다.

"나갈게. 밖에 있어."

"……그래."

진현이 대답하고 재준을 싸늘하게 바라본 후 밖으로 나갔다. 그가 계단으로 내려가자, 재준이 난감한 표정으로 유영을 보았다.

"오해하려나."

"아냐."

유영이 담담하게 대답하고, 현관으로 향했다.

유영은 진현이 나가는 모습을 확인하고, 재준은 맞은편 집으로 향했다.

어머니에게, 유영이 남자친구와 헤어져서 우울해한다는 말을 전해 들었다. 아직은 그런 걸 물어보기엔 너무 서먹해서, 말도 꺼내지 않고 있었는데 진현이 나타났다.

저 둘은 지금 어떤 관계인 걸까. 집까지 찾아오는 걸 보면 다시 사귀기로 했던 건가? 아니면 그냥 둘이 좀 싸웠던 것뿐인데, 어머니가 잘못 알았던 건가?

제 집으로 들어선 재준이 한숨을 쉬었다. 그는 언제나 진현에게 약해졌다. 그가 나타나면 왠지 주눅이 들었다. 재준이 진현에게 이길 수 있는 이유는 언제나 하나였다.

'이 밤에 유영이를 집에 데려다주러 올 수도 없으면서, 이용하지 말라고.'

스물네 살. 그때 진현이 그렇게 말했었다.

'넌 네 꿈이 유영이보다 중요한 거야. 하지만 난 아니야. 나는 그 애를 위해서 무엇이든지 할 수 있어.'

재준이 입술을 물었다.

늘 유영의 옆에 있을 수 없다는 것. 그게 재준을 약자로 만들었다. 그녀가 아플 때도, 울고 있을 때도 곁에 있어줄 수 없다는 것. 그녀가 혼자 집에 오는 게 무섭다고 하는 날이나, 우산을 가져가지 않아 걱정하는 날 데리러 갈 수 없다는 것.

지는 걸 죽을 만큼 싫어하고, 분해서 잠도 못 자는 그런 재준이었지만. 그는 언제나, 진현을 이길 수 없었다.

* * *

진현과 유영은 데이트 때 종종 가던 카페에 앉아 있었다.

햇빛이 완전히 사라진 늦은 가을밤이라, 꽤나 추웠다.

유영이 먼저 입을 열었다.

"왜 왔어?"

"……너 진짜 빠르다."

"뭐?"

진현은 장난기가 가득한 얼굴에, 누가 봐도 재력 있는 집에서 태어난 듯한 여유가 가득했다. 그는 제멋대로였고, 언제까지고 어린애인 것처럼 철이 없었다. 그래도 다정했고, 사랑스러운 구석이 있었다.

진현이 뒤로 기대 유영을 바라보고 말했다.

"빠르다고. 어떻게 그 짧은 사이에, 신재준이 네 집으로 들어와."

"……."

"같이 살아?"

진현이 비꼬며 조소하자 유영이 담담하게 대답했다.

"같이 살면 뭐 어때. 어차피 너도 효진이 있잖아."

"뭐, 그건 그렇지."

"너야말로 진짜 빠르다."

유영은 중얼거렸고, 진현은 잠시 말이 없었다.

그는 오늘, 유영에게 잘못했다고 말해볼 생각이었다. 도저히 네가 없이는 안 되겠다고, 그렇게 말하려고 온 거였다. 겨우 한 달 못 봤는데, 그녀가 없으니 죽을 것 같았다.

그러나 그녀의 집 문이 열렸을 때, 재준의 얼굴이 먼저 보였다. 세상에서 제일 싫어하던 남자의 얼굴을 보는 순간, 진현은 알았다. 그가 돌아왔으니, 내가 무슨 짓을 해도 우리 관계는 돌이킬 수 없겠구나.

"유영아, 나 있잖아. 너랑 만날 때 악몽을 자주 꿨어."

진현이 앞에 놓인 뜨거운 찻잔을 손가락으로 쓰다듬으며 말을 이었다.

"결혼식장 문 앞에서, 네가 사라져버려. 신재준이 귀국했대. 그 자식 만나러 간대."

"……."

"그런 꿈을 수도 없이 반복해서 꿨어. 그러다가 어느 날 효진이

가 물어보더라. 왜 이렇게 외로워 보이냐고. 그 말을 들으니까 갑자기, 내 자신이 정말 외롭게 느껴졌어."

"……."

"나 진짜 외로웠더라."

유영이 찻잔을 두 손으로 쥐었다. 그리고 진현을 보며 말했다.

"하긴, 바람피우는 사람들은 다 그렇더라. 다 뭐라도 이유가 있었대. 그러니까 너는 네가 바람피운 게 나 때문이라고? 나 때문에 내 친구랑 만나는 거라고?"

"응. 그래서 만나는 거라고."

예전엔 진현의 저 건방짐이 귀엽다고 생각했다. 그런데 지금은 그의 모든 것이 위선으로 느껴질 뿐이었다.

유영은 눈물이 터질 것 같았지만, 그의 앞에서 우는 건 자존심이 상했다. 그녀가 허벅지를 손톱으로 할퀴듯 짓누르며 말했다.

"그래, 네 말대로 나 신재준 좋아하나 보다. 너 같은 거 평생 한 번도 안 좋아했나 봐. 내가 미쳐서, 그래서 네 말에 웃고, 울고 그랬나 보지? 되게 사랑하는 연기를 잘했었나 봐?"

"……."

"이렇게 말할 수 있게 돼서 얼마나 고마운지 모르겠네. 속이 다 시원해."

너무 억울해서 미칠 것 같았다. 그녀가 무덤덤한 진현을 노려보며 말을 이었다.

"나 지난 4년 동안 신재준이랑 연락 한 번 안 했어. 쟤가 우리 집 근처에 살게 된 것도 너랑 헤어진 후야."

"……알아, 너 신재준이랑 연락 안 한 거."

'내가 너한테 연락하지 말라고 말했으니까.'

진현은 그 사실을 떠올리며, 스스로를 비웃었다. 그렇게라도, 그렇게 재준을 떼어내 유영의 마음을 다치게 하면서까지 그녀를 가지고 싶었는데. 결국은 이렇게 끝이 난다.

유영이 못 견디고 소리쳤다.

"알면서 도대체 왜 그런 생각을 하는데!"

"그러니까 더 억울한 거지."

진현이 실소했다.

"그 자식이 갑자기 연락 끊어버린 거 뻔히 아는데도 넌 그 자식을 응원하잖아. 네가 워낙 호구긴 한데, 그래도. 그건 아니잖아. 무슨 친구가 한쪽에서 연락을 끊어버렸는데도 응원을 해."

"……."

"그런데도 진짜 아무 감정도 없다고, 친구라고 확실하게 말할 수 있어?"

이제 우린 정말 끝이구나.

진현은 그렇게 생각하며 말을 이었다.

"나 너 진짜 사랑했어, 유영아."

"……."

"사랑했는데, 그래도 안 된 거야."

"나도 그랬어."

"……."

"너도 알았잖아. 그냥 너……. 넌 그냥 나보다 네 자존심이 더 중요하지?"

유영이 자리에서 일어서며 울음 섞인 음성으로 말했다.

"네가 늘 그렇지, 뭐."

"……."

"그게 무슨 사랑이야."

유영은 그렇게 중얼거리며 그대로 카페를 나가버렸다.

화가 나서. 너무 열이 받아 가을저녁의 차가운 비가 차갑게 느껴지지도 않았다. 유영은 우산을 펼 정신도 없이 집으로 향했다.

진현과의 시간들이 머릿속을 스쳐 지나갔다. 마주 보고 웃는 것만으로도 행복하던 날들이, 매일 이런 날이 지속된다면 완벽할 것 같던 순간들이.

유영은 비가 오니 걱정할 것도 없이 울었다. 정말로 끝이 났다고, 진현을 마주 보고 쐐기를 박았더니 후련할 정도로 눈물이 쏟아졌다.

어떻게 집에 도착했는지 모를 일이다. 무의식적으로, 걸음이 그녀를 끌어당겨 집 근처에 도착했을 때, 저 멀리서 재준이 다급하게 걸어오는 게 보였다. 저 자식이 뭐라고. 왜 내 인생에 이렇게 크게 영향을 끼치는 걸까.

재준이 그녀를 우산으로 끌어당기려는데 유영이 싫다는 듯 그의 손을 뿌리쳤다. 그러자 재준이 점퍼를 벗어 반항하는 그녀를 억지로 감싸고 팔로 못 움직이게 붙잡아 품으로 끌어당겼다.

그의 강한 팔 힘에서 벗어나지 못한다는 걸 안 유영이 반항을 멈췄다. 그의 점퍼 속이, 품이 따듯해서. 그제야 제가 추웠다는 걸 알았다.

재준이 이성을 잃은 듯한 목소리로 소리쳤다.

"미쳤어? 이게 무슨 짓이야!"

"너 때문이야."

유영이 중얼거렸다. 그러자 재준이 인상을 쓰고 물었다.

"왜? 네가 나랑 있어서 뭐라고 해? 내가 가서 말해줄게, 우리 그냥 친구라고."

"소용없어."

"……."

"너 때문에. 너 때문에 내 인생이 엉망이야."

너 때문에 남자친구랑 헤어지고, 너 때문에 내 첫사랑은 별것 아닌 것처럼 끝나버리고.

유영이 주먹을 쥐어 재준을 때리자 그가 조심스럽게 말했다.

"그렇다고 이렇게 비가 오는데 우산도 안 쓰고 돌아다니면 어떡하냐? 날도 추운데. 너 내일 무조건 앓아누울걸."

"……."

"너 학교 다닐 때도, 비 엄청 오던 날 일주일쯤 학교 안 왔잖아. 감기 걸려서. 그때 왜, 나랑 엇갈렸던 날."

"……."

"그때 너 걱정돼서 병문안 갔는데, 이모가 운동선수라 감기 옮으면 안 된다고 하셔서 네 방엔 들어가지도 못하고. 얼마나 걱정했는데."

"……."

"얼마나 심하게 싸웠길래 이렇게 정신이 없어."

그가 조심스럽게 유영의 턱을 감싸고 얼굴을 살폈다. 울었던 게 분명했다. 빛이 번지는 가로등과 우산 속이 어두운데도 그녀의 눈가가 붉은 게 보였다.

유영이 근심으로 가득한 재준의 표정을 바라보았다.

너 때문에. 내 학창시절이 너무 반짝거려서, 어른이 된 지금이 너무 힘들어. 이게 다 너 때문이야, 신재준.

그녀가 물기가 마르지 않은 입술을 천천히 열었다.

"헤어졌어."

그 말에 재준의 표정이 묘해졌다. 그녀는 지독할 정도로 담담하게 말했는데, 정작 그 소리는 재준의 귀를 자국이 남을 정도로 세게 할퀴고 지나갔다.

잘못 들었나, 싶어 그녀를 보며 물었다.

"뭐라고?"

흘러나오는 어떠한 감정도 숨길 수 없는 상태가 된 재준이 사납게 되물었다. 유영이 그를 물끄러미 바라보며 재차 말했다.

"헤어졌다고, 황진현이랑."

"……."

"이성적으로도, 감정적으로도. 그 자식이랑은 이제 완전히 끝이야."

유영의 말을 듣고서도 한동안 아무 말도 없이 가만히 서 있던 재준이 자기도 모르게, 서서히 미소를 지었다.

"뭐야, 왜 웃는데?"

유영이 투덜거리자 재준이 별것 아니라는 듯 고개를 젓더니 말했다.

"빨리 집에 들어가자."

"응."

"일단 따듯한 물로 씻고 나와. 감기 걸리지 말고 푹 자."

"감기 안 걸려."

유영이 여전히 처절함이 남은 얼굴로 중얼거렸다. 재준이 한 손으로 우산을 들고 한 손으로 그녀의 팔을 잡아 집으로 향했다.

유영을 집에 들여보낸 후, 재준도 제 집으로 들어왔다. 그 역시 비를 좀 맞은 탓에 샤워를 하기 위해 옷을 벗었다.

욕실로 들어가는 그의 표정이 멍했다. 따듯한 물로 몸을 씻고 소파에 앉았는데, 안 그러려고 해도 실실 웃음이 나왔다.

"아, 미치겠네."

그가 중얼거리며 두 손으로 제 얼굴을 문질렀다. 슬플 땐 웃고, 아플 땐 자는데, 너무 좋을 땐 뭘 해야 할지 모르겠다.

소리라도 지르고 싶은데 이 밤에 그럴 수도 없고.

그가 입술을 깨물며 애써 웃음을 참았다.

잊었다고 생각했다. 그녀에게서 사라지겠다고 결심했던 그 즈음, 진현은 밤늦게까지 임용시험 공부를 하는 유영을 매일같이 집에 데려다주었던 모양이다.

유영이 그런 이야기를 할 때마다, 그녀의 목소리에서 풋풋한 설렘이 느껴졌다. 그때마다 속이 쓰렸으나, 제가 할 수 있는 것은 없었다.

그러다가, 어느 날 유영이 농담조로 말했다.

'나 황진현 좋아하나 봐' 하고.

그녀에게 그런 말을 듣게 될 거라고는 상상도 못했다. 그 농담 같은 말 한마디가 심장을 아무렇게나 가위질하는 듯했다. 그러다 진현의 전화를 받았을 때, 미국에 있는 자신은 둘의 관계에 걸림돌일 뿐이라는 걸 알았다.

유영이 다른 남자를 사랑하게 되고, 자신은 그녀의 곁에 있어줄 수 없던 그때부터.

그녀의 친구가 되는 것은 이제 불가능했다. 친구였던 여자를 사랑하게 된 남자에게 선택지는 두 가지뿐이었다. 그녀의 남자가 되느냐, 모르는 사이가 되느냐.

그녀를 마음속에서 지우려 애쓰며, 재준의 인간성에 있던 몇 가지도 문을 닫았다. 그에겐 야구가 대부분을 차지하고 있음에도 유영의 존재 또한 너무 큰 부분을 차지하고 있었기 때문이었다.

재준은 본능적으로, 더 이상 상처받지 않기를 원하고 있었다. 경기에 지거나, 홈런을 맞는 일은 순간 끔찍하게 아파도 금방 회복이 되는 상처였지만 마음속에서 유영을 도려내는 일은 다시 깨끗하게 회복되지 않는 상처였다.

그런데 오늘, 그녀가 진현과 헤어졌다는 말을 듣자마자 영영 낫지 않을 것 같던 상처가 마법처럼 아물었다. 재준이 여전히 비가 주륵주륵 내리는 창밖을 바라보며 중얼거렸다.

"날씨 한번 미치게 좋네."

그의 얼굴에서 미소가 사라질 줄 몰랐다.

4. 술과 가을과 너에게

다음 날 아침에 눈을 뜬 유영이 손으로 제 이마를 감싸보았다.

열은 없는데, 진짜 멀쩡한 건지는 솔직히 확신이 없었다.

출근하려고 양치질부터 하는데 진현과 헤어졌다는 말에, 슬쩍 웃던 재준의 얼굴이 떠올랐다.

오래 사귄 첫 번째 남자친구고 결혼도 생각했는데. 헤어졌다는 말에 어떻게 웃을 수가 있는지. 그러나 곧 그를 뿌리치고 그냥 비를 맞으려던 자신을 꽉 안던 재준의 강한 팔이 생각나니 얼굴에 확 열이 올랐다. 어젠 정신이 없어서 몰랐는데, 지금 그렇게 안기면 너무나 부끄럽고 당황스러울 것 같았다.

집을 나서니 어제는 영영 그치지 않을 것 같던 비가 그쳤다.

학교에 도착해서, 운동장을 걸어가며 하늘을 보니 어제 비가 와서, 하늘이 눈부시게 파랗다. 운동장에서 자라는 단풍나무들이 달콤한 붉은빛을 띤다.

"단풍 예쁘네."

유영이 저도 모르게 중얼거렸다. 계절이 이렇게 아름답게 느껴진 게, 되게 오랜만인 것 같았다. 그러나 교실로 들어가니 가을 같은 건 즐길 수 없는 현실이 닥쳤다.

오늘도 서연의 자리가 비어 있었다. 유영이 한숨을 푹 쉬고 중얼거렸다.

"우리 서연이 바쁜가, 얼굴을 볼 수가 없네."

그녀의 말을 들은 앞자리 아이들 몇이 까르륵 웃었다. 그 웃음에, 무심코 말했던 유영이 놀라서 입을 다물었다. 너무 피곤해서, 아이를 대상으로 비꼬는 말을 하고 말았다.

아침의 말실수 때문인지 하루 종일 마음에 뭔가가 걸리는 기분이었다. 생각해보니, 서연이 워낙 자주 학교를 안 오니까 그 녀석에게 왜 안 오냐고 재촉하는 것도 포기해버렸다.

유영은 미안한 마음이 들어 서연의 자리를 계속 살폈다. 점심시간이 지나서야 서연이 학교에 왔다. 얼굴 상태가 전날 한잔한 자신과 비슷해서, 유영은 저도 모르게 혀를 찼다.

1년 내내 타일러도 변하지 않는 걸 보니, 저 애는 그냥 저런 애인가 보다, 하고 반쯤 체념했다. 몇 개월만 모른 척하면 졸업해서 이 학교를 떠날 테니까 더 이상 사고나 안 치기를 바랐다.

마지막 교시가 3학년 2반이라, 유영은 제가 담임인 반에 들어가 수업을 시작했다.

유영은 수업 중에 교실 여기저기를 많이 돌아다니는 편이었다. 그녀가 책상과 책상 사이를 걸어다니며, 여느 때와 달리 서연을 자세히 살폈다.

서연은 공책에 무언가를 끄적거리고 있었다. 유영이 잠깐 자리에 멈춰 서서 공책을 바라보고, 저도 모르게 조금 입을 열었다.

글씨를 쓰고 있었다. 죽고 싶다, 싫다, 이런 내용을 쓰다가, 단풍이 예쁘다, 가을 하늘, 이런 이야기도 썼다. 한 바퀴를 더 돌고 와서 보니 더 많은 내용이 적혀 있었다.

유영이 서연에게 말했다.

"너 교재 안 보고 뭐 해?"

그러자 서연이 인상을 쓰며 공책을 접어 책상에 넣고 말했다.

"볼게요."

"종례 끝나면 공책 들고 교무실로 와."

유영이 말하자 서연이 짜증 난다는 듯 한숨을 쉬었다.

종례가 끝나고 서연이 공책을 들고 교무실로 들어왔다. 다들 퇴근 중이라 교무실이 휑했다. 유영이 공책을 뺏어서 책상에 두고 펼쳤다.

"학교는 잘 오지도 않더니, 겨우 와서 딴짓을 해? 너 다른 시간에도 이러니?"

"……."

"근데 뭘 쓴 거야."

유영이 적혀 있는 것들을 읽자, 서연이 민망해하며 물었다.

"안 읽으면 안 돼요?"

"서연아. 이 시 네가 쓴 거니?"

"시는 무슨 시예요. 그냥 쓴 거지."

"이게 시지, 뭐야."

유영이 가만히 서연이 쓴 글을 읽었다. 우울하고, 바닥을 파고 들어가는 듯했다. 그런데 넘겨보니 즐거움도 느껴지고, 문장도 있고, 운율도 있고, 묘사도 있었다. 그러니까 그건 시라고 생각했다. 뭐, 랩 가사일지도 모르지만, 그럼 또 어떤가. 이 애가 무언가에 관심이 있어서 그걸 열심히 하고 있다는 사실이 그저 좋았다.

그녀가 시를 읽다가, 저도 모르게 노트에 눈물이 툭 떨어져 서둘러 손으로 눈물을 닦아냈다.

"아, 미안. 공책 젖었네."

"……."

"서연아. 술은 마셔도 되는데……. 아, 물론 술 마시면 안 되지만. 아무튼 사람 때리지 마. 남 괴롭히지만 마. 다른 건 몰라도, 다른 사람 다치게 한 건 회복 못 해."

"알았다니까요."

"근데 서연이 너 진짜 대단하다."

"……."

"진짜 대단해."

자꾸 눈물이 나서, 유영이 공책을 덮었다. 국문학과를 복수전공하는 바람에 엄청나게 많은 시와 소설을 읽었다. 이게 잘 쓴 시가 아니라는 건 유영도 알았다.

그런데, 그래도, 서연이 너무 대단해서 자꾸 눈물이 났다.

유영이 얼른 눈물을 닦아내고 말했다.

"뭐 맛있는 거라도 먹을래? 교사 월급 17일에 나오는 거 알아? 나 며칠 전에 월급 받아서 아직은 부자야."

그녀의 말에 서연이 저도 모르게 웃더니 말했다.

"저 알바 가야 돼요."
"아. 그런가. 그럼 다음 달 17일쯤에."
유영이 말하며 공책을 덮어 서연에게 내밀었다.
"아무튼 수업 시간엔 안 돼. 알겠지?"
이제 알았다고 대답하기도 지쳤는지, 서연이 공책을 가방에 구겨 넣고 싫은 티를 내며 인사한 후 교무실을 나갔다.

* * *

재준은 정말 오랜만에, 유영도 없는 그녀의 본가에 가서 연진과 혁수에게 밥을 얻어먹었다. 그리고 연진에게 갖은 억지를 부려 백화점으로 향했다.
"얘는 갑자기 무슨 백화점을……."
연진이 난감해하자 재준이 태연하게 말했다.
"유영이가 저희 부모님한테 워낙 잘하잖아요. 저도 뭐라도 해야 할 거 아니에요. 이모부랑은 낚시 가드리고, 이모랑은 쇼핑."
"그럼 유영이를 사줘야지……. 어머, 예뻐……."
연진이 생각보다 너무 예쁜 가방에 진 기분을 느끼며 감탄했다. 그러나 가격을 보고 화들짝 놀라 재준에게 말했다.
"백화점에선 가방 사는 거 아닌 것 같아, 재준아."
"아, 이모. 저 진짜 바쁜 사람인 거 아시잖아요. 맘에 드는 거 딱 보이면 바로 그거 사요, 예?"
연진은 재준을 어릴 때부터 쭉 봐왔지만 이렇게 살가운 녀석이 아니란 것 하나는 알고 있었다. 그런데 오늘따라 왜 이렇게 살갑게 구는지. 게다가 재준은 바쁘다고 한 사람치고 제법 신중한 얼굴로 가방을 살폈다. 재준이 연진의 시선이 가장 오래 머물렀던 송아지 가죽으로 만든 검은색 가방을 집어 들었다.

"일단은 이거 사요."

"이, 이걸 어떻게 그냥 받니? 그리고 일단은?"

"그냥 받는 거 아니죠. 저 어릴 때 이모네 집에서 얼마나 오래얹혀살았는데요. 저 키워준 값이라고 생각하세요. 저 엄청 먹잖아요."

그는 연진이 무슨 말을 못 하게 우겨대더니 멋대로 가방을 결제했다. 한사코 싫다고, 싫다고 했지만 가방을 받아 든 연진의 표정이 무척 밝았다. 선물이 좋은 것도 있지만 듬직한 재준과 함께 놀러 다니는 재미가 더 컸다.

즐거워하는 연진을 다시 집에 데려다주고, 재준은 집으로 향했다. 주차를 하고 계단을 올라가면서, 저도 모르게 콧노래를 흥얼거렸다. 그런데 막 건물로 들어가던 유영이 그런 그와 마주치곤 밉지 않게 흘기며 말했다.

"기분 되게 좋으신가 봐요? 노래가 막 나와?"

"예, 뭐 나쁘지 않습니다, 박 선생님."

재준이 짓궂게 말하고 슬쩍 웃었다. 그러더니 가방끈을 꼭 쥐고 있는 유영에게 걸어가 그녀의 이마에 손을 올렸다.

"감기는 안 걸렸나 보네."

"얘가 날 무슨 약골로 아네. 나 은근 건강해?"

"기분은 좀 어때?"

"황진현한테 정이 확 떨어져서, 오히려 속이 시원해."

그러자 재준이 고개를 끄덕이고 주머니에 손을 넣어 열쇠를 꺼내며 물었다.

"그나저나 둘이 왜 헤어진 거야?"

"아, 효진이 기억나? 내 친구."

"응."

"걔랑 사귄대. 바람피운 것 같은데, 자기들은 아니라네."

"……."

재준의 표정이 순간 복잡해졌다. 요 며칠 유영이 지나치게 술을 마시고, 어수선하게 행동하던 것이 이해가 갔다. 아니, 오히려 이 정도면 성실하게 현실로 복귀한 편이었다. 재준이 멈춰 서더니 물었다.

"그런데 왜 널 찾아와. 닥치고 있지."

"몰라. 아, 생각하니까 또 열 받아."

유영이 툴툴거렸다. 그러자 재준이 물었다.

"뭐 할래? 기분 전환. 뭐든지 해줄게."

"술 마시고 싶은데, 넌 술 안 마시잖아."

"까짓거, 마시자. 같이 마셔줄게."

"진짜? 웬일로?"

유영이 의심스러워하자 재준이 어깨를 으쓱였다.

"비시즌인데 술 한 잔도 못 먹겠냐. 가자. 집 앞에 어묵 파는 곳 있던데."

"아, 거기. 거기 가자."

유영이 고개를 끄덕이고 앞장섰다.

두 사람은 곧 집 앞에 어묵을 파는 가게로 들어섰다. 튀긴 어묵도 있고, 어묵탕도 있고, 그냥 튀김도 팔았다. 재준은 메뉴가 마음에 드는지 메뉴판에 있는 것들을 이것저것 골랐다.

"나는 이만큼 먹을 건데. 넌 뭐 먹을래?"

"이, 이걸 다 먹을 거야? 튀김이 이렇게 많으면 느끼하지 않을까?"

"나 배고파. 그리고 안주가 느끼해야지."

"술도 못 마시면서 무슨 안주를 운운해?"

"그런 건 느낌으로 알아."

두 사람이 티격태격 다투는 사이 고춧가루와 무를 많이 넣고 끓인 얼큰한 어묵탕이 나왔다. 재준이 유영의 그릇에 그녀가 좋아하는 무를 담아주자 유영이 무를 숟갈로 조금 잘라 국물과 함께 입에 넣었다. 칼칼한 국물 덕에 속이 따끈따끈해졌다.

거기에 소주 한 잔을 들이켜니 아주 달게 느껴졌다. 유영이 재준의 잔을 채워주자 그가 망설이다가 한입에 훅 술을 털어 넣었다.

유영이 그 모습을 신기해하며 말했다.

"그래도 또 친구라고, 위로해준답시고 너처럼 깐깐한 애가 술을 다 먹어주네."

"웬 위로."

재준이 어깨를 으쓱이고 말을 이었다.

"나 그냥 어묵 먹으러 온 건데."

그의 능청에 유영이 웃음을 터트렸다.

"하긴. 너 지금 먹는 양을 보니까 그런 것 같긴 해."

"간장이랑 버터랑 달걀 넣고 비빈 밥도 판대. 이거 무조건 맛있겠지?"

"당연히 맛있지."

"사면 한 숟갈 먹을 거지?"

"응. 한 숟갈 먹을래."

유영이 고개를 끄덕이고 추억에 잠겨 중얼거렸다.

"어릴 때 기억난다. 우리 가족이랑 너희 가족이랑 같이 여행 가면, 너 밤에 꼭 야식 만들어 먹었잖아. 네가 만든 거 한 숟갈 뺏어 먹는 게 진짜 맛있었는데."

그러자 재준도 기억이 나는지 미소를 지었다.

"그때 진짜 이상한 게, 난 툭하면 야식을 먹는데 있잖아. 그런 날 네가 한 숟갈 뺏어 먹고 나면 야식이 평소보다 더 맛있더라."

"아, 나도 왠지 혼자 야식 꺼내 먹으면 네 거 뺏어 먹는 그 맛이 안 나."

"너랑 같이 먹어서 그런가."

재준이 중얼거렸다. 유영이 고개를 끄덕였다. 술도, 같이 먹으니 왠지 좀 더 달았다. 유영이 술을 한 잔 들이켜고 행복한 표정을 지었다.

"아, 좋다."

"이렇게 금방 기분이 좋아지냐? 나한테 화났던 건?"

"아직 화났어. 계속 이렇게 잘하란 말이야."

"표정 보니까 다 풀렸네, 뭐."

재준이 친근하게 핀잔하자 유영이 그제야 조금씩 웃는다. 재준이 손으로 턱을 괴고 유영을 가만히 바라보았다.

남자친구와 헤어졌단다. 이제 제 차례였다. 하지만 그는 급하게 굴 생각이 없었다. 친구든 뭐든 그녀 곁에 머물면서 그녀가 방심한 사이에, 꽉 붙잡을 생각이었다.

그가 오히려 기분이 좋아 보이는 유영에게 물었다.
"오늘은 뭐 괜찮은 일 있었나 봐?"
"때마침 잘 물어봤어. 있잖아."
유영이 정말 그 질문을 기다렸다는 듯 신나서 재잘거렸다.
"우리 반에, 진짜 쌀쌀맞은 애가 있거든? 내가 무슨 말을 해도 짜증만 내고, 학교도 잘 안 와서 속으로 좀, 포기했다고 해야 하나. 그러면 안 되는데……. 근데 있지, 그 애가 시를 쓰더라?"
"웬 시?"
"시인지 일기인지 랩 가사인지 모르겠지만, 아무튼 뭔가 쓰고 있더라. 세상만사에 다 관심 없는 앤 줄 알았거든. 아무것도 좋아하는 게 없는 앤 줄 알았어. 그런데 아니었어."
그녀가 집중해서 제 말을 들어주는 재준을 바라보며 더없이 행복하게 웃었다.
"그 애를 좀 더 알게 되니까, 오늘은 그 애가 다르게 보여."
"어떻게?"
"되에게. 괜찮은 애로 보이더라."
'되에게' 하고 강조할 때 눈을 꼭 감았다가 뜨는 유영의 얼굴이 귀여워서 재준이 의자 뒤로 기대며 유쾌하게 웃었다. 그리고 술병을 들어 그녀에게 배운 대로 술잔이 7부를 채워주며 말했다.
"네가 더 괜찮아, 박유영."
그의 말에 유영이 부끄러운 듯 대답 대신 한 번 더 웃고, 씩씩하게 말을 이었다.
"그래서 그 애가 졸업하는 날까지 지치지 않으려고. 학교 제때 오라고 맨날 잔소리하고 조를 거야."

재준은 그렇게 말하는 유영을 바라보며, 그녀가 정말 고등학생일 때와 똑같다는 생각을 했다. 여전히 정이 많고, 여전히 좋은 선생님이 되고 싶어 한다

별로 술을 많이 마신 것도 아닌데 분위기에 취해서인지, 재준은 그녀가 웃을 때마다 조금씩 더, 그녀에게 반하는 기분이었다.

* * *

다음 날 아침 일찍 일어난 재준은 숙취를 느끼고 다시 침대에 누웠다.

태어나서 취해본 게 처음이라, 이런 기분인 줄 몰랐다. 속이 울렁거려서 기분이 나빠졌다. 그가 간신히 수첩을 열어 리스트 4번을 체크했다.

<4. 같이 술 마셔주기.>

한 번이면 충분하니까 다시는 마시지 말아야겠다고 결심하고, 운동이라도 해서 술을 깨야겠다고 생각하는데 휴대폰이 울렸다. 통역사인 릭이었다.

-재준아. 알레아가 너 어쩌고 있는지 전화해보라고 해서.

"……."

-신재준. 그래도 한마디는 대답해라, 좀.

"화 안 낼 거지?"

-왜, 왜? 뭐 했어? 사고 쳤어? 드디어?

릭이 약간 들떠서 묻자 재준이 중얼거렸다.

"어제 술을 마셨어."

-술? 얼마나? 법으로 금지된 술 마셨어? 아니면 취해서 사고 쳤어? 설마 운전했어?

"아니, 그냥 술을 마셨다고. 소주 세 잔 정도."

-그래서? 사고 친 얘기는 언제 나와?

"……."

-괜히 기대했네. 그래서 누구랑 마셨는데?

릭이 되묻자 재준이 말을 이었다.

"친구. 어릴 때부터 친하던 여자애. 어제 좀 힘들어 보여서……."

-……알레아! 신재준이 이상해졌어!

질문해서 대답한 것뿐인데 뭐가 이상해졌다는 건가. 재준이 미간을 좁히는데 릭이 알아서 이유를 말했다.

-신재준이 길게 대답해!

옆에서 알레아가 감탄하는 것이 들렸다.

그 후론 재준이 한두 마디 대답하면 릭이 한참동안 근황을 말하는 패턴의 대화가 반복되었다. 신나서 떠드는 릭을 보며 재준은 이렇게 말하는 걸 좋아하니 직업이 통역사구나, 새삼 생각했다.

그때 초인종소리가 들렸다. 재준이 전화를 연결한 상태로 문을 열어보니 유영이 서 있었다.

"전화 중이면 이따가 올까?"

그녀의 목소리를 들은 릭이 다급하게 말했다.

-뭐야! 왜 이렇게 이른 시간에 여자 목소리가!

"끊어."

재준이 그대로 전화를 끊어버리자 유영이 당황해서 물었다.

"중요한 전화 아니야?"

"어. 아니야."

"누군데?"

"에이전시."

"에이전시가 왜 안 중요해!"

유영이 놀라서 재준에게 들고 온 봉지를 쥐여주고 그의 휴대폰을 뺏자 그가 의아해하며 물었다.

"뭐 하게."

"다시 전화하려고."

"패턴 걸려 있……. 야, 박유영."

유영이 너무 쉽게 휴대폰에 걸린 패턴을 풀었다.

아홉 개의 점 중 맨 윗줄을 왼쪽에서 오른쪽 끝까지 연결하고, 거기부터 대각선으로 내려왔다. 그렇게 숫자 7을 그리니 바로 패턴이 풀린다. 재준이 믿기지가 않는다는 듯 제 휴대폰을 보았다.

"내가 너한테 말해줬나?"

"네가 뻔하지 뭐."

"그게 뭐가 뻔해."

"넌 숫자 7을 좋아하니까."

유영이 패턴만 푼 후 더 휴대폰을 만지지 않고 재준에게 내밀자 그가 물었다.

"어쩌라고?"

"다시 전화해서 예의 바르게 끊으라고?"

"……."

재준이 그녀의 손에서 휴대폰을 받아 들더니 다시 릭에게 전화를 걸었다. 릭은 평소 성격 그대로 전화를 끊은 재준이 다시 전화를 하자 놀라서 물었다.

-왜 그래? 잘못 걸었어?

"아까 갑자기 전화 끊어서 미안."

-……너 어디 아파?

"샌프란시스코 돌아가면 봐. 걱정해줘서 고마워. 알레아에게도 전해주고."

-재, 재준아……. 심각한 거야? 못 고친대?

릭이 진심으로 걱정하자 재준이 유영을 힐끔 보고 말했다.

"아니, 친구가 시켰어. 예의 바르게 끊으라고. 얘가 선생님이라 잔소리가 좀 심해."

-…….

"끊는다."

재준이 전화를 끊고 유영을 보았다.

"만족하냐?"

"응. 아, 착하다."

유영이 눈웃음 지으며 칭찬해주자 재준이 어이가 없다는 듯 웃는다. 그녀가 어이가 없는 게 아니라, 이런 칭찬에 기분이 좋아지는 스스로가 한심했다.

재준이 그제야 유영이 가져온 것을 열어보았다. 재준이 빌려줬던 그의 점퍼와 과자 두 봉지가 들어 있었다. 유영이 말했다.

"같이 술 마셔줘서 고마워."

"나도 심심했어."

릭이나 알레아가 들으면 기겁할 소리였다. 기본적으로 두 사람은 재준이 혼자 있는 걸 좋아한다고 믿어 의심치 않았다. 누구와 놀지도 않고, 연애도 안 하고, 팀 동료가 말 거는 것도 귀찮아했기 때문이었다. 유영이 웃으며 고개를 끄덕였다.

"알았어. 그럼 내가 종종 놀아줄게. 숙취는 없어?"

"없어."

재준이 무심하게 느껴질 정도 당연하게 대답했다.

그는 매일 지독할 정도로 훈련을 했으므로 평생 몸이 아프지 않았던 적이 없었다. 그러니 매일매일 몸이 아프다고 떼를 쓸 수는 없는 노릇이었다.

특히나 유영에게는 더했다. 재준에게 그녀는 처음 만나던 그날부터 제가 지켜줘야 할 존재였다. 연진의 뒤에서 마당을 낯설어하며 엄마 손을 꼭 쥐고 있던 그 꼬마애. 애틋하도록 소중하던 그 애.

언제까지고, 그 꼬마애가 친구이기만을 바랐다.

얼마나 어리석은 생각이었는지는 성인이 되어서야 알았다. 체격은 유영보다 늘 컸는데, 정신의 성숙은 그녀보다 느렸다. 그녀가 이성이라는 사실을, 열여덟 살의 재준은 철저히 부정했었다.

그러나 수도 없이 많은 후회 끝에, 재준은 알게 되었다. 그녀가 다른 남자 곁에 있는 모습을 볼 수 없다는 것과. 자신이 그녀와 친구 관계 이상을 원하게 된 건, 이미 한참 전의 일이라는 것을.

바로 제 집으로 돌아가려던 유영이 궁금함을 못 참고 물었다.

"근데 너 안경 써?"

그는 은테 안경을 쓰고 있었다. 들어올 때부터 신경 쓰였는데 이제야 물어봤다. 그러자 재준이 제 안경을 약간 움직이며 대답했다.

"응. 시력이 아주 나쁜 건 아닌데, 더 나빠지면 안 되니까."

"아……. 난 수술했는데."

"반대로 됐네."

예전엔 유영이 안경을 쓰고, 재준은 그렇지 않았었는데. 그 사이에 반대로 바뀌었다.

재준이 낯설게 느껴져 유영이 시선을 돌리자 그가 물었다.

"싫어?"

"응?"

"내가 안경 쓴 거. 마음에 안 들어?"

그가 조금 몸을 가까이해서 물었다. 유영이 당황하며 대답했다.

"그런 얘기는 아냐. 그냥 신기해서."

"그런가."

그녀가 눈에 띄게 반응한다고 생각하며, 재준이 말을 이었다.

"안경 쓴 지 꽤 됐는데. 집에서만 써서 몰랐구나."

"응……."

"우리 어릴 때처럼 맨날 그렇게 놀았으면 알았을 텐데."

초등학생 때도 곧잘 이렇게 놀았었다. 재준의 집 마루에 앉아서 두 사람은 게임도 하고, 소꿉놀이도 했다. 두 아이는 늘 엄마와 아빠 역을 맡았는데, 서로 부부라는 개념이 있는 건 아니었다. 그저 엄마와 아빠일 뿐. 그리고 늘 두 사람에게 달라붙어 있으려 들던 밀키가 아이였다.

"소꿉놀이 하던 거 기억난다. 네가 나한테 종이에다가 그린 주먹밥 먹으라고 해서 경찰에 신고할 뻔했어."

"야, 내가 언제?"

"그랬거든? 아. 그리고 네가 그린 것 중에 그거 있잖아 왜, 만화에 나오는 뼈다귀에 붙은 고기 그림. 그건 진짜 커서도 먹고 싶더라."

재준의 말에 유영이 웃음을 터트렸다. 재준이 말을 이었다.

"그때 소꿉놀이하면, 네가 선생님일 때도 많았잖아."

"그랬지."

"그런데 진짜 커서 선생님이 됐네. 아, 기특하다."

마루에 앉아서 소꿉놀이를 하던 어린 아이들이, 어느새 이렇게 어른들이 되었다.

재준이 어릴 때 이야기를 꺼낼 때마다 유영은 왠지 마음이 설렜다. 추억 속으로 놀러 갈 수 있는 기차라도 탄 기분이었다.

두 사람이 신나서 놀고 있으면 재준의 할머니가 나와서 흐뭇한 표정으로 마루에 앉아 귤을 까주거나, 떡을 잘라주곤 했다. 놀다가 배불러서 자다가 부모님이 찾으러 오면 집에 가고.

그런 아무 걱정도 없이 놀던 때가 그리웠다.

어릴 때 일이 생각나서인지, 유영은 그와 조금 더 놀고 싶었다.

"이제 너 하나도 안 귀여워, 신재준."

유영의 말에 재준이 어이없다는 듯 실소했다.

"내가 언제는 귀여웠냐?"

"솔직히 막 귀엽진 않았지."

"그래. 네가 어릴 때 좀 귀엽게 생겼었으니까 할머니는 그렇다고 쳐도. 심지어 우리 부모님도 나보다 널 더 귀여워했어."

"에이, 그 정도는……."

"진짜야. 게다가 나보고 키가 왜 이렇게 크냐고 자꾸 뭐라고 해. 나만 커? 자기들이 크니까 내가 큰 거 아냐."

그의 투덜거림에 유영이 실소했다. 재준이 그녀의 미소를 기분 좋게 바라보더니 말했다.

"그래서. 이제 황진현은 깨끗하게 정리?"

"깨끗하게는…… 아직은 좀 힘들고. 차차 해야지."

"그래. 차차 정리해."

그렇게 말하긴 했지만, 재준은 사실 마음이 조급해졌다. 언제까지고 자신이 유영의 옆에 있을 수 있는 건 아니니까. 하루라도 빨리, 그녀의 마음속에서 진현을 완전히 밀어내고 싶었다.

그리고 언젠가는 제가 그 자리를 대신 채울 수 있기만을 간절히 바랐다.

* * *

며칠 뒤, 선아와 영화를 보고 느지막이 집으로 돌아가던 유영은 뭔가 길어 보이는 짐을 들고 계단을 내려가는 재준과 마주쳤다. 유영이 고개를 갸우뚱하며 물었다.

"그거 뭐야?"

"낚싯대."

"낚싯대는 왜?"

"이모부랑 낚시 가. 여수로."

"아."

무심코 대답하던 유영이 스쳐 지나가려던 재준의 팔을 붙잡고 물었다.

"잠깐만. 그 이모부가 혹시 우리 아빠?"

"어. 너희 아버지."

"몇 년 만에 나타나놓고 우리 아빠랑 언제 연락을 해서 낚시를 가겠대, 이 자식은?"

"지난주에 너희 집 가서 저녁 얻어먹었는데 낚시 가신다고 해서 나도 간다고 한 건데."

"……나 없이 셋이 밥을 먹었다고?"

"응. 인사드리러 놀러 갔더니 밥 주셨어."

"근데 그걸 왜 나한테 말을 안 해줘?"

"네가 나 별로 안 좋아하니까 말하지 말라고 했거든. 그랬더니 나 불쌍하다고 밥을 엄청 많이 주셨어. 원래도 두 분 다 손이 크시잖아."

구구절절 설명하는데 갈수록 의문점만 많아졌다. 자기가 연락을 끊어놓고, 자기 안 좋아해준다고 불쌍한 척까지 했단다. 그것도 남의 부모님에게.

얼떨결에 유영이 주차장으로 향하는 재준을 따라 걸었다. 그가 트렁크를 열고 짐을 넣자 유영이 물었다.

"아빠랑 너랑 둘이서만 가는 거야?"

"어."

"뭐…… 아무튼 이왕 가는 거 월척 잡아와."

트렁크 안으로 상체를 반쯤 넣은 재준은 유영이 보지 못하게 슬쩍 웃었다. 그가 짐을 다 챙기고 트렁크를 닫는 동안 유영은 팔짱을 끼고 여전히 의아해하며 서 있었다. 재준이 주차장을 나설 때 유영도 따라 나서기에 재준이 다시 말을 걸었다.

"오늘 늦었네?"

"아, 선아 쌤이랑 영화 봤어."

"둘이 엄청 친하네."

"그치? 동갑이고, 취미도 비슷하고."

"술 좋아하시고?"

재준의 농담에 뒤따라오던 유영이 그의 등을 퍽 때렸다. 그러자 그가 어깨를 들썩이며 웃고는 그녀의 손목을 부드럽게 감싸 끌어당겼다.

유영은 제 왼손에 남은 감각이 영 이상해 살짝 주먹을 쥐었다. 돌이라도 건드린 것 같아 제 손이 찡했다. 등허리까지 저렇게 딱딱한 근육이 잡히려면 도대체 얼마나 많은 운동을 해야 하는 걸까. 그나저나, 내 손목은 왜 잡고 있는 건가…….

유영은 손목을 뺄까 고민했지만 그가 당겨주니 계단 오르는 게 훨씬 수월해 굳이 그러지 않았다.

왠지 이상한 수작에 말려드는 기분이다.

* * *

혁수는 매일 오늘만 같으면 바랄 게 없겠다는 생각을 했다. 낚시로 유명한 섬까지 재준이 운전하지, 식사 챙기지, 짐 나르지. 귀족의 삶이란 이런 건가 싶을 정도였다.

두 사람은 뭍에서 배를 타고 10분도 가지 않아 나오는 작은 바위섬에서 낚시를 시작했다. 겨울이 가까워지다 보니 조황이 그리 좋지는 않았다.

"재준아, 이제 슬슬 일어나자. 바람이 너무 차네. 메이저리거 몸이 얼마짜린데."

"에이, 저 건강해서 감기 잘 안 걸립니다."

"그럼…… 한 마리만 더 잡고 갈까?"

여기서 딱 한 마리만 더 잡으면 더할 나위 없다고 생각하던 혁수의 낚싯대가 크게 흔들렸다.

"어어, 이게 뭐야. 힘이 장난 아닌데!"

혁수가 낚싯대를 당기며 힘겨루기를 하자 재준이 얼른 일어나 뜰채를 가져왔다. 잠깐의 실랑이 끝에 한 마리가 낚여 올라오자 옆에서 집중력 있게 찌를 바라보던 재준이 벌떡 일어섰다.

"어! 이모부! 감성돔 올라와요!"

"이야, 오늘 무슨 날이냐. 이게 무슨 일이야."

혁수가 침착한 척 애쓰며 빠르게 릴을 돌려 감성돔을 잡아 올렸다. 두 남자가 살림망에 넣어둔 감성돔을 넋 놓고 바라보았다. 혁수가 감성돔을 다시 꺼내 들고 재준이 길이를 확인하니 50센티 가까이 되었다.

"심지어 월척이에요. 아, 사진. 유영이 보내줘야 되니까."

"오, 그래."

재준이 말하자 혁수가 감성돔을 앞으로 쭉 내밀고 포즈를 취했다. 재준이 사진을 유영에게 사진을 보내는데 지나가던 낚시꾼들이 돔을 한번 보고 한마디씩 거들었다.

"오늘 조황이 별로 안 좋던데, 아주 선수시네."

"이야. 이거 50센티는 되겠는데요?"

다들 수확이 없어 혁수를 부러워하던 낚시꾼들이 옆에 모자를 푹 눌러쓴 재준을 보며 말했다.

"아드님도 아주 훤칠……. 시, 신재준 선수 아니야?"

"아니, 낚시도 선수더니 아들 농사도 선수시네?"

부자로 오해받은 혁수가 유쾌하게 웃었다.

"아들이 아니라. 딸 친굽니다. 친구."

"딸 친구……. 아, 예비 사위구나!"

"응? 뭐 그렇게 볼 수도 있나?"

그냥 해보는 말도 좋아 죽겠는지 혁수가 호탕하게 웃었다. 그사이 휴대폰을 보고 있던 재준이 혁수에게 휴대폰을 내밀었다. 월척 낚시 사진을 보냈더니, 매운탕 먹고 싶다는 유영의 답장이 왔다.

"유영이가 매운탕 먹고 싶대요. 저녁 때 집 오라고 할까요?"

"그래? 와야지, 그럼. 재준이도 먹고 갈 거지?"

"에이, 섭섭하게 뭐 그렇게 당연한 걸 물어보세요."

재준이 능청을 떨었다. 그러자 다른 낚시꾼들이 옆에서 재준과 사진을 찍으려고 줄을 서며 말했다.

"딸 농사 잘한 건 확실한가 봐요. 이야, 신재준 선수랑."

그러자 혁수가 기다렸다는 듯이 딸자랑을 늘어놓았다.

"우리 딸이 워낙 미인에 천사 같은 애라. 심지어 그 어려운 임용도 붙어서 지금 중학교 선생님이에요, 선생님."

혁수가 딸과 감성돔 자랑을 늘어놓으며, 군소리 없이 사진을 찍어주고 있는 재준을 흐뭇하게 보았다. 정말이지 완벽한 하루였다.

* * *

다음 날 매운탕을 먹으러 본가에 간 유영은 소중하게 걸려 있는 쇼핑백 하나를 발견했다. 유영이 안을 열어보더니 물었다.

"엄마, 가방 샀어?"

유영이 의심 가득한 눈초리로 숄더백을 꺼내더니 동그래진 눈으로 물었다.

"근데 이거 많이 비싸지 않아?"

"어, 어머!"

연진이 서둘러 유영에게서 가방을 뺏었다. 그러자 유영이 인상을 쓰며 물었다.

"어디서 났어?"

"내가 알뜰살뜰 모아서 샀어."

"웃기지 마. 신재준이 사온 거지? 그치?"

자신과 연락 끊겨서 서러워했던 거 뻔히 알면서 어떻게 이럴 수가 있냐는 듯한 유영의 배신감 가득한 눈빛에 연진이 난감해하며 데굴데굴 눈동자를 굴렸다.

"아니, 나도 살 생각이 없었는데! 재준이가 백화점 문 닫기 전에 빨리 사자고 정신없이 구는 바람에……."

"나, 나 없이 둘이 백화점을 갔어?"

"사주고 싶어 죽겠다는 걸 어떡해, 그럼? 안 받니?"

"안 받으면 되지! 내가 새로 사줄 테니까 한…… 3년 뒤에."

솔직히 그것보다 더 빨리 이 가방을 살 돈을 모을 자신은 없었다. 유영이 결국 한숨을 쉬며 말했다.

"사실 줄 때 받긴 해야 돼. 그치?"

"내 말이. 좋아, 내 딸. 엄마 닮아서 타협 능력이 있어."

연진이 고개를 끄덕였다.

유영이 로또라도 사볼까 고민하는 사이 새카맣게 탄 혁수와 재준이 집으로 들어왔다. 두 사람 다 시원한 물로 샤워를 하고 나와서 일단 거실 바닥에 드러누웠다. 연진이 그 모습을 보며 까르륵 웃었다.

"완전 부자지간 같네."

"안 그래도 다른 사람들이 다 아들인 줄 알더라고? 그래서 내 예비사윗감이라고 했지!"

혁수가 말하자 유영이 발끈해서 말했다.

"아빠도 지금 신재준 연봉에 혹했지?"

"무슨 소리야, 사람이 좋잖아, 사람이."

혁수가 두둔하자, 재준이 씨익 웃는다. 좀 누워 있다가 혁수가 연진과 매운탕을 끓이러 가자, 재준이 소파에 앉아 있는 유영의 옆으로 이동했다. 유영이 물었다.

"너는 뭐 잡은 거 없어?"

"있어."

재준이 휴대폰의 사진을 내밀었다. 월척을 든 혁수의 사진을 쭉 넘기다 보니, 재준이 자기 손바닥보다도 작은 물고기가 걸린 낚싯줄을 들고 황당해하는 사진이 있었다. 유영이 중얼거렸다.

"와, 쬐끄매."

"안 그래도 다른 아저씨들이 뭐 그만한 걸 잡고 사진을 찍냐고 필름이 아깝다 그러시더라."

그러자 유영이 웃음을 터트리고 말했다.

"그러게. 손바닥보다도 작잖아."

"내가 손이 커서 그래."

재준이 말하며 유영의 손을 잡아 제 손과 겹쳤다. 크기도 차이가 나지만, 촉감도 아주 달랐다. 유영이 재준의 손바닥을 위로 가게 두 손으로 잡고 공을 하도 던져 돌처럼 딱딱해진 손가락 끝을 제 보드라운 손가락으로 문질렀다.

"고생이네."
"그렇지."
유영의 보드라운 살이 닿는 것이 간질간질해서, 재준이 몰래 침을 꿀꺽 삼켰다. 유영이 그의 손을 놓고 말했다.
"근데 너, 우리 엄마한테 가방 사드렸지? 아, 나도 아직 못 사줬는데 네가 사주면 어떡해?"
"누가 사드리면 어때?"
"억울해."
"별게 다 억울하네. 너도 우리 부모님한테 잘하잖아."
"그건 그렇지만……."
"이것도 리스트에 있었거든."
"진짜?"
"응. 6번이 이모 선물 사기, 7번이 이모부랑 낚시 갈 때 운전하기."
"주변 사람들 다 챙기려고 써놓은 거야?"
"그냥, 한국 오면 할 것들 써놓은 거야."
"몇 개 했어?"
"열 개 중에 다섯 개."
재준이 어깨를 으쓱였다. 잠시 후 매운탕이 완성되자 네 사람은 저녁식사를 시작했다. 재준은 그냥 원래 이 집 식구인 것처럼 아무렇지도 않게 끼어서 밥을 먹었고, 유영은 왠지 재준이 음흉하게 느껴졌지만 도무지 이유를 몰라 어리둥절해할 뿐이었다.
네 사람이 앉은 식탁은 평소보다도 화기애애했고, 자꾸만 웃음이 터졌다. 유영도 곧, 어린 시절로 돌아간 것 같은 기분으로 즐겁게 웃었다.

5. 가출 청소년

3학년 2반 출석을 확인한 유영은 고개를 갸우뚱했다. 서연인 웬 일로 정시에 학교에 왔는데, 이번엔 다른 녀석이 학교에 오지 않았다. 야구부인 차지강이었다.

지각인가 생각하며 1교시 수업을 한 후 다시 3학년 2반 교실로 돌아가 지강이 왔냐고 묻는데 오지 않았단다. 결국 유영이 지강의 집으로 전화를 걸어보니 잠시 후 지강의 할머니가 전화를 받았다.

-지강이 아침에 학교 갔는데…….

“언제쯤 나갔나요?”

-아침 일찍……. 선생님, 우리 지강이 학교에 없어요?

할머니 목소리가 떨렸다. 그로부터 채 한 시간도 되지 않아 회사에 있던 지강의 부모가 정신없이 학교로 달려왔다.

우선 지강의 친구들에게 아이의 행방을 물었지만 아무도 대답이 없었다. 유영은 점심시간을 틈타 학교 주변에서 아이들이 갈 만한 곳을 뒤지기 시작했다.

열여섯 살. 이제 아이들은 아이 같으면서도, 어떨 때는 다 컸나 싶은 어른이기도 했다. 결국 점심시간에도 아이를 찾지 못한 상태로 방과 후, 다시 지강을 찾기 시작했다. 아이를 찾아다니는 유영의 손이 달달 떨렸다. 3년 간 학생이 가출한 건 처음이라, 어찌할 바를 몰랐다. 지강은 키가 벌써 180센티 정도에 꽤 건장한 체격을 가진 녀석이었다. 안 그래도 요즘 부상 때문에 스트레스를 받아 여기저기 시비를 걸고 다녔으니 어디 가서 사고를 쳤을 가능성도 있었다.

다행히 밤 열 시가 되어 지강과 같은 야구부 녀석으로부터 연락을 받았다. 지강이 PC방에 있다가 열 시에 쫓겨났다는 것이다.

유영이 정신없이 PC방으로 달려갔을 때 지강은 이미 도망친 후였다. 어른들이 주변을 찾기 시작했고, 유영은 학교로 향했다. 그러다 운동장 쪽에 모닥불을 발견하고 다급하게 그곳으로 달려갔다. 동시에 유영을 발견한 지강이 얼른 자리에서 일어나더니 어디서 열쇠를 훔쳤는지 잽싸게 체육관으로 들어가버렸다.

"야! 차지강!"

유영이 정신 없이 달려가 문을 두드렸지만 지강이 문을 잠가버린 후였다.

"너 어차피 나올 거잖아! 그럴 거면 그냥 지금 나와!"

"싫어요."

안에서 변성기가 지난 남자애의 허스키한 목소리가 들렸다.

몇 번 더 문을 흔들어보다 포기한 유영이 한숨을 쉬며 주저앉았다.

"알았어. 그럼 지금은 안 나와도 되는데 부모님 오시면 죄송하다고 해. 알겠어?"

"……."

"부모님이 얼마나 걱정하셨는지 알아?"

지강은 여전히 말이 없었다. 잠시 후, 지강의 부모가 도착했지만 아무리 설득을 해도 지강은 밖으로 나오지 않았다.

"지강아. 빨리 나와."

"그래, 이제 집에 가야지. 응? 선생님도 걱정하시잖아."

지강의 부모가 번갈아 달래자, 안에서 지강이 소리쳤다.

"나 집에 안 간다고!"

유영이 달랠 때보다 훨씬 더 반응이 나빴다. 무리하게 끌고 나오면 안 될 것 같았다. 유영이 일단 지강의 부모에게 물러서시라고 말한 후 문 앞에 서서 말을 걸었다.

"너 진짜 왜 그러는데?"

"……."

"혹시 부상 때문에 그래?"

"……부모님이 자꾸 야구 그만두라잖아요."

"뭐야, 지가 맨날 안 한다고 해놓고."

"그래도 진짜 그만두고 싶은 건 아니란 말이에요!"

지강이 소리쳤다.

유영은 그를 어떻게 달래주어야 하나 생각하다가, 재준은 어땠었는지를 떠올려보았다.

그러나 그 녀석의 청소년기에 시련이라고 할 만한 게 있다면 2학년 주제에 선배들을 재치고 청소년 국가대표에 발탁되었다고 선배들에게 미움을 샀던 것 정도였다.

"인생 참 편해, 신재준……."

"네? 신재준이 왜요?"

"나오면 알려줄게."

"제가 바본 줄 아세요?"

"그 안에 있는 건 좀 덜 바보 같아 보이는 줄 알아?"

지강을 찾았다는 사실 자체에 안도해 유치한 소리를 늘어놓으면서도 다시 진심으로 고민해보았다. 처음 만나던 날부터 그는 잘나갔고, 놀랍게도 그게 상승곡선을 그려서 지금은 그날보다도 잘나가는 녀석이 되었다. 유영이 투덜거렸다.

"우리 어머니 친구 아들이 있는데."

"공부 잘해요?"

"야구를 잘해."

"신재준이에요?"

말을 말아야지, 이 자식. 한번 신재준 이름이 들리니까 그 녀석 생각밖에 안 나나 보다. 하여튼 그렇게 여자들한테 인기가 많은데, 어떻게 남자들에겐 그것보다도 더 인기가 많은지 신기할 노릇이다.

체육관 앞에 앉은 유영이 문에 머리를 기대고 중얼거렸다.

"웃겨, 진짜. 자기 걱정하는 건데 왜 모르는 거야."

"누가요? 신재준이요?"

"몰라. 나오지 마. 그냥 거기서 평생 살아."

"……평생까진 아니구요."

청개구리들.

유영은 어이없어하던 도중에, 제 휴대폰 불빛이 반짝거리는 것을 발견했다. 전화를 확인한 유영의 눈이 커졌다. 재준의 부재중 통화가 쌓여 있었다.

늦은 귀가가 걱정되는 모양이라, 서둘러 재준에게 문자를 보냈다.

[나 학교야. 우리 반 애가 가출을 해서.]

[학교?]

[응. 야구부 애라 체육관 점거하고 안 나오네.]

문자를 보내고 나서, 유영이 다시 지강에게 말했다.

"난 한 번도 가출 같은 거 해본 적이 없어서 네가 무슨 생각인지를 모르겠다."

"쌤, 그렇게 모범생이었어요?"

"그렇게 모범생이었다, 왜."

"그래 보이긴 해요."

지강이 키득키득 웃었다. 유영이 퉁명스럽게 말했다.

"세상이 얼마나 위험한데."

"위험하긴 뭐가 위험해요."

"위험해. 네 녀석 눈에는 별것 아니어 보여도 얼마나 위험한데."

그래봤자, 지가 지치면 나오겠지. 유영은 지강의 위치를 확인한 것만으로도 안도해 슬슬 배가 고팠다. 그녀가 물었다.

"지강아. 배 안 고파?"

"배고파요."

"아, 열 받아. 야! 나도 힘들어! 배고프고 졸려 죽겠는데 왜 말썽이야?"

"선생님이 애예요? 학생이 가출했는데 지금 배고프고 졸려요?"

"와, 적반하장이네."

"적반하장이 뭐예요?"

"몰라도 돼. 안 가르쳐줄 거야."

유영이 놀리듯이 말해놓고, 중학생을 가르치니 자신도 중학생을 닮아가는구나, 생각했다. 그게 싫은 건 아니었다. 오히려 어른인 자신이 지강에게서 대답을 끌어낼 수 있게 되어 기뻤다. 키가 큰 편이라 어른스러울 거라고 생각했던 녀석은 완전 어린애였다.

그녀가 문에 기대 웅크린 상태로 꾸벅꾸벅 졸기 시작했다. 그러다 갑자기 팔이 꽉 붙잡혔다. 유영이 깜짝 놀라 고개를 들어보니 재준이 그녀를 일으키고 있었다.

"조금만 뒤로 나와봐, 박유영."

"어? 야, 야! 우리 학교 기물이야!"

유영은 재준이 문을 부수려는 줄 알고 다급하게 몸으로 문을 막았다. 그러자 재준이 한심하다는 듯 말했다.

"내 몸이 얼마짜린데 문을 부수는 데 써. 졸려서 헛소리가 나오냐?"

"지가 오해하게 말해놓고."

"얘기 좀 하려고."

재준이 말하자 유영이 뾰로통한 표정으로 물러섰다. 그러자 점퍼 주머니에 두 손을 넣은 재준이 체육관 문을 발로 걷어찼다.

'문 안 부순다고 해놓고!'

유영이 표정으로 경악하는데 재준이 무표정으로 입을 열었다.

"야구부. 나와."

그러자 안에서 금방 신이 난 목소리가 들렸다.

"네, 네? 우와! 설마 진짜로 오신 거예요?"

"신재준이다. 나 알지?"

재준이 제 이름을 말하는데 유영이 뭐 하는 건가 미간을 좁혔다. 그런데 황당하게도, 곧바로 문이 열리고 지강이 달려 나와 허리를 푹 숙여 인사했다.

"안녕하십니까, 선배님!"

"누가 선배야. 네놈이 프로가 돼야 선배지."

재준이 신경질적으로 말하는데 지강이 쩔쩔매는 동시에 헤벌쭉했다. 몇 시간 동안 지강을 어르고 달래던 유영과 지강의 부모, 경찰 모두 넋이 나간 표정으로 두 사람을 바라보았다. 별의별 소리를 다 해도 안 나오는 녀석이, 신재준 이름 석 자에 쪼르르 달려 나왔다.

지강이 두 손을 옷에 비비며 말했다.

"저 진짜 선배님 경기 전부 다 봤어요. 선발경기는 당연히 다 봤고 마무리 경기도 싹 다 봤어요!"

"그런 놈이 이 밤에 나를 나오게 하냐?"

"으악! 죄송합니다!"

심지어 유영의 생각에는 영 말수가 적던 그 녀석이 재잘거리며 사과까지 했다. 재준이 무뚝뚝한 투로 물었다.

"밥 먹었어?"

"밥 안 먹었습니다!"

"밥 먹자."

재준이 휙 돌아서자 지강이 눈이 휘둥그레져서 그를 따라 걸으며 물었다.

"진짜요? 저랑 밥 드실 거예요?"
"그래, 인마. 박유영 선생님, 같이 먹고 들어갑시다."
재준이 유영을 불렀다.
그러자 유영이 난감해하며 지강의 부모에게 말했다.
"그럼 지강이 밥 먹이면서 달래고 집에 보낼게요."
"선생님……. 하루 종일 우리 애 때문에 고생하셔서 어떡해요……."
지강의 어머니가 걱정스레 묻자 유영이 씩씩하게 대답했다.
"제가 담임인 걸요. 당연한 일이니까 염려 마세요."
"감사합니다, 선생님."
지강의 부모가 택시를 타고 떠나자 유영과 재준도 차로 향했다. 조수석에 앉은 유영이 뒷좌석의 지강을 흘기며 말했다.
"그렇게 달래도 안 나오더니 신재준이 부르니까 나오냐? 진짜 치사하네."
"둘이 어떻게 아세요?"
"내 친구. 부모님끼리 엄청 친하거든. 저녁 뭐 먹을래?"
"아. 와. 저는 선배님 좋아하시는 거 먹을래요. 선배님은 뭐 좋아하세요?"
"신재준? 으음. 설렁탕 좋아해."
"설렁탕 좋죠!"
지강이 신나서 대답했다.
그러자 재준이 어이없어 실소했다. 설렁탕은 유영이 좋아하는 음식이지 자신이 좋아하는 게 아니었다. 하여튼, 이런 못된 짓까지 귀여우니 자신이 어떻게 되어버린 게 분명하다.

"그래. 그러자."

재준이 대답하며 차를 몰았다.

온종일 쫄쫄 굶은 지강은 설렁탕을 특대로 두 그릇을 먹고도 입맛을 다셨다. 유영은 야구부인 지강이 말하는 모습을 거의 본 적이 없었기 때문에, 재준의 경기에 대해서 쉬지 않고 얘기하고, 질문들을 쏟아내는 지강이 신기했다. 저렇게 먹는 동시에 떠드는 게 한 입으로 가능하다는 것도 놀라웠다.

한참 야구 얘기만 하던 지강이 양심상 하루 종일 자길 찾아다닌 유영에게 미안했는지 그녀의 눈치를 보며 슬쩍 재준에게 물었다.

"그래서 선배님. 진짜 유영 쌤이랑 많이 친해요?"

"어."

"쌤 고등학생 때도 예뻤어요?"

지강이 눈을 반짝이며 묻자, 유영이 농담이라고 생각했는지 별말 없이 웃었다. 같이 웃을 줄 알았던 재준이 숟가락을 내려놓더니, 무섭게 인상을 썼다.

"예쁘면 어떻고, 안 예쁘면 어쩌게. 선생님한테 그게 뭐가 중요해, 예의 없는 새끼야."

"예, 예? 죄, 죄송합니다……."

지강이 얼굴이 하얘져서 고개를 푹 숙여 사과하자 이번엔 유영이 표정을 구기며 재준의 팔을 때렸다.

"야, 맞는 말이긴 한데, 그래도 우리 애한테 욕하지 마."

"뭐 어때. 내 운동 후밴데."

"아깐 아니라며."

"이 녀석 몸 보니까 금방 프로 오겠구만, 뭐."

그 말에 지강의 표정이 다시 확 밝아졌다.

"열심히 하겠습니다, 선배님!"

"당연히 열심히 해야지, 그럼 안 하냐?"

재준이 다시 밥을 먹고, 지강은 다시 재잘거리기 시작했다. 둘은 아무 일도 없었던 것 같은 표정인데, 평생을 통틀어 재준에게 욕설 비슷한 말조차 들어본 적 없는 유영만 놀라서 바로 평정을 찾지 못했다.

지강은 방금 재준의 반응으로 사적인 질문은 안 된다는 걸 깨달았지만 도저히 궁금함을 참을 수 없는지 결국 못 참고 물었다.

"유영 쌤 남자친구 생겼을 때도 친했어요?"

"이 자식이 진짜……."

"아니, 그게요! 저도 엄청 친한 여자애가 있었는데요, 걔가 다른 놈이랑 사귀면서 점점 서먹해졌어요. 어떻게 해야 쭉 친하게 지낼 수 있을지 모르겠어요."

"그걸 왜 나한테 얘기해. 네 친구한테 말해."

재준이 신경질적으로 대답하자 지강이 민망한지 헤헤 웃는다. 유영은 내심 억울해졌다. 차지강이 저렇게 남의 말을 잘 듣는 녀석이었나? 게다가 신재준은 원래 이렇게 남자들에게 사나운가?

재준이 지강에게 너무 쌀쌀한 것 같아 유영이 말했다.

"네가 그 여자애한테 마음이 있었던 거 아냐? 그러니까 서먹해졌겠지."

"전혀 없는데요. 걔 남자친구가 그냥 절 싫어해요."

"으음. 하긴. 그 남자애 마음도 이해는 간다."

유영이 침착하게 대화를 이어가는데 재준이 말했다.

"남자애가 싫어하면 친하게 지내지 말아야지. 그게 예의 아니냐?"

"그, 그런 거예요?"

"네가 무슨 짓을 해봐야 결국 남자인 친구는 남자친구 다음이야."

재준의 무덤덤한 말에 지강이 수긍하고 고개를 끄덕였다. 유영은 이번엔 아까 그가 욕설을 할 때보다 더 놀라 말문이 막혔다.

진현 때문에 자신에게 연락을 못했을 거라고는 생각해본 적 없었기 때문이었다. 이제 와서 생각해보니 재준이 연락을 끊을 즈음, 유영은 '진현을 좋아하게 된 것 같다'는 말을 그에게 한 적이 있었다. 제 딴엔 농담조로 말했던 건데, 재준은 그게 신경 쓰였던 건지.

혹시 저에게 연락을 끊었던 게 그런 이유였냐고, 유영은 묻고 싶었지만 지강이 있는 자리라 아무 말도 꺼내지 못했다.

식사를 하며 지강을 달랜 후 집에 데려다주고 돌아오는 차 안에서 유영이 한숨을 푹 쉬었다.

"미안해. 우리 반 애 때문에."

"괜찮아."

"오늘 와줘서 고마워."

"고맙긴. 저 녀석 때문에 고생했네."

"그러니까. 오늘 얼마나 긴장했는지 몸살 날 것 같아."

하루 종일 사라진 아이를 찾으러 다닌 유영을 보니 재준은 기분이 묘했다. 그녀에게는 교사가 천직이구나, 싶었다.

그래서 진현을 이길 수 없었던 것이다. 초등학생 때도 유영은 선생님이 되고 싶다고 했고, 중학생, 고등학생, 대학생이 되어서도 마찬가지였다. 재준에게 야구선수 외의 미래가 보이지 않았듯이, 유영에게도 교사가 되는 것 외의 미래는 보이지 않았던 모양이다.

재준은 늘, 자신이 유영을 너무 잘 아는 게 문제라고 생각했다. 그녀는 어릴 때부터, 무서운 영화를 못 보면서 무서운 영화를 보고 싶어 하고, 매운 걸 못 먹으면서 매운 걸 먹고 싶어 했다. 겁이 많은 것 같은데 제 마음을 못 숨겨서 먼저 와서 고백하던 녀석, 재준이 경기 중에 생채기라도 나면 제가 다친 것처럼 엉엉 울던 녀석.

잘 웃고, 잘 울고, 요즘 아이들은 건방지다는 말을 듣고 나면 착한 애들이 더 많다고 화내고, 말로는 틱틱거리면서 밤새도록 가출한 아이를 찾아다니는 오지랖 넓은 호구.

재준은 그녀를 너무도 잘 알았고, 아는 만큼 그녀를 사랑했다.

* * *

열여덟 살.

유영은 비가 무척 많이 오던 날 감기에 걸렸다며 학교를 쉬었다.

야구부의 진현이 복도에서 재준을 만나자마자 달려와 물었다.

"재준아, 유영이 오늘 왔어?"

"네가 걔를 어떻게 알아?"

"아, 며칠 전에 우산 빌렸거든. 걔가 계속 학교를 안 와서 못 줬네."

그러고 보니 진현의 손에 유영의 우산이 들려 있었다. 재준이 손을 내밀었다.

"왔어. 내가 가져다줄게."

"아냐. 번거롭게. 내가 가져다줄게."

진현은 평소에 상대방이 번거롭고말고를 따지는 성격이 아니었다.

비가 무척 많이 오던 계절이었다. 제가 가져다주겠다고 우기던 진현이 멀리서 축 늘어져 두 사람이 있는 방향으로 걸어오던 유영을 발견하고 다급하게 달려갔다.

"야. 박유영. 이거."

진현이 우산을 내밀자 유영이 그를 올려다보더니 우산을 뺏었다. 그리고 홱 고개를 돌려버리고 앞으로 걸어가자 진현이 뒤따라 걸으며 말했다.

"와, 진짜. 집까지 데려다주고 얻어 쓴 건데 되게 쌀쌀하게 구네."

진현이 계속 따라오며 말을 걸자 유영의 걸음이 빨라졌다. 그러자 진현도 빠르게 유영을 따라 걸으며 말했다.

"우산 빌렸으니까 음료수 사줄게. 매점 가자."

"왜 자꾸 따라와!"

"너 안 예쁘다고 해서 삐졌냐?"

"안 삐졌어."

"농담이었어. 너 예뻐. 엄청 예뻐. 그러니까 화 풀어."

진현이 거의 옆으로 걸어가며 유영과 눈을 마주치려고 허리를 푹 숙였다. 그녀의 걸음이 재준이 서 있는 곳 앞에서 멈췄다. 유영이 재준을 보더니 어색하게 웃었다. 그리고 교실로 들어가려는데 진현이 그녀의 앞을 막아서더니 재준에게 말했다.

"재준아, 네 친구한테 말 좀 해줘. 나 그렇게 나쁜 놈 아니라고."

“너 그렇게 나쁜 놈 맞잖아.”

“야, 야!”

진현이 평소의 느긋한 성격 같지 않게 당황해서 유영을 보며 손을 저었다.

“아냐, 나 평소엔 그럭저럭 괜찮다니까. 장점도 꽤 많아.”

“집에 돈이 많지.”

“어, 맞아. 우리 집 돈 많다.”

진현이 그거라는 듯 반가워하며 말하더니, 유영을 보며 말했다.

“그러니까 매점?”

“돈 많다면서 겨우 매점?”

“밥 사줘도 돼? 그럼 나야 좋지.”

진현의 장난스러운 말에 유영은 좀 기분이 풀렸는지 살짝 웃었다.

“그럼 음료수.”

“알았어. 뭐 사줄까?”

그러자 재준이 대신 대답했다.

“박유영, 오렌지맛 나면 다 좋아해.”

“오, 그래. 오렌지맛.”

진현이 신나서 유영에게 우산을 쥐여주고 매점으로 달려갔다. 그런 그를 보며 유영이 투덜거렸다.

“재 왜 저렇게 제멋대로야?”

“황진현 아버지가 무슨 회사 사장이래. 야구부에 뭐 엄청 사다 주더라.”

“으응.”

"근데 넌? 이제 몸은 괜찮아?"

재준이 유영의 이마에 손을 가져갔다. 그의 커다란 손이 유영의 이마를 감싸자 손에 열이 느껴졌다.

"아직 열이 좀 있는데."

"그런가……."

유영이 힘없이 중얼거리더니 재준의 손을 잡아서 떼어냈다. 늘 건강하던 그녀가 학교를 빠질 정도로 아프다니 재준은 무척 신경 쓰이는 눈치였다.

"너 이렇게까지 아픈 적 없었잖아."

"그러게. 나도 이렇게 아픈 건 처음이야."

그때 매점까지 달려갔던 진현이 음료수를 들고 되돌아왔다. 진현이 유영의 팔을 잡아당기더니 말했다.

"박유영, 넌 감기도 안 나은 애가 왜 밖에 서 있어. 가서 앉아 있어."

진현이 그녀의 손에 음료수를 쥐여주자 유영이 캔을 받아 들고 제 자리로 가서 앉았다.

재준이 이해가 안 된다는 듯이 중얼거렸다.

"겨우 비 맞았다고 저렇게 오래 아프냐."

그러자 진현이 어깨를 으쓱이며 말했다.

"사람들이 다 너처럼 튼튼한 줄 아냐. 여자애들은 그리고 생각보다 자주 아프더라. 생리통 심한 애들은 매달 쩔쩔매고."

그 말에 재준은 유영은 어떤가를 생각해보았다. 전혀 모르겠다. 그런 얘기를 한 적도 없고, 티를 낸 적도 없었다.

재준은 머리가 띵한 기분이 들었다. 유영은 자신과 모든 것을 다 이야기하는 친구 같아도, 이야기하지 않는 부분들이 있었고. 자신만큼 비를 맞고 훈련을 해도 멀쩡할 만큼 튼튼하지도 않았다.

그 애는 친구였지만, 여자이기도 했다. 어쩌면 언젠가는, 혹시 다른 남자와 연애를 하게 된다면 자신과 서먹해질지도 모르는 그런 관계.

재준은 태어나서 단 한 번도 유영과 서먹해지는 순간을 상상해 본 적이 없었다. 언제나 야구밖에 몰라서, 야구 생각밖에 하지 않아서 미래에 대해 생각해볼 여유가 없었다. 유영과의 우정에 한도가 있을 거라는 생각은 정말로, 해본 적 없었다.

그녀가 자신을 좋아하더라도, 그 순간을 아무렇지도 않은 것처럼 넘어가기만 하면 되리라. 그렇게만 하면 자신과 유영의 관계는 언제까지고 여섯 살, 처음 만나던 그날과 다를 바 없으리라.

그렇게 안일하게 생각하던 재준의 세계에 작게 금이 가기 시작했다.

* * *

집으로 향하는 재준의 차 안에서 유영이 말했다.

"늘 그게 엄청 무서워. 애들이 걷잡을 수 없을 정도로 엇나갈 때 내가 아무것도 할 수 없을 것 같아서."

"뭐. 할 수 없지. 네가 24시간 붙어서 감시할 수는 없으니까."

"그러니까. 할 수 없는 게 짜증 나."

"어어, 그래."

재준이 대답하더니 여유 있게 웃는다. 유영은 이 밤에 자신을 도와주러 나온 재준에게 괜히 화풀이를 한 것 같아 미안한 마음에 입을 꾹 다물었다. 그리고 창밖을 보고 있으려니 재준이 물었다.

"무슨 짜증을 내다 말아?"

"……너한테 괜히 짜증 내서 미안."

"괜찮아."

그가 즐겁게 대답하니 마음이 좀 놓였다. 유영이 안도한 상태로 푸념을 이어갔다.

"아, 진짜 요즘 되는 게 없네. 남자친구는 바람피웠지, 우리 반 애는 내 말은 들은 척도 안 하더니 남이 말하니까 나오지. 요즘 하도 술을 많이 마셔서 살도 쪘어."

"안됐다. 난 요즘 원하는 건 다 되던데."

"동료들이 너보고 눈치 없다고 하지?"

"눈치 없다고는 안 하는데……."

재준이 인상을 써서 유영이 고개를 갸우뚱하며 물었다.

"그럼 뭐라고 하는데?"

"……."

"왜에, 뭐라고 했는데."

"고양이도 나보다는 활동적일 거라고. 집 밖에 좀 나오래."

그가 신경질적으로 툭 내뱉었다. 그런데 유영이 조용해서 의아해하다가, 차가 신호에 걸렸을 때 옆을 돌아보니 그녀는 웃음을 참느라 두 손으로 입을 막고 웅크리고 있었다.

"뭐가 웃겨."

재준이 핀잔하자 유영이 그 상태로 고개를 도리도리 저었다. 그러다가 음식 삼키듯이 웃음을 꿀꺽 삼키고 재준을 보며 말했다.

"누나가 많이 놀아줘야겠네."

"네가 왜 누나야, 생일도 내가 빠른데."
"내가 더 어른스럽잖아."
"그건 네 생각이지. 사회생활도 내가 한참 더 했어."
"으음……. 나 나중에 연금 받아."
"내가 더 많이 나와. 지금 바로 은퇴해도 1억 가까이 나올걸."
"와, 신재준 진짜 짜증 나."
유영이 진심으로 질색했다. 재준을 이길 방법을 골똘히 생각해 봤지만 별게 없었다.
이길 방법 찾기를 포기하고 나니, 하루 종일 아무것도 못 먹다가, 아이도 찾고, 설렁탕도 한 그릇 먹은 탓에 폴폴 잠이 쏟아졌다. 새벽에 깨 있는 것에 익숙하지 않은 유영은 얼마 지나지 않아 졸기 시작했고, 곧 그대로 잠이 들었다.
유영이 더 말이 없자 기분이 상한 건가, 생각하던 재준은 문 쪽으로 기대 잠든 유영을 보고 싱긋 웃었다.
"고생했다, 박유영."
재준이 중얼거렸다.
주차를 한 후 시동을 끈 재준이 유영을 깨웠다.
"집에 가자."
그의 부드러운 목소리에 유영이 간신히 눈을 떴다. 재준이 차에서 내려 조수석 쪽으로 걸어가 문을 열었다.
"들어가서 자."
유영이 하품을 하고 고개를 끄덕였다. 비몽사몽 집으로 돌아가서, 문을 연 유영이 손을 흔들었다.
"잘 자. 고마워, 오늘."

그때 재준이 그녀를 불렀다.

"박유영."

"응?"

"갑자기 생각났는데. 나 네가 진현이 좋아한다고 했을 때 엄청 충격 받았었어."

갑자기 무슨 소리인가, 유영이 돌아보자 그가 말했다.

"왠지 모르겠는데 그냥, 되게 충격이었어."

"왜?"

"몰라. 갑자기 네가 확 어른이 된 기분이라 그랬나."

"……."

"그냥. 아까 그런 얘기 하다 보니까 생각났어. 네가 잠들어서 말 못 했지만."

"그렇구나."

유영이 별 의미 없이 고개를 끄덕거리며 잘 자라는 듯 손을 흔들었다. 그러자 재준이 그녀의 팔을 붙잡았다.

그가 말했다.

"아니면, 그때 내가 너 좋아해서 그런 걸지도 몰라."

그의 말에 유영의 잠이 확 달아났다.

갑작스럽게 무슨 말을 하는 건지. 유영이 그를 싸늘하게 노려보며 말했다.

"신재준. 오늘 나 도와준 건 진짜 고마운데. 나 이제 괜찮아. 전 남친 뭐, 바람피울 수 있지. 이제 다른 사람 만나면 돼."

"……."

"그러니까 그렇게 말도 안 되는 소리까지 해가면서 나 위로해주지 않아도 된다고."

유영이 냉정하게 말하고 재준의 손을 뿌리친 후 집 안으로 들어가버렸다. 문 앞에 선 재준은 조명이 꺼질 때까지 그 자리에 서 있다가, 한참 후에야 제 집으로 돌아갔다.

* * *

어차피 새벽에 들어와서 얼마 잘 수도 없었는데, 재준 때문에 더 못 잤다.

"약 주고 병 주네."

중얼거리는 유영의 눈은 밤을 새워 눈이 퀭했다. 빨리 방학이 왔으면 좋겠다고 생각하며 출근을 했다. 교사가 되니 어릴 때보다 더 간절하게 방학을 원하게 된다. 학창시절엔 이렇게까지 순수하게 오로지 방학만을 원하지 않았던 것 같았다.

교실에 들어가 보니 지강이 있었다. 민망한지 시선을 피하는 걸 굳이 지적하지 않았다. 그저 반 아이들이 다 와서 앉아 있다는 것에 거듭 감사할 뿐이었다.

다만 쉬는 시간이 되니 만나는 학생들마다 '쌤 진짜 신재준이랑 친해요?' 하는 질문을 반복했다. 진짜 이 문장 그대로, 30번 정도 반복해서 들으니 대답도 자동으로 술술 나왔다. '안 친해'라고.

수업을 시작하면 순간 반짝했다가, 수업이 끝나면 시든 풀처럼 시름시름 앓는 걸 몇 번 반복하니 학교가 끝났다.

끝나고 생각해보니 억울했다. 그냥도 하루 종일 지강을 찾아다녀 피곤한데 갑자기 재준까지 말도 안 되는 소리를 하는 바람에.

정작 사람 속을 뒤집은 재준은 평소처럼 잘 자고 일어났을 거라고 생각하니 더욱 열이 받았다.

'아니면, 그때 내가 너 좋아해서 그런 걸지도 몰라.'

"아, 열 받아!"

재준의 말을 떠올린 유영이 자기도 모르게 화를 냈다.

진짜 사람 열 받게 한다. 그걸 질문이라고 하냐, 이 멍청한 자식. 지가 나를 언제 좋아했어?

세 달을 고민했던 제 고백을 아무렇지도 않게 거절할 땐 언제고 이제 와서 무슨 헛소린지.

"지가 신재준이면 다야? 사람을 가지고 노는 거야, 뭐야?"

혼자 투덜거리며 집에 가기 위해 버스를 기다리는데 재준에게서 전화가 왔다. 그녀가 안 받으니 곧바로 문자가 도착했다.

[나 좀 살려줘.]

* * *

유영에게 전화를 하기 직전, 재준의 집에는 그의 부모님이 와 있었다.

몰랐는데 원룸에 셋이 모여 있으니 넓은 곳에 있을 때보다 어색했다. 재준은 어릴 때도 쭉 집에선 잠만 자는 수준으로 야구만 했던 데다가, 4년 동안 한국에 오지도 않았다.

그런 재준에게 서운함이 쌓일 대로 쌓인 해선과 종환은 한국에 와서도 아들이 집에 딱 한 번 얼굴 비추고 TV에서나 볼 수 있는 수준이 되자 드디어 폭발했다. 저녁 시간 내내 두 사람이 재준에게 돌아가면서 잔소리를 퍼부었고, 재준은 이 상황에서도 엮이지 않는 제 위장에 놀라고 있었다. 종환이 말을 이었다.

"네 엄마가 얼마나 걱정했겠니. 그래도 모처럼 한국에 왔는데 사나흘에 한 번은 집에 들어오는 게 어떨까, 재준아."

"이제 그럴게요."

재준이 건성으로 대답하자 해선이 짜증을 냈다.

"웃기지 마. 네가 사나흘에 한 번씩 집을 들어와? 지나가던 개가 웃겠다."

둘의 잔소리 합이 얼마나 잘 맞는지 재준은 내내 양쪽 뺨을 한 대씩 번갈아 얻어맞는 기분이었다. 매우 골고루.

결국 견디다 못한 재준이 물었다.

"유영이 오라고 할까요? 앞집 사니까."

"아, 그래. 좋지."

해선이 신나하며 대답했다. 부모님이 TV를 보는 사이 재준은 유영에게 SOS를 쳤다. 전날 화가 난 걸 생각해보니 전화를 안 받는 건 납득이 가서, 최대한 불쌍하게 문자를 보냈더니 왜 그러냐고 답장이 왔다. 자초지종을 얘기하고 얼마 뒤, 다행히 벨이 울렸다. 재준이 정신없이 달려가 문을 열었다.

"왔어?"

유영이 두 손에 각각 들린 봉투를 내밀었다.

"네가 보나마나 밥만 비싼 거 사다놨을 거 같아서, 케이크랑 와인."

'이 녀석 천재인가?'

재준이 생각하며 일단 들어오라고 손짓했다. 그러자 유영이 구두를 벗고 작은 테이블로 걸어가 낑낑거리며 소파 앞으로 가져다놓은 후 말했다.

"이모. 와인 마실 거예요? 제 방에 차 있으니 차도 좋고."

"오랜만에 나도 술이나 한잔할까?"

"네. 이모부는 당연히 와인이죠?"

"그래. 재준이 이 녀석은 술을 안 마셔서 집에 술이 없네."

두 사람은 그제야 안정이 되는지 차분하게 말했다. 재준은 상당한 소외감을 느꼈고, 심지어 아버지에게 한소리 듣기까지 했다.

"신재준. 왜 유영이한테 일을 시켜? 유영이야말로 손님인데."

그 말에 재준이 목덜미를 슥슥 문지르며 자리에서 일어섰다.

"나 뭐 해?"

"아. 와인 따라서 가져다드려. 난 케이크 잘라갈게."

"어."

"넌 우유 마시고."

"……어."

재준은 고분고분 유영의 말에 따라 움직이며 잔에 와인을 따르고 접시와 포크를 꺼냈다. 케이크를 자르던 유영이 그가 든 접시를 턱짓하며 물었다.

"그건 밥그릇이잖아."

"응."

"뭐가 '응'이야? 하여튼 무심해. 잠깐만 있어봐."

유영이 곧 제 집으로 건너가 귀여운 접시를 다시 가져와 케이크를 담았다.

유영이 케이크 접시를 각각 해선과 종환에게 건네고 자긴 재준이 사온 초밥을 들고 해선의 옆에 붙어 앉았다. 그녀가 초밥 상자를 열고 뭘 먹을까 한참 고민하자 해선이 말했다.

"성게 맛있더라."

"그래요?"

유영이 대꾸하고 성게 초밥을 하나 집어 입에 넣었다. 그녀가 우물거리며 중얼거렸다.

"아, 진짜 맛있네."

"맛은 있는데 얘가 센스가 없어. 부모님 오시는데 달랑 초밥 하나 사다놔?"

"그러게 말이에요. 돈을 벌 줄만 알지, 쓸 줄을 몰라요."

"내 말이 딱 그거야. 야구 말고는 할 줄 아는 게 없다니까."

재준은 무척이나 서운한 표정으로 세 사람을 바라보았다. 내가 저 집 아들인데……. 이었던 것 같은데…….

2인용 소파에는 해선과 유영이 앉아 있고, 다른 1인용 소파에는 종환이 앉아 있었다. 재준이 앉을 곳이 없어 어색하고 불편하게 자리에 서 있자 유영이 그를 힐끔 보더니 한숨을 쉬며 자리에서 일어나 식탁으로 걸어가 의자를 끌어왔다.

재준이 그제야 그녀에게서 의자를 받아 제가 들고 와 앉았다.

앉을 자리까지 마련해주고 유영이 옆으로 돌아와 앉자 해선이 한심하다는 듯 핀잔했다.

"그러니까 큰 집을 구했어야지. 아니면 집에 들어오거나."

"맞아. 집에 들어가든가."

유영이 옆에서 맞장구치자 해선이 하이파이브 하자는 듯 손을 내밀어 유영이 짝 마주 손뼉을 쳤다. 재준은 괴로웠지만 그래도 혼자 일방적으로 잔소리를 듣던 아까와 비교하면 천국이었다.

"에이전시에서 숙소 좋은 거 잡아주면 안 돌아올까 봐 그런다잖아요."

"우와, 너 되게 실력 좋은가 봐?"

유영이 모른 척 말하자 재준이 어깨를 으쓱였다.

어려서부터 이모, 이모부 하고 따르던 유영은 재준의 부모를 재준보다도 잘 알았다. 유영이 온 이후로 훨씬 분위기가 밝아졌다. 이래서 부모님이 미국에 있는 자신에게 전화만 하면, 딸을 낳았어야 했다고 한탄했던 모양이라고, 재준은 생각했다.

전날 새벽에 지강을 찾으러 나갔던 유영은 너무 피곤했는지, 의자에 앉은 지 얼마 되지 않아 꾸벅꾸벅 졸기 시작했다.

"유영아, 왜 이렇게 피곤해해? 어디 안 좋아?"

해선이 묻자 재준이 대신 대답했다.

"아, 걔네 반 애가 가출해서 어제 새벽까지 찾으러 다녔거든요."

"뭐어? 신재준! 넌 그걸 아는 애가 유영일 불러! 자라고 하지!"

잔소리 2차전이 시작되었다. 유영이 다시 고개를 들더니 말했다.

"저 괜찮은데. 이따가 꿀잠 잘 거예요, 이모."

"괜찮긴 뭐가 괜찮아? 병나게 생겼구만. 내 아들이지만 어쩜 저러지? 누굴 닮은 거야?"

재준은 유영에게 미안한 한편 오늘은 정말 뭘 해도 혼나는 날인가 보다, 하는 생각을 했다.

유영이 분위기를 풀어준 덕에 예정보다 오래 재준의 집에 머물던 해선과 종환이 자리에서 일어났다. 유영이 잠이 와 어쩔 줄 모르는 얼굴로 인사를 하러 건물 밖까지 나왔다.

"안녕히 가세요."

유영이 인사하자 해선이 말했다.

“그래. 고생하고, 방학하면 연진이랑 쇼핑이나 가자.”

“네. 저 엄청 맛있는 팥죽집도 알아놨으니까 거기도 가요.”

“좋다. 겨울엔 팥죽이지.”

해선이 맞장구치고, 종환과 함께 차에 올라탔다. 두 사람이 떠나자 유영이 너무 졸려 쩔쩔매며 계단으로 향했다.

“미안. 피곤할 텐데.”

재준이 사과하자 유영이 고개를 저었다. 그리고 계단을 올라가 열쇠를 꺼내며 말했다.

“잘 자.”

“갚을게. 오늘 고생한 거.”

“됐어.”

조금 아까까진 무척 다정하던 그녀가 다시 차가워지자 재준이 낮게 한숨을 쉬고 물었다.

“내가 어제 한 말이 그렇게 화낼 얘기야?”

“응.”

“왜?”

“넌 날 좋아한 적이 없으니까. 네가 그렇게 말하는 의도가 너무 별로야. 내가 불쌍한가 본데, 네가 그렇게 달래주면 더 비참해.”

“너 내 말 못 믿어?”

“있잖아. 나, 효진이가 황진현이랑 결혼할 거라는 말 듣고 나서 내내 잠도 제대로 못 잤어. 나랑 있다가 갑자기 급한 일 있다고 어디 가버리고 그랬던 거, 최근 일이 아니었으니까. 효진이가 그렇게 나보다 좋았던 걸까.”

"……."

"그런데 그렇게 생각하면 뭐해? 그래봤자 내가 그 자식이랑 사귄 시간들이 점점 더 불쌍해지기만 해. 내가 더 바보 같아지고, 한심해져. 나는 사랑도 제대로 못 받으면서 행복해한 거잖아. 나는 내가 가지고 있는 걸 다 내줬는데, 그 사람은……. 그냥 내가 눈치 없어서 편한 상대일 뿐이었으면 어떡하나."

그녀가 말하며 돌아섰다. 집으로 향하는 유영의 뒷모습이 처량했다. 말하다 보니 더 지쳤는지 열쇠를 쥔 손이 아래로 툭 떨어지자 재준이 유영의 팔을 붙잡아 몸을 돌렸다.

"내가 한 번은, 진심으로 널 좋아했을 수도 있잖아."

"그 얘길 지금 왜 해?"

"뭐?"

"몇 년을 연락 끊었다가 불쑥 나타나서. 왜 이제 와서 친한 척하고, 그딴 소리를 하냐고? 의도가 뭐야?"

"무슨 의도가 있어."

재준이 난감해하자 유영이 냉정하게 물었다.

"혹시 뭐야. 샌프란시스코 가기 전에 잠자리라도 할 사람이 필요해? 그래서 그래?"

그녀의 싸늘한 눈빛에도 그럭저럭 대답하고 있던 재준의 말문이 턱 막혔다. 같이, 숨도 막혀버리는 기분이었다.

가끔, 재준은 어딘가에 잠겨 있는 기분이 들었다.

야구 외에는 관심 있는 것이 없고, 오로지 거기에만 몰입해 있어서 주변에 무례하게 굴 때가 있다. 옆을 보지 않고 앞으로만 굴러가는 바퀴처럼.

그러다가 어느 순간, 유영까지도 다치게 했나.

재준이 상처 받은 얼굴로 입을 다물자 유영은 말이 좀 심했나 싶어 죄책감에 입술을 깨물었다.

"나 피곤해. 잘래."

"유영아."

한참 생각하던 재준이 그녀를 바라보며 말했다.

"그런 거 아니야."

그가 한숨을 푹 쉬더니 유영을 잡았던 손을 놓고 뒤로 물러섰다. 그가 두 손을 주머니에 넣으며, 조금 냉정해진 얼굴로 물었다.

"근데, 진짜 그런 거면 어쩔래?"

"뭐?"

"만약에 네 말대로, 샌프란시스코 가기 전에 같이 잘 여자가 필요하다고 쳐. 그럼 넌 어쩔 건데?"

"그게 무슨 소리야?"

"내가 그러자고 하면, 그럴 거야? 아니면 싫어?"

이번엔 유영의 말문이 막혔다.

부모님이 오시기로 한 오늘, 재준은 아무런 스케줄도 잡지 않았던 듯했다. 너무 길어지는 법이 없는 머리칼에는 아무 손질도 하지 않았다. 크림색이 감도는 흰색 긴팔 티셔츠는 그의 탄탄한 몸을 드러내고 있었다. 감색 카고 바지도 그리 골라 입은 것 같지 않으면서 아주 프리해 보이지도 않았다. 그녀가 당혹감을 애써 감추며 말했다.

"나 화난 거 안 보여? 지금 그런 거 물어볼 상황이야?"

"보여. 근데 이 상황에서 왜 네가 화를 내는지 모르겠어. 화를 내도 내가 내야지."

"……."

"내 감정이야. 언젠가 내가 너를 좋아한 적이 있었을 거라는 거, 너보다 내가 더 잘 알아. 그래, 네가 먼저 고백했었다. 그럼 나는 영원히 널 좋아할 기회를 잃어? 그딴 게 어디 있어?"

열 받을 정도로 잘생긴 얼굴로 화를 눌러 참는 모습이 왠지 좀 야하게 느껴졌다. 그가 말을 이었다.

"내가 진심이면 어쩌려고 그렇게 말해?"

"……."

"내가 진심이었으면 어쩌려고, 겨우 같이 잘 사람 구하느라 널 가지고 노는, 그딴 새끼 만들면 기분이 풀려?"

유영이 초조함을 느끼며 열쇠를 만지작거렸다. 그가 화를 내는 게 낯설었다. 한 번도, 그는 자신에게 화를 낸 적이 없었으니까.

재준은 여전히 화가 가라앉지 않은 듯했으나, 좁은 공간에서 보인 제 태도를 유영이 위협으로 느꼈을까 봐 죄책감을 느끼며 뒤로 물러섰다.

"일단 가서 자. 졸려 보인다."

"……그니까. 졸린데 왜 자꾸 말 걸어."

유영이 괜히 경쾌하게 말했지만 재준은 여전히 표정이 굳은 채 집으로 들어갔다.

* * *

뭐가 어떻게 흘러가는 건지. 신재준이 앞집으로 이사 온 이후 매일 수면부족이었다.

마치 재준을 처음 좋아하게 되었던 고등학생 때 같았다.

이렇게 매일 신재준 때문에 고민하다가, 신재준을 좋아한다고 착각하게 되어버리면 어떡하나 고민될 정도였다.

출근길이 쌀쌀해 유영은 재킷을 여몄다. 학교에 갔다가 쉬는 시간에 잠깐 학교 뒤뜰로 나갔던 유영은 거기서 누군가를 발견했다.

"어? 차지강?"

며칠 전 가출했다 돌아온 지강이었다. 그녀가 부르자 지강이 당황해서 눈동자를 데굴데굴 굴렸다.

"서, 선생님?"

"너 야구부는 어쩌고 나와 있어?"

유영이 다가오자 지강이 뒷걸음질 쳤다.

"저 오늘은 진짜 피곤해서요."

"오늘은 좋아하시네."

"아이, 유영 쌤 저한테 관심이 너무 많으시네."

"어, 어어? 야! 차지강! 어딜 도망가! 너 감독님한테 이른다!"

지강이 도망치기 시작하자 유영이 그를 따라 달리기 시작했다. 유망주 중의 유망주인 지강은 얼마 전 부상 이후 극심한 슬럼프를 겪었다. 그래서 좋아하던 야구 연습도 툭하면 빠지고 이렇게 도망을 다녔었다. 그렇다고 저렇게 도망치는 걸 용납할 정도로, 유영은 무르지 않았다.

그를 붙잡기 위해 유영이 구두를 신고도 열심히 달렸지만 야구 선수인 지강을 따라잡을 수 있을 리 없었다. 그래도 포기하지 않고 달리던 유영이 어느 순간 비명을 지르며 자리에 멈춰 섰다.

"아!"

그 소리에 지강이 놀라서 돌아보니 유영이 발목을 붙잡고 아파하고 있었다. 지강이 다급하게 그녀에게 달려갔다. 유영의 눈에 눈물이 그렁그렁하다.

"서, 선생님! 괜찮아요?"

그가 달려와 발목을 살피는데, 유영이 두 손으로 지강의 팔을 꽉 붙잡았다.

"이 자식, 잡았다!"

"예에?"

유영이 헤헤 웃더니 자리에서 낑낑거리고 일어나 지강을 학교로 잡아끌었다.

"연습하러 가자. 아직 너희 시합도 남았잖아."

"저 운동 석 달 쉬었어요. 이제 와서 어떻게 따라가요."

"아, 야구 한다며."

야구를 '못 해본 적'이 없는 지강이었다. 평생 또래들보다 월등했었다. 그러니 석 달을 쉬고 돌아와 부족한 연습량을 따라 잡는 일이 익숙지 않았던 것이다. 괴로워하던 지강에게 유영이 말했다.

"연습을 해야지. 그래야 따라가지. 아무것도 안 하면 더 뒤쳐져."

"저 야구 하기 싫어요. 부모님 말씀대로 그냥 그만둘까 봐요."

"아, 그거 신재준도 맨날 하던 얘긴데 잘만 메이저리거가 됐잖아."

"……선배님도 맨날 야구 하기 싫어했어요?"

"응. 잘 생각해보니까, 그 녀석도 마이너리그에 있을 때 야구 하기 싫어했더라. 생각처럼 잘 안 되니까 스트레스 받아서 툭하면 한국 돌아오고 싶다고 했어."
"지, 진짜요? 한국 오고 싶단 말까지 하셨어요?"
"당연하지. 막 집 가고 싶다고 울고."
"에이, 그건 거짓말이죠?"
지강이 핀잔하자 유영이 웃으며 고개를 끄덕였다.
"응. 사실 울진 않았어. 그래도 우울해하면서 한국 오고 싶어 한 건 진짜야."
유영이 자기보다 한참 큰 지강을 열심히 끌어당기며 말을 이었다.
"야구가 그렇게 싫으면 안 해도 돼. 그런데 지금은 일단 해. 하면서 선생님이랑 같이 야구 말고 뭘 할까도 고민해보자. 지금은, 일단 할 수 있는 걸 열심히 해보자, 지강아."
지강을 붙잡아서 그런지 유영의 목소리가 유쾌했다.
지강이 푹 한숨을 쉬었다. 그래도 감독에게 혼나는 것보다야, 유영에게 혼나는 것이 덜 무섭긴 했다.
지강의 시선이 유영의 발목으로 향했다. 커피색 스타킹 아래로 보이는 발목이 걱정스러울 정도로 부어 있다.
"쌤 진짜 고집불통인 거 알죠?"
지강이 툴툴거리자 유영이 어이없다는 듯이 말했다.
"야, 왜 내가 할 말을 네가 해? 웃겨, 진짜."
"근데 진짜죠? 진짜 신재준 선배님도 야구 하기 싫다고 했었죠?"
"그렇다니까."
자기만 고민되는 게 아니란 걸 알고 나니 어쩐지 지강의 표정이 밝아졌다. 그런 지강을 보며, 유영은 아이들에게 롤모델이 있다는 건 꽤 좋은 일이라고 생각했다. 그리고 재준은 분명, 좋은 롤모델이었다.

지강을 붙잡아 야구부에 데려다준 후 유영이 자기 발목을 내려다보며 푹 한숨을 쉬었다. 그래도 그 와중에 밝아진 지강의 표정을 생각하니 어딘가 웃음이 나왔다.

집에 가는 길에 발목이 너무 아파서 별수 없이 택시를 탔다. 집 앞에서 내리는데 발목이 찡했다.

이 가을에는 왜 야구 하는 남자들이 이렇게 자신을 못살게 구는지 모를 일이다. 그래도 지강이 가출했다가 싸움을 일으키진 않아서 다행이라는 생각을 하니 좀 기분이 나아졌다.

그녀가 계단을 오르려다 한숨을 푹 쉬었다. 발목이 너무 아팠다.

같은 서울이라도 집과 직장이 끝과 끝이라 자취를 시작했던 유영은, 집값에 비해 많이 큰 이 집을 무척 좋아했다. 그런데 오늘 계단을 보니 한숨이 나왔다. 계단 손잡이를 잡고 낑낑거리며 올라가려는데 운 나쁘게도 열려 있는 지하로 연결되는 문 쪽에서 주차하는 소리가 들렸다. 유영이 빨리 올라가려고 애써봤지만 결국 재준과 마주치고 말았다. 재준이 말없이 그녀를 살피더니, 허리를 팔로 감싸 들어 제 어깨에 올렸다. 놀란 유영이 발버둥 쳤다.
“야, 야! 신재준! 미쳤어?”
“잘 하는 짓이다.”
유영이 화를 내거나 말거나, 재준이 그 상태로 계단을 올라가 301호 앞에 유영을 내려놓았다. 그사이 얼굴이 더 빨개질 수 없을 정도로 달아오른 유영이 재준의 팔을 퍽퍽 때렸다. 그러자 재준이 그녀의 양 손목을 움켜쥐고 말했다.
“다치질 말든지.”
“차지강이 도망쳐서 잡다가 그런 거란 말이야. 아, 나 올해 진짜 야구는 꼴도 보기 싫어.”
“그 새끼…….”
“우리 반 애한테 욕하지 말라니까?”
유영이 곧바로 노려보자 재준이 알았다는 듯 입을 다물었다. 유영이 재준에게 잡혀 있는 손목을 당기며 말했다.
“이제 안 때릴게, 놔.”
그러자 재준이 낮게 한숨을 쉬고 그녀의 손목을 놓았다.
잠시 둘 사이에 서먹한 공기가 흐르다가, 재준이 먼저 입을 열었다.
“들어가 있어. 파스 사올게. 너 안 사왔지?”
“아, 됐어. 무슨.”
“놔두면 악화돼. 나 선수인 거 몰라? 그 정도는 보면 알아.”
재준이 유난히 진지해서 유영이 마지못해 고개를 끄덕였다. 잠시 후 재준이 파스를 사가지고 돌아왔다. 그가 소파에 앉아 있는 유영의 앞에 털썩 앉았다. 그리고 의사처럼 유영의 발목을 만져보자 그녀가 눈을 질끈 감았다.

"오늘은 이미 집에 왔으니까, 내일 병원 가."

재준이 말하며 파스를 붙이고 붕대를 단단하게 감았다. 그런 그의 모습을 보니, 유영은 전날 제가 한 말이 떠올랐다.

잠자리 할 여자가 필요한 거냐고, 이 녀석에게 그런 질문을 했다. 어제는 홧김에 한 말인데 지금 생각하니 민망함과 미안함이 섞여 빨리 잊어버리고 싶어진다.

조치를 취하고 난 재준이 고개를 들더니 유영에게 말했다.

"내가 곰곰이 생각해봤는데."

"뭘?"

"아무리 생각해도, 나 너 좋아한 거 맞아. 심지어 네가 나한테 좋아한다고 말하기도 전부터 너 좋아했을 거야."

제가 사과할 타이밍이라고 생각했는데, 재준의 변명이 먼저 튀어나왔다. 아니, 변명이라기엔 해명이었다..

"어릴 땐 몰랐어. 내가 너 좋아해서 내가 그렇게 죽을 것 같은 기분이 들었다는 거. 어릴 때는 그냥, 네가 어른이 되는 게 싫었어. 내 친구인 박유영인 게 좋았어."

"……."

"어느 순간 여자와 남자는 달라지잖아. 넌 그걸 빨리 받아들였는지 모르겠지만 나는 아니었어. 나랑 뛰어놀던 네가 어느 순간 남자 연예인을 좋아하게 되는 것도, 무슨 노래가 나와도 같이 소리를 지르던 네가 노래방에 가면 목소리가 예쁘고 잔잔한 여자 가수의 노래를 부르게 되는 것도. 난 받아들이기가 힘들었다고."

"……."

"네가 먼저 여자가 되어버리는 게 싫었어. 그냥 친구인 게 좋았어. 그러니까…… 그때 내가 어렸던 거야. 널 좋아하는 감정보다, 네가 친구가 아니게 되는 게 무서운 마음이 컸던 것뿐이라고."

"……넌 신재준이잖아."

한참 듣고 있던 유영이 중얼거렸다. 어딘지 멍한 표정을 보니, 저도 몰래 나온 말 같았다. 재준이 미간을 좁히고 물었다.

"어, 근데?"

"신재준이라니까?"

"아니, 그니까. 그래서?"

재준이 어쩌라는 거냐는 듯 묻자 유영이 당연한 걸 왜 묻냐는 듯이 대답했다.

"넌 전국에서 팬레터가 오는 애고. TV에 나오고, 우리나라에서 야구를 제일 잘하는 애잖아. 난 그냥 평범한 박유영이고."

"……."

"근데 네가 왜 날 좋아하겠어?"

유영이 제 입으로 그렇게 말해놓고, 민망한지 반대쪽으로 고개를 돌렸다. 그러자 재준이 시비를 걸듯이 물었다.

"근데 넌 왜 지금은 나 안 좋아해, 박유영 따위가."

그 말에 유영이 휙 재준 쪽으로 고개를 돌렸다가 흠칫 놀라 뒤로 몸을 피했다. 재준이 너무 가까이에 있었다. 유영이 난감한 목소리로 중얼거렸다.

"그렇다고 따위는 아니지, 따위는."

"네가 먼저 그따위로 말했잖아."

"내가 나에 대해서 말하는 거랑 같아?"

"그래. 그럼."

그가 몸을 일으켜더니 소파에 앉은 유영의 어깨 양옆으로 손을 두고 허리를 숙였다. 숨이 닿을 정도로 그가 가까워졌다.

"나 따위 놈도 좀 거들떠보지 그래, 박유영?"

"……."

"네가 생각하기에 내가 그렇게 잘난 놈이면, 네가 말하는 그 그냥 박유영은 왜 날 더 이상 안 좋아하는데? 난 그냥 지나간 남자야?"

"뭐, 뭐어? 와, 야구 하는 애들은 다 적반하장……."

"기간으로 치면 내가 너 훨씬 더 오래 좋아했을 거다."

그의 서늘한 저음이, 평소엔 말이 없는 편이던 재준이 쏘아대는 말이 유영을 무척이나 놀라게 한 모양이었다. 뭐라도 대답하려고 했는데, 딸꾹질이 먼저 튀어나오고 말았다. 그녀가 놀라서 두 손으로 입을 막았다.

이 분위기에 딸꾹질이라니. 민망해 죽을 것 같아 눈을 꾹 감아버리자 재준의 웃음소리가 들린다.

"아무리 생각해도 어떻게 애들을 가르치는지 모르겠어. 너도 앤데."

"누, 누가……."

누가 애냐고 따지려는데 또 딸꾹질이 나왔다. 재준이 그런 그녀가 귀여운 동생이라도 되는 것처럼 머리칼을 헝클고 인사했다.

"나 간다. 잘 자, 유영아."

그가 말하고 돌아섰다. 유영은 한참 그 상태로 숨을 참아서 겨우 딸꾹질을 멈췄다. 그리고 문이 닫히자마자 소파 위로 무릎을 올려 끌어안고 새빨개진 얼굴을 파묻었다. 부끄러워 미칠 것 같다.

"이 타이밍에 무슨 딸꾹질이야, 진짜……."

가끔 신재준이 저렇게 지가 오빠라도 되는 듯이 구는 게 얄미울 때가 있었는데, 오늘만은 입이 두 개라도 할 말이 없었다.

* * *

딸꾹질로 유영이 민망해한 건 집으로 돌아온 재준의 민망함과는 비교도 되지 않았다. 그가 한숨을 푹푹 내쉬며 중얼거렸다.

"지나간 남자 좋아하네……."

태어나서 본 남자 중에 제일 못난 놈처럼 느껴졌다. 사실 생각해보면, 한국으로 돌아온 이후 재준은 정신을 제대로 차리고 있는 날이 없었다. 재준은 유영에게 한 '지나간 남자'란 말을 지워버리고 싶었다. '날 좋아해줘' 하고 징징거리는 애도 아니고, 그런 말은 도대체 왜 했는지.

그가 귀까지 새빨개진 얼굴을 두 손으로 감쌌다.

지금 기분 같아선 술이라도 진탕 마시고 취해서 필름이라도 끊겨버렸으면 좋겠다는 생각이 들었다. 유영이 자신을 얼마나 한심하게 생각할지.

그렇게 자괴감마저 느끼던 재준이 정신을 차리려고 자리에서 일어섰다. 운동이라도 해야겠다는 생각을 했다. 왜 그녀에게 한해서만 이렇게 형편없이 자괴감을 느끼는지 모를 일이다.

오랜만에 다시 만난 유영은 여전했다. 재준의 눈에 그녀는 여전히, 어찌할 바를 모르게 귀여웠다. 행동도 얼굴도, 존재 자체가 사랑스러웠다. 그녀가 하는 행동은 어떤 것도 밉지가 않고, 모든 말이 대단한 의미라도 담고 있는 것처럼 특별하게 들렸다.

어릴 때에도 그랬고 지금도 그랬다. 어릴 때는 그게 못 견디게 소중한 친구라서 그런 줄 알았다. 자라서야 그게 아닌 걸 알았다.

지금 그녀에 대한 감정은 어떤 것일까.

재준이 한참 그녀에 대하여 생각하다가 정면에 있는 게임 박스를 보고 허탈하게 웃었다. 이 집으로 이사 와서 게임을 한 적이 거의 없었다. 유영에 대한 생각만으로도 하루가 지나가버렸다.

못 견디게 소중하고, 목숨도 아깝지 않았다. 이게 사랑인지는 모르겠지만, 평생 한 여자와만 살아야 한다면 그는 박유영이었다. 그것만은 분명했다.

"지가 뭐가 평범해."

재준이 소파에 앉아 천장을 바라보며 중얼거렸다.

"평범하면 도대체 왜 세상에 너 같은 애가, 너 하나밖에 없는 건데, 박유영."

* * *

열여덟 살이 끝나도록 유영은 선수인 재준에게 감기를 옮길 수 없다며 이리저리 그를 피했다.

그제야 재준은 제가 한 선택이 얼마나 유치하고 어리석었는가를 깨달았다. 그녀의 고백을 없었던 일처럼 넘어가면 그냥 예전이랑 같을 줄 알았는데 그게 아니었다.

유영은 자신만 보면 상처받은 얼굴을 했고, 이런저런 이유를 가져와 거리를 두었다.

그럴수록 재준은 야구에 집중하려 애썼다.

다음 해 봄이 되어서야 두 사람 사이의 서먹함이 조금씩 사라졌다. 거리를 두려고 해도 집이 워낙 가깝고 부모님들끼리 친해서 멀어지기가 어려웠다.

봄부터 재준은 더욱 극단적으로 바빠졌다. 메이저리그 스카우터들이 그를 만나러 찾아왔던 것이다.

진현이 유영을 좋아하게 되었을 때, 재준도 알게 된 것이 있었다.

항상 야구만 하느라 교실에 없어서 몰랐는데, 유영은 남자애들에게 은근히 인기가 있었다. 하얗고 작은 얼굴에 말투도 태도도 다 정다감해서 무척이나 마음에 가는 여자애. 유영은 딱 그런 애였다.

인식하지 못할 땐 전혀 신경 쓰이지 않았는데 그걸 알고 나니 자꾸만 신경이 쓰였다.

가을에 그녀가 고백했을 때, 좀 더 생각해볼 걸 그랬다는 생각을 겨울 내내 했다. 유영이 자신을 피할 때마다 초조해서 잠도 잘 못 잤다.

그런 생각들로 겨울을 몽땅 써버리고 난 후에야 재준은 제가 모른 척한 유영의 감정이 얼마나 소중한 것이었는지를 알았다.

그런 애매모호한 상태로 연습에만 매진하다 여름이 되었을 때, 샌프란시스코와 계약이 확정되었다. 학교에서 계약이 완료되었다는 연락을 받자마자 재준은 정신없이 운동장으로 달려갔다.

여섯 살 때부터 쭉, 세상에서 제일 친한 친구는 박유영이었다. 작년 가을부터의 서먹함이 재준은 무척 괴로웠었다. 심지어는 자신에게 그런 고백을 한 유영을 속으로 책망하기도 했다.

그래도 이 소식을 가장 먼저 전해주면 그녀가 밝게 웃어주지 않을까, 그렇게 웃고 나면, 우리가 다시 예전으로 돌아갈 수 있지 않을까, 하는 바람이 들었다.

그렇게 창문 앞까지 달려간 재준이 멍하니 유영을 바라보았다.

햇살은 나뭇잎의 반짝이는 녹색과 뒤섞여 있었고 하늘은 새파랗고, 교실은 소란스러웠다.

창가 자리에 앉아 있던 유영은 제 자리에 앉아 친구들과 웃고 있었다. 그녀에게서 눈을 뗄 수 없었다. 하얀 하복 블라우스를 입어도 더운 날이었다. 그런데도 그녀가 웃으니 청량한 기분이 들었다.

갑자기 와르륵, 눈물이라도 쏟아질 것 같았다.

심장이 터질 것 같았다. 침을 꿀꺽 삼켜봤지만 정신이 들지 않았다.

나는 저 애를 좋아하는구나.

이게 첫사랑이라는 거구나.

조금 늦게서야 나도, 유영이 겪었던 견딜 수 없는 설렘과 잇따르는 아픔, 갑자기 눈물이 쏟아지는 우울함과 외로움. 그런 모든 것들을 합쳐서 부르는, 첫사랑을 시작하게 되어버렸구나.

깨진 물병에서 물이 흐르듯이 쏟아져 나오는 감정들로 가슴이 가득 찼다. 느려진 걸음으로 창문 가까이 걸어갔다. 그가 창문을 똑똑 두드리자 여자애들이 창밖으로 고개를 돌렸다. 유영도 같이 돌아보더니 활짝 웃었다.

그녀의 미소에 더더욱, 재준은 숨이 멎을 것 같은 기분을 느꼈다.

유영이 걸어와 창밖으로 몸을 조금 내밀고 물었다.

"신재준. 너 이렇게 농땡이치면 안 되는 거 아냐?"

"유영아."

"응?"

좋아해.

나 정말 너를 좋아해.

뜨거운 한여름의 햇살보다도 더 심장이 뜨거워지고, 머릿속은 구름보다도 하얘지고.

세상에서 딱 너만, 너 하나만 나에게 반짝거리는 지금 이 순간에. 나는 아마 첫사랑을 시작하나 봐.

재준이 모자를 벗더니 그녀에게 푹 눌러 씌우고 말했다.

"얼굴 탄다. 집에 갈 때 쓰고 가."

"으으, 야."

유영이 어이없어하다가도 곧 까르륵 웃었다.

그녀의 웃음이 보이지 않아 다행이다. 그녀가 보였다면 결국 못 참고 좋아한다고 말해버릴지도 몰랐다.

재준이 말했다.

"나 샌프란시스코에 가기로 했어."

"……어?"

"올해 말에 가. 아, 한동안은 못 보겠네."

"……."

"뭐…… 가지고 싶은 거 있어? 크리스마스 선물 미리 줄게."

이제 8월인데 크리스마스 얘기를 한다. 즐거운 얘기를 하면 그녀를 홀릴 수 있지 않을까 했다.

그런데 그녀가 고개를 들었다. 어떻게 저렇게 금방 웃었다가, 저렇게 금방 울 수 있는지.

그녀의 눈가에 가득 차오르던 눈물이 순식간에 턱을 타고 뚝 흘렀다. 그녀가 아랫입술을 살짝 물더니, 해맑게 웃었다.

"아, 잘됐다."

"……."

"축하해, 신재준. 소문내도 돼? 아! 우리 학교에 플래카드 걸어야 하는 거 아냐? 축 메이저리거 탄생! 이런 거."

"……."

"샌프란시스코에 가는구나. 좋아, 내가 대신 어떤 곳인지 알아봐줄게. 진짜…… 잘됐다."

울면서 말하느라 유영의 어깨가 들썩였다.

"나 대학생 되면 엄청 예뻐질 텐데, 못 봐서 안됐다."

순식간에 눈가가 빨개지도록 우는 주제에, 유영은 장난까지 치며 그가 떠날 거라는 사실에 아픈 마음을 감췄다. 그 마음을 알아서 재준이 눈가에 주름이 잡히도록 환하게 웃어 보였다, 그리고 창틀을 두 손으로 잡고, 그녀에게 상체를 가까이하며 말했다.

"울리려고 알려준 거 아닌데."

"좋아서 우는 거거든?"

"그렇지? 그래도 그만 울어. 내가 울린 것 같잖아. 응?"

재준이 다정한 눈빛으로 그녀를 달래자 유영이 고개를 끄덕였다.

첫사랑이 시작됨과 동시에, 헤어짐도 결정되었다.

늦게서야 이 마음을 알았어도, 재준은 언젠가 꼭 이 마음을 그녀에게 전하리라 마음먹었다.

* * *

같은 건물에 산다고 해도, 우연히 만난다는 건 생각처럼 흔한 일이 아니었다. 그 주 내내 두 사람은 한 번도 만나지 않았고, 금요일 저녁에야 서로 마주쳤다.

그녀의 집, 건물 앞에 효진이 와 있었기 때문이었다. 주차장에서 계단으로 올라오다가, 유리문 너머에서 두 사람이 다투는 모습을 먼저 발견한 재준이 자리에 멈춰 섰다.

저 둘이 싸울 상황이 있다는 게 이해가 가지 않았다. 일방적으로 사과하는 분위기여야 하는 거 아닌가?

재준이 엿듣고 있을 때 효진이 소리쳤다.

"야, 그럼 어떡해? 너랑 은해를 내 제일 친한 친구로 알고 계시는데."

"야! 그런 게 걱정됐으면 내 남자친구랑 자질 말았어야지!"

"와, 이 기집애 봐? 선생님이 돼서 못 하는 말이 없어. 그리고 너 황진현 정리할 거면 깔끔하게 정리해."

"나랑은 이미 정리됐거든? 왜? 걱정돼?"

"애초에 네가 부족하게 느껴졌으니까 너랑 헤어지고 나랑 만났을 텐데 걱정이 왜 돼?"

"뭐?"

유영이 되묻고는 말문이 막혀 더 말을 잇지 못했다.

그 모습을 본 재준이 제 머리칼을 정리하고 문을 열고 나갔다.

인기척에 돌아본 두 사람의 눈이 동그래졌다.

재준이 유영의 손목을 붙잡아 끌어당겼다. 이번엔 효진 쪽이 얼어붙었다. 그녀가 겨우 입을 열어 물었다.

"신재준, 너 여기 살아?"

"어."

"언제부터?"

"며칠 됐어. 진현이한테 못 들었어? 걔도 아는데."

재준이 건성으로 대꾸하더니 유영을 품으로 끌어당기고 대답했다.

"아까 들어보니까 왜 깔끔하게 정리를 안 했냐고 하는 것 같아서 말하는 건데. 박유영이 그 자식을 깔끔하게 정리한 게 아니면 어떻게 나랑 살 생각을 해."

그의 말에 효진도 유영도 화들짝 놀란다. 재준이 문을 닫고 중얼거렸다.

"말이 되는 소릴 해야지."

유영이 황당해하며 돌아보니 효진의 표정에서 지금까지의 자신감이 사라지고, 분노만 남은 눈으로 그녀를 바라보고 있었다.

유영이 자기도 모르게, 고개를 돌리고 팔을 뻗어 재준의 허리를 끌어안았다. 그렇게 잠깐 안겨 있던 유영이 물었다.

"효진이 갔어?"

"아니."

효진은 곧바로 떠났지만, 재준은 아무렇지도 않게 거짓말을 했다. 뒤를 볼 수 없어서, 유영은 그를 믿고 고개를 끄덕였다.

"가면 말해줘."

"응."

화가 나서인지 따끈따끈한 유영의 몸이 재준의 체온도 끌어올렸다.

유영의 얼굴이 서서히 붉어졌다. 부끄러운데, 그의 몸에서 나는 향이 너무 좋아서 떨어지기 싫었다. 그래도 너무 말이 없으니까, 유영이 조심스럽게 물었다.

"지금은?"

"아직."

재준이 말하며 유영의 머리칼을 쓸어 넘긴다. 유영의 몸이 흠칫 떨렸다. 재준이 몸을 숙여 그녀의 귀에 속삭였다.

"아직 안 갔어."

"……왜 아직도 안 가는 건데?"

"내가 걔 속을 어떻게 알아?"

말하는 그의 목소리에 웃음이 섞여 있었다. 부끄러워 죽을 것 같은데 더 안겨 있어야 하나. 유영이 거의 울 지경이 되었을 때 재준이 여유롭게 말했다.

"이제 갔다."

그러자 유영이 품에서 스르륵 떨어졌다. 유영이 뒤늦게 민망한 표정으로 말했다.

"너 심장 소리 엄청 크게 들린다."

"운동해서 그래."

"그런가?"

말도 안 되는 소리를 해대며, 두 사람이 계단으로 향했다. 유영이 말했다.

"근데 같이 산다고 그러면 어떡해?"

"저 자식이 짜증 나게 굴잖아. 너도 아깐 별말 안 했으면서."

"그건 그렇지만."

"저 자식은 무슨 염치로 여길 나타나."

"아니, 그게. 은해가 결혼식 오지 말라고 했다고, 나한테 설득 좀 해달래."

"뭐?"

재준이 어이가 없어 하자 유영이 한숨을 쉬고 대답했다.

"자기네 부모님이 나랑 은해랑 제일 친한데 은해 결혼식에 안 가면 놀라지 않겠냐고. 은해 결혼식 가야겠다는 거야. 사진 한 장이라도 찍어야겠다고. 그니까 나보고 설득해달래."

"그게 이유가 돼?"

"아, 내 말이. 근데 진짜 친구라곤 우리밖에 없대."

유영이 아직 다 낫지 않은 발목으로 계단을 올라가며 말을 이었다.

"이효진 진짜 치사하지 않아? 부모님으로 협박하는 게 어디 있어. 은해도 마음이 바뀌려는 것 같더라. 지 결혼식인데 걔네 부모님 걱정을 왜 해? 걔가 나보고 호구라고 할 자격이 있냐고. 아, 말하다 보니 더 열 받네."

"말없이 연락 끊었던 나랑 이렇게 마주 보고 얘기해주는 네가 할 말은 아니지."

재준의 농담에 유영이 기가 막혀서 그를 흘긴다. 그러자 재준이 물었다.

"그럼 황진현도 같이 오나?"

"어, 올 거래. 하필 또 은해 남자친구가 황진현이 소개해준 사람이라."

"그럼 넌 혼자 가?"

"응."

"잘됐네. 나랑 가면 되겠다."

"응?"

재준의 말에 유영이 고개를 들어 그를 보았다. 재준이 태연하게 말했다.

"너 혼자 바람피운 전 남친에 친구까지 상대하긴 너무 힘들잖아. 같이 사는 남자 데려가. 걔넨 그런 줄 알잖아."

재준의 말에 유영이 눈을 깜빡이며, 그를 위아래로 살폈다. 자신이 어떤 좋은 옷을 입고 가도 그들이 놀랄 리 없다. 옷이라면 효진도 많으니까. 억울하긴 하지만 결국 제일 좋은 액세서리는 괜찮은 남자였다. 그 괜찮은 남자가 신재준이라면 말할 것도 없었다.

"……너 그날 시간 괜찮아?"

유영이 너무 덥썩 받아들이는 것 같아 새침하게 묻자 재준이 어깨를 으쓱였다.

"안 괜찮아도 빼야지. 황진현 그 자식 표정 보러."

"흐음. 뭐……."

유영이 너무 연기를 잘했는지, 재준은 그녀가 정말로 자길 데려가는 걸 망설이는 줄 알고 설득하는 투로 말했다.

"박유영. 이건 널 위해서가 아니라 은해를 위해서야. 잘 생각해봐. 네가 전 남자친구 따윈 싹 잊고 날 데려가면 은해가 얼마나 마음이 편하겠어."

"……맞는 말이야."

"그렇지?"

가까이에서 반짝거리는 재준의 얼굴을 보니 유영은 벌써부터 속이 시원해지는 기분이었다. 누가 봐도 즐거운 표정을 짓자 재준도 같이 미소를 지었다.

유영이 막 생각났다는 듯 재준의 팔을 당기며 말했다.

"나 그날 입을 옷 사놨는데. 어떤지 봐줘."

"지금?"

"응. 바빠?"

"아니. 전혀."

재준이 저도 모르게 긴장한 표정을 지었다. 요 며칠 계속 유영에게 미움만 받았더니, 그녀가 경쾌하게 웃는 게 낯설었다. 낯선 건 둘째치고 그게 미치도록 예뻐서 순간 어지러움을 느낄 지경이었다.

유영이 그를 그의 집으로 밀어넣고 잠시 기다리라고 한 후 제 방으로 들어갔다. 그리고 얼마 전에 산 옷을 꺼내 입었다.

상아색 정장을 입고, 굽이 높은 구두를 신은 후 밖으로 나가 재준의 문을 두드리자 그가 밖으로 나와서 유영을 위아래로 훑었다.

"예쁘긴 한데. 되게 선생님 같다."

그 말에 유영이 난감한 듯 제 옷을 살폈다.

"진짜? 난 나름 선생님 안 같은 걸로 고른 건데."

"가자. 옷 사러."

"응? 옷?"

"나 어릴 때 너희 집 신세 진 거 기억나지?"

"아, 그때 좋았는데. 맨날 놀고."

"그때 집세 낸다고 생각해."

재준은 그때 얹혀살길 정말 잘했다는 생각을 했다. 그걸 이렇게 유용하게 여기저기 써먹게 될 줄은 상상도 못했다. 연진이 그랬던 것처럼 유영도 그럭저럭 납득했는지 고개를 끄덕이고 즐거워하며 물었다.

"그럼 우리 그거 하는 거야? 드라마처럼 가게 문 닫고 옷 고르라고 하고? 내가 갈아입고 나오면 네가 막 감탄해주고?"

"내 돈으로 사는 건데 왜 네가 골라. 싹 다 내가 고를 거야."

"치사해."

의외의 대답이라, 유영은 그를 흘기는 시늉을 하고 살짝 웃었다. 재준이 말했다.

"집에서 기다려. 나도 집에 가서 옷 갈아입고 나올게."

"옷? 왜?"

"넌 이렇게 예쁘게 입고 나가는데 난 운동복이잖아."

재준이 말하며 유영이 대답할 틈도 주지 않고 그녀를 밀어냈다.

유영이 다시 제 집으로 와 거울을 보았다. 밝은색 옷을 입었는데도 어쩐지 제 표정이 좀 우울해 보였다. 그래서 거울을 보며 눈썹도 새로 그리고, 요즈음 내내 바르던 나무색 대신 조금 더 빨간 립스틱을 새로 발랐다.

"이게 뭐 하는 짓이야."

거울을 보던 유영의 얼굴에 순간, 조금 홍조가 돌았다.

출근할 때보다 더 열심히 화장을 하고 있다. 괜히 머리칼도 한 번 더 빗어보고 귀걸이도 꺼내서 걸고 있는데 재준이 부르는 소리가 들렸다.

문을 연 유영의 눈이 커졌다.

머리칼에 왁스를 발라 멋을 낸 재준이 서 있었다. 유영이 놀라서 눈을 깜빡이자 재준이 말했다.

"가자."

유영이 기억하는 학창시절 신재준은 거의 1년 내내 유니폼을 입고 있었다. 그래서 단정한 셔츠에 깔끔하게 몸 선에 맞춘 정장 바지, 성격대로 심플한 디자인의 시계를 찬 재준의 모습이 낯설었다.

안 그래도 잘생긴 남자가 잘 보이고 싶은 사람이라도 있는 것처럼 멋을 내니 아무리 어릴 때부터 본 친구여도 유영의 심장이 쿵쾅거렸다.

"뭐하러 그렇게 잘 챙겨 입고 나왔어?"

유영이 딴청하며 묻자 재준이 문을 닫으며 말했다.

"말했잖아. 네가 예쁘니까."

그가 계단 하나를 내려서며 유영의 손을 당겼다.

'네가 예쁘니까'라니. 갑자기 견딜 수 없을 정도로 부끄러워졌다.

재준이 머리칼을 저렇게 올린 건 정말 처음 보았다. 얼굴로 기분을 풀어주려는 건가, 싶었다. 그를 매일 보던 사람도, 처음 보는 사람도 반할 외모였으니까.

유영이 그를 따라 계단을 내려갔다. 재준의 뒷모습을 보며 유영이 새빨개진 고개를 푹 숙였다. 두 사람은 건물 지하에 있는 주차장으로 향했다. 재준이 조수석 문을 열어주자 유영이 부끄러워 그를 보지도 못하고 자리에 앉았다.

'누가 보면 데이트인 줄 알겠네.'

유영은 생각했다.

재준은 집에서 그리 멀지 않은 매장으로 차를 몰았다. 매장 안에 들어서자 유영이 이리저리 두리번거리며 말했다.

"네가 많이 벌긴 버나 보다. 난 여기는 비싸서 쳐다보지도 않는데."

"있어봐. 골라올게."

재준은 정말로 싹 다 제가 고르려는 모양이었다. 유영이 괜히 모자를 집어서 머리에 써봤다가 가격에 흠칫 놀라 다급하게 내려놓는 사이, 그는 꼼꼼하게 원피스 세 벌을 골라왔다.

유영이 원피스를 들고 피팅룸으로 들어갔다. 그런데 세 벌 다 퇴짜였다. 그리고 두 벌을 더 골라보더니 영 마음에 안 드는지 다른 옷을 가져왔다. 잠시 후 그녀가 밖으로 나오자 내내 안 된다고만 하던 재준이 관심을 보였다.

"음."

"어? 긍정적인 반응."

체력이 약한 유영은 이미 옷 갈아입느라 지쳐 있었다. 그러나 재준이 손가락으로 다른 옷을 가리키며 말했다.

"그 옆에 있는 거 한 번만 더."

"까다롭긴……."

유영이 입을 삐죽거리며 원피스를 하나 더 꺼내 입었다. 그녀가 피팅룸에서 나와 긴장한 표정으로 바라보았다.

"어때?"

그녀의 가녀린 어깨선에 딱 맞게 입은 연한 핑크색 원피스였다.

무릎 위로 조금 올라오는 길이라 겨울 결혼식엔 추울 것 같았지만, 재준은 어차피 자신이 잠시도 찬바람을 쐬지 않게 운전기사 노릇을 할 테니 상관없다고 생각했다.

재준은 '친구'라는 자신의 위치를 생각해 예쁘다는 칭찬을 억누르고 까다로운 척 말했다.

"뭐, 아슬아슬하게 통과."

"진짜? 드디어?"

"가서 앉아 있어. 어울리는 구두 가져다줄게."

유영이 고개를 끄덕이고 재준이 가리킨 소파에 앉았다. 하도 힘들어서 슬슬 괴로워하고 있었는데, 좀 정신을 차리고 생각해보니 지금 자신은 말도 안 되는 호의를 받는 중이었다. 잠시 후 직원이 그녀에게 그릇에 담긴 초콜릿과 커피를 가져다주었다.

유영은 비싸 보이는 초콜릿 껍질을 까서 한참이나 고민하다가 입에 쏙 넣고 구두를 고르는 재준의 뒷모습을 바라보며 중얼거렸다.

"빚이란 게 원래 이렇게 무심코 늘어나는 거구나……."

게다가 초콜릿은 또 왜 이렇게 맛있는 건지, 하나만 먹으려고 했는데 저도 모르게 또 하나를 집었다. 그때 남자 직원 하나가 재준과 함께 걸어와 물었다.

"그럼 이거 신어보시겠어요?"

그러자 재준이 구두를 받으며 말했다.

"제가 하겠습니다."

유영이 두 사람을 올려다보고 있는데, 재준이 그녀의 앞에 한쪽 무릎을 꿇고 앉아 구두를 벗겼다. 놀란 유영이 말했다.

"내, 내가 신을게."

"손에 초콜릿 묻었잖아. 내가 할게."

유영의 얼굴이 붉어져서 주변을 두리번거렸다. 매장 안에 있던 여자들의 시선이 쏠리는 것이 느껴졌다.

첫사랑이자 소꿉친구가 구두를 갈아 신겨주는 것이 너무나 부담스러워 1초가 한 시간 같았다. 그의 손가락이 유영의 발등을 쓰다듬자, 유영이 자기도 모르게 입술을 깨물었다. 그의 행동이 너무 야하게 느껴졌다.

재준을 알아보고 감탄하는 주변 시선까지 신경 쓰여 머리가 하얘져 있는 사이 유영의 양쪽 발에 딱 맞게 반짝이는 구두가 신겨졌다. 재준이 그녀의 손을 잡아 일으키며 말했다.

"걸어봐."

유영이 살짝 걸음을 옮겼다. 연하게 핑크색이 도는 정장 원피스에 조금 더 진한 핑크색의 구두가 절묘하게 어울렸다. 유영이 거울을 보고 놀란 표정을 지었다. 자신이 골랐던 옷과는 비교도 되지 않게 어울렸다. 유영이 기쁜 표정으로 말했다.

"진짜 훨씬 낫네."

새 옷에 초콜릿이 묻을까 봐 손을 못 대고 재준에게 물었다.

"그래서 이건 얼마야?"

"집세다, 생각하라니까."

그가 얼버무리고 재빨리 옷에서 가격표를 떼버렸다. 그러더니 계산을 한 후 그녀를 가게에서 데리고 나왔다.

재준이 그녀의 손을 당기고 말했다.

"이거 생각보다 재밌네. 또 하자."

"나는 옷 생기지만, 너는 돈만 쓰는데 뭐가 재밌어?"

"네가 이것저것 입어보는 거 보는 게 재미있어. 이제 코트 사러 가자."

"뭐어? 그만 사, 그만."

"나 어차피 여자친구도 없고, 돈 쓸 곳이라고는 너한테 옷 사주는 것밖에 없어. 그러니까 가자."

"너 여자친구 없어?"

왠지 그럴 것 같다고 생각하긴 했는데, 유영이 짐작도 못한 척 되물었다.

"뭐야, 몰랐어?"

"당연히 있는 줄 알았지."

그러자 재준이 미소를 지으며 말했다.

"그럼 이제 알았겠네, 없는 거."

그 말에 유영이 당혹스러운 표정으로 고개를 살짝 끄덕였다.

코트 결국 있는 거 입겠다는 유영의 만류로 사지 못하고, 두 사람은 집으로 돌아왔다. 두 집 사이에 서서, 심각하게 고민하던 재준이 유영을 불렀다.

"유영아."

"응?"

핸드백에서 열쇠를 찾던 유영이 대답했다. 그러자 재준이 민망한지 한숨을 쉬고, 빠르게 내뱉었다.

"나 CF 찍었는데, 오늘 10시 27분에 할 거래."

"진짜? 대박. 진짜?"

얼마나 재미있는 얘기였으면 유영이 '진짜'라는 말을 두 번이나 했다. 재준이 신음하며 두 손으로 세수하듯 얼굴을 문질렀다.

"이따가 봐. 보고 나 놀리지 마."

"야, 벌써 열 신데. 같이 기다렸다 보자."

옷 몇 벌 갈아입고 지쳤던 유영의 눈이 반짝반짝했다. 재준이 선뜻 대답이 없자 유영이 재촉했다.

"빨리. 너희 집에서 큰 TV로 볼래."

"꼭 이래야겠냐."

재준이 괴로워하면서도 열쇠를 꺼냈다. 그러자 유영이 문을 열고, 그의 팔을 잡아끌었다.

유영이 웃음기를 못 감추고 물었다.

"무슨 CF인데?"

"자동차."

"와, 신재준 출세했다."

"나 메이저리거거든? 그게 출세지."

"하여튼 겸손할 줄을 몰라요."

유영이 핀잔하며 리모컨을 찾아 들고 TV를 켰다. 그리고 TV가 까운 곳에 앉아 두근두근한 표정으로 27분을 기다렸다. 그녀의 뒷모습이 어린애 같았다.

그녀의 옆에 앉은 재준은 도저히 제 눈으로 못 보겠는지 손으로 제 얼굴을 감쌌다.

"끝나면 불러."

"응."

잠시 후 예정된 시간이 되자 자동차 광고가 시작되었다. 재준이 차마 온갖 멋진 척은 다 하는 제 모습을 못 보고 자리에서 일어섰다. 민망해 미칠 것 같아 하는 재준과 달리 유영은 잘도 광고를 보고 있었다.

광고가 끝나고 유영이 일어나 걸어와 뭔가 말하려 하자 재준이 단호하게 말했다.

“저거에 대해서 아무 말도 하지 마.”

“할 말이 많은데.”

“하지 마. 와, 난 15초가 이렇게 긴 줄 처음 알았다.”

재준이 목이 타는지 냉장고에서 물을 꺼내 벌컥벌컥 들이켰다. 그러자 유영이 말했다.

“괜찮아. 멋있어, 멋있어.”

“놀리지 마.”

“진짜야.”

유영이 얼굴이 벌게진 재준을 살짝 보았다가 중얼거렸다.

“너 안경도 되게 잘 어울리는데.”

“안경?”

“응. 되게 지적인 느낌으로 나오는 광고였잖아. 안경 쓰고 나왔어도 어울렸을 것 같아. 평소에 넌 되게 날카로운 인상인데, 안경을 쓰면 훨씬 부드러워 보이거든.”

“안경 쓴 게 더 나아?”

“아니. 안 쓴 게 더 나은데, 쓴 게 더 편해.”

그것도 참, 기분 이상해지게 만드는 말이다. 재준이 유영 쪽으로 몸을 돌리고 물었다.

“편한 게 좋아, 불편한 게 좋아?”

“편한 거.”

재준이 실소했다.

편한 거. 그렇게 대답하는 유영을 보니, 자신을 좋아하는 그녀의 마음을 꺾어버리려고 들었던 열여덟 살의 자신이 떠올랐다. 그때 자신도 그랬다. 편한 쪽이 좋았다. 그가 한 번에 다 마셔버린 생수통을 구기며 말했다.

"원래 어른은 불편함을 감수할 줄 알아야 돼."

"불편함 감수하고 있잖아, 지금. 이 늦은 시간에 외간남자 집이라니 이게 웬 말이야."

"내가 왜 외간남자야?"

"와, 너 되게 이기적이야. 불편함을 감수하라고 해놓고, 외간남자는 아니야? 불편한 사람이고 싶은 거야, 편한 사람이고 싶은 거야?"

유영이 따지듯이 묻자 잠시 생각하던 재준이 대답했다.

"불편한데 싫지는 않은 남자."

유영이 신경 써서 불편한 '사람', 편한 '사람'이라고 말했는데 그걸 꼭 '남자'로 고친다. 유영이 현관으로 향하며 말했다.

"아무튼, 재밌었어. 광고."

"멋있었다며. 드디어 본심을 드러내네."

"응. 멋진 척하는 거 좀 웃기긴 해."

유영이 말하며 작게 웃었다. 그런 그녀의 해맑음에 결국 재준도 따라 웃고 말았다.

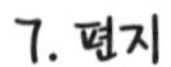

7. 편지

며칠 뒤, 이른 시간부터 결혼식에 가기 위한 준비를 마치고 마무리로 귀걸이를 찾던 유영은 밖에서 부르는 소리에 문을 열었다.

"나 귀걸이만……."

유영이 말끝을 흐렸다. 그녀의 시선에 제일 먼저 넥타이가 보였기 때문이었다.

고개를 들자 제 몸에 딱 맞게 재단한 정장에 반듯하게 넥타이를 맨 재준이 보였다. 긴 팔다리와 넓은 어깨 덕에 정장이 더없이 잘 어울려, 심장이 정신을 못 차리고 이리저리 쿵쿵 충돌하고 다녔다. 나 좋으라고 가끔 정장 입으라고 부탁해볼까 싶을 정도로. 그가 문을 열어준 유영을 보며 미소를 지었다.

"운전기사는 준비 끝났는데."

저렇게 생긴 남자랑 같이 다닐 생각을 하니 벌써 긴장감이 들었다.

"준비 다 된 거야?"
"응, 이제 귀걸이만 하면 돼."
"으응."
재준이 귀걸이를 찾아 거는 유영을 바라보았다. 그의 시선이 너무 고정되어 있어 유영이 민망해하며 말했다.
"뭘 그렇게 봐?"
"귀걸이 하는 거 안 아파?"
"전혀?"
"바늘로 찌르는 것 같아서 아파 보여."
"하여튼, 정말 야구 말고는 아는 게 없네. 문신 같은 것도 하나도 안 하잖아, 너."
"귀찮아."
술, 담배도 안 하고, 문신도 안 하고. 정말 모범적이기 짝이 없는 남자였다.
유영이 진주귀걸이 양쪽을 다 끼고 자리에서 일어섰다.
"귀걸이 예쁘지?"
"응. 예쁘다."
그가 나긋하게 말하고 돌아섰다.
"주차장으로 와. 가 있을게."
"알았어. 금방 갈게."
재준이 말하고 집을 나섰다. 유영이 잠시 운동화를 보았다. 그녀가 머뭇거리다가 눈 딱 감고 구두를 신었다. 평소 같으면 발 아플 걸 생각해서 운동화를 챙겨 갔겠지만, 오히려 오늘은 구두만 신고 싶었다.

결혼식장은 집에서 30분 정도 걸리는 곳에 있었다. 결혼식장 바로 앞에 차를 세운 재준이 말했다.

"먼저 가서 은해랑 인사하고 있어. 난 주차하고 올라갈게."

"응. 신부대기실로 와."

유영이 두근거림이 가득한 표정으로 신부대기실로 들어갔다. 그러자 안에 있던 은해가 반가워 어쩔 줄 모르며 손을 흔들었다.

"박유영!"

"앗, 여신이세요?"

유영이 두 손으로 눈을 가리는 시늉을 하며 장난을 치자 은해가 깔깔거리고 웃었다. 워낙 일찍 도착해 아직 사람이 많이 없었다. 유영이 휴대폰을 꺼내고 긴 의자에 앉아 있는 은해의 옆에 앉아 연신 그녀를 찍었다.

"많이 찍어서 보내줄게. 와, 진짜 예뻐."

"새벽부터 일어나서 피곤해 죽겠어."

"피곤한 보람이 있다, 야. 아, 우리 은해가 결혼을 하다니. 결혼해도 나랑 맨날 놀아줘야 돼?"

"웃겨, 네가 바쁘지 내가 바쁘냐?"

은해가 흘기곤 유영을 살폈다.

"야, 넌 또 오늘 왜 이렇게 예뻐?"

"신재준이 밀린 집세를 냈다고 해둘게."

유영이 장난기 가득한 목소리로 말하자 은해가 좋아 어쩔 줄 모르고 유영의 팔을 마구 때렸다.

"어우, 신재준이 온다고 해가지고 내가 아주 좋아가지고. 어우, 황진현이랑 이효진 표정 생각하면 내가 벌써 속이 시원해. 친척들한테도 신재준 온다고 쫙 자랑했어."

"오늘 신재준 완전 잘생겼어. 장난 아냐."

"이따가 밥 먹을 때 인사 다니면서 봐야겠다. 와, 몇 년 만이야."

둘이 재잘거리는데 마침 재준이 걸어 들어왔다. 그가 미소를 지으며 손을 들어 보였다.

"어, 은해야. 오랜만."

"신재준!"

은해가 반가워하며 두 팔을 마구 흔들었다. 재준이 유쾌하게 웃으며 말했다.

"이야, 여기 신부 진짜 예쁘네."

"나도 알아."

은해가 어깨를 으쓱이며 능청을 떨곤 까르륵 웃었다. 그때 신부 대기실로 들어오려던 은해의 직장 동료들이 재준을 보고 놀라서 멈춰 섰다. 은해가 즐거워하며 유영의 등을 떠밀었다.

"둘이 나가서 돌아다녀."

"응. 이따가 또 올게."

유영이 말하고 손을 흔들었다. 은해의 직장 동료들이 기겁해서 은해에게 달려가는 것이 보였다. 재준이 하객으로 온 덕에 은해의 기도 좀 살려준 것 같아 유영은 괜히 흐뭇한 표정이었다. 그러나 신부대기실을 나와서 몇 걸음 걷지 않아 유영의 걸음이 멈췄다.

멀리 은해의 예비신랑이 보이고, 그와 이야기하는 직장 동료들이 보였다. 그리고, 그중 하나인 진현과 그와 함께 온 효진이 보였다.

정말 미우면서도, 유영의 눈에 진현은 여전히 잘난 남자였다. 좋아하던 마음이 남은 건 아닌데, 미련은 남았나 보다.

유영이 자기도 모르게 고개를 돌렸다. 이렇게 감정적으로 문제가 생길 줄 몰랐다. 갑자기 숨이 가쁘고, 울음이 날 것 같았다.

그러자 재준이 그들을 볼 수 없게 막아서고 유영을 살폈다.

"유영아."

"응……."

"네가 너무 예뻐서 저 자식이 놀랄까 봐 걱정돼?"

그가 짓궂게 묻자 유영이 고개를 들었다. 재준이 그녀의 귀에 속삭였다.

"남자친구인 척 좀 할게. 오늘만."

그의 목소리에 몸이 오싹오싹했다. 유영이 고개를 끄덕이자 재준이 머리칼 사이로 손가락을 넣어 부드럽게 쓰다듬었다. 그 손길에 머릿속에서 저기 저 두 사람에 대한 게 싹 사라져버렸다.

재준에 대한 마음은 대부분 설렘이었다. 좋아해서 설렜던 적도 있고, 그냥 반가워서 설레고, 같이 있으면 즐거워서 설렜다.

그런데 지금 허리를 숙여 유영을 내려다보는 재준의 눈빛은 무척이나 야했고, 손길은 그의 눈빛이 의도된 것임을 여실히 드러냈다.

유영이 긴장해서 저도 모르게 침을 삼켰다.

진현도 두 사람을 발견했는지, 유영을 보고 미간을 좁혔다.

늘 수수하다고 생각했던 유영이 눈부실 정도로 꾸미고 왔으니 진현은 신경을 쓰지 않을 수가 없었다. 그녀가 자신을 잃은 걸 후회하기를 바란다는 것을, 지금에서야 알았다. 자신으로 인해 아파하기를, 울기를 바랐다.

유영에게 미련은 없는데 좋아하는 마음이 남았다. 우스운 일이

다. 그녀를 사랑하지만, 견딜 자신이 없었다. 유영의 곁에 남아서 언제 신재준이 돌아올까 전전긍긍하는 그런 삶이, 부유한 가정에서 태어나 모든 것을 마음껏 손에 넣으며 살아온 진현과는 맞지 않았던 것이다.

진현은 곧바로 시선을 돌렸지만 효진은 그러지 못했다. 표정이 굳는 것도 관리할 수 없었다.

진현이 태연하게 이야기를 이어가는데 유영을 진정시킨 재준이 그녀의 손을 잡고 다가왔다. 그가 무척 반갑다는 듯 진현에게 손을 흔들었다.

"황진현, 오랜만이네?"

"……어."

"아. 며칠 전에 봤구나. 그렇게 오랜만도 아니네."

재준이 말하고 태연하게 미소를 지었다. 진현의 표정이 구겨지고, 효진의 얼굴은 더욱 하얘졌다. 진현에게는 자신이 유영과 함께 왔음을 과시하고, 효진은 무시했다. 재준은 경기에서 이기는 방법을 잘 아는 남자였다.

유영이 당황해서 그녀의 팔을 당겼다. 그러자 재준이 진현에게 손을 흔들고, 유영에게 말했다.

"발 아프지? 빨리 앉아야겠다."

유영이 난감해하며 고개를 끄덕이고, 무심코 진현을 돌아보았다. 그녀의 그런 행동에 재준은 심장이 쿵 내려앉는 기분이었다.

그녀의 마음이 아직 진현에게 남아 있을지도 모른다는 두려움이 재준을 짓눌렀다. 재준이 멈춰 서서, 유영이 다시 자신을 보기만을 기다렸다. 유영이 고개를 돌려 다시 앞을 보았다가 어깨를 흠칫 떨었다.

재준이 자신을 집중해서 바라보고 있었다.

"저 자식 보지 마."

유영이 고개를 끄덕였다. 재준이 유영의 손을 들더니 깍지를 껴서 잡았다. 그러자 유영이 묘한 표정을 지으며 말했다.

"아……. 너랑 손잡으니까 기분 너무 이상해. 나쁜 짓 하는 거 같아."

"……나도 그러니까 굳이 말하지 마."

깍지를 끼고 손을 잡으니 두 사람 다 몸이 더워졌다. 서로의 손이 주는 낯선 촉감 덕에 앞서 있었던 일이 순간 머릿속에서 사라졌다. 재준이 자리에 앉자 유영이 재킷을 벗으며 말했다.

"너도 기분 이상하겠다."

"왜?"

"효진이 좋아했잖아."

"누가?"

"너."

그녀의 말에 재준의 미간이 좁아졌다.

"내가 걔를 왜 좋아해?"

"왜…… 고3 때."

"그러니까 그때 난 널 좋아하고 있었다니까."

"으으, 또 말도 안 되는 소리 한다. 너 효진이한테 편지 쓰고……."

유영이 자신을 좋아한다는 재준의 말에 화났던 건 그 편지 때문이었다. 여태 그 편지를 마음에 두었다는 걸 들키는 게 민망해 유영이 말끝을 흐리자 재준이 말도 안 되는 소리 말란 듯 말했다.

"내가 걔한테 편지를 왜 써. 나 편지 너한테밖에 쓴 적 없어."

"……뭐?"

"그것도 얼마나 고민해서 쓴 건데."

때마침 얘기 나온 김에, 재준이 서운했다는 듯 말하자 유영이 멍하니 물었다.

"꽃다발이랑 같이 졸업식 날?"

"어. 직접 못 주니까 꽃다발 업체에 전화해서…… 근데 왜 자꾸 물어봐?"

"편지…… 뭐라고 썼었더라……."

"뭐라고 쓰긴. 나 너 좋아하니까 5년만 기다려달라고 했잖아."

"……."

"와, 네가 먼저 좋아한다고 했을 때 내가 얼렁뚱땅 넘어갔었잖아. 그거 똑같이 겪으니까 너한테 되게 미안하더라. 내가 그때 진짜 너무 어렸구나 싶었어."

"……나 못 받았어."

유영의 울음 섞인 목소리에 재준이 그녀 쪽으로 고개를 돌렸다. 유영이 눈물이 그렁그렁해서 한 번 더 말했다.

"나 그 편지 못 받았어……."

그 말에 재준이 굳은 표정으로 물었다.

"근데 꽃다발이랑 같이 온 건 어떻게 알아?"

"효진이가…… 받아서."

"뭐?"

"효진이가, 너한테 받았다고 해서."

"……."

두 사람 사이에서 침묵이 흘렀다. 재준이 먼저 한숨을 쉬며 두 손으로 제 얼굴을 감쌌다.

"내가 확인을 했어야 했는데. 알잖아, 나 원래 좀……."

"야구 빼고는 다 허술한 거?"

"……어."

재준은 자신이 지금까지 굉장한 오해를 하고 있었음을 알았다. 스무 살 2월. 자신이 유영에게 차였다고 생각하고 있었던 것이다. 제가 열여덟 살에 그녀에게 그랬던 것처럼, 그녀도 아무렇지 않게 제 고백을 모른 척 넘어가버린 모양이라고 생각했었다.

애초에 그녀가 그 편지를 받지 못했을 거라고는 생각하지 못했다.

재준이 천천히 한숨을 쉬고 유영에게 말했다.

"네가 화낼 거지? 내가 여자한테 화내면 너무 위협적이잖아."

"응. 그럴 거야."

유영이 멍한 얼굴로 자리에서 일어났다.

"나 금방 효진이 보고 올게."

그녀가 신랑 하객 쪽에 앉아 있는 효진에게로 걸어갔다. 유영이 다가오자 효진도 진현도 그녀를 보았다.

유영이 떨리는 목소리로 물었다.

"바람피운 거지? 둘이."

둘 다 말이 없어서, 유영이 무서운 얼굴로 말을 이었다.

"이효진. 좀 나와봐."

"왜."

"신재준 편지."

"아, 십 년은 된 얘길."

효진이 짜증을 내며 자리에서 일어났다. 그리고 진현에게 괜찮다는 듯 그의 어깨를 토닥이고 유영을 따라 나갔다.

밖에 나오자마자 효진이 팔짱을 끼고 빈정거렸다.

"야, 어떻게 그걸 이제야 아냐? 진짜 너희도 웃긴다."

"너 어떻게…… 그러고 계속 나랑 친구로 지냈어?"

유영은 그게 가장 놀라웠다. 저렇게 악의를 가지고 자신과 웃고 떠들고, 툭하면 자취방에 놀러 와서 자고 가고, 술을 마셨다는 것이. 효진이 살짝 입술을 물었다가, 말했다.

"난 너도 좋아. 근데 남자 문젠 별개지."

"어떻게 별개가 돼?"

"열여덟 살 때, 네가 신재준한테 우산 주려고 기다린 적 있었잖아."

그녀의 말에 유영이 멈칫하자 효진이 짜증스레 말을 이었다.

"그날 나도 걔 기다리고 있었거든, 좋아하니까. 내가 우산 같이 쓰자고 하니까 그러자더라? 그래서 같이 썼는데, 난 그게 진짜 설렜거든."

"……."

"근데 걔네 어머니한테 너 온다고 연락을 받았나 봐. 그랬더니 그 개자식이 미안하다면서 운동장으로 되돌아가는 거 있지. 그 비 다 맞으면서. 그게 왠지 쭉 잊히지가 않아. 내가 좋아하는 남자애가, 다른 여자애를 찾으러 우산도 없이 되돌아가던 게. 잊어버리려고 해도 자꾸만 생각이 나."

효진의 눈빛이 일순, 분노로 가득했다. 그녀가 중얼거렸다.

"그때, 그때 네가 정말 미웠는데. 근데…… 옆에 있으니까 또 네가 좋더라. 그래서 이도 저도 아니게 됐어. 네가 밉고, 좋고."

"……."

"근데 그때 황진현도 나랑 똑같은 상처가 있더라. 그래서 위로 해준 거야. 그게 내 잘못이야?"

효진이 담담하게 묻자, 유영이 주먹을 꾹 쥐었다. 소리 지르고 싶고 울고 싶은데. 은해의 결혼식에서 그럴 수가 없다. 밉고, 좋고. 제 부모님 때문에라도 꼭 은해 결혼식에 와야겠다는, 그런 식의 화법이었다.

"오늘은 은해 결혼식이니까, 이제 그만 얘기하자. 된 것 같아."

유영이 말하며 돌아서서 재준의 옆으로 향했다. 그녀가 돌아와서 자리에 앉자마자 곧 결혼식이 시작되어, 유영은 재준에게 하고 싶던 말을 아무것도 전하지 못했다.

그날 나 정말 서운했는데.

네가 다른 애한테만 꽃을 보내서. 나한텐 평생 한 장도 써준 적 없던 편지를 그 애한텐 써줘서. 너는 좋아하는 여자애에겐 편지를 써주는 구나, 그런 생각이 들어서 슬펐어.

나는 졸업식 날, 정말 궁금했었어.

너에게 편지를 받는 여자가 되는 기분이.

나는 궁금했어.

* * *

결혼식이 끝나고 유영과 재준은 같은 고등학교를 나온 동창들과 한 테이블에 앉아 식사를 시작했다.

모처럼 동창모임 분위기라 여기저기 서로 수다가 터졌다. 게다가 동창 최고의 슈퍼스타인 신재준까지 있으니 난리도 아니었다.
온 사방에서 재잘거리던 중에 남자 동창인 기혁이 말했다.
"야, 재준아. 넌 아직도 유영이랑 그렇게 친해?"
아직 친하냐는 질문이 굉장히 불만인지, 재준은 대답이 없었다. 손까지 잡고 있는데 연인으로 안 보이고 친구로 보이다니, 도대체 우리 둘은 얼마나 사이좋은 친구였던 건가, 싶었다.
재준이 대답이 없자 유영이 대신 대답했다.
"으응. 집도 가깝고, 부모님도 계속 친하셔서."
그녀가 대답하는 사이 재준은 버터에 구운 옥수수를 잡아서 알갱이를 나이프로 썰어내고 있었다. 기혁이 말을 이었다.
"유영아. 옛날 일이라서 말하는 건데, 우리 고등학생 때 수학여행 간 적 있잖아."
"으응."
"그때 내가 너 얼굴이 귀엽다고 했더니, 신재준이 나한테 미친 새끼라고 해서 얼마나 쫄았는지 아냐."
기혁이 투덜거렸다.
그제야 재준이 대화에 관심을 보였다. 기혁의 말에 관심이 있었던 게 아니라 그저, 고등학교 1학년의 수학여행이 떠올랐기 때문이었다.

"난 이효진. 걔가 귀엽던데."
"어, 예쁘긴 예쁘지."
고등학교 1학년. 수학여행지의 숙소에서 남학생들은 학교 여학생 중에 누가 마음에 드는지를 이야기하고 있었다. 재준은 그때 자는 척을 하고 있었다. 사실 이미 반쯤 잠들어 있었는데 대화가 저렇게 흐르자 급 잠이 깬 것이다.

안 들으려고 해도 자꾸만 이야기를 듣게 되었다. 재준이 몸을 최대한 웅크렸다가, 도저히 안 되겠는지 몸을 일으켰다.

“어, 재준아. 너는? 마음에 드는 애 없어?”

얘기하던 김에, 누구든 마음만 먹으면 만날 수 있을 것 같은 재준에게 질문이 날아왔다. 그러자 그가 상의를 갈아입으며 시큰둥하게 대꾸했다.

“난 박유영 말고는 이름도 잘 몰라.”

“아, 유영이 귀엽지.”

그 말에 재준이 멈칫했다. 그가 어이없다는 듯이 웃으며 말했다.

“걔가 좀 애 같지.”

“어? 어른스럽지 않아?”

“귀엽다며.”

“얼굴이.”

그 말에 재준의 미간이 좁아졌다. 그가 대꾸하던 기혁을 보며 또박또박 말했다.

“미친 새끼.”

그가 말하고 방을 나섰다. 운동부, 그것도 백팔십을 훌쩍 넘은 투수의 한마디에 순간 냉기가 돌았다.

재준은 묘하게 화가 가라앉지 않아 굳은 표정으로 방을 나섰다. 어차피 수학여행은 마지못해 온 거라, 와서 내내 한 것이라고는 잠을 자는 일뿐이었다.

열 시까지 자유시간이고 그 후에 취침이라 유스호스텔에 딸린 운동장 주변 여기저기에 학생들이 있었다. 재준은 때마침 나타난 유영을 발견하고 물었다.

"여기서 뭐 해."

"3반 애가 너 이거 주래."

유영이 포스트잇이 붙어 있는 캔음료 하나를 내밀었다. 재준이 캔을 받아 포스트잇 내용을 읽고, 떼서 주머니에 구겨 넣은 후 말했다.

"이런 거 받아오지 마."

"왜에, 신기하잖아."

"거절해."

"네가 거절해."

유영이 흘기며 말했다. 그녀가 교사 숙소로 걸어가는 재준을 따라 걸으며 물었다.

"어디 가?"

"운동장 뛸 건데 허락 받으려고."

"와, 성실하다, 성실해. 전교 1등도 여기 와서까지 공부하진 않는데."

재잘거리는 유영의 모습은 아무리 봐도 재준의 눈에는 어린애였다. 하는 짓도, 자주 짓는 표정도, 그리고 행동도 마찬가지였다.

아까 그 자식은 뭔가 큰 착각을 하고 있는 것이다. 박유영이 어른스럽다니. 뭘 잘못 먹었나.

재준이 담임을 발견하자마자 달려가 말했다.

"선생님. 죄송한데 저 운동장 딱 스무 바퀴만 돌고 자도 될까요. 훈련이 부족해서."

"어, 돌아. 교사 숙소에서 운동장 보이니까."

"예. 감사합니다. 아, 박유영이 자전거 타고 같이 돌면서 숫자 세주면 안 될까요?"

"그래. 유영이 수학 잘하니까."

교사가 농담하며 흔쾌히 허락했다. 교사 숙소 창문으로 운동장이 잘 보이는 데다, 얌전한 모범생인 유영과, 야구밖에 모르는 야구 모범생 재준은 불안할 것 없는 조합이었다.

유영이 유스호스텔 프런트에서 자전거를 빌리는 재준을 불만스럽게 바라보았다.

"왜 나까지 운동을 해야 돼?"

"넌 너무 운동을 안 해."

"정말……."

유영은 구시렁거리면서도 재준의 운동을 위해 자전거에 올라탔다. 재준은 운동장을 돌고 유영은 자전거로 그를 따라 달렸다. 겨우 스무 바퀴라 재준은 전력질주를 하는 중이었다.

유영도 자전거 페달을 열심히 밟으며 장난을 쳤다.

"신재준, 더 빨리."

대답할 힘은 없는지 재준이 못 들은 척 달렸다.

전력으로 스무 바퀴를 달리고 나서, 그는 바로 수돗가로 달려가 수도 밑에 머리를 들이밀고 푹 적신 후 수돗물을 꿀꺽꿀꺽 마시고 심호흡했다. 유영 역시 자전거를 두고 걸어와 손을 적셨다.

열을 식힌 두 사람은 다시 숙소 쪽으로 향했다. 유영이 만류했지만, 자전거는 재준이 끌었다. 자기가 억지로 데리고 나왔기 때문이라는 핑계를 대며.

덕분에 할 일이 없어진 팔을 이리저리 휘두르며, 유영이 말했다.
"너 의외로 인기 많더라."
"알아."
"재수 없어."
"네가 그렇게 알려주는데 어떻게 몰라."
"아, 좋겠다. 인기 많아서."
유영이 바닥을 보고 걸으니 재준의 눈에 그녀의 자그마한 머리통이 보였다. 재준은 도무지, 이런 어린애 같은 녀석 어디에서 어른스러움을 봤는지 알 수가 없었다. 그 자식이 너무 유치한 놈이라 박유영이 어른으로 보이는 건가.
계단을 다 올라가서, 유영이 말했다.
"아, 좀 더 말리지."
유영이 까치발을 들어 재준의 머리칼을 쓸어 넘겼다. 그러자 그가 유영의 손을 붙잡았다. 고등학생이 되도록, 둘은 남자도 여자도 아닌 것처럼 지냈는데. 갑자기 재준은 어른스럽고, 자신을 아무렇지도 않게 만지는 그녀의 행동이 거슬렸다.
그의 표정이 사나울 정도로 구겨졌다.
"하지 마."
"왜?"
"아, 나도 몰라. 그냥 하지 마."
재준이 그녀의 손을 잡아 내렸다.
미칠 것 같았다. 갑자기 짜증을 내니 좀 서운한 눈으로 바라보는 유영이 그를 울컥하게 만들었다. 다른 누군가의 눈에 벌써부터 어른스럽고, 벌써부터 귀엽다는 게 화가 났다.

이 녀석은 그냥 내 친구 박유영인데. 평생 내 제일 친한 친구고, 내 가족이나 다름없는 게 박유영인데.

네가 다른 녀석 눈에 여자로 보이면, 그럼 너랑 나는 뭐가 되는 건데.

울컥 화가 나고 미치겠다가, 그녀의 눈을 보면 심장이 쿵쾅거리고, 다시 미칠 것 같았다.

이런 게 사춘기인가 보다. 남들은 다 오던 게 저에게는 안 오더니, 이제야 온 모양이라고 생각했다.

그는 괜히 유영에게 화풀이를 한 제 자신에게 화가 나서 휙 돌아섰다. 그러더니 하늘을 올려다보고 말했다.

"별 엄청 많네."

그런데 유영은 좀 토라졌는지 하늘도 안 보고 대답도 없다. 그녀가 고개를 숙이고 있어서, 재준이 그녀의 시선이 있는 곳에 쪼그리고 앉았다.

"야. 별 많다고."

그가 말하고 미안한 마음이 가득 적힌 얼굴로 웃음 짓자 좀 더 토라져 있으려던 유영이 저도 모르게 푭 웃었다. 그러더니 재준의 어깨를 밀어버렸다. 그 바람에 주저앉은 재준이 점퍼를 벗더니 유영에게 내밀었다. 그러더니 그대로 대리석 바닥에 드러누워버렸다. 그 모습에 어이가 없어 웃던 유영이 물었다.

"뭐 하라고?"

"너도 깔고 누우라고."

"웃겨, 진짜."

유영은 핀잔하면서도 그의 말대로 바닥에 재준의 점퍼를 깔고 누워서 하늘을 보았다. 하늘에, 정말로 별이 수도 없이 많았다.

"예쁘다."

유영이 저도 모르게 중얼거리자 재준이 상체를 일으켜 그녀를 바라보았다. 별빛이 가득 담겨 반짝거리는 유영의 눈이 보였다.

"……그러네."

그녀가 별에 시선을 빼앗긴 사이, 재준은 말없이 유영을 바라보았다.

별이 너무 많아서, 하늘이 무너져 내릴 것 같았다. 감정이 넘치는 심장도 그랬다. 무너져 내리는 것 같았다.

그때는 그래도, 그렇게 감정이 넘쳐도 그녀가 어른이 되는 게 싫었다. '내 친구 박유영'이 사라지는 게, 세상에서 제일 무서웠던. 그런 나이였다.

재준이 그날을 떠올리는데 유영이 장난스럽게 재준에게 핀잔했다.

"야. 세상에 나 귀엽다고 해주는 사람 몇 명이나 된다고."

"알 게 뭐야."

재준이 시큰둥하게 말하더니 깔끔하게 썬 옥수수를 유영의 그릇에 옮겨 담았다. 그녀가 거의 음식을 먹지 않았기 때문에, 좋아하는 음식이라도 먹이려는 것이었다. 그러더니 유영을 가리키며 기혁에게 말했다.

"그때도 내가 얘 좋아해서 그랬어. 미안했다."

"어, 어?"

순간 식탁에 정적이 흘렀다. 재준은 별 얘기 안 했다는 듯 아무렇지도 않게 식사를 하고, 유영만 얼굴이 새빨개져서 손으로 퍽 재준을 때렸다.

식사가 끝나고, 유영은 폐백을 마친 은해와 또 한바탕 수다를 떨었다. 슬슬 집에 갈 때가 되어 재준이 예식장 로비의 의자를 가리키며 말했다.

"앉아 있다가 연락하면 나와. 발 아프잖아."

"그 정도로 아프진 않다니까."

"발목 다쳤었잖아. 또 다치면 어떡해."

재준이 고집을 꺾을 것 같지 않아 유영이 고개를 끄덕였다. 재준이 주차장으로 향한 사이, 유영은 의자에 앉아 수학여행에서 있었던 일을 떠올렸다.

별이 엄청 많았던 기억이 났다. 계단에 누워서 재준과 함께 보았던 그 별이, 태어나서 봤던 별 중에 제일 예뻤다.

그녀가 살며시 미소를 짓는데 그녀 쪽으로 진현이 걸어왔다.

"유영아."

유영은 그를 보지 않고도 목소리를 눈치채고, 모른 척 휴대폰하는 시늉을 했다. 그녀가 의도적으로 외면하는 것을 알면서도 진현이 제 할 말을 했다.

"너 아까 효진이랑 싸웠지? 애가 표정이 말이 아니더라."

자꾸 말을 걸자, 유영이 이어폰을 꺼내 꽂고 음악을 틀었다. 그러자 진현이 손을 뻗어 그녀의 귀에서 한쪽 이어폰을 빼고 말했다.

"그래, 피웠다. 바람."

"말 걸지 마."

"넌 나랑 데이트할 때 한 번도 그렇게 차려 입은 적이 없잖아.

항상 선생님처럼 입고 다녀. 사준다고 해도 싫어하고."

"……."

"넌 재미가 없더라."

상처 주려고 노력하는 듯한 진현의 말에 보답하듯, 유영이 가방을 집어 들어 진현에게 던졌다. 그의 어깨를 맞고 가방 속 물건들이 와르르 쏟아졌다.

두 사람이 서로를 노려보는 사이 유리로 된 자동문이 열리고 재준이 들어왔다. 그가 상황을 살피더니 바닥에 떨어진 유영의 가방을 주워 툭툭 털고 물건들을 집어넣었다. 그리고 유영의 손을 잡아 일으키는데 입꼬리가 주체를 못하고 올라간다.

유영이 제법 사나운 얼굴로 왜 웃냐는 듯이 보는데 재준은 그저 진현의 어깨를 툭툭 치고는 유영을 데리고 예식장을 나갔다.

밖에 나가자마자 재준이 더는 못 참겠다는 듯 소리를 내어 웃는 바람에, 유영은 눈물이 쏙 들어가는 기분이었다.

"야, 신재준. 넌 뭐가 우스워?"

"저 자식이 너한테 질척거리는 게 웃기잖아."

"저게 뭐가 질척거리는 거야."

"어떤 식으로든 너한테 말 걸려고 드는 건 질척거리는 거야. 널 괴롭히려고 굳이 말 거는 게 아니라."

"……."

"아직 너에 대한 마음이 정리가 안 돼서, 미쳐버릴 것 같으니까 저렇게 덜 떨어진 짓을 하는 거라고."

"……화병 날 것 같아."

"집에 가자."

다른 위로보다, 재준의 이 말에 더 기분이 풀어졌다.

잊어버리라는 말을 하거나 진현에 대한 욕을 퍼붓는 것보다 그가 질척거리는 중이라는 말, 그의 감정이 아직 남아 있다는 말이 더 유영에게 위로가 되었다.

잘려나간 것 같던 자존감이 조금 채워지는 기분이었다. 남들도 이런 건지, 나만 이런 건지. 남들도 이런 위로를 하는 건지, 신재준이라서 이런 위로를 하는 건지.

버려진 기분이 들었다고 재준에게 말한 적이 있었다. 유영은 아마도 자신의 그 말 때문에 재준이 저런 말로 위로해주는 것일 거라고 생각했다.

유영이 몸을 일으켰다. 천천히 걸어가 차에 타는데 재준이 조수석에 앉은 유영에게 허리 숙여 말했다.

"잠깐만. 진현이가 부른다. 나 금방 얘기 좀 하고 올게."

"무슨 얘기?"

유영이 되물었지만 재준은 대답 없이 문을 닫았다. 그리고 조금 떨어진 곳에서 무표정으로 자신에게 손짓하는 진현에게 성큼성큼 걸어갔다. 진현이 말했다.

"어차피 넌 또 미국으로 갈 거잖아."

"……."

"넌 박유영에게 시간낭비야, 신재준."

그의 말에 재준이 유쾌하게 웃었다.

"실컷 말해. 오늘은 기분이 좋아서 웬만한 시비는 다 참아줄 수 있거든."

재준이 진현에게 어깨동무를 해서 아귀힘으로 어깨를 꽉 쥐었다. 투수의 악력에 짓눌리니 어깨뼈가 부러져 나갈 것 같았다. 재준은 유영이 진현의 표정을 보지 못하게 그의 몸을 차 반대쪽으로 돌리고 말했다.

"나 진짜 멍청한 새끼더라. 난 여태 내가 너보다 못한 놈인 줄 알았어."

"……."

"그렇잖아. 학교 다닐 땐 네가 나보다 돈이 많아서 박유영한테 좋은 선물을 사줄 수 있고, 성인이 되어선 늘 저 애 곁에 있어줄 수 있었으니까. 난 너한테 열등감을 느꼈어."

그의 거만한 미소는 나긋한 동시에 사나웠다. 진현이 그를 밀어내보려 했지만 재준의 손에서 벗어날 수가 없었다.

재준이 진현을 놓아주고, 미소를 지으며 그의 흐트러진 넥타이를 정리해주고 말했다.

"그동안 유영이 외롭지 않게 해줘서 고마웠다."

"미친 새끼."

"근데 다시는 박유영 앞에 나타나지 마."

"……."

"농담 아니야."

재준이 다정하게 말하고 진현의 팔을 툭툭 친 후, 제 차로 돌아갔다. 이러니까 팀 동료들이 날 싫어하나, 언뜻 생각하며.

그가 차로 돌아가 운전석에 앉자 유영이 물었다.

"왜? 뭐래?"

"별 얘기 안 했어."

재준이 기분 좋은 목소리로 말했지만, 유영은 여전히 분한 표정을 말했다.

“아, 열 받아, 진짜. 우리 매운 거라도 먹으러 갈까?”

“하긴, 너 아까 별로 안 먹었지. 오돌뼈랑 우동 같은 거 사서 집에 가서 먹을래? 편한 옷 입고.”

기가 막히게 그는 유영의 마음에 쏙쏙 드는 제안만 했다. 유영이 고개를 여러 번 끄덕였다.

“먹을래. 아, 그리고 공포영화 보자. 너희 집 TV 크잖아.”

“하여튼 무서운 장면 보지도 못하면서 공포영화를 보려고 든다니까.”

“도전정신이 뛰어나지?”

유영이 기운 넘치는 척 장난을 치니까, 재준이 고개를 끄덕였다.

유영은 집에 도착해서 좋아하는 편한 티셔츠와 반바지로 갈아입고 재준의 집 문을 두드렸다. 그리고 재준이 문을 열자마자 편의점에서 산 팝콘을 들이밀었다.

“집에 팝콘 있어서 가져왔어.”

재준이 자기도 모르게 침을 꿀꺽 삼켰다.

하루 종일 유영이 너무 예뻐 보여서 옷 때문일 거라고 애써 자신을 달랬는데, 편한 티셔츠를 입어 한쪽 어깨가 조금 드러난 그녀를 보니 이번엔 또 야하게 느껴진다.

5년 동안 만나지 않았다가, 5년 만에 다시 만난다면 어떤 느낌일까 생각했었는데 사람의 취향이란 게 어찌나 한결 같은지, 보자마자 자신이 왜 유영을 좋아했는지 확 떠올랐다.

그녀의 이목구비 하나하나가 전부 다 그의 취향이었다. 박유영이 좋아서 저런 얼굴을 좋아하게 된 걸까, 아니면 원래부터 저런 얼굴을 좋아했던 걸까.

동그란 얼굴, 부드럽게 휘어지는 눈썹, 약간 처져서 순해 보이는 눈매. 그녀의 모든 것이, 여전히 재준을 설레게 했다.

둘이서 영화를 보려면 아무래도 유영과 멀찍이 떨어져 앉아야 할 것 같았다. 그렇지 않으면 괴로워서 죽을지도 모른다는 생각이 들었다.

유영이 소파에 앉아 리모컨으로 영화를 찾자 재준이 그녀의 곁에 앉아 팝콘 봉지를 뜯으며 말했다.

“아주 자기 집 같네.”

“어차피 너 미국 갈 거잖아. 그 전까지만 놀면 또 몇 년 못 만나니까 지금 놀아놓자.”

재준의 집에는 꽉 차도록 커다란 벽걸이 TV와 플레이스테이션이 있었다. 유영이 영화를 하나 찾고 긴장한 목소리로 말했다.

“근데 이거 엄청 무섭대.”

“그러냐.”

“광고 엄청 했는데 못 들어봤어? 너 미국에서 게임 말고 다른 거 하긴 해?”

“아니.”

“하긴 뭐, 한국에서도 야구밖에 모르긴 했지.”

재준이 팝콘 봉지를 내밀자 유영이 옆으로 몸을 이동해 팝콘 봉지 안에 손을 넣었다. 그러자 재준이 짜증을 내며 말했다.

“네가 들고 먹어.”

“왜 짜증이야?”

“가까이 오니까 그렇지. 떨어져 앉아. 더워.”

"춥거든?"

유영이 투정하며 봉지를 받아 들고 재준과 조금 떨어져 앉았다. 그리고 하루 종일 구두를 신어 아픈 발을 까딱까딱거렸다. 재준이 그녀의 새끼발톱에 감긴 반창고를 발견하고 말했다.

"발 아파?"

"응? 아, 새 구두라서 살짝."

"어차피 차에 두면 되는데, 운동화 가져가지 그랬어."

"네가 사준 옷에 운동화는 너무 안 어울려서."

"황진현 없을 때는 운동화 신으면 되잖아."

"걔가 무슨 상관이야?"

"그럼?"

"네가 보잖아."

유영의 말에 재준이 멈칫했다. 유영도 제가 한 말이 좀 이상하게 느껴졌는지, 눈을 여러 번 깜빡였다.

정말로, 진현이 어떻게 보는지는 중요하지 않았다. 그냥 재준의 눈에 자신이 예뻐 보이고 싶었던 것뿐이다. 잠시 침묵이 흐르다가 재준이 겨우 입을 열었다.

"구두 신으면 뭐 다르냐. 똑같지."

"어엄청 다르거든? 다리도 더 길어 보이고."

"구두 안 신고, 귀걸이 안 해도 예뻐. 솔직히 아까 그 옷 입고 있을 때보다 지금이 더 예뻐."

"거짓말."

유영이 핀잔하곤 바로 영화를 켰다.

왜 자꾸 예쁘다는 건지, 점점 재준과 둘이 있는 게 불편해졌다.

심장소리가 들릴 것 같아서, 영화 음량을 마구 올렸다.

그러나 영화가 시작하자마자 등장하는 무서운 장면에 유영은 곧장 놀라서 눈을 감았다.

"너무 용감했나……."

그녀가 혼잣말을 하며 다시 음량을 줄였다.

재준은 말없이 팔짱을 끼고 영화를 보았다. 그는 원래도 겁이 없는 데다가 담력훈련 한다고 별짓을 다해서 공포영화에 아무 감흥이 없었다.

유영은 팝콘을 먹을 정신도 없어 팝콘 봉지를 들어 눈을 가렸다. 그러더니 귀도 막아야겠다고 생각했는지 봉지를 내려놓고 두 손으로 귀를 막고 눈을 감는다.

재준이 그런 유영 쪽으로 고개를 돌렸다.

오늘 결혼식이 다시 떠올랐다. 혹시 제가 없는 사이에 유영이 진현과 결혼이라도 했으면 어쩌나, 생각하니 갑자기 오싹해졌다.

그의 한숨소리를 들은 유영은 재준을 보았다가, 그가 어쩐지 겁에 질린 표정이라 조심스럽게 팔을 잡아주었다.

"너도 무서워?"

"응. 무서워."

그녀가 여기 없을 수도 있다는 생각을 하니 너무 끔찍해서 심장이 벌렁거렸다. 유영을 다시 만나면 자신의 생각보다 덜 좋을 거라고 생각했다. 멀리 떨어져서 한동안 못 봤으니까, 예전처럼 미칠 것 같은 감정은 아닐 거라고 생각했다.

한심하고, 안일한 생각이었다. 재준은 어쩌면 영영 유영을 잃었을지도 모른다는 상상만으로도 숨이 멎는 기분이었다.

한순간도 그녀를 잊어본 적이 없었다. 친구인 박유영이든, 여자인 박유영이든. 재준의 인생에 그녀가 존재한 순간부터 유영은 그의 세상에서 가장 소중한 사람이었고, 그 이후 어떤 사람도 그 자리에 들어오지 못했다.

그래서 반대도 궁금했다. 유영의 마음 속에 진현이 차지한 부분은 얼마만큼인지. 또 자신의 공간은 얼마나 될지. 단 1초만이라도 그녀의 마음속을 들여다볼 수 있다면 좋겠다고 생각했다.

재준이 자신을 뚫어져라 보고 있어서, 유영이 잠깐 영화를 멈추고 그를 마주 보더니 물었다.

"다른 거 볼까?"

"너 보고 싶은 거 봐."

재준이 건성으로 대답하고 그녀의 어깨에 이마를 기댔다. 유영의 눈이 동그래졌다. 어깨에서 무게가 거의 느껴지지 않으니, 유영은 그가 잠을 청하는 것이 아님을 확실하게 알았다.

그는 지금 그저, 유영에게 기대고 있을 뿐이었다.

침묵이 이어졌다. 유영이 다시 영화를 틀고, 클라이맥스였던 영화가 이어지자 유영이 다시 깜짝 놀라 흠칫, 떨었다. 그래도 재준이 기대 있으니 신경 쓰여 영화에 집중이 잘 되지 않았다. 그래서 좀 덜 무서웠다.

영화가 끝나고 두 사람은 오돌뼈에 뜨거운 우동을 먹었다. 영화가 끝나도 무서워서 유영이 오들오들 떨며 말했다.

"왜 하필 저녁도 시뻘건 걸……."

"매운 거 먹고 싶다며."

재준이 핀잔하자 유영이 울상이 되어 고개를 끄덕였다.

"스트레스 풀릴 것 같았단 말이야. 근데 맛있어……."
"그러게. 맛있네."
"넌 무서운 영화도 안 무서워하고, 매운 것도 안 매워하고. 감각기관이 둔한 거 아냐?"
유영이 의아해하며 묻다가 싱크대에서 물 떨어지는 소리에 흠칫 놀라 돌아본다.
"놀래라……."
"가지가지 한다, 너도 참."
재준이 혀를 차더니 한숨을 쉬고 물었다.
"밤샐까?"
"응?"
"나도 내일 스케줄 없고, 너도 내일 쉬니까. 밤새워 영화 볼래? 그러다가 졸려 죽을 것 같으면 자. 무서울 틈도 없이 잠들게."
"아, 그럴래."
유영이 고민도 없이 재빨리 대답하더니 말했다.
"잠깐만, 나 담요만 좀 가져올게."
"담요 있어."
"있어?"
재준이 빨리 들어오라고 손짓해서 유영이 얼른 따라 들어가니 그가 문을 닫고 벽장을 열었다. 그 안에 포근해 보이는 담요 하나가 들어 있었다. 재준이 유영에게 담요를 안겨주며 말했다.
"너 원래 뭐 덮고 있는 거 좋아하잖아. 한여름에도."
그는 유영에 대해 지나치게 많이 알았다.
이번엔 코미디 영화를 틀었다. 유영은 담요를 끌어안고 깔깔 웃었고, 재준도 몇 번 웃음을 터트렸다. 두 번째 영화까지 보고 나니 새벽 두 시였다. 세 번째로는 어릴 때 본 로맨스 영화를 틀었다. 오프닝시퀀스가 지나가는 사이, 유영이 다시 말을 걸었다.

"아까 은해 진짜 예쁘더라. 웨딩드레스가 그렇게 잘 어울릴 줄 몰랐어."

"응."

"아까 바로 결혼식 시작해서 못 물어봤는데."

유영이 타이밍을 놓쳐 내내 말하지 못했던 것을, 이제야 겨우 물었다.

"편지에. 5년 동안 연애하지 말라고 썼어?"

"어."

"근데 연애를 해버렸네……. 아, 근데 어차피 너 5년도 되기 전에 연락 끊어버렸잖아."

그녀의 말에 재준이 대답이 없었다.

새벽 두 시. 지나치게 늦은 밤에, 로맨스 영화를 보려니 좀 부끄러웠다. 게다가 자신이 무서워해서 얼떨결에 같이 잠을 못 자는 재준에게도 미안했다.

"네가 아까 그랬잖아. 황진현이 나한테 자꾸 말 거는 거, 질척거리는 거라고."

"……어."

"네가 나한테 연락 안 한 건, 그니까 딱 그거 반대인 거야? 깔끔하게 정리."

"……."

"……."

재준이 대답이 없어서 유영은 무척 무안해졌다. 긴장감에 어찌 할 바를 모르는 사이, 재준이 중얼거렸다.

"깔끔하게 정리?"

허탈한 실소가 들렸다.

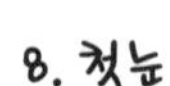

유영이 그를 바라보자 재준이 무심한 표정으로 영화를 보며 말했다.

"박유영. 넌 정리가 안 돼. 아마 평생 안 될 거야."

"……."

"이미 내 세상 어딘가에 네 공간이 만들어져 있어서, 그냥 거기가 네 자리야."

"……."

"그냥. 그런 거야."

유영이 멍하니 재준을 바라보았다. 아무 말도 못하고, 그저 그를 바라볼 뿐이었다.

그의 속이 궁금했다. 어느 날 갑자기 연락을 끊었다가, 어느 날 갑자기 나타난 그의 마음이.

그녀가 자신을 바라보고 있는 걸 느꼈는지, 재준이 유영쪽으로 고개를 돌리고 덤덤하게 말했다.

"황진현한테 전화가 왔었어."

"……전화?"

"너 임용 시험 공부하느라 힘든데, 나 위로해주게 생겼냐고 그러더라."

"……."

"너 아플 때, 너 힘들 때, 너 울 때. 한 번이라도 옆에 있어줄 수 있냐고. 밤늦게까지 공부하고 나서, 집에 가는 너를 데려다줄 수나 있냐고."

"……."

"자긴 할 수 있다고. 그러니까, 너한테 연락하지 말라고 했어."

재준의 말에 유영이 멍하니 그를 바라보았다. 그러다가, 떨리는 목소리로 물었다.

"그래서…… 안 했어?"

"응. 게다가 너도 그때 황진현 좋아했잖아. 내가 방해되는 것 같았어."

그의 말을 듣다 보니, 재준이 지강에게 했던 말이 떠올랐다.

'네가 무슨 짓을 해봐야 결국 남자인 친구는 남자친구 다음이야'라던 말. 유영이 대답이 없자 재준이 말을 이었다.

"그땐 그게 널 위한 건 줄 알았어. 진짜 이기적인 새끼지. 나 혼자 참는 건 줄 알았어. 그때 내가 너무 외로웠으니까 외로움이 세상에서 제일 큰 고통처럼 느껴져서, 내 전화가 널 더 외롭게 만들면 안 된다는 생각만 하다 보니까 그런 멍청한 짓을 했지."

그것도 사실 다 변명이었다. 유영의 곁에 다른 남자가 있다는 사실을 견딜 수 없었다. 지금 이렇게 변명을 하고 있지만, 결국 가장 힘들었던 건 제 질투심이었다.

"열 받지? 때릴래?"

재준이 짓궂게 웃으며 제 뺨을 툭툭 두들기자 유영이 한숨을 푹 쉬고 말했다.

"애들 중에 꼭 있어. 내가 혼내려고 하면 주눅 든 표정 지으면서, 그러게요, 제가 세상에서 제일 나쁜 놈이에요. 어떻게 그런 짓을 할 수가 있지……. 이러면서 자기 혼자 반성하는 애들. 아, 도대체가 내가 화를 낼 타이밍을 안 줘."

"다 노하우지."

그를 정말 많이 원망했었지만, 유영은 정말로 재준에게 더 이상 화를 낼 수가 없었다.

스물네 살의 재준은 정말로 열악한 상황에 놓여 있었다. 미래는 불투명하고, 그의 아버지는 고등학교를 갓 졸업한 아들의 뒷바라지를 위해 직장을 그만두고 함께 미국에 와 있었고, 그의 어머니는 한국에서 일을 했다.

그런데도 성적이 나지 않으니까. 평생 기대주였던 그는 다른 어떤 곳에 힘들다는 말도 못하고 그저 상황을 견뎠다.

그러다가 겨우 힘들단 말을 할 수 있었던 유일한 대상인 유영마저 제 스스로 끊어버렸으니. 재준은 아마 무척 힘든 시간을 보냈을 거라고.

그녀가 쿠션을 끌어안고 말했다.

"음. 연락 끊은 건 이제…… 슬슬 용서해줄까 봐. 나름 충분히 부려먹은 것 같고."

"진짜? 이야, 마음이 넓네. 별로 한 것도 없는데."

두 사람은 여전히 죽이 잘 맞아서, 그렇게 말해놓고 서로 아이들처럼 웃었다. 그리고 그들은 다시 한동안 말이 없었다. 그러다가 아침마다 늦어도 일곱 시에는 일어나는 유영이 하품을 하자 재준이 먼저 일어섰다.

"가서 자자, 박유영."

"으응."

재준이 유영의 손을 부드럽게 잡아 일으켰다.

그의 집을 나와 맞은편 유영의 방에 도착했을 때, 유영이 재준을 향해 팔을 뻗었다. 뭘 하려는 건가 몸을 숙여보니 그녀가 재준의 목을 꼭 끌어안아주었다. 이번엔 꼭 그녀가 누나 같았다.

"외로웠겠다."

"……."

"그래도 다 이겨낸 거니까. 넌 정말 대단해."

그녀의 말에 재준은 몸이 그대로 녹아버리는 기분이 들었다.

그때는, 한번 한국에 가면 그냥 여기 눌러앉을까 싶은 생각을 수만 번씩 했다. 연봉이 훌쩍 높아진 지금도 그러니 그때는 말할 것도 없었다. 집도 음식도 사람도 그리웠다.

유영이 그를 놓고 손을 흔들었다.

"잘 자."

"난 그 말이 좋아."

"응?"

"네가 대단하다고 해주는 게 좋아. 그럴 때마다 내가 맞게 가고 있나 보다, 하고 안심이 돼."

"……."

"응. 너도 잘 자, 유영아."

재준이 다정히 인사하고, 돌아서서 제 집으로 향했다.

방에 들어가자마자 재준이 소파로 걸어가 풀썩 누웠다. 내일 스케줄이 없다는 건 완전히 거짓말이었다. 재준이 내일 잡지 촬영을 위해 미리 받은 질문을 확인하기 위해 휴대폰을 켰다. 그러나 너무 피곤했던 탓에 제 몸은 침대로 가져가지도 못하고 그 자리에서 잠이 들었다.

* * *

다음 날 아침 눈을 뜬 유영이 멍한 얼굴로 침대에서 내려섰다.

전날 무슨 일이 있었던 건가, 어지러웠다. 계속 심장이 이리저리 튀고 있는 기분이라 멀미가 날 것 같았다.

꼭 첫사랑을 하던 그때 같았다. 두 손으로 심장이 있는 곳을 꾹 눌러봤지만 좀처럼 이 감정이 가라앉질 않았다.

한동안 재준을 TV로만 보았다. 그는 유난히 안 웃는 투수 중 하나였다. 마운드 위에서 거의 표정 변화가 없었다. 홈런을 맞아도 혀 한 번 차고 끝이었고, 이겨도 대단히 좋아하는 것 같지 않았다.

그래서 무슨 생각을 하는지 가끔 궁금해질 때가 있었는데. 여느 때와 다름없는 무심한 얼굴로, 그가 제 안에 있는 유영의 공간에 대해 말했을 때.

유영은 그가 연락을 끊음으로서 입었던 상처가 보드랍게 가라앉는 것을 느꼈다.

저에게 그가 소중한 만큼 그에게는 제가 소중하지 않아서 생긴 상처였으니까. 그의 안에 언제나 제 자리가 있어왔다는 사실로 치료가 되는 것은 당연한 일이었다.

그녀가 온갖 생각들에 빠져 있는데 맞은편에서 문 열리는 소리가 들렸다. 유영이 궁금해서 문을 살짝 열어보니 재준이 구겨 신고 나온 운동화를 바로 신고 있었다. 유영이 눈이 동그래져서 물었다.

"너 오늘 스케줄 없다며?"

"그렇게 무서워하는 애를 어떻게 혼자 두냐."

재준이 유영을 보지도 않고 건성으로 대답하더니 두 손을 점퍼 주머니에 넣었다.

"다녀올게."

그가 말하고 계단을 걸어 내려갔다.

유영은 왠지 부끄러운 기분이 들어 얼른 문을 닫고 집 안으로 들어왔다. 겨우 가라앉혔던 마음이, 무중력 상태로 들어온 것처럼 자꾸만 둥둥 떠오른다.

* * *

주말 사이에 급격히 날이 추워졌다. 화요일 아침은 영하까지 떨어졌다.

급식시간에 점심을 먹고, 유영은 선아와 둘이 학교 바로 앞에 있는 작은 커피 가게로 향했다. 휘핑을 듬뿍 올린 커피를 사들고 다시 학교로 돌아가는 길이 너무 추워서 두 사람은 달달 떨며 서로 딱 달라붙어 운동장을 가로질렀다.

"아무튼 그래서 갑자기 연락을 끊었던 거래."

"전 남자친구 때문에? 아니, 그래도 말은 해줬어야지."

"내 말이. 하여튼 운동만 해서 뭘 모른다니까."

"근데 솔직히 그런 이유면, 연락 끊는 이유를 설명하기가 힘들 것 같긴 해. 여자 사람 친구한테 너랑 썸타는 남자 때문에 너한테 연락 못 하겠어, 이렇게 말하는 거 좀 어렵잖아."

"듣고 보니 그런 것 같기도 하고……."

"그보다, 아무래도 아직 유영 쌤한테 마음 있는 거 같지?"

"그건 아닐걸. 어릴 때도 걔는 너무 인기인이었고, 지금은 그때보다도 더 인기가 많은데."

"인기 진짜 많더라. 잡지에도 맨날 나오던데? 한국인이 제일 사랑하는 스포츠 선수."

"내 말이요. 어떻게 점점 더 멀어져, 그 자식은."

그러자 선아가 잠시 추위를 잊은 듯, 사랑스러운 눈빛으로 말했다.

"그래도 있지. 멀리서 사랑하는 거랑, 가까이서 사랑하는 건 다르잖아. 가까이 있으면 결점도 보이고 충돌하는 부분도 있는데, 멀리서 사랑하는 건 그런 부분을 다 못 보는 상태인 거잖아? 그러니까 신재준 선수가 아무리 인기가 있어도 그게 가까이에서 사랑하는 것과는 완전 다른 얘기다, 이 말이지."

"와, 선아 쌤 멋있어……."

유영이 감동한 표정을 짓자 선아가 별것 아니라는 듯 새침한 표정을 짓는다. 유영이 그 표정이 귀여워 까르륵 웃더니 말했다.

“근데 있지, 나 벌써 한 번 차였어. 열여덟 살 때.”

“진짜? 용감하다. 쌤이 먼저 고백했어?”

“응. 그땐 진짜 용감했지……. 친구가 계속 질질 끌면 화낼 거라고 해서 무섭기도 했고……. 아, 너무 춥다. 뛰고 싶어.”

“나도……. 우리 반 애들한텐 체육 시간 말고는 뛰지 말라고 했으니까 뛰지도 못하겠어.”

“맞아. 말해봤자 애들은 듣지도 않고 다 뛰어다니는데. 맨날 넘어지고 부딪치고 말이야. 하여튼 몸만 컸어요.”

“내 말이.”

둘이 투덜투덜거리며 교무실로 들어섰다.

학교가 끝나 퇴근하고도 내내 재준의 생각만 나서, 횡단보도 신호를 놓쳐 한 번 더 기다리거나, 열려 있는 가게 문에 충돌할 위기를 가까스로 넘겼다.

내일이 개교기념일이라, 오늘 본가에 가서 하루 자고 오기로 해서 다행이었다. 평소처럼 제 집인 301호에 있었으면 맞은편에 사는 남자 때문에 집에서도 실수 연발이었을 것이다. 유영은 추위에 달달 떨며 버스를 타고 바로 집으로 향했다.

서울을 대각선으로 올라와 집 근처에 도착한 유영이 버스에서 내렸다. 다시 횡단보도를 건너려고 기다리는데, 운 나쁘게도 맞은편에 진현이 있었다. 하기야 진현은 이 동네에 있는 회사를 다니니 마주칠 법도 했다.

유영이 그와 눈도 마주치기 싫어서 바닥을 보다가, 신호가 바뀌자마자 앞으로 걸었다. 그런데 중간쯤에서 만난 진현이 몸을 돌려 그녀를 따라 걸으며 물었다.

"집에 가?"

"……."

"난 그냥 커피 사러 가는 중이었어."

회사에 있다가 잠깐 나왔는지 그는 정장에 구두 차림이었다.

유영이 대답 없이 계속 걷자 진현이 횡단보도를 다 건너서 그녀의 팔을 붙잡았다.

"유영아."

그제야 유영이 진현을 보았다.

진현이 늘 감돌던 장난기가 사라진 눈으로 유영을 바라보았다.

그는 지금까지, 자신이 좀 유치한 사람이라고 생각했었다. 상황이 그랬다. 집도 유복했고, 얼굴도 반반했고, 운동도 잘했다.

야구는 프로가 될 정도로 잘하진 않았으니까, 포기할 때 그리 힘들지 않았다. 그런 것처럼, 유영을 놓치는 것도 아무렇지 않을 거라고 생각했다.

그런데 그게 아니었다. 스물여덟 살이 끝나가도록 야구에 미련이 남았던 것처럼, 죽을 때까지 유영에게 미련이 남을 지도 모르겠다는 생각을 했다.

진현이 씁쓸하게 중얼거렸다.

"별로 예쁘지도 않은 게. 더럽게 어려웠어, 너."

언제 그녀에게 반했었는지, 기억해보려 해도 정확한 순간이 떠오르지 않았다. 그냥 언젠가부터 그녀만 보면 견딜 수 없이 기뻐졌었다.

유영이 그의 손을 뿌리치고, 제 집으로 빠르게 걸음을 옮겼다. 다행히 진현은 더 이상 그녀를 붙잡지 않았다.

욕설을 퍼붓고 싶은 걸 꾹 참고 걷던 유영은 집으로 꺾어져 들어가는 골목 입구에서 재준과 마주쳤다.

"너 왜 여기 있어?"

유영이 의아해하며 묻자 재준이 되물었다.

"너 표정 왜 그래?"

"오다가 횡단보도 앞에서 황진현 만났어."

"……."

"그냥 가면 될 걸, 그 자식이 뭐라고 했는지 알아? 나보고 예쁘지도 않은 게, 래. 치졸한 자식……."

재준은 그녀가 화내는 것을 들으며, 지금에 와서야 진현이 툭하면 자신에게 하던 말을 떠올렸다.

'박유영은 예쁘지도 않은 게. 이상하게 자꾸 보여. 내가 걷다 보면 그 애가 있다? 운동장에서도 있잖아, 하필 내가 운동장 쪽을 보는 타이밍에 걔가 지나가고. 떡볶이를 먹으러 떡볶이집에 가는 날은 꼭 그 애가 친구들이랑 거기서 웃고 있어. 그러니까…… 그 애한테 좀, 그만 돌아다니라고 해.'

재준이 잠시 눈을 감았다.

자꾸 보이는 게 아니라, 그 녀석이 유영을 찾으러 다녔던 거다. 예쁘지도 않은 게 자꾸 보이는 게 아니라, 그의 눈에는 박유영밖에 안 보여서. 그녀가 예쁘든지 예쁘지 않든지, 상관이 없었던 거다.

그걸 그때 알았어야 했는데. 그의 그 마음이 얼마나 간절한지를 너무 나중에야 알았다.

그날 기억을 떠올리니 그날의 후회도 같이 들었다. 재준은 이제 어떤 마음도 감출 생각이 없었다. 제가 마음을 감추는 것이, 유영을 위하는 일이 되었던 적은 단 한 번도 없었으니까.

유영이 생각에 잠겨 말이 없는 재준을 흔들었다.

"야, 내 말 듣고 있어?"

"네가 전에 그랬잖아. 황진현이 뭐라고 했다고. 너랑 내가 애초에 친구가 되면 안 됐다고 그랬잖아. 그거, 무슨 얘기였어?"

"너 왜 이렇게 쓸데없이 기억력이 좋아?"

"무슨 얘기였어."

"몰라. 맨날 넌 미국으로 가서 잘나갈 거니까, 한국에 쭉 있을 자기가 나랑 친구로 더 잘 맞을 거랬어."

"……."

"지겨워도 자기 얼굴을 더 많이 보게 될 거라고."

진현은 그 사실을 너무나 잘 알고 있었다. 유영의 옆에 있을 수 있다는 것이 특권이라는 것을.

유영이 집으로 걸음을 옮기며 재준에게 물었다.

"근데 넌 진짜 여기서 뭐 해?"

"너 기다려."

"날 왜?"

그녀가 말하면서 계속 걸음을 옮겨서, 재준이 유영의 손목을 잡아 멈추게 하고 제 쪽을 보게 몸을 돌렸다. 그가 입을 열었다.

"너 아직 남자친구랑 헤어진 지 얼마 안 됐으니까. 마음의 준비 안 됐을 것 같아서 나중에 얘기하려고 했는데."

"얼마 안 되긴? 됐어. 무슨 얘기? 누구 소개라도 해주려고?"

유영이 대수롭지 않게 묻자 재준이 고개를 저었다.

오늘 길에는 붉은 단풍이 한가득 떨어져 있었다. '겨울'이라는 말을 모처럼 꺼낼 수 있는 날씨였다.

재준이 바람이 멈춘 순간처럼, 더없이 침착한 목소리로 물었다.

"나는 어때?"

"응?"

유영이 그를 바라보자 재준이 말을 이었다.

"소개해줄 것도 없이 말이야. 나는 어떠냐고."

"갑자기 무슨 소리야?"

유영이 전혀 이해를 못했는지 고개를 갸우뚱했다. 그러자 재준이 대답했다.

"갑자기 아니야. 나 너 때문에 돌아온 거야."

"어?"

"나는 아직도 널 좋아한다고. 그 말, 한 번만 더 해보려고. 그래서 온 거야."

그의 말에 놀란 유영은 눈만 동그랗게 뜰 뿐 아무 대답도 하지 못했다. 그러자 재준이 그녀의 긴장을 풀어주려 미소를 살짝 지으며 말했다.

"내가 뭐 당장 사귀자고 하는 것도 아닌데 표정이 왜 그래."

"아니, 그게……."

그의 편지를 받지 못했다는 걸 알고 나서도, 유영은 재준에 대해 별다른 생각을 하지 못했다.

그와 재회한 이후의 시간들은 화해하는 과정이었고, 비어버린 5년의 우정을 다시금 채우는 과정이었다고 생각했다.

세상이 바뀌어도, 그가 첫사랑이었다는 사실은 변하지 않을 것이다. 다시 만난 그에게 자꾸만 두근거리는 것도 부정할 수는 없었다.

유영은 그의 호의가 화해의 과정이라고 생각하면서도, 그 호의 속에서 반짝거리는 그의 눈빛을 완전히 못 본 척할 수도 없었다.

처음 만났던 날부터 알았다. 그가 사랑에 빠지면 어떤 눈빛을 하는지. 저 녀석의 첫사랑은 아마 야구일 거라고, 유영은 생각했다. 그런데 요즘, 그 익숙한 눈빛이 자신에게 향할 때가 있었다.

그래도. 그걸 알아도, 저 녀석과는 친구이면서, 가족이면서, 이웃인 기간이 너무 길어서. 연인. 그 단어만큼은 왠지 어울리지 않았다.

재준이 그녀 가까이로 걸음을 옮겼다. 그러자 유영이 한 걸음 뒤로 물러섰다.

재준이 잡고 있던 그녀의 손목을 가까이로 당겨 더 뒤로 가지 못하게 하고 물었다.

"너는?"

"나, 나?"

"너는 이제, 나 같은 건 관심 없어?"

유영이 얼어서 재준을 멍하니 보았다.

관심을 가지지 않으려고 애썼다. 열여덟 살 이후부터 쭉 그랬다.

신재준이 자신에게 좋아한다는 편지를 썼다는 걸 몰랐다. 모르는 사이에 자신에게 차였던 적이 있는 줄은 더더욱 몰랐다.

긴장감에 입술이 저절로 말랐다. 가뜩이나 건조한 계절인데, 이렇게 바짝 마르고 나니 그 와중에 제 입술이 예쁘지 않을까 봐 걱정이라. 유영이 제 입술 위에 손을 올리자 재준이 허리를 숙여 물었다.

"입술은 왜?"

"말라서."

"너 때문에 입술에 신경 쓰이잖아."

재준이 거리낌 없이 내뱉고는 흠칫 놀란 유영에게 말했다.

"박유영. 이제부터 나 신경 써."

"무슨…… 신경?"

"너 좋아하는 남자가 앞집에 사는 거."

"……."

"그 남자랑 잘될 수도 있다는, 그런 가능성만이라도 열어줘. 친구만은 아니라고, 내키면 사귈 수도 있는 그런 남자로 생각해달라고, 나."

"……."

"나 이 기회 잡고 싶어서 왔어. 네가 다른 남자를 사랑하고 있더라도, 그래도. 그래도 한 번만. 나쁜 수를 써서라도, 어떻게든 네 마음 잡아보려고. 나 사랑해달라고 애원해서라도. 무릎 꿇고 빌어서라도 나 돌아보게 하려고."

그가 정직하게 느껴지는 맑은 두 눈으로 유영을 바라보며 말을 이었다.

"오랜만에 너를 보면 기분이 어떨까 궁금했는데 네 얼굴을 보자마자부터 심장이 터질 것 같았어. 계속, 꿈꾸는 것처럼 가슴이 뛰어. 나에게는 어릴 때도 지금도 너밖에 없어. 세상에서 제일 좋은 게, 너랑 야구랑 딱 둘이야."

그의 투박한 고백은 꾸밈이 느껴지지 않아서, 유영은 마치 고등학생 때로 돌아간 기분이었다.

더없이 잘나가는 녀석. 그런데 사는 내내 야구만 보고 살아서,

한편으론 바보 같을 정도로 정직한 신재준. 그 녀석이 눈앞에서 씨익, 소년처럼 웃는다.

"박유영. 나는 무슨 일이 있어도 네 행복을 위해 최선을 다할 거야. 나만큼 네가 언제 행복한지 잘 아는 남자는 세상에 없을걸."

"……."

"그러니까, 만약에 네가 결혼 생각을 할 때. 그 상대를 상상한다면 그때 내 생각도 해줬으면 해."

재준이 그렇게 제 속을 다 털어놓고, 잡고 있던 유영의 손목을 놓았다. 목덜미까지 붉어진 그가 제 머리칼을 헝클었다.

"아, 젠장. 쿨한 척하면서 말하려고 머릿속으로 한참 정리해놨는데. 황진현 때문에 끝도 없이 구질구질해졌네."

"어디가 구질구질하다는 거야……."

자기도 모르게 말한 유영이 놀라서 두 손으로 제 입을 막았다.

구질구질하기는커녕 너무 놀라서, 가까이에서 말하는 그의 한 마디, 한 마디가 자극적이라 굳어버리는 기분이었다. 그는 바람이 멈춘 것처럼 잔잔하게 말하는데, 그 말들이 가슴속으로 들어와 소용돌이쳤다. 유영의 대답을 어떻게 받아들였는지, 재준이 싱긋 웃으며 말했다.

"아니면 다행이고. 아, 난 간다. 집에 오면 봐."

"가, 가려고? 우리 집에서 밥 안 먹어?"

"벌써 얻어먹었어."

재준이 태연한 척 말했다. 그러나 그의 얼굴이 붉게 달아올라 있어, 이 말을 위해 얼마나 많이 준비했는지를 알 수 있었다.

도망가고 싶은 눈치가 역력한 재준에게 유영이 손을 흔들었다.

"집에서 봐."

"응."

재준이 정신없이 골목을 달려갔다. 그가 눈에 보이지 않게 되고도 한참 동안 팔딱거리는 심장을 달래고 나서야 유영은 제 집으로 들어갔다. 그녀가 들어오자 꽃향기가 물씬 풍겼다.

"다녀왔……. 아."

유영이 현관 옆 선반에 놓인 화병을 보았다. 구두를 벗고 안으로 들어가니 안에도 꽃다발이 있었다. 연진이 흐뭇한 표정으로 말했다.

"재준이가 놓고 갔어. 너 주라고."

"웃기는 자식이네. 나한테 직접 주지."

"부끄러워서 못 주겠대."

"내참. 이상한 짓도 하네."

유영이 마음에도 없는 말을 하며 온갖 꽃을 다양하게 섞어 만든 커다란 꽃다발을 꼭 끌어안고 제 방으로 향했다. 꽃다발을 책상 위에 올려놓고 침대에 풀썩 누웠다. 그리고 눈을 깜빡거리다가 얼굴이 화끈거려 두 손으로 제 얼굴을 감쌌다.

어떤 생각을 해야 하는지 모르겠다. 그가 그렇게 꾸밈없이 말했는데도, 아직도 제가 잘 이해한 게 맞나 의심이 된다.

* * *

다음 날 오후, 본가에서 나와 집으로 향하는 유영의 품에 안긴 크고 화려한 꽃다발이 사람들의 시선을 사로잡았다. 유영이 고개를 푹 숙이고 혼잣말했다.

"하여튼 신재준 이 자식은 적당함을 몰라……."

사람들의 시선에 부끄러워하며 집으로 돌아가, 막 문을 열려다가 캐리어를 챙겨 나오는 재준과 마주쳤다. 유영이 멈칫하고 물었다.

"어디 가?"

"이사."

"이사?"

"아무래도 그렇게 고백해놓고 네 앞집에 사는 건 너한테 너무 부담스러울 것 같아서."

다행히 잘못 들은 게 아니었던 모양이다. 그 이후 재준에게서 말이 없어서, 정말 잘못 들은 게 아닐까 생각했던 것이다.

"호텔 가 있을 거야."

재준의 말에 유영이 고개를 끄덕였다. 그러더니 꽃다발을 내밀며 말했다.

"한 송이 줄까?"

"내가 준 건데?"

"그랬나? 직접 준 게 아니라 느낌이 안 오네."

"비꼬지 마. 나도 민망하니까."

유영이 살짝 웃더니 꽃다발을 살폈다. 그리고 연한 보랏빛이 도는 장미를 한 송이 뽑아 내밀었다.

"선물."

재준이 실소하며 그녀에게서 장미를 받아 들었다. 어제 고백을 했는데, 오늘 장미를 받았다. 그가 한 손으로는 장미를, 다른 손으로는 캐리어를 들고 말했다.

“그럼 기다릴게. 천천히 생각해.”

“응.”

인사를 하고 집 안으로 들어가자마자 유영은 곧바로 선아에게 전화를 걸었다.

-으응, 유영 쌤.

“선아 쌤. 꽃 어떻게 말리는 거였지?”

-무슨 꽃? 아, 주말에 결혼식 갔다고 했지. 그날 부케 받았어?

“아니, 그건 남자친구 있는 애가 받았는데……. 아무튼 이건 신재준이 줬어.”

유영이 부끄러워하며 말하자 선아가 키득거렸다.

-거보라니까.

“아, 아무튼! 말리는 방법이나 알려줘.”

-쌤 지금 집이야? 나 심심한데 만나서 얘기해. 처음부터 끝까지 차근차근. 알겠지? 아, 그리고 나 소개팅도 좀 해주고!

“알았어, 금방 나갈게.”

-응, 빨리 나와!

선아가 재촉했다. 전화를 끊었다. 순식간에 향기가 방 안에 가득 찼다.

유영이 꽃다발을 끌어안고 저도 모르게 웃었다.

* * *

재준은 그렇게 고백을 한 이후, 유영에게 연락을 하지 않았다.

유영은 그가 왜 자신에게 답을 재촉하지 않는지 알고 있었다.

만약 유영이 그를 받아줘서 연애를 시작하더라도, 그는 곧 미국으로 돌아가야 했다. 이런 장거리 연애가 유영에게 힘들 것은 자명했다. 애초에 그녀의 곁에 있어줄 수 없어서 연락을 끊었던 재준에게는 더욱 그랬다.

그의 고백을 받고 일주일이 지나도록 유영 또한 아무 연락도 하지 못했다. 뭘 어떻게 해야 하는지 알 수가 없었다. 그는 분명 자신의 첫사랑이지만 그사이 많은 일들이 있었으니 그와 자신의 관계도 변했다.

제 마음이 어떤지, 유영은 공들여 생각했다. 재준을 만나면 미칠 것처럼 좋았지만, 이 감정이 사랑인지는 알 수 없었다.

왜냐하면 여섯 살에 처음 신재준을 만나던 날에도 이렇게 좋았으니까. 그날도, 그를 알게 되었다는 사실에 너무 행복해서 어쩔 줄을 몰랐으니까. 열여덟 살에도, 지금도, 그를 만나면 행복했다.

오후부터 조금씩 비가 내리기 시작했다.

주말을 맞아서 유영은 다시 집으로 향했다. 이맘때쯤이면 슬슬 재준의 친가에서 재배한 햇생강이 몇 박스씩 배달되었다. 그럼 해선이 그 생강을 가지고 와서 여자 셋이 둘러앉아 수다를 떨며 편강을 만드는 게 연례행사였다.

벌써부터 식탁에 마주 보고 앉아 한참 얘기를 하며 생강을 까고 있는 연진과 해선에게로 향했다. 그리고 가져온 병 여섯 개를 조르르 식탁 위에 올려놓았다.

"짠. 올해는 좀 신경 써서 골랐어요. 병 예쁘죠?"

꽃그림이 그려진 유리병에 해선이 감탄했다.

"어머나, 예쁜 것도 사왔네."

이 여섯 개의 병에 두 가족의 편강을 담아 각자 겨울 내내 두고 먹을 예정이었다. 연진이 껍질을 벗긴 생강을 담은 그릇을 건넸다.

"유영아, 넌 일단 이것 좀 썰어."

유영이 의자에 앉아 꼼꼼하게 생강편을 썰기 시작했다. 그녀의 칼질을 힐끔힐끔 보던 연진이 걱정스럽게 물었다.

"넌 자취하는 애가 어떻게 그렇게 칼질이 안 느니? 밥은 해먹는 거야?"

"아유, 그러엄. 엄청 잘 해먹지."

"솔직하게 말해봐. 최근에 뭐 해먹었어?"

"최근에 그라탕 만들었어. 신재준한테 물어봐. 엄청 만들어서 걔도 나눠줬어."

"그래? 웬일로 네가 그런 고차원적인 요리를."

"내가 또 한다면 하는 사람이지."

유영이 어깨를 으쓱거리자 해선이 핀잔했다.

"그런 거 해줘 버릇하면 버릇 든다?"

"에이, 뭐…… 버릇 들면 가끔 해주죠, 뭐."

그러자 해선이 한숨을 쉬고 연진에게 말했다.

"하여튼 너 닮아서 호구야, 아주. 호구 원, 호구 투."

"남편 닮아서 그래."

"너도 참 양심도 없다. 저렇게 자기랑 똑같이 닮은 애를 낳아 놓고……."

재잘거리며 그 많은 생강을 다 썰고 나서, 물에 담가 매운맛을 빼는 동안 세 사람은 점심식사를 했다. 그리고 소파에 도란도란 앉아 영화를 보기 시작했다.

그러다 해선이 문뜩 생각났는지 영화를 잠깐 정지하고 말했다.

"그보다, 유영아. 재준이가 너한테 꽃다발 줬다며? 그놈이 뭐래? 좋아한대? 결혼하재?"

"이모. 영화 봐요, 영화. 어휴, 이 부모님들은 어떻게 이렇게 비밀이란 게 없을까."

유영이 확 얼굴이 붉어져서 종알거리며 리모컨을 뺏어 다시 영화를 틀었다. 그러나 해선이 계속 구시렁거림을 이어갔다.

"어우, 내가 답답해서 그래! 걔가 널 얼마나 오래전부터 좋아했니. 걔 지갑에 가족사진은 없어도 네 사진은 있는 거 알아?"

"그, 그래요?"

"그래! 좀 부족한 부분이 많은 놈이긴 한데, 돈은 많이 벌잖아. 어떻게, 한번 만나보면……."

해선이 재촉하자 연진이 그녀의 팔을 꽉 잡고 말했다.

"애들끼리 알아서 하라고 하지, 뭘 그렇게 재촉이야?"

"알아서 못 하니까 그렇지. 세상에 둘이 저러고 몇 년이야? 유영이 넌 재준이 한 번도 좋아한 적이 없어?"

해선이 묻자 연진이 무심코 대꾸했다.

"없긴, 유영이가 더 먼저 좋아한다고 했다가 차였잖아."

"아, 엄마!"

유영이 화들짝 놀라 소리쳤지만 이미 늦어서, 해선이 얼굴이 싹 굳어 물었다.

"시, 신재준이 뭘 해? 그 자식이 널 차?"

"아유, 옛날에요, 옛날에. 십 년 전에."

"아, 세상에. 이 자식이 진짜. 그러고 자기 맘대로 연락을 끊어?"
해선이 울컥해서 당장 한소리 하려고 휴대폰을 집어 들자 매사에 침착한 연진이 그녀의 등을 쓰다듬으며 열을 가라앉혔다.
"십 년 전인데 뭘."
"유영이가 집 와서 얘기했어?"
"애가 집에 와서 하도 울어서 물어보니까 재준이한테 차였다잖아. 그래서 알았지."
그때 때마침 재준에게서 전화가 걸려왔다. 휴대폰에 뜬 그의 이름을 보자마자 긴장감에 심장부터 뛰었다. 유영이 애써 태연하게 말했다.
"아, 신재준 양반은 못 되네."
그러면서 후다닥 제 방으로 들어가 문을 닫고 전화를 받았다.
"으응."
-뭐 해?
"이모가 얘기 안 했나? 집에서 편강 만드는데."
-아, 오늘이 그날이구나. 있잖아, 오늘은 계속 비가 온다더라.
"그렇다지? 나도 봤어."
-밤에 많이 추워지면 눈이 될 수도 있대.
그렇구나. 유영이 생각하며 창밖을 보았다. 눈이 올지도 모른다고 생각하니 저절로 미소가 지어졌다.
"지금 이미 엄청 추운데."
-저녁 같이 먹을래?
"어?"
-데이트하자, 나랑.

"데, 데이트?"

그 세 글자에 심장이 덜컥 내려앉았다. 이상하게도, 전화로 그의 목소리를 들으니 마주 보고 있을 때보다 더 떨렸다.

-비가 오면 술을 마시고, 눈이 오면 아무것도 하지 말고 그냥 같이 있자.

"……."

-재촉하는 거 아니야. 네 마음은 어떤지 알 시간이 필요하잖아. 게다가 난 곧 미국으로 갈 거고, 넌 한국에 있을 테니까. 생각할 거 많고, 대답하기 어려운 거 알아. 내 마음에 답해달라고 조르지 않을게. 그냥…… 친구라고 생각하고 같이 있자, 나랑.

"어디서 볼 건데?"

-너희 집 앞으로 데리러 갈게.

"으응. 천천히 와."

-알았어.

유영이 전화를 끊고 방에서 나오자 해선이 물었다.

"재준이가 뭐래? 집에 좀 들어온대?"

"아뇨, 그냥…… 같이 저녁 먹자고 전화했대요. 금방 집으로 온다는데, 오면 일 시킬까요?"

그러자 연진이 영화를 끄고 말했다.

"시키긴 뭘 시켜, 이제 별로 힘든 일도 없어. 생강 까고 써는 게 힘들지. 빨리 옷이나 고르자. 둘이 데이트하는데 옷 좀 차려입어야지."

그녀의 재촉에 해선이 혼잣말하듯 말했다.

"유영이 아무것도 안 해도 예쁜데 무슨."

"또 딸 데이트할 때 옷 골라주고 이런 게 묘미지."
"어유, 잘났다. 딸 있다고 유세 부리는 거 봐."
해선이 울컥해서 말하자 연진이 배시시 웃었다.
"또 내가 언제 유세를 부렸다고 그래? 같이 고르자, 이거지."
"……그래도 돼?"
"패션이야 의견이 많으면 많을수록 좋은 거 아냐? 유영아, 뭐 입을 거야?"
그러자 유영이 제 방으로 향하며 말했다.
"일단 앉아 있어봐요, 내가 갈아입고 나올 테니까."
그녀가 들어가서 옷을 갈아입는 사이 해선이 울 것 같은 얼굴로 연진에게 말했다.
"나 진짜 이런 거 해보고 싶었어……."
"이 짓도 아침마다 해봐. 귀찮아."
둘이 이야기하는 사이 유영이 무릎까지 오는 흰색 니트 원피스를 입고 나오자 해선이 말했다.
"목걸이 해야 돼, 목걸이."
그러자 옆에서 연진이 물었다.
"근데 너 예전에 그놈이 준 거 말고 목걸이 있어?"
"아……. 그러고 보니까 없네."
유영이 말하자 해선이 투덜거렸다.
"어우, 아주 잘 헤어졌어. 그 쓰레기 같은 놈."
"그래. 어떻게 봐도 재준이가 훨씬 낫지."
연진이 맞장구치자 해선이 유영에게 잔소리했다.
"재준이 받아줄 거여도 한참 뒤에 받아줘. 먼저 연락이나 끊고 말이야. 무심한 놈."

"그랬다가 진짜 마음 바뀌면 어떡해요."

유영이 눈으론 딴청하며 말하자 해선이 어처구니없어 하며 대답했다.

"그 자식이 퍽이나 바뀌겠다, 평생 너밖에 모르는 놈인데. 그보다 다른 것도 좀 입어봐. 재준인 그냥 좀 기다리라고 해."

한참 옷을 고르고 골라서 겨우 데이트 복장으로 밖을 나서니 재준이 기다리다 지쳤는지 운전석에 앉아 잠들어 있었다.

그런 그를 보니 다시금 재준의 고백이 떠올랐다.

그는 지금 어떤 마음인 건지, 문득 궁금했다. 겉으로 보기엔 제 대답을 기다리는 일이 아무렇지도 않아 보이는데, 속도 그럴지.

유영이 창문을 두드리자 재준이 고개를 들었다. 그가 문을 열고 내리며 말했다.

"뭐가 그렇게 오래 걸려?"

"옷 고르느라고."

"보나마나 우리 엄마가 신나서 옷 고른다고 붙잡았겠네."

재준이 짐작하며 차 문을 열어주어, 조수석에 앉은 유영은 재준이 운전석에 앉자마자 립스틱 두 개를 내밀며 물었다.

"이모가 이건 너한테 물어보래. 봐봐, 어느 거 바를까?"

친구도 연인도 아닌 남자는 그녀의 말을 듣고 매우 심각한 표정으로 두 색을 살피기 시작했다. 하나는 오렌지색이 섞인 진한 색이고, 다른 하나는 핑크색에 가까웠다.

재준이 의외로 너무 신중하게 고민하자 웃음이 터진 유영이 물었다.

"뭘 그렇게 오래 고민해?"

"둘 다 보고 싶은데. 하나만 골라야 돼?"

"야, 내가 너 보여주려고 바르는 줄 알아?"

"응. 나 보여주려고 바르는 거잖아."

그건 그렇다. 유영이 입술을 삐죽거리더니 제 손등에 두 색을 조금씩 발랐다. 재준이 그녀의 손을 잡아당기고 한참을 본다. 그런 그의 행동에 유영의 얼굴이 화끈거리기 시작할 즈음에야 유영이 핑크색을 골랐다.

"오늘은 이거. 첫눈이랑 어울려."

"그치? 나도 그런 것 같아."

유영이 고개를 끄덕이더니 립스틱을 바르기 시작했다. 재준이 운전대에 엎드리듯 기대어 그런 유영을 바라보았다.

금방 립스틱을 바른 유영이 입술을 오므렸다가 바로 하고 재준에게 물었다.

"어때?"

"사랑스러워."

재준의 솔직한 대답에 유영이 흠칫 놀라 핀잔했다.

"친구라고 생각하고 같이 있으래놓고."

"친구여도 사랑스러운 걸 어떡해. 그럼 예쁜 걸 못생겼다 그러냐?"

유영이 울상을 지었다. 이 녀석, 속인 거다. 자신이 메이저리그에 가고 나면 혼자 남을 유영이 걱정인 것도 사실이었지만 그렇다고 해서 그녀를 놓칠 생각은 더더욱 없다는 걸, 유영도 조금씩 눈치채고 있었다.

유영이 창밖으로 고개를 돌리며 투정했다.

"점점 속을 모르겠다니까."

그러자 재준이 시동을 걸며 물었다.

"내가 뭘?"

"연락 없이 잘 있는 것 같아서, 나만 신경 쓰는 것처럼 만들더니."

그러자 재준이 소리내어 웃었다.

"그럴 리가 있어? 불안해도 내가 더 불안하지. 내가 너 좋아한다는 거 다 들었는데, 네가 불안할 게 뭐가 있어. 내 말이 다 전달이 안 됐어?"

"그게 아니라……."

재준이 의자 뒤로 기대더니 유영을 가만히 바라보며 다시 입을 열었다.

"아니면 너한테 매일 내가 얼마나 미칠 것 같은지 일일이 보고할까? 매일 휴대폰 확인하고, 밥 먹는 것도 잊어버리고. 그거 일일이 너한테 얘기해주면 내 기분을 알겠어?"

"……내가 뭐, 좀 쓸데없는 소릴 했네."

"박유영."

"응?"

그녀가 고개를 들고 재준과 눈을 마주치자, 그가 수줍음을 많이 타는 소년 같은 눈빛으로 말했다.

"나 진심이야."

"……."

"아, 오늘 눈이 왔으면 좋겠다. 너랑 마지막으로 첫눈 본 게 너무 예전이라."

혹시나 그녀의 마음 속 대답이 거절이라도 할까 봐, 유영의 당황한 얼굴을 마주 보는 게 불안하고 힘들어 재준이 말을 돌렸다.

첫눈을 기다리는 그의 말에 유영은 너무도 선명한 기억을 떠올렸다. 그와 첫눈을 기다리던 기억.

"야, 신재준. 여기서 뭐 해?"

아마 수능 직전이었던 것 같다. 며칠 뒤에 미국으로 떠날 재준이 학교 앞에 있었다.

다들 교복을 입고 있는데, 그 녀석 혼자 사복 차림이어서, 꼭 혼자 어른이 된 것만 같은 기분이 들었다.

재준이 턱짓했다.

"집에 데려다주려고."

"갑자기 왜?"

"수능 얼마 안 남았잖아. 낙엽만 떨어져도 피해야 하는 시기라고."

재준이 태연하게 말했다. 그가 점퍼 주머니에 손을 넣고 말했다.

"빨리 가자."

"응. 가야지, 계약금 2백만 달러짜리신데."

"놀리지 마."

재준이 투덜거리자 유영이 까르륵 웃었다. 그는 메이저리그의 한 구단과 185만 달러에 계약을 했는데, 그와 동시에 모든 신문에 깔끔하게 올림해서 '2백만 달러 고교생', '메이저리거와 2백만 달러', '2백만 달러의 꽃길', 아무튼 그 2백만 달러라는 말이 안 들어간 기사가 없었다. 그 덕에 재준은 2백만 달러라는 말만 들어도 치를 떨었다.

"부담스럽겠다. 기사가 많이 나서."

"왜 부담스러워?"

"관심이 지나치잖아."

"그게 뭐가 부담스러워. 모르는 사람들인데. 내가 경기에서 지는 게 부담스럽지."

재준이 중얼거렸다. 녀석은 대범하다고 해야 하나, 어떨 때 보면 기계 같을 정도로 무감정하고, 겁이 없었다. 집 방향으로 가다가 재준이 멈춰 섰다.

"박유영, 우리 공원 좀 잠깐 가자."

"갑자기 웬 공원?"

그가 시계를 보더니 유영의 팔을 잡아채서 빠르게 걷기 시작했다. 유영은 이 추운 날 웬 공원인가 고개를 갸우뚱했다.

학교에서 그리 멀지 않은 공원에 도착해서, 재준은 카페로 들어가 따듯한 아메리카노 한 잔과 코코아 한 잔을 샀다. 그리고 커피는 유영에게 내밀었다.

"마시고 잠깨서 공부해, 박유영. 자지 말고."

"고마워서 아주 눈물이 난다. 너까지 잔소리야?"

"야, 우리 엄마는 내 메이저리그보다 네 수능에 더 관심이 많거든? 누가 학부모 아니랄까 봐. 아마 너 수능 보는 날도 따라갈걸."

"응. 안 그래도 엄마랑 이모랑 같이 와서 나 수능 보는 동안 같이 있을 거래. 엄마가 너무 초조해해서."

"거봐. 아들이 낯선 나라에 가는 건 걱정도 안 되나 봐."

"넌 어디 가도 잘 살고 연락 잘 안 할 것 같아."

유영의 말에 재준은 표정을 찌푸렸지만, 틀린 말 하나도 없다고 생각했는지 곧 어깨를 으쓱였다.

추운 날씨 덕에 금방 마실 수 있을 정도로 식은 아메리카노를 한 모금 마신 유영이 물었다.

"근데 진짜 공원은 왜?"

"야, 내가 시작 하면 숫자 세봐. 열까지."

"열?"

"시작."

"하나, 둘, 셋……."

뭐 하자는 건가, 유영이 의문 가득한 표정으로 숫자를 셌다.

"아홉, 열. 아!"

그리고 그녀가 열을 세는 동시에 공원 전체에 장식되어 있는 크리스마스 조명에 불이 들어왔다.

유영이 깜짝 놀라서 두리번거리자 재준이 말했다.

"여기 관리실 아저씨가 오늘 여섯 시 반부터 공원에 불 켤 거라고 하셨거든."

"우와!"

재준의 예상 이상으로 신이 난 유영이 감격해 어쩔 줄을 몰랐다. 공원 한가운데 있는 정자에 빙 둘러진 전구는 파스텔 톤의 알록달록한 불빛으로 은은하게 빛났고, 나무마다 금을 뿌려 놓은 것 같은 조명이 밝게 빛났다.

한참 말없이 조명을 바라보던 유영이 재준에게 말했다.

"너 가기 전에 눈 왔으면 좋겠어."

"첫눈?"
"응. 첫눈 보고 가면 좋을 것 같아서."

그렇게 말했지만, 결국 첫눈은 재준이 떠나고서야 내렸다. 재준이 모는 차는 그가 예약해둔 레스토랑에서 멈췄다. 데이트하는 커플로 가득한 레스토랑에서 식사를 한 후, 재준이 운전석에 앉아 말했다.
"비도 눈도 안 오네."
"그러게. 일기예보가 틀렸나 봐."
"그럼 우리 학교 가자."
"어느 학교?"
"네가 지금 근무 중인 학교."
"뭐어? 가서 뭐 하게?"
"야구부 가서 맛있는 거 사주고 네 말도 잘 들으라고 하게."
"야, 그게…… 근데 애들이 엄청 좋아하겠지?"
"당연하지."
"으음……. 그래. 가자."
유영이 결심한 듯 대답했다. 학교로 가는 사이, 길에 고등학교 교복을 입은 아이들이 보이자 유영이 한숨을 쉬었다.
"우리 애들도 좀 있으면 저렇게 늦게 집에 가겠지? 야자도 하고. 아직 진짜 어린애들인데……."
그녀의 걱정에 재준이 못 견디고 소리 내어 웃음을 터트렸다.
"와, 진짜 누가 선생님 아니랄까 봐."
"야자 하는 거 보니까 걱정된단 말이야."

"어련히 알아서 잘 하겠지."

"세상 사람들이 다 너처럼 자기 일만 열심히 하지 않잖아."

"나만큼 어떻게 해."

재준이 당연하다는 듯이 말하자, 유영이 그를 신기하다는 듯이 보았다.

그는 저런 말을 해도, 아무도 이상하게 생각하지 않을 것이다. 당연한 일이었다. 그는 한국에서 제일 야구를 잘하는 남자니까.

그런 그를 보니 부러워졌다. 어릴 때부터 하고 싶은 건 정해져 있었고, 모든 면에서 타고났다.

유영의 학교는 밤이면 운동장을 개방하기 때문에 산책 중인 사람들이 많이 보였다. 유영이 운동장을 걸으며 말했다.

"난 있잖아. 은퇴하기 전까지 딱 한 명만이라도 내 덕에 인생이 나아졌으면 좋겠어."

"으음."

"근데 있잖아. 가끔은 내가 막 아무렇게나 애들을 가르치고 있다는 기분이 드는 거야. 세상이 이렇게 엉망진창인데, 착하게 살라고 가르치기도, 정직하게 살라고 가르치기도 미안해. 가끔은 어떻게 해야 할지를 모르겠어."

"……."

"난 아직 세상을 조금도 나아지게 해놓지 못했는데 어떡하나, 자꾸만 초조해져. 되게 어린애 같지 않아? 내가 뭔가, 대단한 일을 할 수 있을 거라고 아직도 믿고 있다는 게."

"스물여덟 살에 '아직도'라고 말하면 사람들이 싫어할걸?"

재준이 유쾌하게 말하더니 유영의 손을 가볍게 붙잡았다.

"너 진짜 프로다. 난 그런 생각 안 하는데."

"야, 야. 학교."

유영이 당황하며 손을 빼자 그가 짓궂게 물었다.

"학교 아니면 잡아도 돼?"

"아, 안 돼. 아무 데서도 안 돼."

그녀가 당황해하는 게 재미있는지, 재준이 유쾌하게 웃더니 체육관을 턱짓했다.

"들어가자. 후배들 만나러."

"만나서 뭐 하게?"

"인사?"

재준이 어깨를 으쓱이자 유영이 아이처럼 웃었다.

두 사람이 야간훈련 중인 야구장으로 들어섰다. 유영이 먼저 들어서서 코치에게 허락을 구하자, 야구부 아이들은 저 선생님이 왜 왔나 의아해하며 꾸벅 인사만 했다. 코치가 허락한 후 신재준이 이어 들어왔다.

"으아아악!"

그를 보자마자 화들짝 놀란 한 녀석이 소리를 질렀다. 저 멀리서부터 지강이 정신없이 달려와 90도로 인사했다.

"안녕하세요, 선배님!"

"어, 가출 청소년."

"뭐라고 부르셔도 전 좋습니다! 절 기억해주시는 게 어딘데요!"

지강이 신나서 대답했다. 순식간에 아이들로 둘러싸이자 유영이 물었다.

"나 무슨 과목 가르치게?"

"영어요!"

유영보다 작은 녀석이 하나도 없는데, 유치원생들처럼 손까지 들고 대답했다.

"나 재네가 저렇게 대답 잘 해주는 거 처음 봐. 너 있어서 그런가 봐."

그렇게 일러놓곤 금방 아이처럼 웃는다. 그녀의 웃음이 낯설 정도로 생기가 넘쳤다. 저렇게 많이, 학교가 좋은 모양이었다.

재준이 인원수만큼의 피자를 주문하고, 피자가 올 때까지 아이들에게 공 던지는 모습을 보여주었다. 아이들 모두 세상에서 제일 신기한 것을 보는 것처럼 재준을 바라보며 그가 덧붙이는 집중했다. 뒤에서 그 모습을 바라보던 유영이 코치에게 말했다.

"수업 시간에 한 명이라도 저렇게 듣고 있으면 수업할 맛 나겠어요."

"어쩌겠습니까, 신재준 선순데. 와, 저도 실제로는 처음 봤는데, 어깨 장난 아니네요."

유영보다 일곱 살이 많은 코치 역시 눈이 초롱초롱해서 재준을 보고 있었다. 유영이 흐뭇한 표정을 지었다. 재준이 저렇게 주변 사람들을 즐겁게 해줄 수 있는 사람이라는 사실이 왠지 행복했다.

피자가 도착했는데도, 그 먹을 것 좋아하는 녀석들이 피자보다 재준에게 더 관심이 많았다. 피자를 들고 와서까지 재준에게 질문을 퍼부었다.

유영은 동작을 가르쳐주며 설명하는 재준을 가만히 바라보았다. 유영의 기를 세워주겠다고 온 걸 텐데, 아이들의 호응에 정작 본인이 더 신이 났다.

그런 그를 보며 유영은 자꾸만 웃었다. 그 녀석이 너무 좋아서, 자꾸만 웃음이 난다.

친구로서든, 연인으로서든, 아니면 가족으로서든.

저 남자를 다시 잃고서는 더 이상 살 수 없을 것 같다고 생각했다.

두 사람은 생각보다 학교에 오래 머물렀다. 아이들이 집에 갈 시간이 되었는데도 재준을 보내주지 않았기 때문이었다. 야구부는 물론, 코치에게도 사인을 해준 후에야 재준과 유영은 집으로 향했다.

재준이 같이 계단을 올라와 유영을 집 바로 앞까지 데려다주자, 그녀가 물었다.

"오늘은 여기서 자지 그래? 너무 늦었잖아."

"그럴까? 어차피 다 그대로 있는데."

"이렇게 학교에 늦게까지 있을 줄 몰랐지. 와, 애들 너 집에 가는 거 진짜 싫어하더라. 학교 오면 계속 네 얘기 할 텐데 어떻게 감당하나."

"그러게. 좀 귀찮겠다."

"그래도 뭐. 야구부는 학교에서 보기 어려우니까. 3학년들은 곧 졸업할 거고……. 나 내가 담임한 애들이 졸업하는 거 처음이야. 나 혼자 울까 봐 걱정이야."

"……."

재준이 대답이 없어서, 유영이 그의 소매를 당기며 물었다.

"유치하다고 생각했지?"

"아니. 졸업식 날 너 울면 어쩌나 생각했어. 그때 난 한국에 없으니까.”

“…….”

“옆에서 달래는 것도 못 해주네. 되게 쉬운 건데.”

“전화해.”

유영이 여전히 소매를 쥐고, 한 번 더 말했다.

“전화해서 달래주면 되잖아.”

“그래. 전화할게.”

재준이 대답하고, 가까스로 숨을 가다듬었다.

심장이 녹는 기분이었다. 고백에는 대답도 안 해주면서, 전화해서 달래달라며 소매를 당긴다.

저걸 유혹으로 느끼는 제 문제라고 생각하려 애쓰며 머릿속 가득한 잡념을 지웠다. 유영이 천천히 그의 소매를 놓으며 말했다.

“오늘 재미있었어, 잘 자.”

“잠깐만.”

유영이 들어가려 하자 재준이 다급하게 그녀를 불렀다.

도저히 그녀와 떨어질 힘이 나지 않았다. 태어나서 체력이 부족하게 느껴진 적이 없었는데 지금, 유영과 떨어지는 것에 힘이 부쳤다. 한참 생각하던 재준이 말했다.

“아직 열 시도 안 됐으니까 좀 더 기다려볼까? 눈이 올지도 모르잖아.”

“그런가?”

“지난번에 부모님 오셨을 때 네가 사온 와인도 그대로 있어.”

“와, 술이 남다니. 너도 진짜 대단해. 음식은 뭘 만들어도 안 남으면서……. 지난번에 만들어준 그라탱은 그렇게 많았는데도 다

먹었잖아."

"별로 안 많았는데."

"일주일분이었거든?"

TV에 그라탱 만드는 장면이 나와서 따라서 만들었는데, 재준을 나눠줘야겠다는 생각을 하다가, 그가 엄청나게 대식가라는 걸 계속 의식하는 바람에 엄청난 양을 만들었다. 주면서도 너무 많지 않냐면서 웃었는데, 다음 날 다 먹었다면서 냄비를 돌려주는 것이다. 재준이 어깨를 으쓱였다.

"맛있었어."

"그치? 또 만들면 그 맛 안 날 것 같아."

"아무튼 잠깐 우리 집 들어가 있어. 안주 사올게."

"아무거나 해먹자."

"나 요리 전혀 못해. 하면 네가 해야 하잖아, 그냥 사올게."

재준이 제 집 열쇠를 유영에게 쥐여주고 계단을 내려갔다.

유영은 열쇠로 문을 열고 안으로 들어갔다. 재준이 없는 집에 혼자 있으려니 기분이 좀 이상했다. 유영의 집과 같은 구조지만 가구가 거의 없으니 좀 더 넓게 느껴졌다.

주변을 이리저리 둘러보던 유영은 창밖에 눈이 내리는 것을 발견하고 눈이 동그래졌다. 곧바로 문 두드리는 소리가 들렸다.

"박유영! 눈 와!"

들뜬 그의 목소리를 들으며 유영이 얼른 문을 열었다. 재준이 그녀의 손을 당기며 말했다.

"같이 다녀올래? 눈 구경도 할 겸."

누가 첫눈을 더 기다렸는지는 빤히 보였다. 재준은 어릴 때부터 눈을 좋아했다. 11월에 들어서면 매일매일 첫눈을 기다렸다.

유영이 제자리에 서서 웃음을 터트리자 재준이 의아해하며 물었다.

“왜 웃어?”

“어린애 같아, 너.”

그녀의 말에 재준이 표정을 찡그렸다. 유영이 그 표정에 더더욱 즐겁게 웃으며 말을 이었다.

“너 초등학생 때도 왜, 맨날 하늘 보면서 눈싸움하고 싶어! 눈사람 만들고 싶어! 하고 소리쳤었잖아.”

“내, 내가?”

“그때 생각나서 웃었어. 넌 맨날 되게 오빠 같았는데, 딱 그런 날만 나보다 동생 같았거든. 눈사람 만들자고 조르는 게 귀여웠어.”

그 말에 흠칫 당황한 재준이 중얼거렸다.

“……눈사람 만들자고 하려고 했는데 없었던 일로 하자.”

“왜에? 누나가 같이 만들어줄게.”

유영이 이때다 싶어 놀리느라 눈꼬리가 웃음으로 휘어졌다. 재준은 그 눈웃음이 사랑스럽다고 생각하며 대답했다.

“난 눈만 오면 네가 기분이 좋아 보여서, 네가 눈을 좋아하는 줄 알았어.”

“눈 오는 건 좋지. 근데 네가 좋아하는 걸 보는 게 재미있어서.”

“아, 결국 내 문제였군.”

“귀여웠다니까?”

“평생 처음 듣는다, 귀엽다는 말은.”

"하긴. 귀엽기엔 너무 크다."

"안 커."

재준이 말하며 무릎을 굽히자 유영이 손으로 제 입을 가리며 웃었다. 재준이 웃음기가 남은 눈으로 그녀를 바라보며 말했다.

"아, 웃는 거 진짜 예쁘다."

그러자 유영이 살짝 그를 흘기며 손으로 재준의 팔을 톡 때렸다. 재준이 킥킥 웃으며 걸음을 옮겼다.

그는 슬쩍 잡은 손을 골목을 걷는 내내 놓지 않았다. 그런 그가 좀 음흉하다고 생각하면서도, 유영 역시 놓으란 말을 하지 않았다. 학교 밖이니까, 하고. 스스로에게 변명했다.

동네 한 바퀴를 쭉 돌고 나서 케이크 하나를 사들고 집으로 돌아왔다.

9. 301호와 302호

이대로 간단하게 와인을 한 잔 마시면 최고의 하루라고 생각했다. 그런데 건물 앞에 누군가 서 있었다.

“재준아! 어디 갔다 와!”

“아. 진철이 형.”

“진철이 형?”

유영이 고개를 기우뚱하며 남자를 보더니 살짝 손을 놓았다. 진철이 손을 흔들며 달려왔다.

“재준아아! 놀자!”

“싫어.”

“야, 야, 매정한 자식……. 난 그 먼 샌프란시스코를 몇 번을 갔는데, 넌 한국에 있으면서도 나한테 한 번을 안 왔잖아! 설마 집 앞까지 온 사람 쫓아내고 그러진 않을 거지?”

유영은 너무 당황해 어찌할 바를 몰랐다. 손님이 온 모양인데 어떻게 해야 하나. 그녀가 재준에게 손을 흔들었다.

"그럼 나 들어갈게."

"누구셔?"

진철이 얼른 걸어와서 묻자 재준이 유영의 눈빛을 살폈다. 이상한 말 하면 혼날 것 같아서, 적당히 둘러댔다.

"사촌 여동생. 앞집 사는데 술 한잔하려고. 그니까 가."

재준이 매정하게 말했지만 진철은 오히려 신나서 가져온 봉투를 흔들었다.

"이야, 잘됐다. 넌 술 안 먹어서 재미없으니까 같이 드시면 나도 좋고, 사촌분도 좋고."

"싫다고."

진철은 꽤 유명한 배우였다. 몇 번 예능에서 재준의 팬임을 밝히고, 재준의 사인 하나 받으러 샌프란시스코에 갔었다는 얘기를 하곤 했다.

재준이 체념한 표정으로 말했다.

"형이 무슨 스토커냐? 그러게 무슨 미국을 옆동네처럼 놀러 와."

"스토커라니! 넌 왜 맨날 나한테만 이렇게 쌀쌀맞아?"

진철이 애교를 부렸다. 며칠 전에 주연으로 찍은 영화가 너무 부진해 내내 욕을 듣던 그였다. 그가 울먹이며 말했다.

"나 이번에 욕을 너무 먹어서 병난 것 같단 말이야. 위로해주라."

진철이 유영을 보더니 입술을 쭉 빼고 불쌍한 표정을 한 후 물었다.

"사촌님. 신재준이랑 술 마시면 사실 안 마시는 거나 다름없잖아요. 토요일 밤에 술을 안 마시다니 말이 되나?"

당연히 적당히 거절하고 들어갈 줄 알았다. 그런데 유영이 몽롱한 표정으로 고개를 끄덕였다.

"그러게요. 토요일 밤엔 술을 마셔야죠."

재준이 인상을 썼다. 자신이 왜 진철에게 쌀쌀했는지 잊고 있었다. 유영이 제일 좋아하는 영화의 주인공이 이진철이었기 때문이다. 미리 쫓아낼 걸 그랬다.

유영이 부끄러워하며 말했다.

"집에 먹을 거 별로 없는데."

"그건 걱정할 거 없습니다. 제가 대게 가져왔어요!"

"우와, 대게! 소주는요?"

"있죠, 당연히!"

재준의 표정이 점점 더 찌푸려졌다.

술이라고는 무조건 맥주 한 캔뿐인 재준에 비해, 술을 좋아하는 두 사람은 말도 잘 통했다.

재준이 거절할 틈도 없이 그의 집에 대게가 펼쳐졌다.

"유영 씨랑은 말이 잘 통하네!"

한 잔 두 잔 들어가니 안 그래도 취해 있던 진철의 혀가 더 꼬였다. 문제는 유영도 점점 취해간다는 것이다.

"유영 씨, 있잖아요. 이 자식이 얼마나 재미없는지 알아요?"

재준이 진철을 보며 표정을 찌푸렸다. 그러나 취한 그의 입을 막을 수는 없었다.

"내가 팬이라고 맨날 샌프란시스코로 가는데 나 놀러 가도 게임만 한다니까……. 게다가 이 자식 제일 좋아하는 음식 뭔지 알죠?"

"스테이크요?"

"그래, 스테이크! 진짜 한 끼도 안 빼놓고 스테이크 먹자는 거 있죠? 손님에 대한 성의가 없어."

"와아, 신재준 진짜 너무하네?"

"저렇게 생겨가지고, 키도 크고, 운동도 잘하고! 젠장!"

"열 받아, 진짜……."

유영까지 휙 재준을 흘겼다. 진철이 바닥을 탁 치며 말했다.

"투구 폼도 멋있고. 크, 정통파잖아요."

"아, 엄청 위험할 때 표정 약간 찡그리는 것도 멋있어요."

"그 표정 좀 섹시하지. 남자가 봐도 멋있다니까."

둘이 취해서 거침없이 말하자 재준이 민망해 슬쩍 고개를 돌렸다. 진철이 투덜거렸다.

"신재준 이 자식은 귀국했다고 연락만 하고 바쁘다고 얼굴을 안 보여준다니까요."

"그러게요. 뭐가 그렇게 바쁜지 몰라."

"진짜 억울한 게, 다른 사람들 연락은 싹 씹으면서 언제는 이모부랑 낚시 다녀왔대요. 아니, 낚시 갈 시간은 있고 나랑 술 마셔줄 시간은 없나?"

"심지어 우리 아빠랑 낚시 가면서 나한테 말도 안 한 거 알아요? 억울해."

"낚시가 그렇게 좋으면 나랑 가자, 재준아. 형 낚시 좋아해."

진철은 술을 너무 마셨는지 중얼거리다가 재준의 무릎을 베고 누웠다. 한 잔만 마신다더니 마음 놓고 마셔대곤 결국 그대로 잠이 들어버렸다. 이 진상을 그냥 확 바닥에 던져버릴까, 재준은 진심으로 고민했지만 결국 이대로 놔두기로 했다. 곰같이 생긴 사람이 몸을 쪼그리고 자는 게 나름 귀엽기도 하고, 괜히 깨워봤자 더 귀찮을 것 같았다.

진철이 잠들고도 유영이 더 술을 마시려 들자 재준이 그녀가 든 컵을 뺐었다.

"너도 그만 마시고 자. 황진현 때문에 많이 마시는 줄 알았더니, 그냥 술을 좋아하는 거지, 너?"

그가 핀잔하는데 진철이 지나치게 단단한 재준의 다리가 불편한지 머리통을 이리저리 움직이며 편한 자세를 찾았다. 그러자 유영이 손을 뻗었다.

"아, 내 건데."

재준이 술을 뺏으려는 줄 알고 손을 뒤로 빼는데 유영의 손이 진철을 흔들었다.

"내 거예요. 저리 가."

재준이 그대로 굳었다. 흔들어도 진철이 깨지 않자 유영이 뭐라고 말 좀 해보라는 듯 재준을 빤히 보았다.

재준은 심하게 당황해 아무 말도 하지 못했다. 한동안 정지 상태였던 그는 곧 조심스럽게 진철의 머리를 잡아 쿠션을 받쳐놓고 유영의 팔을 잡아 일으켰다.

"박유영."

"응?"

"뭐가 네 건데?"

재준이 묻자 유영이 고개를 갸우뚱한다. 재준은 '내 건데'라는 유영의 말이 머릿속에 맴돌아 쓰러질 지경인데 정작 유영은 제가 방금 한 말을 잊어버린 모양이다. 그녀가 일어난 김에 현관으로 걸어가며 중얼거렸다.

"나 집 가야겠다."

"알았어."

재준이 유영의 손을 잡았다. 옆에 재준이 있어 마음 놓고 술을 마신 유영은 재준의 손에 의지해 제 방 침대에 눕자마자 행복한 표정으로 포옥 이불에 감싸였다.

유영이 손을 내밀어 재준의 팔을 붙잡으며 중얼거렸다.

"어릴 때 생각난다."

"너 지금 하는 짓이 어린애 같다."

"으음, 있잖아. 어릴 때 내가 소파에 앉아 있으면 네가 거실에서 배트 휘두르는 거 연습하고 있었잖아. 숫자 세달라고 해서 숫자 세다가 잠들고."

"아, 기억난다. 속으로 세고 있다고 웅얼거리다가 맨날 잠들었지."

"그거 알아? 나 잠들면, 너 한 번도 나 안 깨웠다?"

"그랬나."

"안 깨우고, 세다가 잠들었다고 화낸 적도 없어. 맨날 이불 가져다가 덮어주고……."

"……."

"너랑 있으면 마음이 놓여. 몸도 마음도 편안해져서, 잠이 잘 와."

그렇게 말하고, 유영이 눈웃음을 짓자 재준의 이성이 와르르와르르 무너져 내렸다. 유영은 금방 잠들고, 재준은 침대에 기대 한동안 꼼짝을 하지 못했다.

"그래서…… 도대체 뭐가 네 거냐고, 박유영……."

그가 거듭 혼잣말하며 한숨을 쉬었다. 다리에 힘이 풀려 집까지 돌아가는 것도 어려웠다.

* * *

아침에 눈을 뜬 유영이 몸을 벌떡 일으켰다.

'내 건데.'

"내가 미쳐, 진짜……."

오늘부터 금주다. 무조건 금주.

유영이 두 손으로 얼굴을 감쌌다. 민망하고 부끄러워 미쳐버릴 지경이었다. 도대체 무슨 생각으로 그런 말을 한 건지. 무조건 기억 안 나는 척해야겠다고 마음먹었다.

그때 밖에서 재준의 목소리가 들렸다.

"박유영."

유영이 울적해서 걸어가 문을 열자 재준이 봉투를 내밀었다.

"숙취 있을까 봐 이것저것 좀 가져왔어."

유영이 봉투를 받아 살펴보니 숙취 음료와 그냥 음료수들, 국물이 얼큰한 컵라면이 들어 있었다. 유영이 감동한 표정으로 그것을 받았다.

"안 그래도 이게 필요했어."

"응. 안 사오려고 해도 너 소주 끓여 마시려 들던 게 생각나서 안 살 수가 없더라."

"그건 좀 잊어버려……."

"그런 장면을 어떻게 잊어버려. 평생 기억하고 놀릴 거야."

킥킥거리며 말한 재준이 손을 흔들며 뒤로 물러섰다.

"그럼 난 스케줄 있어서 간다. 더 자."

그러자 유영이 미안한 표정으로 대답했다.

"가뜩이나 바쁜데 이런 것까지 사다주고……. 고마워."

재준은 뭔가 하고 싶은 말이 많은 표정이었지만, 아무 말도 못하고 입을 다물었다. 그가 돌아서자마자 302호의 문이 열리며 숙취에 찌든 진철이 나왔다.

"재준아, 형 것도 좀 사왔냐?"

"내가 왜?"

"와, 열 받아. 이렇게 차별을 할 수가 있냐."

진철이 유영의 봉투를 보며 울상이 되자, 유영이 음료수 캔 세 개 중 하나를 꺼내 들고 재준을 보자 그가 한숨을 쉬며 고개를 끄덕였다. 유영이 진철에게 캔을 내밀었다.

"이거 드세요."

"유영 씨는 누구랑 다르게 되게 따듯한 사람이시네요."

진철이 바로 캔을 뜯어 벌컥벌컥 마시더니 좀 살 것 같다는 듯한 표정으로 물었다.

"그래서, 두 사람은 무슨 사이예요?"

"사촌이라니까."

"웃기지 마, 신재준. 너 사촌 그 여자애 누구냐, 아이돌인 애. 개 대할 때랑 유영 씨 대하는 거 너무 차이 나."

"……."

"누가 봐도 그렇고 그런 사이구만, 사기 칠 걸 쳐야지."

진철의 돌직구에 유영도 재준도 말을 못했다. 결국 재준이 낮게 말했다.

"그런 사이 아니야."

"보아하니까 유영 씨가 망설이고 계시구만?"

"……형 뭐 하는 사람이야?"

진철이 음료수를 다 마시고 유영에게 말했다.

"이 녀석 평생 야구만 해서 사교성도 별로 없고, 술도 마실 줄 모르고, 거기에 평생 잘나게만 살아서 겸손함도 별로 없어요. 그런 주제에 덩치 크고 힘 좋아서 동생인데도 무섭고! 아무튼 남자인 친구로선, 진짜 별로예요."

"아……."

"근데 그게, 남자친구로선 큰 단점 아니잖아요."

그러자 가만히 듣고 있던 유영이 웃었다.

"그렇게 소개해주시지 않아도, 신재준이 괜찮은 녀석인 건 저도 잘 알아요. 제가 판단할게요."

그녀의 확고한 대답에 진철이 멈칫하더니 울상을 지으며 재준에게 말했다.

"나 선생님한테 혼났어……."

"형이 오지랖 넓게 끼어드니까 그렇지."

"네 편 들어주려고 한 건데!"

운동부였던지라 상하관계에 대한 생각이 머릿속에 박혀 있는 재준이었기 때문에, 진철을 귀찮아하면서도 모질게 쫓아내지는 못했다. 그 사실을 잘 아는 유영이 꽤나 단호하게 참견하지 말라는 듯 선을 그어 말하자 재준의 얼굴에 웃음기가 감돌았다.

재준은 진철이 더 이상 유영을 귀찮게 하지 못하게 팔을 잡아끌고 주차장으로 향했다.

"이야, 선생님 되게 괜찮다."

진철이 감탄하며 말했다.

"박유영이 괜찮은 거지."

"팔불출 자식……."

"공부도 잘하고, 얼마나 착한데. 그리고 눈이 예쁘잖아? 자세히 보면 진짜 푹 빠지는 기분이야."

재준이 낮고 부드러운 목소리로 자랑을 늘어놓자 진철이 씨익 웃었다. 재준이 불만스럽게 물었다.

"왜 웃어?"

"네놈이 야구 말고 다른 생각 하는 거 처음 봐서 신기하다."

그의 말에 재준이 의아해하며 대답했다.

"난 평생 그랬는데 그게 왜 신기해?"

"……뻔뻔한 자식."

"빨리 가자. 나 바빠."

재준이 재촉했다.

자신에 대해서 잘 안다고 말하던 유영의 단호한 눈이 자꾸 아른거렸다. '괜찮은 녀석'이라고 했다. 별로 대단한 칭찬인 것 같지도 않은데 자꾸 실실 웃음이 나왔다.

재준이 들뜬 상태로 스케줄 장소에 도착했다. 의자에 앉는 그의 표정이 밝아서, 한국에 온 이후 그의 전반적인 스타일을 전담하던 스타일리스트가 의아해하며 물었다.

"뭐야, 왜 이렇게 기분이 좋아, 신재준답지 않게?"

"그냥. 왠지 기분이 좋아서요."

재준이 대답했다. 그러더니 그가 고개만 젖혀서, 스타일리스트를 올려다보고 물었다.

"누나, 나 오늘 안경 쓰면 안 돼요?"

"……쓰, 쓰고 싶으면 써야지. 그래, 써."

디자이너가 움찔하며 대답했다. 평소 그녀가 알던 신재준은 무뚝뚝하고, 표정 변화도 별로 없었기 때문에 소년같이 올려다보며 묻는 모습에 급격히 가슴이 두근거렸다.

그녀가 다양하게 고민하는 사이 재준이 가져온 안경을 썼다. 오늘은 생방송으로 진행되는 도네이션 방송이었다. 재준은 멀리 있는 1부터 9까지의 판에 차례대로 공을 던져 맞춰야 했는데, 성공하면 총 1억 원의 기부금이 전달될 예정이었다.

그가 촬영을 위해 들어서자 대기 중이던 아나운서가 의아해하며 물었다.

"재준 씨 안경 썼었나?"

"아뇨, 오늘 처음 썼습니다."

"왜?"

"편해 보인대요."

재준이 눈웃음 지으며 대답했다. 그의 눈웃음에 아나운서들이 흠칫 놀랐다. 신재준이 원래 야구 실력만큼이나 얼굴로 유명해지긴 했지만 저 정도로 매력적이었나, 싶었다.

* * *

연말이라 특집 방송이 꽤 많았다. 유영은 모처럼 급식 대신 학교 밖에서 점심을 먹고 있었는데, 가게 안에 틀어둔 TV에서 재준이 나왔다.

그를 본 유영이 고개를 갸우뚱했다. 재준이 안경을 쓰고 있었다.

늘 무표정이고, 인터뷰도 단답이라 태도에 대한 논란이 많던 재준이었는데 오늘따라 유난히 얼굴이 밝았다. 실패를 세 번까진 해도 된다는 조건이었는데, 실수 한 번 없이 1억을 획득했다. 재준이 기분 좋게 웃으며 사람들과 하이파이브를 했다.

그 모습을 보던 선아가 유영의 팔을 마구 흔들며 물었다.

"세상에. 원래 저렇게 귀여웠나?"

"신재준이 귀여워? 세상에 귀여운 게 다 없어져도 잰 안 귀여워. 쟤 키도 속였다니까? 190센티 넘을걸?"

유영이 괜히 투덜거렸다. 그녀의 목덜미가 빨간 걸 눈치챈 선아가 짓궂게 말했다.

"아, 연애하더니 사람이 얼굴색이 바뀌네."

"여, 연애 아니야. 나 아직 대답도 못했어."

"여태 안 했어? 도대체 언제 할 거야?"

선아가 핀잔하자 유영이 한숨을 쉬고 대답했다.

"생각할 게 너무 많아. 사귀기 시작하면 친구로는 못 돌아가지, 사귀더라도 신재준은 금방 미국으로 돌아갈 거고, 매일 볼 수도 없고……."

"야, 아니……. 박 선생님. 그런 게 뭐가 중요해?"

선아가 그녀를 흘기며 물었다.

"신재준 선수 좋아해?"

"응?"

"그게 제일 중요하지. 좋아해, 안 좋아해?"

유영이 말문이 막혀 입을 다물었다. 그리고 한참 후에야 대답했다.

"좀 더 생각해봐야할 것 같아."

선아의 말대로였다. 제일 중요한 건 결국 제 마음이었다.

점심시간이 끝나고 쉬는 시간, 유영은 틈틈이 휴대폰을 확인했다. 오늘따라 재준에 대한 글이 계속 올라왔다. 잘생긴 줄은 알았는데 웃는 게 이렇게 귀여울 줄 몰랐다는 게 주 내용이었다. 방송 하나로 여론이 뒤바뀌고, 여자들의 관심이 단숨에 폭발했다.

퇴근 후 집에 돌아와서도 가만히 재준에 대해서 생각하다가, 아무래도 안 되겠다는 생각이 들어 자리에서 일어났다. 재준의 호텔에 찾아갈 마음으로 나갈 준비를 했다. 그런 그녀의 마음을 읽기라도 했는지, 앞집 문 열리는 소리가 들렸다. 유영이 걸어가 문을 열자 재준이 돌아보았다. 유영이 물었다.

"오늘도 거기서 자?"

"어? 어……."

한 번이라도 유영의 얼굴이 보고 싶어 이곳으로 왔던 재준은 속을 들킨 게 멋쩍어 제 뒤통수를 슥슥 문질렀다. 그러더니 그가 다시 문을 닫고 유영 쪽으로 걸어오며 말했다.

"회식 한다더니. 일찍 들어왔네?"

"응. 그냥 한두 잔만 마셨어."

유영이 문을 닫고 기대서자 재준이 할 말이 있나 싶어 더욱 그녀에게 다가섰다. 그러자 유영이 재준에게 손을 뻗었다. 재준이 흠칫 놀라면서도 허리를 숙이자 그녀가 안경을 벗기며 말했다.

"너 이제 안경 쓰지 마."

"왜?"

"사람들이 오해하잖아."

"무슨 오해?"

까칠하던 재준의 인상이 순해지면 사람들이 더 많이 접근할까 봐, 그게 싫었다. 유영이 작게 투덜거렸다.

"네가 귀여운 줄 알잖아, 사람들이."

"누가 그런 생각을 해."

"너 인터넷 안 해?"

"열심히는 안 하지."

재준이 유영의 손에서 안경을 돌려받아 점퍼 주머니에 넣고 물었다.

"왜 안 쓰던 떼를 쓰지?"

"내가 언제 또 떼를 썼다고 그래?"

"뭐라고 하는 거 아냐. 귀여워."

감정을 탄력으로 표현하면, 유영은 자신이 재준에게 가지는 감정이 느슨하다고 생각했다.

언제나 그랬다. 처음 신재준이라는 동갑의 남자애를 인식하게 되던 날부터 방금 전까지. 그를 몰랐던 적이 없기 때문에, 특별히 감정이 몰아치는 적도 없었다. 어린아이의 인격이 형성되듯이, 그에 대한 감정도 형성되었다. 그냥 계속, 계속 이렇게 많이 그를 좋아했다. 세상에 이 감정보다 특별한 감정은 존재할지도 모르지만, 자신의 존재에서 이 감정을 제외할 수 있는 방법이 없었다.

유영이 나지막이 물었다.

"우리 키스해볼래?"

갑작스러운 그녀의 제안에 재준의 표정이 굳었다. 유영이 시선을 내리 깔며 말을 이었다.

"모르겠어. 난 예전부터 너에 대한 감정이 크게 변하지 않거든. 여섯 살 때 너를 처음 보던 날도, 열여덟 살에 너에게 고백하던 날도, 지금도. 똑같은 만큼, 네가 좋아."

"……."

"그런데 그게, 네가 남자여서인지, 그냥 친구로서 좋은 건지 모르겠어. 그러니까 시험해보자. 내가 널 어떻게 생각하는지 알고 싶어."

재준은 말없이 그녀를 바라보았다.

유영은 항상 그랬다. 재준보다 먼저 어른이 되었고, 더 많이 미래를 생각했다. 그래서 재준은 그녀가 없는 자신은 아마도 아무것도 아닐 거라고 생각했다. 그녀가 계획한 미래에 자신을 맞추고 싶었다. 어릴 때도, 지금도.

재준이 그녀에게 가까이 걸어갔다. 유영은 뒤로 더 피할 곳이 없었기 때문에, 두 손으로 그의 가슴팍을 밀어내야만 공간을 만들 수 있었다. 그녀가 시선을 피하며 물었다.

"여기서 바로 하게?"

"응."

"왜 이렇게 급해?"

"네가 여유를 안 주니까."

가까워진 거리는 감정의 변화를 일으켰다. 두 사람 다, 너무 심장이 뛰어 산소가 모자랄 지경이었다.

재준이 고개를 숙여 그녀에게 입을 맞췄다. 부드럽게 두 사람의 입술이 닿는 순간 발끝까지 낯설고 짜릿한 감각이 퍼졌다.

재준이 제 가슴팍을 밀어내려던 유영의 한 손을 부드럽게 감싸쥐었다. 너무 떨려서 죽을 것 같았다.

그가 유영의 손에 깍지를 껴서 그대로 문에 눌렀다. 그리고 다시 입술이 닿았다.

유영은 저도 모르게, 재준에게 붙잡히지 않은 다른 한 손으로 그의 옷깃을 움켜쥐었다. 그와의 키스가 이렇게 미치도록 떨리는 일인 줄 몰랐다. 이렇게까지 남자로 느껴질 줄은, 입을 맞추기 전까진 모르고 있었다.

친구의 관계가 산산이 깨지며, 그 속에 억지로 잠가두었던 이성으로서의 감정들이 폭포수처럼 거칠게 쏟아져 나왔다.

그사이 통로의 불이 꺼졌다가, 다시 들어왔다가, 다시 켜졌다.

유영의 뺨을 감싸던 손끝으로 저도 모르게 그녀의 목덜미와 쇄골을 어루만지던 재준이 간신히 이성을 붙잡고 그녀에게서 물러났다. 그가 본능을 짓누르느라 거칠어진 음성으로 말했다.

"그만하자. 이제."

"어떤 것…… 같아?"

"똑같아. 네가 좋아."

"……."

"너는?"

유영이 대답을 생각했다. 그녀가 다시 시선을 피하자 재준이 그녀의 턱을 살짝 잡아 고개를 들며 물었다.

"응? 박유영. 너는 어떤데."

그제야 그녀가 재준을 바라보았다. 맵시 있는 연갈색의 눈을 느리게 깜빡이며 잠시 생각하던 유영이 입을 열었다.

"네가 좋아."

그녀의 따듯한 목소리에 재준의 행동이 멈췄다. 유영이 말을 이었다.

"친구로서 네가 좋아."

"……."

"남자로서도…… 좋아. 그냥 네가 좋아."

"……."

"그냥…… 나는 네가 너무 좋아……."

유영이 말하더니, 아이처럼 환하게 웃었다. 그 미소가 눈부셔서, 재준은 아무 말도 못하고 그저 멍하니 그녀를 바라볼 뿐이었다.

"그럼 이제 자."

유영이 그를 밀어냈다. 그러더니 손을 흔들고 제 집으로 들어갔다. 그러고 나서도 넋 나간 사람처럼 서 있던 재준이 휴대폰을 꺼내 들었다.

그리고 한국에 온 이후로 쭉 같이 트레이닝을 하던 트레이너에게 전화를 걸었다.

-어, 재준아. 왜?

"형, 나와. 운동하자."

-뭐? 이 시간에?

"나 지금 체력이 너무 넘쳐서 운동이라도 하지 않으면 못 잘 것 같아. 빨리 나와."

-뭐야, 이 뜬금없는 자식. 알았어, 인마.

트레이너가 투덜거리면서도 왠지 기분 좋은 목소리로 말했다. 재준 역시 신나서 계단을 내려가려다 다시 유영의 집 문을 두드렸다. 유영이 빨이 붉어져서 문을 열었다. 그러자 재준이 눈웃음 지으며 물었다.

"그럼 나 다시 앞집으로 이사 와도 되지?"

"그, 그렇게 해."

그가 도저히 못 견디겠는지 두 팔을 벌리고 안겨달라는 자세를 취했다. 유영이 그의 가슴팍을 괜히 톡 때리고, 품에 안기자 재준이 그녀를 꽉 끌어안았다.

"행복해서 죽을 것 같아, 박유영."

"……너 심장 소리 진짜 커. 정말 운동해서 그래?"

"그럴 리가 있냐. 네가 좋아서 그렇지."

"으응."

유영이 손을 들어 제 가슴에 올려보고 중얼거렸다.

"나도 그러네."

부끄러움 가득한 그녀의 목소리에 더 밝아질 수 없을 것 같던 재준의 얼굴이 더욱 밝아졌다.

* * *

다음 날 아침, 유영이 출근하려고 창밖을 보니 밤사이 눈이 많이 왔는지 딱 봐도 엄청 쌓여 있었다. 아직도 방학까지 한참 더 학교에 가야 하는데 벌써 서러울 정도로 추웠다.

그녀가 크로스백 끈을 꽉 쥐고 계단을 내려갔다.

"뼈가 시려워어."

유영이 혼자 징징거리며 1층에 도착했는데 거기 재준이 있었다. 오늘 낮 최고 기온이 4도라는데 점퍼 하나 입은 재준을 발견한 유영이 순간 전날 일을 잊고 잔소리했다.

"야! 신재준! 어휴, 정말."

유영이 빙빙 두르고 있던 목도리를 풀더니 재준에게 내밀었다.

"이거라도 해."

"너나 해."

재준이 대꾸하더니 목도리를 다시 유영에게 감아주었다. 유영이 걱정스럽게 말했다.

"그럼 빨리 집에 가."

"나 촬영 있어, 오늘."

"무슨 스케줄이 그렇게 맨날 있어? 이게 휴식이야, 부업 기간이야?"

그러자 재준이 간절하게 투덜거렸다.

"그거 내 에이전시에 좀 말해줘. 나 영어를 못해서 노동착취 당하나 봐."

재준의 말이 농담인 걸 모르고 유영의 눈이 동그래지자, 재준이 픽 웃었다.

"농담이야."

"그, 그렇지? 그래도 전화해줄까?"

"응."

당연히 거절할 줄 알았는데. 재준이 주머니에 손을 넣어 휴대폰을 꺼냈다. 그러더니 씨익 웃으며 물었다.

"뭐라고 설명할까?"
"어?"
"너. 네가 나의 뭐라고 설명할까?"
이 얘기 하려고 수작 부린 거구나.
유영이 재준을 팍 밀쳐버리고 열 받았다는 듯이 쿵쿵 발소리를 내며 걸어갔다. 그러자 재준이 킥킥 웃으며 그녀를 따라 걸으며 말했다.
"여자친구라고 해도 되는 거지?"
"몰라."
"잘 다녀와."
재준이 웃으며 따라오는 걸 멈춘다. 유영이 한숨을 폭 쉬고 더욱 빠르게 걸으며 혼잣말했다.
"왜 쟤는 하나도 안 부끄러워하는 건데……."
자신은 민망해서 그의 얼굴을 똑바로 볼 수도 없는데, 재준은 태연하다 못해 뻔뻔하기까지 하다.
어제 도대체 무슨 짓을 한 걸까.
유영이 문뜩 화끈거리는 입술을 손등으로 문질렀다. 립스틱이 묻어났다.
그의 눈빛이, 입술의 감촉이, 조금은 거칠지만 달콤한 입맞춤이, 머릿속에서 사라지지 않는다.
"왜 이렇게 야하게 키스를 하고 난리야, 그 자식은……."
괜히 재준을 탓하며 걸어가던 유영이 멈칫하고 바닥을 보더니, 뒤를 돌아 제 집까지의 길을 보았다. 거기 서 있는 재준과 눈이 마주치자 그가 씨익 웃었다.

"아……. 아!"

원래대로라면 운동해야 할 시간인데 새벽부터 뭐 하나 했더니. 유영이 가는 길의 눈을 새벽부터 치운 모양이었다. 유영의 얼굴이 새빨개졌다. 재준이 웃으며 손을 흔들었다.

"조심해서 가. 넘어지지 말고."

"으, 으응."

재준은 추운지 어깨를 한 번 떨고 집으로 들어갔다. 유영은 얼굴 화끈거리는 게 가라앉질 않아 걱정하며 학교로 향했다.

* * *

첫 번째 데이트는 놀이공원으로 했다. 춥긴 했지만 갑자기 관계가 변하니 집안 데이트가 불편했기 때문이었다.

주말 아침 이른 시간에 놀이공원에 도착하자마자 유영의 입이 저절로 열렸다. 너무 추워서 이가 달달 떨리는데도 화려한 장식들을 바라보는 것이 즐거웠다.

"와, 진짜 오랜만이다. 놀이공원."

"기념품부터 구경하자."

"웬 기념품?"

유영이 의아해하며 재준을 따라 기념품 가게로 따라 들어갔다.

재준은 초등학교 3학년 때, 재준의 가족과 유영의 가족이 함께 놀이공원으로 놀러 갔던 것을 기억했다. 특히 기념품 가게에서 가지고 싶은 게 많아 한참을 고민하던 유영도 떠올랐다.

놀이공원에 도착하자마자 재준은 그녀를 기념품 가게로 데려가

캐릭터가 달린 물건들을 이것저것 사주었다. 유영이 웃음을 터트렸다.

"뭘 그렇게 많이 사."

"선생님이니까 학용품은 다 필요하잖아. 그리고 귀엽지 않냐?"

재준이 말하자 유영이 여전히 웃음이 가득한 얼굴로 고개를 끄덕였다.

"솔직히 너무 귀여워."

재준이 기념품 가게에서 산 물건들을 물품보관함에 넣으며 유영에게 말했다.

"초등학교 3학년 때 같이 여기 온 거 기억 나?"

"응. 그때 진짜 재미있었지?"

"그때 왜, 너희 부모님이 다 사셨잖아. 아직 우리 부모님이 빚을 다 못 갚았을 때라."

"그랬나?"

"그랬어. 그래서 우리 부모님이 내 건 못 사주고, 너 사고 싶은 거 하나 사라고 기념품 가게로 데려왔던 거 기억나?"

"기억나지. 엄청 신났었는데."

"그때 네가 신나서 온 가게를 뛰어다니다가 고른 게 물총이었잖아. 그것도 로봇 그려진 거."

유영이 재준을 보자, 그가 말을 이었다.

"네가 한참 동안 머리띠나, 공주들이 신을 것 같은 반짝거리는 구두를 보고 있다가 물총을 가지고 와서 나한테 놀자고 하는데. 뭐 이런 호구가 다 있나 싶더라."

그 말에 유영이 흘기자 재준이 슬쩍 웃었다. 그가 말했다.

"그때, 어른이 되면 너 기념품 가게에 데려와서 가지고 싶어 하는 거 다 사줄 거라고 생각했었는데."

"……."

"있잖아, 어릴 때는 내가 너보다 훨씬 키가 크니까, 우리 둘이 걸어가면 사람들이 다 내가 오빤 줄 알았잖아."

"그래! 아직도 우리 집 앞에 그 슈퍼 할머니는 나한테 오빠가 요즘 안 보이네, 하신다니까?"

"어릴 땐 그랬는데, 지금 생각해보면 네가 누나처럼 늘 날 챙겨줬던 것 같아."

"음. 틀린 말은 아니지."

유영이 놀이공원에서 골랐던 로봇이 그려진 물총은 몇 번 가지고 놀다가 재준의 차지가 되었다. 그리고 그게 재준의 어린 시절 가장 애착이 심했던 장난감이었다. 플라스틱 물총이 찢어져 결국 버리게 되던 날 재준은 너무 우울해서 하루 종일 잠만 잤다.

물총을 끌어안고 해맑게 웃던 유영이 재준의 첫사랑이었다. 초등학생 때 경기 중에 무릎을 다친 재준을 업어보려고 낑낑거리다가 힘이 약해서 울음이 터트리던 유영이 재준의 두 번째 사랑이었고.

시험기간에 간단한 거라도 외우라며 자기도 시험이면서 재준의 집까지 찾아와 졸졸 따라다니다가 그대로 잠들어버려 침대에 재우고 자긴 거실에 나와서 자던 날, 유영이 가까이에서 잠들었다는 사실에 한숨도 못 자고 뜬눈으로 밤을 지새웠던 것이 몇 번째인가의 사랑이었다.

그리고 지금, 제 곁에 있는 그녀가 또다시 그의 사랑이었고, 재준은 그녀가 자신의 처음이자 마지막이기를 죽을 만큼 간절히 원했다.

두 사람은 이것저것 놀이기구를 탔다. 재준을 알아보는 사람들이 꽤 있었지만, 선뜻 말을 걸지는 않았다.

워낙 일찍 나갔던지라, 두 사람은 그리 늦지 않은 시간에 집으로 돌아왔다. 계단을 올라가며 유영이 말했다.

"오늘 너무 놀아서 너 감기 걸리는 거 아냐? 너 감기 걸리면 안 되잖아."

"괜찮아. 시즌 전에 낫겠지, 뭐."

재준이 선발인 날, 말 좀 걸었다며 멱살을 잡혔던 데니스가 들으면 울분을 터트릴 말이었다. 유영이 미심쩍은 표정으로 물었다.

"무슨 프로가 그래?"

"오늘만 그래."

정확히는 유영에게만 그랬다. 재준이 미소를 짓더니 유영의 손을 붙잡아 제 주머니에 넣었다. 계단을 다 올라가서, 유영이 제 집 문을 열려고 하자 재준이 그녀를 제 쪽으로 당겼다.

"야, 야. 신재준."

유영이 당황해하거나 말거나, 재준이 점퍼 지퍼를 열고 품 안으로 유영을 감추듯이 끌어안아 짓궂게 물었다.

"집에 가게?"

"아, 정말…… 사귀자마자 왜 이렇게 능글맞아지는 건데?"

"사귀자마자 이런 말 좀 그렇지만 우리 집에 있자. 응?"

친구인 신재준과 남자친구인 신재준은 어딘가 조금 다른 느낌이었다. 뻔뻔할 정도로 태연하게 애정을 표현했다.

그가 조르자 유영이 난감해하며 시선을 피했다. 그녀가 거절하려는 기색이라, 재준이 불만스럽게 물었다.

"왜. 우리 집 오기 싫어?"

"아니……. 그건 아닌데……."

"그럼 왜 그래. 불안하게."

"아, 아직…… 그건 안 돼. 상상도 못하겠어, 너랑은."

사귀고 처음으로 같이 집에 들어가자고 하니까. 유영은 미리 스킨십의 범위를 정해두어야 한다고 생각했다. 그는 너무 오랫동안 친구였어서, 그런 성적인 일은 상상하고 싶지도 않았다.

그래서 꺼낸 유영의 말에 재준이 무척 당황하며 말했다.

"……너 되게 과감하다."

"어?"

"나는 그…… 그런 말은 내년이나 돼야 꺼낼 수 있을 거라고 생각했거든……."

"어, 어어?"

"나는 그냥…… 아니, 너 원래 우리 집 자주 놀러 왔었으니까 오늘도 그냥 같이 있고 싶어서……. 절대로 그런 생각 한 거 아니야. 아직은."

재준이 민망해하며 연신 말끝을 흐렸다. 덕분에 유영의 얼굴이 확 붉어졌다.

그의 이미지만 생각하면 연애 시작한 날 속전속결로 진도를 나가버릴 것 같았다. 그와의 아찔하던 키스를 생각하면 더더욱 그랬다. 그러나 일순간에 자신보다 더 난감해진 재준의 표정에 유영은 자신이 너무 앞서갔다는 생각이 들었다.

유영이 다급하게 재준의 주머니를 뒤적거려 그의 열쇠를 찾아 쥐고 잔소리조로 말했다.

"손님한테 커피 정도는 내오는 거야. 알겠지?"

그녀가 당황해서 화제를 돌리고 있다는 걸 안 재준이 장단을 맞춰 고개를 끄덕였다.

"어어, 그 정도는 알아. 날 뭘로 보고."

"아는 사람이 그렇게 손님한테 맨날 스테이크만 먹여?"

"그 형은 진상이잖아."

"그건 그래."

재준은 유영이 건네준 열쇠로 문을 열고 집 안으로 들어갔다. 안으로 들어선 유영은 다행히도 금방 좀 전의 있었던 민망한 상황을 기억에서 날려버릴 수 있었다.

"우와."

재준의 집 안은 여러 색깔의 전구가 장식되어 있었고, 트리도 놓여 있었다. 재준의 불을 켜자, 전구에 모두 불이 들어왔다. 그리고 TV로는 모닥불이 타고 있는 영상을 틀었다.

유영이 반짝거리는 눈으로 재준을 올려다보며 물었다.

"네가 꾸몄어?"

"응. 오늘 집에 오면 보여주려고. 예뻐?"

"너무 예뻐."

유영이 감동하며 말을 이었다.

"그날 같다. 수능 직전에 네가 나 공원에서 전구에 불 들어오는 거 보여줬잖아. 그거 진짜 오랫동안 기억에 남았는데."

유영이 말하며 코트를 벗자 재준이 그것을 받아 걸고 유영과 함께 소파에 앉았다. 그리고 옆에 있는 협탁 서랍을 열어 상자 하나를 꺼냈다.

"선물도 있어."

유영이 의아해하며 그가 내민 상자를 열자 목걸이가 들어 있었다. 유영이 눈이 동그래져서 재준을 보자 그가 가느다란 백금 줄을 들어 올렸다. 링 모양의 팬던트에 다이아몬드가 장식된 목걸이였다.

재준이 그녀에게 목걸이를 걸어주고, 섬세하게 펜던트까지 중앙으로 맞춘 후 손을 뗐다. 유영이 몸을 돌려, 창에 제 모습을 비추어보고 배시시 웃었다.

"예쁘다, 목걸이. 고마워."

"응."

"근데 웬 목걸이야?"

"반지는 좀 부담스러울 거 아냐."

"목걸이는 안 부담스럽나, 뭐……."

그녀는 그렇게 말하면서도 무척 마음에 드는지 두 손으로 팬던트를 만지작거렸다.

유영이 재준을 보며 배시시 웃더니 그의 팔에 기대며 말했다.

"고마워, 신재준."

그녀의 애교스러운 행동에 재준의 귀가 순식간에 시뻘게졌다.

"박유영, 넌 어떻게 이렇게 사람을 들었다 놨다 하냐. 키스도 말이야. 나 진짜 네가 키스하자고 물어봤을 때 너무 예상을 못해서 간 떨어지는 줄 알았어."

"그게 뭐……."

"넌 아마 도루를 진짜 잘할 거야. 방심하고 있으면 벌써 홈에 들어가 있을 사람이야, 넌."

"아, 정말 머릿속에 야구밖에 없네. 너 야구 선수 말고 다른 거 하라고 하면 뭐 할래?"

"음. 지금은 투수니까 타자?"

"야구선수 말고."

"키가 더 클 수 있다면 농구선수."

"이, 이거보다 더 크게? 얼마나?"

"응. 한 6센티 정도? 그러는 너는? 너도 쭉 선생님이 되고 싶어 했잖아. 다른 거 해보고 싶었던 적 없어?"

"선생님 말고, 다른 걸 해야겠다는 생각을 한 적은 있었는데."

"응."

"아, 이거 진짜 단순한 얘긴데."

유영이 민망해하며 말했다.

"우리 학교 가는 길에 중학교가 있거든. 근데 내가 그 옆을 지나가는데, 쉬는 시간인지 엄청 시끄러운 거야."

"응."

"애들 떠드는 소리가 듣기 좋아서 고개를 들었는데, 어떤 여자애 하나가 창밖을 보다가 나랑 눈이 마주치니까 엄청 경쾌하게 안녕하세요! 하고 인사하더라?"

"응."

"근데 그게……. 이상하게 너무 좋은 거야. 눈물이 날 정도로 반가운 거야, 모르는 앤데도. 그때 아, 나 애들 엄청 좋아하는구나. 하고 생각했어. 난 교사가 적성인가 보다. 별 얘기 아니지."

유영이 부끄러운지 서둘러 이 주제를 마무리 짓고 말을 이었다.

"아, 그보다 너 미국으로 돌아가면 보고 싶어서 어떡하지. 나 울겠지? 난 너랑 친구일 때도 연락 끊겨서 엄청 울었는데."

"친구일 때도, 라는 말 아주 마음에 드네."

재준이 놓치지 않고 말하자 유영이 살짝 그를 흘긴다. 재준이 즐거움을 감추지 못하고 물었다.

"내가 그렇게 보고 싶었어?"

"보고 싶기도 하고…… 속상하기도 했고."

"어떡하냐. 친구일 때도 그렇게 울었으면, 남자친구가 보고 싶으면 더 울겠네, 박유영."

그가 능청스럽게 말하자 유영이 톡 재준의 어깨를 때렸다. 그리고 작게 투정했다.

"키스해도 된다고 했으면 이미 사귀자는 거지, 뭘 그렇게 자꾸 확인하는지 모르겠네."

"좋아서 자꾸 확인하는 거야."

재준이 웃더니 그녀의 턱을 슬며시 당겼다. 그리고 부드럽게 입을 맞춘 후, 그녀에게 말했다.

"연락 끊은 거 미안해. 평생 사과할게."

"으음……. 응."

그때, 얼마나 울었는지 유영은 말로 다 표현할 수 없었다. 그녀가 재준을 빤히 바라보며 말했다.

"그런데 넌 미국에서 잘 버텼네. 너 되게 한국 오고 싶어 했잖아."

"있잖아, 아까 네가 아이들 보고 남은 게 별 얘기 아니라고 했잖아."

"으응."

"나도 진짜 별거 아닌데. 네가 그러라고 했잖아."

그의 말에 유영이 조금 놀란 얼굴로 재준을 바라보았다. 그가 말을 이었다.

"내가 초등학교도 들어가기 전부터 꾼 꿈이니까 조금만 더 버텨보라고, 네가 그랬잖아. 그래서 버텼어. 힘들고 지쳐서, 네 옆에서나 봐달라고 칭얼거리고 싶은 마음도 있었는데 그걸 네가 원하지 않는다는 거 아니까. 참고 버티게 되더라. 나한텐, 네 말이 제일 중요하니까."

유영이 어쩐지 울컥 올라오는 울음을 참고 제 목에 건 목걸이만큼이나 반짝거리는 눈으로 웃었다.

"다행이다."

"그래?"

"응. 나 있지, 너랑 연락이 안 될 때 걱정했거든. 내가 자꾸만 너한테 버티라고 하고, 힘내라고 하고. 혹시 그게…… 위로는커녕 널 더 힘들게 했을까 봐 걱정했는데……."

"……."

"그게 아니라니 정말 다행이야……."

웃고 있는 그녀의 눈에 눈물이 글썽였다. 재준이 제가 얼마나 그녀를 걱정시켰는지에 대해 다시 한 번 반성하며 제법 장난스러운 목소리로 말했다.

"근데 너랑 연락을 끊으니까, 나한테 남은 게 야구밖에 없어서 죽기 살기로 매달리게 되긴 하더라."

그러자 유영도 그의 마음을 읽고 토라진 척 팔짱을 끼고 대답했다.

"뭐야, 왠지 찝찝해. 꼭 나랑 연락을 안 하니까 잘하게 된 것 같잖아."

"찝찝해도 할 수 없어. 그때 나는 너도 없는데, 야구까지 못하면 내 인생은 끝이라고 생각했으니까."

"으음……. 그럼 안 찝찝하게, 나랑 만나면서도 잘해."

"알았어. 열심히 할게."

재준이 의욕적으로 대답하자 유영이 중얼거렸다.

"근데 생각해보면 나도 너랑 연락 끊기고 나서 엄청 공부 열심히 했어. 너랑 사귀었으면 아마 임용 못 붙었을 듯?"

"……네 말 맞다. 꼭 나랑 연락을 안 하니까 네가 선생님이 된 것 같아서 왠지 찝찝해."

재준이 대답하며 유영을 더욱 가까이 끌어당겼다. 그러나 곧 그게 괴로운 일인 걸 알고 그녀를 놓았다.

유영이 육체적인 관계를 신경 쓰고 있다는 걸 알고 나니, 재준만 괜히 의식해서 더 괴로워졌다. 오히려 유영은 그가 아직은 거기까지 진도를 나갈 생각이 아니란 걸 알고 안심한 모양이었다.

재준은 사춘기 시절, 자신을 끊임없이 괴롭히던 유영에 대한 자극적인 상상이 다시 제 머릿속을 뒤덮는 것을 느꼈다. 그때 그는 자신이 이상성욕자거나, 사이코거나 아무튼 뭐라도 문제가 있을 거라고 생각했다. 그렇지 않고서야 이렇게 시도 때도 없이 야한 생각을 할 리 없지 않나. 그나마 자신이 야구라도 해서 다행이지, 그 야구 하는 시간이라도 없었으면 정말 하루 종일 그런 생각만 할 뻔했다.

지금은 그래도 어른이 되어 사춘기 시절보다는 훨씬 나았지만, 관계에 대한 유영의 말 한 마디, 한 마디가 재준의 호르몬을 뒤죽박죽으로 만들어놓았든지, 아무튼 무슨 짓이든 해버린 것이 분명했다.

재준이 어색한 투로 말했다.

"자. 그럼, 뭐 건전한 영화라도 볼까?"

"응? 건전한 영화?"

젠장. 그 생각만 하다가 말이 잘못 나왔다.

유영의 말간 눈빛에 죄책감을 느낀 재준이 서둘러 변명했다.

"갑자기 막, 첫사랑 영화 막 그런 풋풋하고 건전한 게 보고 싶네."

"와, 말하고 보니 그러네. 아. 우리 중학생 땐가? 같이 본 영화 기억나? 한 여섯 명이서 같이 갔는데."

"어, 기억나."

그날 같은 반 친구들과 우르르 영화를 보러 갔는데, 유영이 영화 중반부터 눈물을 뚝뚝 흘리더니 끝나고 나서도 못 견디고 한참을 우는 것이다.

이런 생각을 하는 게 못되게 느껴지긴 했지만, 그녀의 우는 얼굴이 얼마나 예쁘던지. 재준은 그날 밤 자신이 슬픈 영화를 보고 나온 것인가, 에로 영화를 보고 나온 것인가 혼란스러울 지경의 꿈을 꿨다. 그 후 한동안 죄책감이 너무 심해 유영의 얼굴도 똑바로 못 봤던 기억이 났다.

그가 기억을 훠훠 날리는 사이 유영이 영화 하나를 찾아 틀었다. 유영이 팔에 머리를 기대자 재준이 침을 꿀꺽 삼켰다. 그리고 아름다운 산과 들을 생각하며 성욕을 가라앉혔다.

* * *

미국으로 돌아가기 직전까지도 재준의 스케줄은 강행군이었다. 그는 늦은 밤까지 예능을 촬영하느라 삭신이 쑤셨다. 오늘은 초등학생들과 같이 야구를 했는데, 꼬맹이들이 열심히 하는 게 신기해 좀 무리했더니 금방이라도 쓰러져 잠들 것 같았다. 야구보다 육아가 더 힘들다는 생각을 한 재준은 유영이 혹시 쌍둥이 아들이라도 낳으면 야구를 그만두는 것도 생각해봐야겠다는 마음까지 먹었다.

301호와 302호 사이에 선 재준이 고민했다. 원래대로라면 제 집인 302호로 들어가는 게 맞았다. 그런데 간절히 원하고, 또 원하던 유영과 연인이 되니 혼자 집으로 들어가고 싶지 않았다.

이 상태로 샌프란시스코는 어떻게 가나 한숨만 나왔다. 정말, 유영이 보고 싶어 죽을지도 모르는데.

어차피 올해가 지나면 계약이 만료된다. 그 후에는 한국리그로 돌아올 수도 있고, 메이저리그에서 연봉을 재협상할 수도 있다. 물론 다들 미쳤다고 하겠지만.

재준이 생각하며 문을 열었다. 그리고 비어 있는 집을 바라보았다.

늘 혼자 집에 들어갔다. 가장 먼저 그를 반기는 것은 샌프란시스코의 야경이었다. 아무렇지도 않게 여기던 것들이었다. 오히려 원하던 것들이었다. 그런데, 유영의 곁에 있을 수 있는 선택권이 생기는 순간 그 모든 것이 끔찍하게 싫어지는 것이다.

어차피 야구만 할 수 있으면 한국이든 미국이든 같지 않나, 하는 목표 왜곡까지 하기 시작했다.

그가 소파에 앉아 한숨을 쉬었다. 그러다 도저히 안 되겠어서, 몸을 일으켜 301호로 향했다.

"유영아. 있어?"

재준이 묻자 '응' 하는 대답이 먼저 들리고 곧 유영이 문을 열었다. 그녀가 앞머리를 올려 꽂고 있던 핀을 빼며 물었다.

"지금 집에 왔어?"

"응."

"늦었……."

유영이 뺀 핀을 긴 치마에 달린 주머니에 넣기 무섭게 재준이 그녀를 끌어안았다. 그리고 의아해하는 유영에게 입을 맞췄다. 유영이 재준의 어깨를 짝 때리고, 그를 집안으로 끌고 들어와 문을 닫았다.

"아, 정말……. 누가 보면 어쩌려고?"

유영이 흘기자 재준이 싱긋 웃었다. 그리고 예뻐서 도저히 못 견디겠다는 듯한 눈빛으로 유영을 바라보았다. 꿀이 뚝뚝 흐르는 듯한 그의 눈빛에 유영은 부끄러워져 공연히 새침하게 핀잔했다.

"뭐야, 배고파? 먹을 거 해달라는 표정이야, 그거?"

"내가 애냐."

재준이 말하고 유영을 그대로 끌고 가 풀썩 침대에 누워버렸다. 유영이 인상을 쓰고 말했다.

"야, 남의 침대에 막 눕고 그러는 거 아냐."

"내 침대엔 누워도 돼."

"난 안 되거든?"

"알았어. 앞으로 안 그럴게."

미치겠다. 그녀가 너무 좋아서 심장이 터질 것 같았다. 지금 제 심장을 열여덟 살 신재준의 심장과 바꿔 낀 것 같은 기분이었다. 한없이 예민해져서 유영이 손가락 하나 움직이는 것까지 전부 들리고, 느껴진다.

그녀를 원할 수 없을 때에 억눌러놓았던 것들이 일순간에 터져버리니 도저히 제 스스로의 감정을 제어할 수가 없었다. 웃고 싶고, 울고 싶고, 놀라고 싶고, 안도하고 싶었다. 잠들겠다는 욕구처럼, 감정을 느끼고 싶은 욕구가 들었다.

재준이 좀처럼 일어나지 않아 밀어내려고 낑낑거리던 유영이 겨우 자리에 앉았다. 그리고 제 다리를 베고 누운 재준을 흔들었다.

"집에 가, 신재준."

"저 앞이야. 마음만 먹으면 갈 수 있어."

"그럼 가."

"마음의 준비가 안 됐어."

재준이 중얼거렸다. 그러자 기가 막혀하던 유영이 못 말리겠다는 듯 포기하고 재준의 머리칼을 쓸어 올렸다.

잘생긴 이마를 손으로 감싸보고, 콧대도 쓸어보았다. 보는 재미만큼, 만지는 재미도 있는 얼굴이었다.

"귀여워."

유영이 말하며 작게 소리를 내어 웃었다. 이렇게 졸고 있는 걸 보니 아이 같아서 긴장이 사라졌다. 눈코입도 잘생겼지만 얼굴형이 정말 예뻤다. 반듯한 귀는 너무나 적절하고 좋은 위치에 있다는 생각이 들었고, 이마에서 코로 넘어가는 선도 잘생겼고, 턱선도 날렵했다.

뜯어보며 감탄하는 재미가 있는 얼굴을 가지고 장난을 치는데, 그의 미간이 점점 좁아졌다. 그것마저 재미있어서 유영이 미간을 톡 건드리자 재준이 눈을 떴다. 그가 유영의 손목을 붙잡고 상체를 일으켰다. 그러더니 아주 가까이 다가와 고개를 숙이고 그녀의 손목을 들어 유영의 눈앞에 가져가며 말했다.

"손은 가만히 둡시다, 박유영 선생님."

그가 말하자 유영의 표정에 순간 확 긴장감이 번졌다. 싫어서가 아니라, 눈을 뜬 그의 인상이 조금도 귀엽지가 않아 놀라서였다. 그녀가 살짝 고개를 끄덕이고 손목을 빼내려는데 재준이 놔주지 않았다. 침대에서 일어나려던 그녀의 몸이 확 당겨져 재준의 품으로 다시 끌려갔다. 유영이 새침하게 말했다.

"마음의 준비 다 했으면 가."

"하고 있는데 네가 방해했잖아."

그렇게 말하더니, 유영을 제 무릎에 앉힌다. 두 사람이 가까워지자 유영이 부끄러워하며 말했다.

"내 핑계 대지 마."

"이렇게 만지작거리는데 어떻게 마음의 준비를 해. 내가 네 친구야?"

듣고 보니, 그는 이제 친구가 아니다.

유영이 억울한 표정으로 말했다.

"나는…… 아직 네가 어느 정도는 친구거든? 근데 넌 어떻게 그렇게 확 바뀔 수 있어? 어떻게 그렇게 한 번에 친구에서 애인이 돼?"

"내가 더 놀라운데. 난 나한테 네가 여자로 인식된 이후로 한 번도 친구인 적이 없거든. 없으니까 네 옆에 있을 수 없을 때 연락도 끊을 수 있었어. 친구면 뭐하러 연락을 끊어. 여자니까 끊는 거지."

"……."

"난 다른 남자랑 사귀고 있는 너랑은 연락 못 해. 다시 돌아가도 나는 일부분만 친구고, 나머지는 애인인 그런 건 못한다고. 차라리 혼자 있고, 야구만 하는 게 낫지."

그래서 더 죽겠는 것이다. 유영이 자신을 바라보는 재준의 눈빛을 받아내기 어려워 두 손으로 그의 눈을 가렸다.

"넌 너무 냉정해."

"너한텐 안 냉정해."

"안 냉정한 게 이 정도면 팀 동료들 완전 힘들겠네."

"이기기만 하면 되지, 인격이 뭐가 중요해."

"……너 진짜 그렇게 살아도 돼?"

유영의 의심에 재준이 슬쩍 웃었다. 선해 보이게 휘어지는 눈과 입의 꼬리가 감정을 휘저었다. 재준이 유영에게 쪽 소리가 나게 입을 맞추고 일어섰다.

"이제 마음의 준비 됐어. 나 간다."

"응. 가."

대답이 시원치 않았다. 재준이 물었다.

"나 가는 거 싫지?"

"……."

"있어줘?"

그가 싱긋 웃으며 묻자 유영이 울상이 되어 대답했다.

"아무래도 안 되겠어. 너 다시 딴 곳으로 이사 가. 앞집 사니까 자꾸 들락거리고 싶어진단 말이야."

"들락거려. 우리 집 가서 살아도 누가 뭐라고 안 해."

"내 집은 안 되는데?"

"너 좀 치사하지 않냐?"

"내가 뭘."

재준이 입술을 삐죽거리는 유영을 보며 자꾸만 웃었다. 그가 제 주머니에서 열쇠를 꺼내 유영에게 내밀었다. 유영이 의아해하자 재준이 말했다.

"네 열쇠."

"정말?"

"응."

유영이 열쇠를 두 손으로 감싸고 즐겁게 웃으며 말했다.

"맨날 너희 집 가서 엉망진창으로 만들어야지."

그녀의 웃음을 물끄러미 바라보던 재준이 유영의 손을 잡아 제 집으로 끌며 말했다.

"이리 와봐. 너 연습 좀 해야겠다."

"무슨 연습?"

"거절 연습."

"으응?"

"나 없을 때, 딴 놈이 너한테 찝쩍거려도 거절 못할까 봐. 미리 연습하라고."

재준이 농담 아니라는 듯 심각한 표정을 지으며 그녀를 데려가 소파에 앉혔다. 재준도 제 곁에 앉자, 유영이 말했다.

"키스하자고 말해봐."

"키스하자."

"싫어."

"……."

"봤어? 나 거절 완전 잘해."

유영이 빈정거리고는 일그러지는 재준의 표정을 보며 쿡쿡 웃는다. 재준이 그런 그녀의 흘러내린 앞머리를 쓸며 말했다.

"사람 가지고 놀면 재밌냐?"

"아니. 널 가지고 노는 게 재밌어."

"너무하네, 진짜."

재준이 무심해 보이는 눈을 나른하게 뜨고 중얼거리더니, 미소를 지으며 그녀에게 물었다.

"키스하기 싫다고 했지?"

"응."

"그럼 나는?"

"어?"

"나도 싫어?"

그의 질문에 유영이 서둘러 고개를 저었다.

"너는 좋아."

그녀가 말하고는 두 손으로 확 붉어진 제 얼굴을 가렸다. 그러다 재준이 더 말이 없어서 손을 살짝 내렸다.

비웃기라도 하고 있을 줄 알았는데 재준이 정면으로 몸을 돌려 소파에 바로 앉더니 소파 옆 테이블에 있던 제 모자를 잡아 머리에 푹 눌러쓴다.

유영이 살짝 손을 내밀어 그의 귀를 쓰다듬었다.

"귀 빨개졌어."

"알아."

재준이 투덜거리며 제 귀를 만지고 있던 그녀의 손을 떼내고 제 손으로 귀를 덮어버렸다. 유영이 재준 쪽으로 옮겨 앉아 그의 손등에 대고 말했다.

"재준아."

"……."

"재준아?"

두 번 이름을 불렀더니, 그가 유영 쪽을 돌아본다. 모자에 가려져 있던 그의 눈동자가 무척이나 맑았다. 살짝 인상을 쓴 건, 이 상황을 부끄러워하는 제 스스로가 한심스러웠기 때문이었다. 그는 부끄러움을 부끄러워하는 남자였다.

유영은 눈썹의 움직임만으로도 자신을 좋아하는 것이 느껴지는 재준의 얼굴이 부끄러워 모자를 푹 눌러버렸다. 그러고는 괜히 그를 타박했다.

"사람이 좋다는데 뭔가 대답이 있어야지."

"무슨 대답."

"빨리 좋아한다고 해, 나."

"……."

"어어? 야. 너 나 안 좋아해?"

유영이 재촉했다. 그러자 한숨을 푹 내쉰 재준이 모자를 벗었다. 그리고 그녀를 똑바로 바라보며 말했다.

"좋아해."

"……."

쑥스러움으로 가득한 그의 목소리와 영원히, 그녀에게만큼은 악의를 가질 수 없을 것처럼 맑은 눈동자에 유영은 순간 시간이 멈춘 듯 굳은 채 재준을 바라보았다.

우리, 언제 이렇게 자랐을까.

유영은 긴장한 재준의 눈을 바라보며 생각했다.

초등학생 때였나, 모처럼 일찍 집에 가는 재준과 함께 집으로 돌아갈 때, 그가 언덕을 뒷걸음으로 올라가며 유영을 바라보고 말했다.

'난 메이저리거가 될 거야. 그러니까 너 선생님 되면 방학 때 미국 놀러 와.'

그때, 내가 뭐라고 대답했더라.

순간 재준의 눈동자에 어린 시절을 떠올린 유영은 그날 자신이 뭐라고 대답했는지를 한참 생각했다. 기억이 안 나는데, 재준이 장난꾸러기처럼 웃었던 기억만 난다.

유영이 그의 품에서 떨어져 테이블로 향하는데, 재준의 팔이 그녀의 허리를 끌어 제 품으로 당겼다. 그러더니 그녀의 뒷목에 입을 맞춘다. 유영의 몸이 흠칫 떨렸다.

"유영아."

뒤에서 끌어안은 팔에 조금씩 힘이 들어갔다. 유영은 그가 원하는 바를 알고 있었지만, 아직 마음의 준비가 되지 않아 살짝 그의 품에서 벗어나 커피포트로 향했다.

"따, 따듯한 거 줄까?"

"응."

재준이 말하며 다시 유영을 끌어안았다. 그리고 짓궂게 말했다.

"왜 도망쳐?"

"안 도망쳤어!"

"얌전히 너 안고만 있을게. 떨어지기 싫어."

그가 유영의 품에 얼굴을 묻고 중얼거렸다.

"나 올해만 메이저리그에서 뛰면 계약 끝나."

"응, 그렇다며?"

"그다음에는 한국으로 와서 네 근처에서 살래. 302호에 계속 살면 되겠다. 그렇지?"

"……뭐어?"

"뭐 어차피 야구만 할 수 있으면 어느 쪽이든 상관없잖아.."

재준의 말에 발끈한 유영이 그를 밀어내고 물었다.

"그게 무슨 소리야?"

"그냥. 나 에이전시가 올해 가면 연말에 4년이나 7년 계약할 거래. 근데 그렇게 오래 내가 미국에 있을 수는 없잖아."

"말도 안 되는 소리 하지 마!"

"내가 스물셋에서 스물여덟은 어떻게 너 없이도 버텼거든. 그 사이엔 네가 결혼 안 할 것 같았으니까. 근데 스물아홉부터 서른넷은 너 없인 죽을 거야, 나."

"……."

"제발 같이 있어준다고 해. 가지 말라고 하면 안 갈게. 네가 그만둔다고 하면 같이 가자. 너 좋을 대로 해. 응? 아니다. 고르기 어렵지. 그냥 내가 안 갈게. 그냥 내가 네 옆에 있을게."

"……."

"그러니까 네가 가지 말라고 한마디만 해주면……."

한동안 말이 없던 유영이 입을 열었다.

"나 너 안 좋아해."

"웃기지 마."

재준이 어이없다는 듯 웃었다. 그러나 유영이 더 말이 없자 그가 굳은 표정으로 그녀를 돌아보았다.

"박유영."

"진짜야. 그래, 너 가지 마. 근데 너 안 가면 나도 너 안 만나."

"……."

유영이 이렇게까지 냉정하게 나올 줄 몰랐다. 징징거리는 걸 달래주는 수준일 줄 알았다. 그러나 유영은 단호했다.

"초등학생 때 네가 그랬잖아. 넌 메이저리거가 될 거니까 나보고 선생님 되면 방학 때 미국 놀러 오라고."

"……젠장. 그걸 아직도 기억하다니."

"네 입으로 그렇게 말해놓고 왜 이제 와서 한국에 눌러 앉겠대? 그럼 꼭 내가 발목 잡는 것 같잖아, 기분 나쁘게."

"죽을 것 같은데 어떡해."

"사람은 감정 때문에 죽지 않아. 감정 휩쓸려서 제 몸을 간수하지 못할 때 죽는 거지. 조절해. 네가 좋아하는 타자만 상대할 순 없는 것처럼, 네 기분 내키는 대로 인생을 결정할 수도 없는 거잖아."

"선생님. 그렇게 말씀하시면 내가 애새끼 같잖아요."

"너 지금 되에게 어린애같이 구는 거 모르나 봐?"

"가기 싫은 걸 어떡해."

'지금도 퇴근하고 딱 계단 올라가면 302호로 가기 싫어서 네 집 문 앞에서 한참 어슬렁거리다 들어간다니까. 얼마나 네가 매일 보고 싶으면 너한테 열쇠까지 줬겠어.'

재준은 그렇게 따지고 싶은 마음을 참았다. 유영이 불만 가득한 재준의 얼굴을 두 손으로 감싸고 말했다.

"일단 가서 열심히 하고 있어. 내가 방학 때 놀러 가면 되잖아. 응?"

"……."

"가면 너 시간 날 때마다 같이 뒹굴거리자. 응?"

이렇게 어른스러운 얼굴로 설득하니 더 고집부릴 수가 없었다. 재준이 유영의 뽀얀 뺨에 쪽 입을 맞추고 떨어지며 말했다.

"미안. 애같이 굴어서."

애같이 굴어서, 라는 말과 달리 지금 그의 표정이 무척 어른스러웠다. 유영은 아이에게 하듯이 입을 맞춘 재준 덕에 얼굴이 붉어져서 혼잣말하듯 말했다.

"근데, 나한테 같이 샌프란시스코로 가자고는 안 하네?"

"응?"

"나한테 교사 그만두고, 샌프란시스코로 가자고 할 수도 있는데. 그 말은 안 한다고, 너."

그러자 재준이 늘 탁자 위에 두는 공을 습관처럼 집어 들며 말했다.

"그건 네 선택이지. 내가 할 말이 아니잖아. 어쨌든 내가 그 말을 입 밖으로 내면 넌 영향 받을 거고, 난 그러고 싶지 않아."

"……."

"나의 서사가 있듯이, 너의 서사도 있는 거니까."

"그런 말은 어디서 배웠어?"

"스포츠."

재준이 능청스럽게 대답하곤 어깨를 으쓱였다. 유영이 재준의 팔을 톡 때렸다.

"거봐. 스포츠를 그렇게 좋아하는 사람이."

"아. 억울하다. 왜 난 하필 야구를 좋아해서."

말하던 재준이 싱긋 웃으며 유영에게 물었다.

"너, 내가 메이저리거가 되고 네가 선생님이 되면 방학 때 미국 놀러 오라고 말했을 때 있잖아. 그때 네가 뭐라고 대답했는지 알아?"

재준도 그때를 기억하고 있었던 모양이다. 유영이 고개를 젓자 그가 말을 이었다.

"네가 그때 그랬어. 그냥 메이저리거도 아니고, 잘하는 메이저리거여야 갈 거라고. 사이 영 상쯤 받으면 갈 거라고."

"……내가 그렇게 압박적인 친구였어?"

"응. 그런 압박적인 꼬맹이였지."

재준이 말하고 킥킥 웃고, 나긋하게 말을 이었다.

"그때도 나는 네가 원하는 건 뭐든지 해주고 싶다고 생각했는데. 지금도 그래. 지금도, 네가 원하는 건 뭐든지 해주고 싶어."

재준의 부드러운 눈빛에 유영의 심장이 쿵쿵 뛰었다. 손을 놓기 싫었다. 그가 떠나는 게 싫었다.

그래도 손을 놓아야 할 때가 있다는 것을, 유영은 알고 있었다. 유영이 다시 입을 열었다.

"내가 있잖아, 네가 고백을 하고 대답을 고민했을 때."

"어, 나 미치게 했을 때?"

재준의 짓궂은 대답에 유영이 그를 살짝 흘기고는 말을 이어갔다.

"그때 선아 쌤한테 나 네가 미국으로 가야 한다는 것도, 더 이상 친구일 수 없게 되는 것도 걱정된다고 했더니 선아 쌤이 그랬어. 그런 게 뭐가 중요하냐고. 내가 널 좋아하는지, 좋아하지 않는지가 중요하다면서."

"……."

"그래서 그날 너에게 키스해보자고 했잖아. 그 얘기를 듣고 생각해보니까, 맞는 말이더라. 내가 널 좋아하는데, 거리가 무슨 상관이야."

"……그분 뭐 좋아하셔? 나 좀 크게 보답해야 할 것 같은데."

재준은 진심인데, 유영은 농담인 줄 알고 웃음을 터트렸다.

두 사람은 그 후로도, 일하지 않는 모든 시간에 함께 있었다. 시간의 제약이 있다는 생각에, 더욱 순간순간을 아꼈다.

재준은 그 짧은 날 동안 두 번 더 유영의 부모님에게 식사를 대접했다. 유영의 겨울방학이 시작되자 두 사람은 거의 매일같이 밥을 먹고, 데이트를 했다.

워낙 서로 오래 알아서, 연인이 된들 그리 큰 차이가 없을 것 같다고 생각했는데 전혀 아니었다. 모든 순간이 설렘으로 가득 차서, 서로 마주 보고 따듯한 차 한잔만 마시고 있어도 수줍고, 행복했다.

다음 해 1월이 끝나고, 재준은 샌프란시스코로 떠났다.

공항에서 그를 배웅하고 돌아온 유영이 302호 문을 열고 안으로 들어갔다. 텅 빈 재준의 방을 보니 그가 떠났다는 것이 실감이 났다.

다음에 돌아오면 또 302호를 쓸 테니, 이 방은 비워두기로 했다.

유영에게 쓰고 싶으면 마음껏 쓰라는 말도 했다.

유영은 곧 302호를 나섰다가, 몇 시간 후 다시 들어왔다. 그녀의 손에 여러 가지 물건이 들려 있었다.

그녀는 302호를 꼼꼼하게 꾸미기 시작했다. 벽에 액자도 걸고, 방향제도 놓았다. 그러고 나서, 방 한가운데 주저앉았다.

재준이 한국으로 돌아올까 물었었다. 유영은 뒤늦게 그런 생각을 했다. 그에게 물어볼 걸, 나 학교 그만둘까, 하고.

물론 안 된다고 했겠지. 내가 그랬던 것처럼.

유영이 생각에 잠겨 멍하니 빈 벽을 바라보았다.

지금은, 자신의 서사보다 그의 서사가 더 궁금했다.

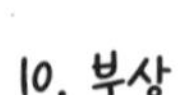

10. 부상

샌프란시스코로 돌아간 재준은 며칠 뒤, 스프링캠프를 시작했고, 곧 또다시 새로운 시즌이 시작되었다.

생각보다 견딜 만했다. 시즌 초반에는 오로지 야구만 했으니까, 유영이 곁에 있었으면 오히려 미안한 마음만 들었을 것 같았다.

평소처럼 한다고는 하지만 올해가 끝나면 연봉 협상이 시작되니 별수 없이 몸에 좀 더 힘이 들어갔다.

릭이 계투에게 마운드를 넘겨주고 아이싱을 시작한 재준에게 다가왔다.

"신재준. 너 요즘 너무 힘이 들어간 거 아냐? 그러다가 다친다?"

"어쩔 수 없잖아."

"왜 이렇게 무리하냐? 너 어차피 연봉 그렇게 많이 필요 없잖아. 돈도 잘 안 쓰면서. 아니면 무슨 일 있어?"

무슨 일이 있는 건 아니지만, 야구라도 미친 듯이 하지 않으면 견딜 수가 없었다. 집에 가서 조금이라도 여력이 남으면 유영이 아른거렸다. 그걸 견디려다 보니 이래저래 야구에 몰입했다.

올해, 그는 내셔널리그 투수 중 최고의 성적을 올리고 있었다. 안정적인 선발 투수가 한 명 있다는 것은 여러 가지 연쇄작용을 했다. 재준이 선발 경기마다 무너지지 않고 안정적으로 7이닝을 던져주면, 뒤이어 경기를 마무리하는 계투들이 체력을 아낄 수 있었다. 팀 분위기도 팬들의 분위기도 끓어오르고, 샌프란시스코 자이언츠는 서부리그 1위로 올라섰다.

막 타격을 마치고 돌아온 데니스가 말을 걸었다.

「신.」

「말 걸지 마.」

재준이 눈길도 안 주고 말하자 데니스가 울컥해서 짜증을 냈다.

「난 네놈이 성격이 나빠야 야구를 잘하는 줄 알았는데, 요즘 까칠하게 굴지 않아도 야구만 잘하잖아.」

「…….」

「그니까 좀 더 잘해주라고, 동료들한테.」

「내가 말 안 했나?」

「뭘.」

「난 그냥 네가 맘에 안 들어.」

재준이 말하고 농담인지 슬쩍 웃자 데니스가 소리쳤다.

「인마, 누군 맘에 드냐! 우리 에이스니까 그냥 봐준다, 내가.」

「누가 에이스야?」

「너, 인마, 너. 네가 1선발이잖아.」

「내가 왜 1선발……. 어? 그러네?」

올해 샌프란시스코 자이언츠는 4선발까지 가까스로 맞추고 5선발은 계투들이 돌아가면서 맡고 있었다. 그러나 부동의 1선발이 있어 재준은 늘 2선발로 던졌었는데, 1선발의 컨디션이 올해 나빠진 덕에 언젠가부터 재준을 중심으로 선발 로스터가 돌아가고 있는 것이었다. 재준이 이제야 깨달은 것을 안 데니스가 말했다.

「아. 쟤랑 대화만 하면 열이 받아.」

「감독님이 말을 안 해주셔서 몰랐지.」

「기사 안 보냐?」

「영어잖아.」

「너도 지금 나랑 영어로 얘기하고 있거든? 넌 마운드 아래서는 아예 뇌를 안 쓰지? 그럴 거면 뇌는 왜 있어?」

「네 거보다는 쓸 만해.」

「어우, 저 자식.」

데니스가 성질을 내며 일어섰다. 그러다가 슬쩍 돌아보고 물었다.

「너 게임 좋아한다며. 우리 집 놀러 올래?」

「아니.」

「그럴 줄 알았다.」

데니스가 기대도 안 했다는 듯이 고개를 끄덕이며 덕아웃으로 돌아갔다. 재준이 릭에게 말했다.

"저 자식은 왜 저렇게 감정적이야."

"이건 진짜 네 편 못 들겠다. 난 데니스가 이렇게 착한 놈인 줄 몰랐어."

한국에 다녀오더니 사람이 부드러워졌다고 알레아도 릭도 무척 기뻐했지만 까칠한 건 원래 자기 성격인지 변하지 않았다.

* * *

유영이 3교시 수업을 마치고 나오는데, 교실 앞에 지강이 있었다.

"어? 차지강?"

"쌤."

지강이 쑥스러운 표정을 지었다. 녀석은 모처럼 교복을 입고 있었는데, 유영과 재준이 졸업한 우명 고등학교의 교복이었다.

조금 모양이 바뀌긴 했지만 낯이 익어 유영이 저절로 웃음을 지었다.

"내 후배네."

"넵. 유영 쌤 따라 갔죠."

"웃기지 마. 신재준 따라서 간 거잖아."

"아아아닌데요? 진짜 쌤 따라간 건데요?"

"말이라도 고맙네."

유영이 웃으며 말했다. 지강이 좀 벌게진 얼굴로 말했다.

"부모님이 쌤한테 인사드리라고 해서 온 거예요. 저 잘 하고 있다고."

"엎드려 절 받는 기분이지만 고맙네. 부모님께도 감사하다고 전해드려."

지강은 그 후로도 고등학교 생활에 대해 이것저것 이야기하다

학교를 떠났다.

재준에게 전화해서 이 이야기를 해줘야겠다고 생각하며 퇴근하는 길에, 휴대폰으로 기사를 확인한 유영이 생긋 웃었다. 아침 경기에서 재준과 데니스가 대화하는 모습이 기사로 나와 있었다.

[오늘 경기도 마운드가 든든했어!]

이런 기자의 상상이 가미된 제목이 붙은 사진이었다.

물론 데니스는 그런 말을 한 적이 없고, 실제로 그런 말을 했다고 해도 재준이 못 들은 척했겠지만 유영은 그런 자세한 내막까진 알 수 없었다.

재준이 늘 까칠하게만 굴어서 친구가 없을까 봐 걱정했는데, 이런 사진을 보니 좀 마음이 놓였다. 생각해보면 릭과 알레아도 재준이 많이 부드러워진 것 같다며 기뻐했었다.

휴대폰을 보며 무심코 컵케이크 가게에 줄을 서 있는데 누군가가 그녀의 어깨를 툭 건드렸다. 고개를 든 유영의 미간이 좁아졌다.

앞에 진현이 서 있었다. 모른 척하려는데 그가 그녀의 팔을 붙잡아 당겼다. 유영이 눈을 크게 뜬 채 그에게 끌려 나가 줄에서 벗어났다. 그리고 진현이 손목을 놓아주자마자 그의 뺨을 세게 때렸다.

짝 소리에 주변 모든 사람들이 둘을 돌아보았다.

진현이 손으로 제 뺨을 쓰다듬은 후 유영에게 말했다.

"술이나 한잔하자."

"싫어."

"잠깐만. 정말 잠깐만 얘기하자, 우리."

그녀를 놓친 이후로, 진현은 눈앞이 까맣게 변하는 경험을 이어갔다.

그녀에게 돌아가면 안 된다는 생각을 수도 없이 했다. 그래도, 말이라도 꺼내보지 않으면 이대로 미쳐 죽어버릴 것 같았다.

진현이 말했다.

"재준이 잘하더라."

"……."

"이제 그만 화내. 길 가다 한 번씩은, 그래도 이렇게 볼 텐데."

그러자 유영이 어처구니없다는 듯 말했다.

"뭐 하는 거야. 왜 그래? 바람 피워보니까 생각보다 별로야?"

"음……."

진현이 공허한 얼굴로 말했다.

"나 효진이랑 헤어졌어."

"……뭐?"

"안 맞더라. 효진이가 너한테서 날 뺏은 건 신재준 때문이고, 네가 날 효진이에게 뺏긴 것도 결국은 신재준 때문이었으니까. 서로 그렇게 사랑에 빠지지 않더라."

"자기가 바람을 피우고 남 탓하지 마."

유영이 싸늘하게 말하자, 진현이 한숨을 쉬었다.

어떻게 해볼 수 없다는 걸 알아도, 그래도 그녀가 그리울 때가 있었다.

재준이 미국으로 돌아갔다는 걸 알게 되니 자꾸 그녀 곁을 맴돌고 싶다는 마음이 생겼다. 애원하면 그녀가 용서해주지 않을까. 재준이 한국으로 돌아오지 않으면, 그럼 우리도 예전으로 돌아갈 수 있지 않을까.

유영을 잃고 나서야 자신이 얼마나 그녀를 사랑했는지 알았다. 그녀와 함께 있을 때 많이 웃었지만, 그녀가 눈에 보이지 않을 땐 자신을 사랑하지 않을까 봐 두려워했다.

그 두려움까지도 전부 사랑이었을 텐데. 그걸 왜 이제야 알게 된 건지. 진현은 자신과 더 이야기하기 싫다는 듯 빠르게 걸어가버리는 유영의 뒷모습을 힘없이 바라보았다.

* * *

집에 돌아와서도 유영은 화가 가라앉지 않았다. 집에 돌아와, 그녀의 전화를 받은 은해는 그 얘기를 듣자마자 욕설을 퍼부었다.

-그 자식이 진짜! 와, 열 받아!

"뻔뻔한 것도 정도가 있지, 왜 재준이 탓을 하는 건데? 개새끼."

-그니까. 뭐, 그 마음은 좀 알겠지만.

"뭐어?"

-아니……. 나도 남편한테 너랑 신재준처럼 그렇게 감정적으로 중요한 여자가 있으면 좀 그렇거든. 그냥 친구도 신경 쓰이는데, 너한테 신재준은 그냥 친구도 아니잖아.

"4년 내내 연락 한 번 한 적 없어."

-그게 이상하잖아. 4년 내내 연락을 안 해도, 여전히 너에겐 신재준이 중요하잖아. 그 자식이 미치는 것도 이해는 가.

미칠 정도로 자신이 진현에게 상처를 줬었나, 하는 생각을 했다. 그러나 동시에 연락도 하지 않는 남자를 그렇게 불안해하면, 결국은 자신과 더 인연을 이어갈 수 없었을 거라는 생각을 했다.

밤까지 이런저런 생각을 하다가, 재준이 일어날 즈음 그에게 전화를 걸었다. 곧 재준이 전화를 받아 다정히 말했다.

-응, 유영아.

"있지, 나 아까 기사 봤는데. 너 데니스 씨랑 친해? 아까 기사 봤는데 엄청 친해 보이더라."

평소 같으면 '안 친해' 하고 단호하게 말할 재준이 입을 다물었다. 그러자 유영이 말을 이었다.

"아무튼 친구가 있어서 다행이야. 데니스 씨는 뭘 좋아해? 과자 같은 것 좀 사서 보낼까?"

-이미 한국에서 팬들이 많이 보내. 괜찮아.

"그래도……."

유영이 안도한 목소리로 다정히 말했다.

"외롭다는 애를 억지로 미국으로 보낸 게 괜히 미안해서."

-……내가 얘기했나? 나 데니스랑 되게 친해. 안 그래도 자기 집 놀러 와서 게임하자더라.

"아, 정말?"

-어어, 그럼. 엄청 잘 지내.

재준의 변명에 유영이 생긋 미소를 지었다. 오늘 좀 우울했는데, 그가 잘 지낸다니 기분이 좋아진다.

그녀가 자꾸 질문만 하자, 꼬박꼬박 대답하던 재준이 그녀에게 물었다.

-너는? 오늘 별일 없었어?

그의 질문에 유영이 멈칫했다. 별일 없었다고 해야 하나. 아까

진현을 만나기는 했었는데.

그녀의 망설임 속에 무언가 있었다고 생각했는지 재준이 물었다.

-무슨 일 있었나 보네.

"별일은 아니었어."

-별일 아니니까 말해줘.

"지강이 기억하지? 그 녀석 있잖아, 우리 고등학교 갔대. 오늘 인사하러 왔어."

-그거 말고. 나쁜 일.

그가 추궁했다. 하여튼 너무 오래 알다 보니 뉘앙스만으로도 상대가 무슨 생각을 하고 있는지 알게 되고 만다. 유영이 재준에 대하여 그러하듯, 재준도 그랬다.

유영이 별수 없이 있었던 일을 실토했다.

"길에서 황진현 봤어. 우연히."

-……어디서?

"컵케이크 가게. 하여튼 컵케이크도 안 먹으면서 왜 자꾸 그 가게에 오는지 몰라. 내 가게인데! 생각해보니까 열 받네."

-그러게. 진짜 열 받네.

재준이 중얼거렸다. 유영이 툴툴거린 것과 비교할 수 없을 정도로 무거운 목소리였다.

"아무튼 별일은 아니지만, 그래도 그 자식 얼굴 보니까 열 받아."

-유영아.

"응?"

-그거 별일이야.

재준의 말끝에 낮은 한숨이 이어졌다. 유영이 멈칫하며 대답이 없자 그가 말을 이었다.

-멀리 있는 남자친구한테는 그거, 엄청나게 별일이야. 그 새끼가 왜 좋아하지도 않는 컵케이크를 사러 와서 너랑 마주치는지 모르겠다. 왜 자꾸 네 앞에 나타나는지, 정말 미칠 것 같아. 그러니까 그거 있잖아. 나한테는 밤새워 걱정할 큰일이야.

"……."

-밤새서 네 생각만 하는 내가 싫어질 정도로 불안하고, 무서워. 야구 같은 거 다 그만두고, 온종일 네 곁만 지키고 있었으면 좋겠어.

재준이 이런 말을 하는 타입이었나, 유영이 난감해하는데 그가 말을 이었다.

-남자친구가 돼서 그런 자식 하나 해결 못해줘서 미안해.

유영이 휴대폰을 꾹 쥐었다.

어쩌면 자신은 아직 그와의 관계를, 어릴 때 하던 소꿉장난처럼 생각하고 있었을지도 모르겠다는 생각을 했다. 그가 가지는 감정의 무게가 확연하게 느껴지자 문뜩 어지러움까지 느껴졌다.

* * *

전화를 끊은 후 재준은 깊은 한숨을 내쉬었다. 그 남자가 유영의 주변에 나타난 게 그녀 잘못도 아닌데, 그녀의 탓을 하듯 말하고 전화를 끊고 말았다.

내 마음은 그런 게 아닌데. 유영에게 잘못 말한 것들만 자꾸 생각이 나고 만다. 유영에게 사과를 해야 했다는 생각을 밤새도록 했다.

남들 눈에 재준은 겁이 없었다. 만루에 마운드로 올라가도 루가 전부 비어 있을 때와 다름없다고 생각하며 공을 던졌으니 실제로도 겁이 없는 편이 맞았다. 그러나 오늘 그의 심리상태는 심약 그 자체였다. 빨리 유영에게 다시 전화해서, 널 탓한 게 아니었다고 말하고 싶었다.

그녀가 불안했다. 그녀가 자신을 사랑하는 게 아닐 수도 있다는 생각에 자꾸만 빠졌다. 몸이 멀어지니, 제 감정 외에는 아무것도 믿을 수 없는데, 제 감정은 바닥이 없는 심연처럼 끝없이 유영을 원했다. 오늘처럼 그녀의 주변에 다른 남자가 나타나서만은 아니었다. 그런 일이 없더라도, 재준은 끊임없는 불안을 느껴야 했다.

"내가 어떻게 해야 하는지 좀 알려줘, 유영아."

재준이 중얼거렸다. 어떻게 해야 이 불안에서 벗어날 수 있는지, 그도 알고 싶었다.

* * *

다음 날 아침에, 방학식이 있었다.

유영은 오늘 열한 시부터 시작하는 샌프란시스코 경기가 궁금해서, 방학식 내내 머릿속에 딴생각이 가득했다. 오늘은 재준이 선발인 날이었다.

재준이 선발투수로 나오는 날마다 유영은 조마조마했다. 고등학생 때 재준은 집요할 정도로 승부욕이 강해서, 경기에서 지는 날이면 하루 종일 미소조차 짓지 않고 왜 졌는지에 대해서 생각하곤 했었다.

지금은 어른이 되어 좀 나아졌겠지만, 타고난 승부욕이 사라지진 않았을 것이라고 유영은 생각했다.

요즘 팀이 연패에 빠져 있어 재준의 어깨가 무거웠다. 유영은 아마 어제 재준이 예민하게 반응했던 것도 팀 분위기가 좋지 않아 우울했기 때문일 것이라 생각했다.

그녀는 아직, 그의 머릿속이 어떤 생각들로 뒤덮여 있는지 제대로 알지 못했다. 그녀가 아는 신재준의 기준은 어릴 때 제 친구이던 신재준, 같은 학군 안에서 최고로 인기 있던 신재준이었다. 자신에게 미쳐서 야구에까지 영향을 미치는, 그런 신재준은 상상조차 하지 못했다.

방학식이 끝나고 교사들이 모여 점심 회식을 했다. 가까운 고깃집에 들어가 한잔씩 반주를 해가며 회식을 했다.

유영과 선아의 가운데에 20년 차 교사인 희선이 앉아 있어, 양옆에서 두 사람이 연애상담을 하고 있는 중이었다. 선아가 말했다.

"그니까요, 얘가 저 좋아하는 거 아닌 거 같죠. 이 쌤?"

"나야 모르지. 근데 뭐 선아 선생님처럼 좋은 사람이 좋다는데, 그 남자분이 거절이야 하겠어?"

희선이 말하며 고기를 먹고 나서 나온 냉면에 연겨자와 식초를 부어 휘휘 저었다. 유영이 틈을 타 말을 이었다.

"선생님, 혹시 장거리 연애 해보셨어요?"

"장거리 연애?"

희선과 선아가 동시에 대답하고 유영을 보았다. 그러자 유영이 한숨을 푹 쉬며 말했다.

"장거리 연애 어떨 것 같으세요? 해볼 만하려나……."

그러자 희선이 물었다.

"왜? 얼마나 장거리인데?"

"이동에만 그냥 하루 잡아야 될 정도로 장거리요."

"어유, 너무 멀긴 하네."

"그렇죠? 너무 장거리죠?"

"둘만 좋으면 괜찮은데. 불안한 것만 견딜 수 있으면 되지 않을까?"

희선이 묻자 옆에서 선아가 맞장구치듯 고개를 끄덕거린다. 불안함이라. 유영이 생각하는데 희선이 말을 이었다.

"그래도 박 선생님 젊으니까, 불안하고 리스크 있는 사랑도 일단은 해봐. 해보고 너무 힘들면 그때 가서 결정해. 아직 지레 겁먹고 미리 포기할 나이 아니잖아."

그녀의 말에 유영이 말없이 고개를 끄덕였다.

그때 맞은편에 있던 교사가 유영에게 물었다.

"박 선생님, 오늘 신재준 선수 선발이지 않나?"

유영은 아직 학교에 자신이 재준과 사귄다는 사실을 말하지 않았다. 말할 이유가 없었다. 자신도 재준도 괜히 구설수에 오를 필요가 없었으니까.

유일하게 그 사실을 알고 있는 선아가 말했다.

"경기 이기고 있어요, 유영 쌤?"

그러자 옆자리에 있던 신입 남자 교사가 먼저 대답했다.

"아직 동점이에요."

야구를 좋아하는 교장이 음식점 사장에게 말했다.

"여기 리모컨 좀 주세요."

신재준이라는 남자의 존재감이 대단하긴 했다. 한 번 학교에 찾아왔던 것뿐인데 다들 왠지 재준의 경기를 챙겨봐야겠다는 의무감까지 느끼고 있었다.

유영은 재준의 경기를 보는 걸 무서워했지만, 결국 말릴 틈도 없이 음식점 벽에 걸려 있던 TV채널이 돌아갔다.

때마침 재준이 6이닝을 던지고 있었다. 로진을 손에 묻히는 재준을 바라보며 교사들이 말했다.

"잘생겼다, 진짜. 야구선수 하기 아까워."

"아, 쌤. 어떻게 그런 말을 하실 수가 있어요. 신재준이 야구를 안 하면 국가적인 손실이에요."

"저런 남자는 어떤 여자를 만날까."

"아이돌 만나지 않겠어요? 아나운서나."

옆에서 뭐라고 말하든, 유영은 화면에서 눈을 떼지 못하고 있었다. 가까스로 무실점으로 막고 있긴 하지만 재준이 자꾸 인상을 쓰는 게, 컨디션이 그리 좋아 보이지 않았다. 그녀의 눈이 정확했는지, 때마침 해설이 말했다.

-신재준 선수, 아직 몸이 다 안 풀린 것 같네요. 요즘 팀이 하락세라 신재준 선수가 부담감이 커서 그런 걸까요?

-예, 신재준 선수가 잘 막아도 타선에서 전혀 점수를 못 내니까요.

유영이 자기도 모르게 중얼거렸다.

"점수 좀 내줘라, 좀."

'데니스 씨, 친구라면서요. 큰 거 노리고 좀 휘둘러봐요.'

그녀가 속으로 투정하며 경기를 보았다.

경기는 느슨하게 흘러가고 있었다. 재준도 상대 투수도 전혀 실점을 하지 않았다. 자이언츠가 점수를 낼 기회가 몇 번 있었지만 번번이 그 기회를 놓쳤다.

경기는 7이닝으로 접어들고 있고, 여전히 0 대 0이었다. 그리고 재준이 타석에 들어설 차례였다.

아무래도 재준이 투수다 보니, 유영은 그가 타석에 있을 때는 그다지 긴장을 하지 않았다. 그냥 삼진 당하는 걸 기본으로 생각하고, 안타를 치면 운이 좋았다고 생각하는 정도였다. 반대로 그가 마운드에 있을 때는 공 하나 던질 때마다 몸이 들썩거리곤 했다.

유영이 타석에 서 있는 재준을 한 번 보고, 얼음이 잔뜩 든 음료를 한 모금 마셨다. 그때 해설자가 걱정스럽게 말했다.

-아, 신재준 선수, 타석에 너무 붙는데요.

재준은 어떻게든 배트로 공을 맞추고 싶은 마음에 타석 쪽으로 최대한 몸을 붙이고 있었다. 유영이 자기도 모르게 음료수를 테이블에 내려놓았다. 타석에 서 있는 그를 보며 이렇게 긴장한 건 처음이었다.

-1루로 어떻게든 나가려고 하는 모양이네요.

-아무래도 타석에 바짝 붙는 선수들은 몸에 공을 맞을 때가 많은데요.

그때였다. 날아온 공이 재준의 머리로 향하고 있었다. 놀란 투수의 표정이 굳어지고, 재준은 피하려 했지만 공은 그대로 그의 헬멧을 때렸다. 재준이 머리를 감싸고 바닥에 쓰러졌다. 사람들이 그에게 몰려가는 모습에 유영이 자기도 모르게 자리에서 일어섰다. 교사들의 시선도 TV에 있다가 전부 유영에게로 쏠렸다.

"시, 신재준……."

순간 머리가 하얘져 아무 생각도 나지 않았다. 무언가 조치를 취하겠다는 생각조차 못했다.

재준이 괴로운 표정을 짓고, 상대팀 포수가 다급하게 그의 상태를 살폈다. 재준은 그대로 교체되고, 앰뷸런스에 바로 실려 나갔다. 화면을 보며 유영은 멍하니 서 있을 뿐이었다.

당장 그에게 달려가고 싶었다. 얼마나 다친 건지 확인하고 싶었다. 그런데 그게 불가능하니까.

숨을 제대로 쉴 수가 없었다. 그녀가 가방을 들고 말했다.

"저, 저……. 저 머, 먼저 일어날게요. 죄송합니다."

"박 선생님! 휴대폰 가져가, 휴대폰!"

그녀가 정신이 없어 휴대폰도 두고 가자 옆에서 유영에게 휴대폰을 챙겨주었다. 선아가 유영이 택시 타는 것까지만 보고 오겠다며 따라 일어섰다.

11. 샌프란시스코

병실에 앉은 재준이 혀를 찼다. 그가 잔소리는 듣기 싫다는 듯 인상을 구겨봤지만 릭의 잔소리는 끊이지 않았다.

"쓰러질 거면 얌전히 쓰러질 것이지. 발목은 왜 삐어?"

"누가 삐고 싶어서 삐냐. 순간 정신을 잃었다잖아."

"너 지금 남 얘기해?"

"나 좀 자자. 크게 다친 것도 아니잖아."

재준이 말하고 다시 누웠다. 그리고 곧 한숨을 쉬고 다시 상체를 일으키더니 물었다.

"근데 혹시 영상으로 나 엄청 아파하는 것처럼 나왔어?"

"으응?"

"내가 괴로워 보였냐고."

"그야 당연하지. 150킬로 직구에 머리를 얻어맞았는데 안 괴로워 보이면 그게 시체지, 산 거냐?"

"젠장. 유영이 걱정할 텐데."

재준은 정신을 차리자마자 유영에게 전화를 해야 한다고 생각하고 있었다. 그런데 그녀가 무슨 반응을 보일지 무서워 연락을 못 했다.

그는 자기 스스로 꽤 프로다운 운동선수라고 생각했었다. 그런데 고작 유영이 전날 전 남자친구와 마주쳤다는 사실 때문에 이렇게까지 영향을 받다니. 한심하기 짝이 없는 일이다.

유영에게 이 사실을 들켰을 거라고 생각하니 도무지 고개를 들 수가 없었다. 이 집요한 마음을 유영이 알게 되면, 자신을 미워하게 될지도 모른다는 불안함까지 들었다.

그가 다시 침대에 누우며 말했다.

"나 한숨 더 잘게."

"그래."

릭이 대답하고 병실을 나갔다. 재준은 눈을 감고 잠을 청했다.

* * *

약기운으로 깊이 잠들었다가 다시 깨보니 해가 중천이었다.

제 침대에 유영이 걸터앉아 있는 것을 발견한 재준이 이마를 손으로 감싸며 상체를 일으키고 중얼거렸다.

"되게 현실적인 꿈이네."

재준이 우선 울어서 눈가가 빨간 유영의 턱을 살짝 잡아 들고 물었다.

"울었어? 눈가가 빨갛다."
"……."
"꿈이라 말은 못 하나."
그가 중얼거리더니 유영을 두 팔로 끌어안고 중얼거렸다.
"되게 좋은 약인가 보다. 환상이 엄청 현실적으로 느껴지네."
"……."
"목소리도 들리면 좋겠는데."
"바보……."
"아. 말했다."
재준이 싱긋 웃으며 유영을 놓아주더니 제 이마를 손으로 감싸며 말했다.
"의사가 머리에 이상 있으면 말하라고 했는데."
"아."
"불러야겠다. 의사."
그가 중얼거리더니 유영을 끌어안고 침대에 누워버렸다. 유영이 물었다.
"의사 부른다며?"
"부르면 너 사라지잖아. 잠깐만 더 있고."
"너 진짜 머리 다쳤나 보네."
유영이 걱정하며 재준의 이마를 손으로 감쌌다.
"나 진짜 왔는데?"
"거짓말하지 마, 이 가짜야. 우리 유영이 학교에 있어."
"방학이잖아."
"……뭐, 막 이것저것 바쁘다며."

"으응. 다른 선생님들이 맡아주셨어. 너 보러 가라고. 대신 사인 더 많이 받아오래."

"지, 진짜?"

"응. 너희 에이전시에 괜찮냐고 연락했더니 바로 비행기표 구해 줄 테니까 와줄 수 있냐고 퍼스트 클래스 끊어주더라? 내가 살면서 퍼스트 클래스를 타보는 날이 올 줄이야."

"그럼 너 환상 아니야?"

재준이 심각한 표정으로 묻는데, 입가에 살짝 미소가 번져 있다. 그가 여태 장난친 거라는 걸 알고 유영이 재준을 밀었다. 그리고 꾹 참고 있던 울음이 다시 터지려 해 입술을 깨물었다. 재준이 고개를 숙이고 유영의 얼굴을 살피며 짓궂게 물었다.

"왜. 나 아파서 걱정돼?"

그가 그렇게 말하니까, 겨우 참던 울음이 왈칵 터져버렸다. 에이전시에게서 전화를 받고 돌아온 통역사 릭이 울고 있는 유영을 보고 난감해하며 물었다.

"여자친구 왜 울렸어?"

"내가 울린 거 아냐."

"그럼 누가 울려."

릭의 핀잔을 들은 재준이 어쩔 줄 몰라 하며 유영에게 말했다.

"박유영. 그만 좀 울지?"

"너 엄청…… 많이 아프다고……."

"누가?"

"에이전시에서……."

그 말에 재준이 해명하라는 듯 인상을 쓰고 릭을 보자 그가 식은땀을 흘리며 말했다.

"에, 에이전시에서 오두방정을 떨어서 그래! 너 머리 너무 심하게 다쳐서 큰일났다면서!"

"헬멧도 쓰고 있었는데 뭘."

"너 요 며칠 컨디션 안 좋았잖아. 때마침 또 우리 선생님이 방학이시라잖아? 이래저래 여자친구 한번 만나면 좋지 않나 했겠지……."

유영이 훌쩍거리며 겨우 고개를 들었다. 그리고 재준의 뺨을 두 손으로 감싸고 빨개진 눈으로 바라보며 물었다.

"내 이름 뭔지 기억나?"

"……그 정도는 아니거든, 박유영?"

"이거 몇 개?"

유영이 손가락 두 개를 펴 보였다. 울다가 말고 장난을 치는 게 어이가 없어서, 재준이 그녀의 머리칼을 부드럽게 헝클고 웃었다.

"두 개."

"아……. 다행이다."

그녀가 말하며 겨우 울음을 삼키자 재준이 릭에게 나가달라고 눈짓했다. 그가 싱글벙글한 얼굴로 나가자 재준이 제 얼굴을 두 손으로 어루만지는 유영에게 핀잔했다.

"있잖아, 내가 네 친구이기 이전에 생물학적으로 남자거든? 이렇게 가까이에서 얼굴 만지작거리면 어떡하냐?"

"환자잖아……."

"환자는 성욕 없어?"

그의 직설적인 말에 유영이 흠칫 놀라자 재준이 미간을 좁히며 말했다.

"또 딸꾹질하는 거 아냐?"

"아, 아냐."

그가 두 손으로 유영의 눈물을 닦으며 말했다.

"왜 울고 난리야. 미안해지게."

"미안할 건 뭐야."

"나 때문에 우는 거잖아."

재준이 다시 울 것 같은 유영을 끌어안고 말했다.

"그래도 내가 걱정돼서 우는 거니까 싫진 않다."

그의 목소리만큼이나 그의 품도 무척 따듯했다. 재준의 품에 폭 안겨 있던 유영이 중얼거렸다.

"장거리 연애…… 괜찮아, 나는."

"……어?"

"나는 괜찮아. 네가 괜찮으면."

"……."

"그냥…… 그렇다고. 난 혼자서도 잘 놀고, 은해도 결혼하고 나니까 전화를 더 많이 해. 선아도 매일 나랑 놀아주고. 그리고…… 네가 아무리 멀리 있어도, 아무리 오래 떨어져 있어도 이렇게 내가 좋아할 수 있는 사람, 세상에 없어. 그건 나 아니더라도, 다른 사람들 눈에도 보일 정도야. 그러니까……. 매일 볼 수 없는 게 아쉬운 거지, 불안해할 필요는 없어. 나도 불안해하지 않을 거고."

"그래도 불안해."

"수학 쌤이 그러는데, 우리 아직 그래도 되는 나이래. 아직 불안하고 리스크 있는 사랑을 해봐도 괜찮은 나이래."

"……."

"우리 있지, 되게 괜찮은 나이야."

어른이 되니 건조해진다고 생각했다. 좀 더 많이 알게 되니, 모든 것이 싱겁게 느껴졌다.

그래도 그 녀석이 돌아오니까, 추억을 되찾으니까. 다시 모든 것이 반짝거리는 기분이었다.

그녀의 말에 재준이 대답은커녕, 손가락 하나도 까딱하지 못하고 얼어 있었다.

유영이 고개를 들어 그와 눈을 마주치며 고개를 살짝 기울였다.

"재준아?"

"……너무 좋아서 사고가 안 된다."

"바보야, 다치지나 마."

유영의 걱정스러운 목소리에 재준이 웃으며 대답했다.

"안 다칠게."

"네가 노력한다고 되는 것도 아니고……."

"타석에서 멀리 떨어져 있을게. 응? 안 다칠 테니까 그만 울고."

재준이 유영의 턱을 살짝 잡고 말했다.

"다치지 말라고 키스 한 번만 해주라."

"웃기지 마."

"잘하라고 해줘. 응?"

재준이 안 부리던 애교까지 부리며 말하자 머뭇거리던 유영이 그의 목을 팔로 살짝 감았다. 그러더니 살짝, 닿는 듯 마는 듯하게 입을 맞췄다. 그러자 재준이 다시 그녀에게 입을 맞췄다. 유영이 놀라서 밀어내자 그가 살짝 입술을 떼고 봐달라는 듯 애처로운 표정을 짓는다. 결국 유영이 그의 어깨를 밀어내던 손을 떼자 재준이 다시 입을 맞췄다.

유영의 머리칼이 다 헝클어지도록, 그녀의 숨이 모자라도록 입을 맞추던 재준이 도저히 못 견디겠는지 유영의 허리를 끌어안아 제 무릎에 앉혔다.

“야, 야! 병실에서!”

“그냥 안고만 있을게, 안고만.”

재준이 그렇게 말하고 부끄러워 시선을 피하는 유영의 턱을 잡아 자신을 보게 하는데 병실 문이 벌컥 열렸다.

「신! 내가 맞히려고 맞힌 거 아니라고! 미안하다고!」

재준의 머리를 맞힌 투수 터크스가 사과하러 들어오다가 입술이 닿을 듯 가까운 두 사람을 보고 창문으로 시선을 돌렸다. 그가 중얼거렸다.

「뭐야, 내 덕에 쉬네.」

유영이 얼굴이 새빨개져 재준을 밀어내자 그가 그녀를 무릎 아래로 내려놓고 침대에서 내려섰다. 그가 신경질을 내며 터크스를 데리고 병실을 나서며 말했다.

「타이밍 죽인다, 아주.」

「너 이 자식, 여자친구가 보고 싶어서 일부러 타석에 붙어선 거 아냐? 쉬려고?」

「그럴 리가 있냐. 그나저나 너희 내일 홈경기 있잖아. 왜 아직도 여기 있어.」

「사과하려고 왔지.」

「안 해도 돼. 가.」

「뭘 안 해도 돼. 벌써 했구만.」

「아, 그러네. 그럼 받아줄게. 가.」

「와 나, 진짜 억울하네. 내가 이런 놈을 보려고 여기까지 와서 사과를 하고 앉았어.」

「받아주는 정도가 아니라 매우 고맙다.」

「왜지? 왜 짜증이 나지?」

터크스가 짜증을 내면서도 재준의 표정이 진짜로 밝아서, 기분이 풀렸는지 씨익 웃었다. 터크스가 만족스러워하며 떠나고 재준이 재빨리 병실로 돌아가려는데 병실에 서 있던 릭이 말했다.

"재준아. 에이전시에서 네 여자친구분 기가 막히게 좋은 숙소 잡아드렸으니까 편히 쉬시고 가라는데?"

"왜 숙소를 따로 잡아. 우리 집에서 자면 되지."

"아, 이 자식 생각 참 짧네."

릭이 재준의 귀에 소곤거렸다.

"숙소를 한 달간 잡아놔야 여기 있을 거 아냐. 남의 집에 있으면 남의 집이니까 미안해서 금방 간다고 하지."

"아……. 역시 사람은 연륜이 있어야 돼."

"그렇다니까. 그니까 잘하자, 재준아. 응? 올해 연봉 계약 잘 해야지."

"알았어, 알았어."

릭은 과연 이게 재준에게 옳은 일인가 미심쩍어하며 한숨을 쉬었다.

대화를 마치고 재준이 병실로 돌아가보니, 유영이 전화를 통해 해선에게 말을 잇고 있었다.

"네. 그러니까 걱정 마세요, 이모."

-어유, 괜히 그 자식 때문에 네가 미국까지……. 웬 고생이니, 이게.

"제가 보고 싶어서 온 건데요, 뭐. 완전 멀쩡한 거 보니까 이제 맘이 놓여요."

-그렇지? 아무튼 고마워, 유영아. 그 망할 놈이 순순히 집에 전화할 리가 없으니 네 덕에 상태도 확인하고 좋네. 그럼 재준이 좀 잠깐 바꿔줄래?

해선의 말에 유영이 재준을 보자 그는 자기가 자고 있다고 말해 달라고 시늉을 했다. 유영이 별수 없이 말했다.

"아, 재준이 잠들었어요. 깨울까요?"

-그럼 깨우지는 말고. 신재준한테 꼭 말해. 네 방 꼭 따로 잡아주라고. 나한테 네 방 사진 보내라고. 안 그러면 가만 안 둔다고 해!

해선이 말하고 전화를 끊었다. 재준이 안도한 표정으로 말했다.

"고마워. 전화해줘서."

"고맙긴."

"엄마가 뭐래?"

"아, 방 따로 잡아주라고."

"그야 당연히 따로 잡아주지."

"정말?"

당연하다는 말에 약간 서운해진 유영이 마지못해 고개를 끄덕였다.

그날 오후 중 재준은 퇴원했고, 곧 유영과 함께 에이전시에서 잡아준 숙소로 향했다. 재준의 바로 위층이 때마침 비어 한 달간 빌렸다는 듯했다. 유영은 야경이 화려한 레지던스를 둘러보더니 난감한 얼굴로 재준에게 말했다.

"여길 나 혼자 쓰라고?"

"응."

"너무 비싸 보이는데……."

"내 컨디션을 위해서 그 정도 돈은 쓸 수 있나 보지."

재준이 태연하게 말하더니 유영의 손을 붙잡고 창가로 걸음을 옮겼다. 그러자 그를 따라 걸어가며 유영이 시무룩하게 물었다.

"내가 네 집에 신세지면 네 컨디션에 안 좋아?"

"그럴 리가."

"그럼?"

재준이 몸을 돌려 유영을 마주 보았다. 그녀는 예전부터 그랬다. 저렇게 맑은 눈으로 걱정한다.

재준은 늘, 그녀가 누군가의 선생님이 되어야 한다고 생각했다. 자신이 누구든 상관없이, 그녀는 그녀여야 한다고. 그래서 자신이 죽도록 괴롭고 불안해하면서도 그녀의 인생에서 사라졌던 거니까.

재준이 싱긋 웃으며 말했다.

"우리 집에 있으면 미안하다면서 맨날 집에 가겠다고 할 거 아냐."

"……그건 그래. 아, 그치만! 따로 집 얻어주는 게 더 불편해!"

"응. 한 달이니까 불편해하면서 즐거운 척하고 있어. 불편한 값 받는다고 생각하고."

"그게 뭐야……."

“네가 옆에 있어서 내가 빨리 낫기만 하면 우리 에이전시에선 너 업고 다닐걸. 올해 나 역대급이란 말이야.”

“아, 정말. 알았어. 있을게.”

유영이 마지못해 대꾸하더니 집을 이리저리 두리번거렸다.

“나 일단 옷부터 사야겠다. 너무 놀라서 여분 옷을 하나도 못 가지고 왔어.”

“아, 그러네. 네 짐 있는 곳 알려줄게.”

“내 짐 다 가져왔는데?”

유영이 재준이 들어준 캐리어를 가리키자 그가 그녀의 손을 잡아 끌었다.

한 층을 내려가 재준의 집으로 들어서자 그가 신발장을 열었다. 남자 구두가 몇 개 있고, 그 옆에 여자 구두 여러 개가 놓여 있었다.

“여기 구두 있고.”

그가 눈이 둥그레진 유영을 잡아끌더니 제 드레스 룸으로 데려갔다. 그가 벽장을 열자 안에 여자 옷들까지 깔끔하게 정리되어 있었다.

“이건 네 옷.”

“무, 무슨 여자 옷이 이렇게 많아?”

“심심할 때마다 사놨지. 한국 갈 때 가져가려고.”

“뭐어?”

“아. 가방은 내 침실에 있어. 필요할 때마다 가져가.”

유영이 황당해하며 걸음을 옮겼다. 재준이 말을 이었다.

“휴일에 할 일 없잖아. 그냥 길 가다 보이면 샀어.”

딱 봐도 돈 많이 쓴다고 혼낼 것 같은 얼굴이었다. 재준이 오히려 당당한 얼굴로 말했다.

"어차피 내가 번 내 돈이니까 잔소리할 생각 하지 마. 잔소리 하고 싶으면 나랑 결혼해서 네 돈 만든 다음에 해."

그가 맞는 말을 하니까 더 열이 받았다. 그래도 뭐. 이렇게 자신이 좋아서 어쩔 줄 모르고, 떨어져 있어서도 제 생각만 하는 재준이 귀엽고 설레긴 했다.

그녀가 어이가 없어 웃자 재준이 만족스러워하며 유영을 와락 끌어안았다.

"아, 네가 내 집에 있으니까 좋아서 미치겠다."

"넌 이렇게 좋은 집에 살던 애가 어떻게 내 앞집에 살 생각을 해?"

"거기 살아야 너랑 마주치지."

재준이 중얼거리고도 유영의 어깨에 얼굴을 묻고 한동안 꼼짝을 안 하더니, 한참 후에야 다시 입을 열었다.

"유영아."

"응?"

"난 방학만으로 충분해."

재준의 말에 유영이 돌아보자, 그가 웃으며 말을 이었다.

"여름에 네가 여기로 와주라. 가을엔 내가 너한테 갈게."

"……."

"너는 너고, 나는 나일 때가, 나는 제일 좋아."

그가 괜찮은 척하고 있다는 걸 눈치챘는지, 유영이 밉지 않게 그를 흘겼다.

"그런 소리 말고 차라리 투정을 부려. 갑자기 다쳐서 사람 놀라게 하지 말고."

"그야……. 알았어. 그럴게."

재준은 순순히 대답했지만 유영은 그가 앞으로도 쉽게 자신에게 힘들다는 말을 꺼내지 못할 거란 걸 알았다. 그는 스무 살 때도 이미 어른 같았다. 지금도 그랬다.

'너는 너고, 나는 나일 때가, 나는 제일 좋아.'

이런 남자를 어떻게 사랑하지 않을 수가 있을까, 유영은 그렇게 생각하며, 재준의 마음에 보답하려는 듯 자부심이 가득한 목소리로 말했다.

"아, 있지. 이제 내가 겨우 4년 차지만. 해마다 꼭 반에 한두 명, 걔만 우리 반이 아니면 교사도 할 만한데 싶은 애들이 있거든."

"운동부?"

"운동부는 와서 잠만 자니까 괜찮은데, 운동도 아니고, 공부도 아니고, 뭘 해야 하는지 모르는 애들 있잖아."

"응."

"그 애들이 없으면 좋겠다고 생각하다가도, 그 애들이 없으면 교사가 무슨 의미가 있나 싶기도 하고. 알아서 잘하는 애들만 있으면 그 앞에 안드로이드를 세워놔도 되는 거잖아."

안드로이드라는 말에 재준이 웃음을 터트렸다.

"너 진짜 선생님 같았어, 그 말."

"안드로이드?"

"응. 왠지 모르게."

"그래도 나 스승의 날 꽃다발 받았다? 부임 첫 해에 맡았던 녀석도 고등학생인데 찾아왔고, 지강이 왔던 건 얘기했지? 우리 후배 된다는 거. 아마 널 만난 게 진짜 감동적이었나 봐. 있지, 좀 고민했는데. 아무리 그래도 난 내 일이 좋아. 힘들 때가 훨씬 많아도, 그대로 내가 그 애들 위해서 뭐라도 할 수 있다는 게 행복해."

"잘됐네."

그는 간단한 대답만 하는데, 유영은 왠지 점점 부끄러워졌다. 재준의 시선이 유영에게 꼭 달라붙어서, 그녀가 귀엽고 기특해 죽겠다는 얼굴을 하고 있었으니까.

유영이 투정했다.

"나 선생님 같다며? 눈빛은 완전 애 보는 눈빛인데."

"어딜 봐서 그래. 기특해서 그러는데."

"그래, 그러니까 기특해하는 게."

재준이 유영의 머리칼을 쓸어 올리고 그녀의 이마에 입을 맞췄다. 그녀가 너무나 소중해서 견딜 수가 없었다. 그녀를 어떻게 한국에 두고 떨어져 지낼 생각을 했을까. 과거의 자신이 너무도 용감하게 느껴졌다.

* * *

재준이 부상을 당하는 바람에 경기에 나가지 않으니, 두 사람은 같이 있는 시간이 많았다.

하루 종일 붙어서 입을 맞추고, 게임을 하거나, 가끔 유영이 재준에게 영어 문법을 알려주며 시간을 보냈다.

그 휴식이 재준에게 폭발적인 에너지가 되었는지, 이후 재준의 경기는 연승이었다. 복귀 후 처음으로 홈경기가 있던 날. 재준은 자신이 잘 회복했는지 보러 온 팬들에게 완봉으로 보답했다.

유영은 커다랗고 푹신한 소파에 웅크려 앉아 과자를 먹으며 TV로 재준의 경기를 끝까지 보고 있었다. 경기가 끝나고, 그녀는 고민에 빠졌다. 아무래도 이건, 선물을 줘야 하는 명경기였다.

뭘 선물로 주면 좋을까, 고민해봤지만 답은 뻔했다. 유영이 재준이 준 열쇠로 그의 집 문을 열고 들어갔다.

그녀는 제 행동에 제가 얼굴이 붉어져서 중얼거렸다.

"뭐 하는 거야, 이게……."

유영이 혼잣말하며 벽장을 열어 재준의 트레이닝복을 꺼냈다. 그녀가 상의를 벗고, 한참 고민하다가 브레지어까지 벗은 후 그 위에 트레이닝복 상의를 입고 지퍼를 목 끝까지 올렸다.

"싫어하는 건 아니겠지?"

그녀가 걱정스러워하며, 재준의 집 현관의 선반으로 가 그 위에 올라가 앉았다. 거기서 반 아이들에게 보여줄 샌프란시스코 여행기를 정리하는데 문 열리는 소리가 들렸다.

경기 후 곧바로 돌아온 재준이 현관에서 보이는 유영의 모습에 기분이 좋아 싱긋 웃었다.

그가 허리를 숙이고 유영이 든 수첩을 보았다.

"뭐 해?"

"다음 학기에 우리 반 애들한테 샌프란시스코 여행기 보여주려고."

"으음. 남자친구가 있는 동네에 와서 지내고 간 게 교육적으로 좋을까?"

"남자친구인 거 비밀이라 상관없어. 그냥 친구."
"섭섭하게 굴지 마."
재준이 말하더니 유영에게 입을 맞췄다. 그가 부족한지 유영의 얼굴을 손으로 감싸 조금 고개를 젖히는데 유영이 입을 열었다.
"신재준. 선물 줄까? 완봉했으니까."
"어. 줘."
"뭔 줄 알고 달래?"
"상관없어. 네가 내 옷 입고 있는 거 보고만 있어도 충분히 호강이니까 아무거나 줘."
키스를 멈춘 재준이 입맛을 다시며 유영의 양쪽 다리 옆에 손을 올렸다. 그러자 그녀가 말했다.
"있잖아."
"응."
"나 속옷 안 입었어."
유영이 말하자, 재준이 그녀의 손에 들려 있던 수첩을 빼어 선반에 내렸다. 그리고 그대로 지퍼에 손을 대자 놀란 유영이 그의 손을 붙잡았다.
"야, 야. 좀 기다려……. 어떻게 현관에서 그래?"
"애초에 속옷을 왜 안 입어? 나보고 어쩌라고."
"왜 화내? 완봉해서 축하해주려고 했더니 싫은가 봐."
"네가 지금 못 건드리게 하니까 화내는 거잖아."
자신을 가지고 노는 유영에게 안달하던 재준이 고개를 숙이고 심호흡했다. 그의 숨이 무릎에 닿자 유영이 움찔했다.
"간지러워……."

"네가 짧은 바지를 입으니까 그렇지."
"그럼 긴 거 입어? 이 날씨에?"
"입지 마, 그냥. 집에서 뭐하러 옷을 입어, 더워 죽겠는데."
"지금이 구석기야? 벗고 다니게."
"너 언제까지 나 놀릴 거야?"
"음, 하긴. 축하해주겠다고 했는데 너무 놀렸네."
유영이 바닥에 내려섰다. 그러자 그녀가 입은 트레이닝복 상의가 너무 길어서 바지를 완전히 가린다. 그녀가 침대로 걸음을 옮기자, 재준이 그녀를 그대로 안아 올렸다.
재준이 유영을 침대에 눕히자 유영의 숨이 조금 더워졌다. 그녀가 고개를 돌려 시선을 피했다.
자기가 먼저 유혹해놓고 부끄러워하니까, 재준은 악마에게라도 홀리고 있는 기분이었다.
"그렇게 눈도 못 쳐다볼 거면서 유혹은 무슨 용기로 했냐?"
재준이 묻자 유영이 투덜거렸다.
"그래도…… 혹시 네가 좋아할까 싶어서 해본 거란 말이야."
"좋지. 나야 좋아 죽을 것 같으니까 다음에 또 해줘."
"너 그 문장 좀 이상해. 혹시 미국에 오래 살아서 한국어 까먹……. 으앗!"
그녀가 입은 트레이닝복 지퍼가 단숨에 내려갔다. 유영의 얼굴이 새빨개져서 두 손으로 얼굴을 가렸다.
유영이 부끄러워하거나 말거나, 재준은 제 눈앞에 놓인 선물을 감상하느라 정신이 없었다.
"진짜 야하다, 박유영."

"거, 거짓말. 나한테 어떻게 야한 생각이 들어? 우리가 안 게 몇 년인데."

"무슨 소리야. 나 고등학생 땐 네가 손만 잡아도 야한 꿈 꿨는데."

"……어?"

"손 정도냐. 네가 막 예쁘게 웃은 날엔 거의 무조건……."

경악한 유영이 베개를 잡아 재준에게 집어 던졌다. 그러자 그가 베개를 두 손으로 잡고 말했다.

"남자친구가 투수인데 던지는 게 형편없네."

"너 전에…… 내가 막 먼저 어른스러워지는 게 적응하기 힘들었다고……."

"그거랑 그건 별개지."

유영이 배신감에 부들부들 떨거나 말거나 재준이 베개를 다시 머리 아래에 놓아주고 옷을 여민 그녀의 양손을 하나씩 떼어내며 말했다.

"그럼 내가 여태, 널 보면서 그런 생각 한번 안 한 줄 알았어?"

"그럼 내가 사귀자고 했을 땐 왜 찬 거야, 도대체?"

"내가 너무 어렸다고. 나는 아직 미성숙해서, 네가 여자인 걸 받아들일 수가 없었다니까. 그러다 정신 차려보니까, 내 머릿속에 네가 들어와 있더라."

"이해가 안 가. 그거랑 그거가 어떻게 별개야?"

"그땐 그게 그냥 본능인 줄 알았지. 나중에 생각해보니까 내 머릿속엔 쭉, 그냥 네 생각밖에 없었더라."

재준이 씨익 웃었다. 위에서 내려다보는 그의 눈웃음이 야하게 느껴졌다. 유영의 얼굴이 점점 더 울상이 되었다. 재준의 손이 그녀의 트레이닝복을 벌리고, 반바지까지 벗겨 침대 아래로 던졌다. 그리고 그녀의 몸을 천천히 시선으로 훑었다.

"이런 선물이면 맨날 완봉할 수도 있을 것 같다."

재준이 중얼거리자 유영이 울먹이는 와중에 그를 흘겼다. 재준이 몸을 숙여 그녀의 가슴팍에 입을 맞췄다.

"아!"

유영이 놀라서 소리를 냈다. 그녀의 눈이 커졌다가, 재준의 손이 그녀의 목을 어루만지자 다시 감겼다. 쇄골을 따라서 애태우듯 움직이던 투수의 거칠고 긴 손가락이 가슴으로 향했다.

유영이 두 손으로 그의 손을 붙잡아 멈췄다. 그리고 울 것 같은 표정을 짓자 재준이 다정히 그 손으로 그녀의 뺨을 감쌌다.

"내가 미술을 못 해서 그러는지, 내 상상 속에 너는 이렇게 예쁘지가 않더라."

"……."

"진짜로 보면 이렇게 예쁜데. 눈을 감으면 네가 사라져서, 정말 죽겠더라."

"……."

"그런데 그 덜 예쁜 너도, 나에게는 과하게 예뻐. 잠이 안 오고, 열이 나고, 자꾸만 결혼이나 먼 미래, 할아버지가 된 나와 할머니가 된 너를 상상하고, 그 후에도 티격태격하는 우리를 생각하고."

재준의 웃음이 지금 딱, 그 열여덟 살짜리처럼 천진했다. 유영은 자신의 열여덟 살을 생각했다. 재준은 버라이어티한 상상을 했던 모양이지만, 유영의 상상력은 너무 좁았다. 좁고 좁은 틈으로, 그녀의 감정이 흘러 들어갔다. 더 아래로, 더 바닥으로. 그녀의 감정은 아주 좁고, 깊어졌다.

우리가 그렇게 달랐기 때문에, 아마 그래서 우리는 멀어졌던 것일지도 모른다고, 유영은 생각했다. 재준은 그 넓은 상상력을 따라 메이저리그로 향하고, 유영은 그 깊은 감정을 따라 교사가 되었다.

그의 손이 유영의 가슴을 따라서 둥글게 움직이더니, 곧 그곳으로 입술을 가져갔다. 친구였던, 그의 달콤한 입맞춤에 유영의 전신에 힘이 들어갔다. 그녀가 울먹이며 말했다.

"하면 안 되는 짓 같아, 네가 이러는 거 이상해……."

"이게 왜 야하게 들리는지 모르겠다."

"으으……."

아랫입술을 깨문 유영이 귀여워 미칠 지경이었다. 재준이 제 옷을 벗어 침대 아래로 던지며 그녀를 놀렸다.

"울겠네, 박유영."

"울 거야. 진짜로."

"학생 때 진짜 한 번도 상상 안 해봤어? 나랑 이러는 거?"

재준이 묻자 유영이 멈칫했다. 투수의 탄탄한 몸이 시선에 들어오니 모든 것이 야하게 느껴졌다. 유영이 차마 그를 보지 못하고 말했다.

"안 해봤어."

"너무하네, 진짜."

"네가 남자친구인 상상은…… 많이 했지만."

부끄러워하는 유영의 말에 만족한 재준이 미소를 지었다. 그는 표정 변화가 거의 없는 타입이지만 유영의 말에는 곧잘 웃음을 터트렸다.

"남자친구까지 상상했는데 섹스는 상상하지 않는다니. 그게 가능해?"

"……난 바로 옆에 있는 날 상대로 야한 상상이 가능하다는 게 놀라운데."

"연애가 더 어렵지. 섹스는 쉽잖아."

"……."

"사랑이 어렵지. 물질적인 건 쉬워. 넌 아마 내가 얼마나 아플 정도로 널 사랑하는지 모를 거다. 평생."

재준이 말하며 제가 입고 있는 옷을 벗었다. 유영이 놀라서 시선을 피했다. 어깨가 넓게 벌어져 있었고 근육이 발끝까지 단단히 자리 잡고 있었다. 무엇보다 늘 공을 던지는 투수의 오른팔 근육은 무서울 정도로 단련되어 있어 한 팔로도 유영을 거뜬히 들 수 있을 정도였다.

유영의 시선이 그의 몸을 살폈다. 복근을 지나 무심코 그 아래로 향하던 시선이 다급하게 위로 올라갔다. 남성성이 물씬 느껴지는 단단한 하체에 그녀의 얼굴이 새빨갛게 달아올랐다.

"내가 미쳤나 봐. 왜 그런 짓을……. 아, 정말……."

그의 몸이 밀착되자 그녀는 거의 울 지경이었다. 재준이 놀리듯이 말했다.

"잠깐 미쳐줘서 고맙다, 박유영."

그러더니 그녀의 납작하면서도 보드라운 배에 입을 맞췄다. 유영은 어쩌구저쩌구한 것치고 지나치게 예민해서, 그의 입술이 배꼽 아래에 닿자마자 울음 섞인 신음을 흘리며 몸을 비틀었다.

유영이 침대 시트를 손가락으로 꾹 할퀴었다. 재준의 손은 등허리를 쓸어내려 엉덩이를 어루만지고 있었다. 그 손이 허벅지 안쪽을 쓰다듬자 유영의 숨소리가 야릇해졌다. 그가 말했다.

"밤이 더 길었으면 좋겠다. 벌써 시간 가는 게 아까워."

재준이 그녀의 허벅지를 그대로 들어 무릎에 입을 맞췄다. 유영이 두 손으로 입을 감싸고 눈을 질끈 감았다.

'너무 야해.'

유영은 그렇게 생각했다. 친구라고 생각하던 그에게 어떻게 이런 기분이 드는 건지. 그의 목소리까지도 섹시하게 들렸다. 재준의 나른한 눈과 마주치니 심장이 녹아버릴 것 같았다. 그의 입술이 점점 위로 올라와 입을 맞추자 유영의 눈에 눈물이 글썽였다. 유영이 재준의 목을 끌어안으며 물었다.

"그냥…… 바로 하면 안 돼?"

"왜?"

"부끄러워서 죽을 것 같단 말이야……."

제가 예민하게 반응하는 게, 너무 부끄러웠다. 그러자 재준이 웃으며 유영의 얼굴을 손으로 감쌌다. 그의 커다란 손에 다 들어오는 얼굴을 신기하게 생각하며, 엄지로 그녀의 눈물을 닦고 속삭였다.

"알았어. 그럴게."

유영이 안도하며 그를 더 꼭 끌어안았다. 그러나 그건 순간을 달래기 위한 거짓말이었다. 재준이 한참을 더 유영의 보드라운 몸을 말랑말랑하게 풀어놓은 후에야 두 사람의 몸이 겹쳐졌다.

12. 각자의 성공

재준은 제 곁에서 잠을 청하는 유영을 행복한 표정으로 바라보았다. 여기가 천국이지 싶은 얼굴이었다.

그가 유영의 머리칼을 쓰다듬으며 중얼거렸다.

"나 그냥 야구 그만둘까 봐."

"……어떻게 사람이 하루 만에 말을 바꿔?"

잠결에 유영이 말했다. 그러자 재준이 그녀를 끌어안으며 중얼거렸다.

"황진현 그 자식이 또 네 앞에 나타나서 얼쩡거릴 생각 하면 돌아버릴 것 같아."

중얼거리던 재준이 진지하게 물었다.

"그러니까 우리가 결혼하면 나 한국리그 가도 되지?"

"안 돼."

"야, 나 없이 애를 어떻게 키워?"

"나 육아휴직 받잖아."

"……응?"

"뭐야, 몰랐어?"

"그럼…… 애 낳으면 미국에 계속 있을 수 있어?"

"응. 한동안은. 그리고 내가 또 때마침 영어교사잖아? 미국에 있으면서 여기 오면 영어의 달인이 되어서 돌아가겠어."

유영이 농담조로 말하고 웃자 재준이 조금의 농담기도 없는 투로 물었다.

"유영아. 이번 달 가임기 언제야?"

"내가 어지간해선 이런 말 진짜 안 하는데, 너 죽을래?"

"내가 널 너무 사랑해서 그래."

"잠이나 자, 잠이나. 결혼이나 하고 말해, 이 뻔뻔한 놈아."

"결혼하자."

"화낸다?"

"나 잘게. 얌전히 죽은 듯이 잘게."

재준이 봐달라는 듯 말하자 유영이 봐줬다는 듯 작게 웃었다. 재준이 그녀의 이마에 부드럽게 입을 맞추고 말했다.

"너 돌아가도 가을이면 또 만날 거니까. 아마 웬만하면 포스트 시즌에 야구 못할 테니까 시월 말이면 너 보러 갈 수 있을 거야."

그가 프로의식이라고는 눈곱만큼도 없는 소릴 했다.

하반기 이후로 팀이 흔들리기 시작했기 때문에, 재준은 팀이 가을에 야구를 할 수 있을 거라는 생각을 하지 않았다. 유영의 허리를 끌어안자 그녀가 앓는 소리를 냈다. 재준이 너무 몰아붙여 삭신이 쑤셨다. 재준 나름으로 자제하는 게 눈에 보였는데도, 그의 거친 힘을 감당하는 게 힘들었다.

유영이 그의 품으로 얼굴을 묻으며 말했다.

"너랑 만나려면 운동해야겠어……."

"……."

"몸은 쑤시지만…… 그래도 좋아."

그녀의 웅얼거림에 재준의 얼굴이 시뻘게졌다. 긴장하고 힘을 주느라 그의 목에 힘줄이 드러날 지경이었다. 어떻게 자라고, 이렇게 귀여운 소릴 하는지 모를 일이었다.

* * *

유영이 한국으로 돌아온 이후, 재준은 이전보다도 건강해져 펄펄 날아다녔다. 거의 기계 수준으로 던져댔다.

그 덕분인지 절대 포스트시즌에 진출할 수 없을 것 같던 샌프란시스코 자이언츠는 와일드카드 가시권에 올라갔다.

가을에 야구를 할 수 있을 거라는 욕심을 버리고 있던 선수들과 팬들은 난리가 나서 소리를 지르며 신나했다. 한국의 야구팬들도 같이 들떴는지, 공중파에서 방송하는 샌프란시스코 자이언츠의 경기 시청률은 연일 기록을 갈아치웠다.

온 세상에서 재준의 이야기를 하는 데다가 장거리 연애이기까지 하니, 유영은 가끔 신재준이 진짜 내 남자친구 맞는 건가 의심까지 들었다.

그는 야구만 하느라 아무 생각 없는데 나 혼자 이렇게 그가 그리운 걸까 봐 불안했다.

회식 자리에 앉아 있는데 뉴스에서 재준이 나왔다. 재준의 구단이 플레이오프에 진출한다는 기사가 연일 나왔다.

유영이 홀린 듯이 화면을 바라보았다. 이렇게 보고 싶어 하고 있는 걸 그는 알까.

그때 새로 온 교사가 그녀에게 물었다.

"박 선생님 신재준 선수랑 친하다면서요?"

"네? 아……. 네."

남자친구예요, 라는 대답을 왠지 하기 어려웠다. 너무 오래 친구여서 그렇기도 하고, 뉴스에 나오는 남자가 남자친구라고 말하기도 그랬다. 무엇보다, 여름에 마지막으로 만나고도 벌써 가을이었다.

그가 옆에 없다는 게 생각보다 너무 힘들었다. 생각보다도 너무나 많이 불안했다.

집에 가서, 재준에게 투덜거리면 그 녀석이 단 거 사올까? 하고 물어봐줬으면 좋겠다는 생각만 자꾸 들었다. 그때 옆에서 재혁이 물었다.

"전에 신재준 선수가 데리러 왔을 때 보니까 둘이 싸운 것 같던데?"

"화해했어요, 이제."

그러자 옆에서 다른 교사가 물었다.

"진짜 친구? 둘이 사귀는 건 아니에요?"

그러자 재혁이 말도 안 되는 소리 말라는 듯 말했다.

"아니, 뭐 박 선생님이 별로라는 건 아닌데. 전에 보니까 아이돌이랑 스캔들 났더만?"

"사촌동생이에요."

그녀가 살짝 욱해서 대답했다. 재준이 미국으로 돌아간 이후부터 또 저렇게 시비를 건다. 그때 옆에 있던 선아가 짜증을 못 견디고 끼어들었다.

"유영 쌤이랑 사귀고 있어요. 남자친구예요."

그 말에 사람들의 시선이 쏠렸다. 홧김에 말해놓고 선아가 움찔하더니 유영에게 사과했다.

"미안, 욱해서……."

"아냐! 뭐 틀린 말도 아니고."

재혁이 유난히 유영의 신경을 긁는 건 유영이 그가 노골적으로 들이대는 걸 거절했기 때문이었다. 유영이 불편해하던 그때, 그녀에게 전화가 걸려왔다. 재준의 이름이 뜬 것을 확인한 유영이 눈이 커져서 전화를 받았다.

"재준아?"

-유영아, 아직 회식해?

"아, 응. 신기하다, 지금 딱 네 얘기 하고 있었는데. 양반은 못 되네?"

-내 얘기? 무슨 얘기 하는데?

"네가 내 남자친구라는 얘기?"

-……그런 얘기 해도 돼?

"응? 아……. 하, 하면 안 되나?"

유영이 당황하며 목소리를 낮추자 재준이 화들짝 놀라서 말했다.

-아니, 난 네 이미지에 괜찮나 한 거지!

"이미지?"

-선생님들끼리도 연애 얘기 하고 그러는구나, 싶어서.

전화로도 부끄러움이 느껴지는 목소리로, 그가 말을 이었다.

-너만 괜찮으면 나야 거기 있는 남자 선생님들한테 다 알려줬으면 싶지. 너 남자친구 있다고.

"……바보."

-아, 네가 너무 보고 싶어서 이러다 죽을 것 같았는데. 갑자기 살 것 같네.

유영이 자기도 모르게 자꾸만 웃었다. 옆에서 무슨 소리를 하든, 정말로 상관이 없어졌다. 그의 목소리를 듣는 것만으로도 기분이 확 풀려서 자꾸 웃음이 나왔다. 그녀가 제 머리칼을 손가락으로 빙빙 꼬며 말했다.

"오늘은 경기 안 나가겠네?"

-응, 네 생각하면서 쉴 거야.

그의 애교 섞인 대답에 유영이 웃음을 터트렸다. 그녀가 물었다.

"나 보고 싶어?"

-질문 수준이 형편없습니다, 선생님. 그걸 말이라고 하십니까?

"와, 그냥 보고 싶단 말 좀 듣자고 한 건데."

-놀리는 것 같으니까 그렇지. 보고 싶어 죽을 것 같은데.

"나도 너 보고 싶은데 어떻게 놀려?"

-그런 소리 하면 더 보고 싶잖아…….

내용도 없이, 서로 보고 싶다는 말만 하는데 둘 다 즐거워 어쩔 줄을 몰랐다. 그러다 유영이 순간 주변 시선을 느끼고 서둘러 말했다.

"이, 이따가 집에 가면 전화할게!"

-집에 가면 자, 전화 안 해도 되니까.

"으응."

유영이 고개를 끄덕이고, 배시시 웃으며 전화를 끊었다. 회식이 끝나고 건물을 나서던 유영은 전화가 울리자 휴대폰을 확인했다.

작년에 그녀의 반이었던 서연이었다. 유영이 전화를 받았다.

"서연아?"

-쌤.

"응."

-저 집 나왔는데 하루만 재워주시면 안 돼요?

"……응?"

뜻밖의 말에 유영의 눈이 커졌다.

* * *

경기가 끝나자 재준이 축 늘어져 락커에 기댔다. 그러자 신나서 뛰어다니던 데니스가 그에게 달려가 물었다.

「신. 왜 그래?」

「왜 자꾸 이기냐. 나 한국에 갈 수가 없잖아.」

데니스가 뭐라도 위로해줘야 하나 걱정하는데 알레아가 말했다.

「놔둬. 재 계속 저러잖아.」

「그 와중에 또 던지긴 잘 던져.」

「그러니까. 지가 잘 던져놓고 저렇게 늘어져 있다니까. 미친놈이지, 완전.」

알레아가 혀를 차고 짐을 챙겨 나갔다.

와일드카드 결정전에서 마지막으로 올라가 경기를 마무리했던 재준은 디비전 시리즈 첫 경기의 선발로 올라갔다. 그가 어마어마한 점수 차를 내며 이겨버린 후, 나머지 두 판도 내리 이겼다.

승자에게는 계속 다음 경기가 주어졌기 때문에 재준이 귀국할 수 있는 날도 점점 늦어졌다. 그사이 재준의 팀 동료들 사이에서는 묘한 공식이 생겼다.

재준이 울적해하고 유영이 위로하고 나면 팀이 이겼기 때문에, 재준의 우울함=승리 공식이 세워졌다.

그들이 이 공식을 믿을 만도 한 것이, 그다지 좋지 못한 시즌 성적을 돌이켜볼 때 이렇게 올라온 것은 기적에 가까웠다. 원래 다들 미신을 많이 믿기도 했지만.

어쨌든 결국은 월드시리즈까지 와버렸으니 재준은 체념한 듯했다.

겨우 추스르고 일어선 재준이 데니스의 어깨를 툭 치고 물었다.

「데니스. 시즌 끝나면 우리 집 놀러 와. 여자친구가 내가 너랑 친한 줄 아니까.」

「초대하는 이유가 뭐 그래. 안 가.」

「어, 그럼 말고.」

재준이 두 번은 안 물어보고 나가자 데니스가 후다닥 그를 따라 걸어가며 말했다.

「야야, 누가 안 간대? 초대하는 이유가 마음에 안 든다고. 다른 이유를 대라고.」

「와서 게임해.」

「그럼 갈게. 네가 먹을 걸 해줄 것 같진 않으니까 사갈게.」

유쾌하게 말하는 데니스를 보며 재준은 사람 참 좋다고 생각했다. 유영과는 개인적으로 못 만나게 해야겠다고 생각했다.

* * *

유영은 제 집으로 서연을 먼저 들여보내고 문을 닫으며 한숨을 쉬었다.

"아버님한텐 나랑 만나서 얘기하다가 자고 가기로 했다고 말씀드렸어."

"뭐 어차피 안 들어와도 모르는데."

서연이 투덜거렸다. 유영이 옷장에서 자신보다 키가 조금 더 큰 서연이 입을 만한 편한 옷을 찾아 뒤적였다. 그녀가 헐렁한 상하의를 내밀자 서연이 받아 들며 물었다.

"쌤 술 마셨어요?"

"응. 회식이었어."

"아, 지들은 마시면서 나한테 마시지 말래."

"야, 선생님한테 지들이 뭐냐?"

"그럼 뭐라고 해요?"

"으음, 자기들은, 인가……. 선생님들은? 아, 술 마셔서 모르겠다."

그녀가 말하며 씻고 나오라고 서연의 등을 떠밀었다.

갑자기 집에 찾아온 녀석 덕에 막막해졌다. 이럴 땐 어떻게 해야 하는 걸까. 저 녀석 담임 선생님한테 전화를 하는 게 맞는 건가?

10년 차쯤 되면 모든 변수에 당황하지 않고 대응할 수 있게 될까. 유영이 늦은 시간이긴 하지만 실례를 무릅쓰고 다른 선생님들께 어떻게 할지 물어볼까, 진지하게 고민했다.

일단 술부터 깨려고 냉수를 마시는 사이 서연이 욕실에서 나왔다. 유영이 씻고 나온 서연에게 물었다.

"너도 술 마셨지?"

"네."

"라면 끓여 먹을래?"

"먹을래요. 저 아까 술 너무 마셔서 다 토했어요."

"아, 정말. 제자랑 같이 해장하게 생겼네."

유영이 투덜거리며 자리에서 일어나 라면과 청양고추를 꺼냈다. 그녀가 라면을 팔팔 끓여 내려놓고 서연을 불렀다.

"먹자."

서연이 자길 부르는 게 싫은지 온 표정으로 짜증을 내며 유영의 맞은편에 앉았다. 라면을 먹기 시작하며 유영이 매워서 물을 들이켜자 서연이 어이없다는 듯 물었다.

"매운 거 잘 못 먹으면서 왜 맵게 끓여요?"

"매우면 스트레스 풀리잖아. 아니, 근데 너희 담임 선생님한테 얘기해야 얘기가 빠르지."

유영은 '왜 귀찮게 우리 집에 왔어?'라는 말을 감추고 순화해서 물었다. 그러자 서연이 말했다.

"쌤은 저 좋아하잖아요."

그녀의 말이 너무 의외라, 잠시 멍해졌던 유영이 농담조로 말했다.

"내가? 널? 너 되게 긍정적이다."

"아, 진짜."

"너희 담임 선생님도 너 좋아할 거야."

"웃기지 마요, 선생님들은 다 저 싫어해요."

'근데 왜 난 너 좋아한다고 생각해?' 하고 물으려던 유영은 잠시 작년 말에 있었던 일을 떠올렸다.

서연과 있었던 좋은 기억이라고는 하나뿐이었다. 노트를 압수하던 날, 그녀와 마주 보고 이야기했던 일.

유영이 행동을 멈추고 서연을 바라보았다. 울컥, 눈물이 났다. 그녀가 손부채질을 하며 말했다.

"아, 매워서 눈물 나네."

"거봐요."

"근데 다른 선생님들도 너 안 싫어할걸? 표현을 못해서 그렇지."

그날, 그 짧은 대화를 나눴던 것만으로도 서연은 유영이 자신을 좋아한다고 생각했다. 그녀에게 특별한 선생님이 되었다.

최선을 다해도 아이들은 아무것도 돌려주지 않을 것만 같았는데, 고작 그렇게 짧은 대화만 믿고 여기까지 찾아온 서연에게 미안하고, 고마웠다.

유영은 자꾸만 눈물이 나서, 라면을 맵게 끓이길 정말 잘했다는 생각을 했다.

둘이 한참 말없이 라면을 먹고, 유영은 소파에서, 서연은 침대에서 잠을 청했다. 술기운에 배까지 불러 반쯤 잠이 들어서, 유영이 중얼거렸다.

"서연아, 나는 네가 술을 마시지 않았으면 좋겠어!"

"……."

"담배도 안 폈으면 좋겠고, 솔직히 연애도 아직 안 했으면 좋겠어."

그러자 못 들은 척하던 서연이 퉁명스럽게 대꾸했다.

"연애는 너무하지 않아요?"

"바람이다. 꿈도 못 꿔?"

유영이 투덜거리자, 서연이 늘 찡그렸던 표정을 조금 피고 살짝 웃었다. 유영이 말을 이었다.

"서연아, 나 너한테 관심 엄청 많았어. 네 담임일 땐 집에 가서도 네 생각하고, 주말에도, 친구랑 놀다가고, 남자친구랑 있다가도……."

"와, 자긴 연애하면서."

"난 스물아홉 살이니까! 그리고 누가 하지 말래? 안 했으면 좋겠다는 거지. 아무튼…… 나는 네가 행복했으면 해. 내년에라도, 아니면 그 다음해나, 아니면 10년 뒤에라도. 네가 행복을 찾아가길 바라. 음……. 내가 해줄 수 있는 게 별로 없을지도 몰라. 그래도 같이 알아보자. 나는 네 선생님이니까, 그럴 의무가 있거든. 그러니까 힘들 땐 나한테 와. 언제든지 와도 돼."

"……."

"서연아, 나는…… 나는 정말로 너 안 싫어하거든? 아마 다른 어른들도 그럴 거야."

유영이 말하며 울먹이는데, 한참 잘 울 나이의 서연도 훌쩍거리는 것이 들렸다. 서연이 여전히 반항기가 가득한 목소리로 말했다.

"저 연애는 할 거예요."
"응. 안 하는 건 바라지도 않아."
"그래도…… 술은 안 마실게요, 이제. 숙취 때문에 힘들어요."
"담배도."
"……담배도."
서연이 불만스럽게 대꾸하자 유영이 울다가 헤헤 웃는다. 서연은 어른처럼 눈물이 금방 그치지 않아서, 한참을 더 속에서 올라오는 설움과 함께 훌쩍거렸다.
다음 날 서연은 집으로 돌아갔다. 며칠 뒤 서연의 학교에 전화해보니, 그 녀석이 제법 학교에 잘 나온다며 담임교사가 자랑스럽게 말했다. 학교 뒤뜰에서 전화를 마친 유영이 가슴을 펴고 하늘을 바라보았다. 다 말할 수 없을 정도로 가슴이 벅차올랐다.
"와, 나 교사가 적성인 듯?"
유영이 혼잣말하고 즐겁게 웃었다.

* * *

월드시리즈의 첫 경기를 큰 점수 차로 이기고 무덤덤하게 옷을 갈아입는 재준을 발견한 데니스가 얼굴이 하얘져서 말했다.
「뭐, 뭐야, 신재준? 너 왜 안 우울해해?」
「말 걸지 마. 피곤해.」
「그게 아니지! 우울해하란 말이야! 여자친구 안 보고 싶어? 멀리 있는 그녀를 떠올리기만 해도 눈물이 막 쏟아질 것 같지 않아? 아아, 그녀는 내 고국에 있는데 나는 왜 여기 있느냐?」

데니스의 연극적인 재촉에 재준이 유영을 만나고 오기 전처럼, 무심하기 짝이 없는 표정으로 대답했다.

「어떻게 맨날 우울해. 내가 우울해하면 분위기에 안 좋지 않냐?」

「아니. 완전 좋은데.」

「게다가 어차피 이미 첫 경기 이겼으니까 최대한 빨리 4선승하는 게 제일 빨리 끝내는 길이잖아.」

그가 시큰둥하게 말했다. 그러자 키가 196센티에 달하는 4번 타자 카를로스가 거의 울먹거리며 말했다.

「아냐. 그래도 우울해야 해. 빨리. 나 미신 많이 믿어.」

「그니까 미신을 믿으면 이렇게 우울해하는 게 오히려 악영향……」

「아니라고! 네가 우울해해야 한다고!」

재준이 말할 기회도 주지 않고 팀 동료 모두가 그를 구박했다. 옆에서 뭐라고 하거나 말거나 첫 경기를 마친 재준은 그들을 무시하고 다음 선발 경기를 위해 집으로 향했다.

그런데 놀랍게도, 재준의 동료들이 쓸데없는 걱정을 한 게 아니었다.

실제로 그 후 세 판을 내리 져버렸기 때문이었다. 그리고 '우리가 4선승 했으면 오늘은 우리 유영이 보는 건데……' 하고 중얼거리며 재준이 급격히 우울해하기 시작한 네 번째, 그의 선발 경기에서 승리하자 미신에 대한 믿음은 거의 신앙에 가까워졌다.

7차전 경기에서 재준은 불펜에서 대기하기로 했다. 재준이 말없이 유니폼으로 갈아입었다. 그가 선발인 날 아무도 말을 걸지 않는 것이 기본인데, 불펜 투수로 대기할 때는 어떨지 몰라 다들 말을 안 걸고 있을 때 재준이 우울하게 중얼거렸다.

「왠지 힘이 안 나네.」

재준이 우울해하자 팀 동료들이 번쩍 고개를 들었다. 데니스가 다급하게 물었다.

「그, 그렇지? 우울하지?」

「어…….」

「오, 오늘 경기 져버리면 너 바로 네 여자친구 보러 갈 수 있는데! 그렇지?」

「으응. 이겨도 져도 상관없으니까 유영이 보러 가고 싶다.」

재준이 투덜거리자 팀 동료들이 속으로 환호성을 질렀다. 멍하니 있던 그가 마침 유영에게 온 전화를 받았다.

유영이 다정하게 물었다.

-재준아. 컨디션 좀 괜찮아?

"컨디션이야 항상 좋지. 네가 없는 게 문제지."

-나도 엄청 너 보러 가고 싶은데. 아, 내 남친 월드시리즈 경기도 한 번 못 보고.

"그러니까 우리 빨리 결혼해서 애를 낳자."

-이따위로 프러포즈 하지 마.

"프러포즈 아니야. 말버릇이야."

언제나 그렇듯 유영과 전화를 하면 기분이 좋아졌다.

"유영아. 보고 싶어."

-나도……. 오늘 이기고, 얼른 한국 와.

그러자 재준이 미간을 좁히며 단호하게 말했다.

"이기면 안 돼. 애들 좋아하는 것도 기다려야 하고, 인터뷰도 길어져. 져야 빨리 정리하고 가지."

-……너 진짜 친구 있어? 이런 너를 팀 동료로 받아줘? 그분들 성인군자야?

"나 아무래도 따돌림 당하고 있는 것 같아. 내가 우울해해야 좋아해."

안 그래도 재준의 에이전시에서 우승을 목전에 둔 팀 분위기에 대해 유영에게 말해준 적이 있었다. 재준이 우울해해야 팀이 이기는 이상한 공식에 대한 이야기를 떠올린 유영이 작게 웃으며 재준을 달랬다.

-우리 남자친구 불쌍해서 어떡해?

유영의 걱정을 들으니 재준의 표정이 점점 밝아졌다. 그가 기분 좋은 얼굴로 전화를 끊고 나서 약간 의아한 표정을 지었다.

생각해보니까 전화 속에서 영어가 들리는 것 같았는데…….

"너무 보고 싶어서 헛게 들리나."

재준이 중얼거렸다.

월드시리즈 7차전은 흥미진진한 박빙의 승부가 이루어지고 있었다. 8회 초 5 대 5 동점, 만루 상태일 때 재준이 마운드에 올랐다. 에이스가 등장하자 구장 안이 함성으로 들썩거렸다.

다른 사람들은 이런 상황에서 부담을 느낄지 모르지만, 재준은 오히려 이런 상황을 좋아했다. 누군가의 기대감이 좋았다. 그것은 아마도 여섯 살 때, 유영이 처음 자신을 만나러 와줬을 때부터 만들어진 습관 같은 것이라고 생각했다.

자신을 세상에서 제일 근사한 사람이라도 되는 듯이 바라보는 제 소꿉친구가, 가장 힘들 때에도 대단하다고 진심으로 감동해주는 첫사랑이 만들어준 습관이었다.

타인의 기대를 즐기는 습관, 영웅이 되는 것을 피하지 않는 습관은 그가 투수로 살아가는 데 가장 큰 도움이 되었다.

자신이 막아주리라 확신하는 사람들의 환호를 즐기며, 재준은 만루 상황을 깔끔하게 넘기고 마운드를 내려왔다.

무사히 9회를 막고 9회 말에도 여전히 동점 상황이 이어졌다. 연장을 갈지도 모르는 상황에서 엔트리 안에 더 교체할 투수가 없었기 때문에 별수 없이 재준이 타석에 섰다.

재준은 투수가 초구를 던지자마자 번트를 대고 1루로 달려 나갔다. 공이 라인을 타고 절묘하게 굴러 재준은 운좋게 1루에 안착했고, 그와 동시에 구장이 떠나갈 정도의 환호성이 울렸다. 재준은 순간, 열여덟 살 때 세계 청소년 야구 선수권 대회를 떠올렸다. 그때와 비슷한 상황이었다.

재준은 타석에 서기 전에 감독이 도루하고 싶으면 마음대로 도루하라고 했던 것을 떠올렸다. 어차피 연장을 가도 우리에겐 에이스인 네가 남았으니까 무조건 이길 거라고. 이번에 끝낼 수 있으면 끝내보라고 말했다.

시즌 중에 발목 부상을 당한 재준이었기 때문에, 상대팀 포수도, 투수도 안심했는지 그를 견제하지 않았다. 그들이 방심한 것을 눈치챈 재준이 빠르게 2루를 훔쳤다.

-포수가 방심한 사이 2루에 들어갑니다.

-역시 절실함이 느껴지네요. 신재준 선수.

-실력도 좋지만 정신력도 아주 뛰어난 선수입니다.

경기를 보고 있는 해설자들은 침착한 척 말하고 있었지만, 손이 땀에 젖어 자꾸만 옷에 손을 문지르고 있었다. 구장 안에 있는 모든 사람들이 긴장하고 있었다.

2루에 서 있던 재준이 힐끔 포수 뒷좌석을 보았다.

마운드에 오를 때부터 왠지 저기 유영이 있는 것 같다고 생각했는데, 지금 보니 확실해졌다. 저기 너무 초조해서 눈도 잘 뜨지 못하는 유영이 있었다.

오가는 것만으로도 이 주말이 끝나버릴 텐데, 자신을 위해 그녀가 또 한 번 샌프란시스코로 와주었다.

그녀는 정말, 자신이 아무리 사랑해주어도 부족한 사람이었다. 수도 없이 반복해서 다시 태어나더라도 이보다 소중한 사람을 만날 수는 없을 것 같았다.

재준은 살면서 인생을 결정하는 순간들이 존재한다고 믿었다. 한 번, 자신은 유영을 놓쳤다. 무관심 도루 같은 거였다. 상대의 도루를 견제하지 않아서, 도루가 아닌 수비 실책으로 기록되는 것. 그녀는 마음껏 자신에게 달려왔고, 자신은 그냥 모른 척 넘어가버리면 될 거라고 생각했던 그런 순간이 있었다.

재준은 이제 다시는 그런 실수를 하지 않을 생각이었다. 야구에서는 물론, 삶에도 집중할 생각이었다.

어쩌면 유영이 자신에게 한 번 더 기회를 준 것처럼, 이 경기에도 다음 기회가 있을지 모른다. 그러나 재준은 알고 있었다. 바로 지금이 그에게 결정적인 순간이었다. 이기기 위해서라면 그게 홈런이든, 완봉이든, 계투든, 도루든. 자신이 어떤 역할이 되어도 상관없었다.

그것은 마치 자신이 유영의 옆에 있을 수만 있다면 어떤 형태여도 상관없다고 생각하던 순수한 시절과 닮아 있었다.

사랑도 높은 집중력을 요하는 것일까.

그가 야구를 잘하게 된 건, 외적으로는 타고난 피지컬이 좋았기 때문도 있지만, 내적으로는 유영에게 멋있어 보이고 싶어서가 제일 컸다. 우리 학교에서 제일 잘하게 되면, 내 동갑 중에 제일 잘하게 되면, 한국에서, 세계에서 제일 잘하게 되면. 그녀가 나를 사랑해주지 않을까.

그러나 그것들은 전부 착각이었다. 결국 중요한 것은 실행이었다. 그녀의 곁으로 가는 것, 사랑한다고 말하는 것, 달콤하게 키스를 하고, 하루 종일 침대에서 뒹구는 것.

그리고 그녀에게 사랑 받을 기준을 야구로 정했던 것, 그 착각은 아마도 자신의 머릿속에서 야구가 차지하는 비중이 너무도 크기 때문일 것이다.

그 사실은 재준을 딜레마에 빠지게 만들었다. 유영은 야구로 머릿속이 가득 찬 자신을 사랑한다. 자신이 이기는 모습을 사랑하는 것이 아니라, 야구에 미쳐 있는 제 모습을 사랑한다.

자신도 그랬다. 매일 고민하고, 좌절하면서도 결국은 제 일에 강한 자부심을 느끼는 유영을 사랑했다. 항상 학생들을 위하고, 그들을 위해 뭐 하나라도 세상을 나아지게 만들어주고 싶어하는 그런 그녀를 사랑했다.

사람을 사랑하면서 상대의 삶을 떼놓고 사랑할 수는 없는 일이다.

기회를 잡았을 때 행동하는 것은, 그만큼 중요한 일이라고, 재준은 생각했다.

그가 모자를 푹 눌러썼다. 올 여름 부상당한 발목을 다시 한 번 움직여보았다. 아무리 움직여봐도 아프지 않은 걸 보니 멀쩡한 모양이다. 유영이 여름 방학 때 여기까지 와줬는데, 낫지 않을 수가 있나.

재준이 거리를 머릿속으로 빠르게 계산했다. 그 순간. 타자가 친 공이 중견수와 우익수 사이에 떨어졌다.

-안타! 우중간을 뚫는 안타입니다! 신재준 선수는 3루까지…….

해설자가 말을 멈췄다. 재준에게서 홈까지 달릴 수 있다는 사인을 받은 3루 주루 코치가 그에게 계속 달리라고 흥분해서 팔을 돌리고, 3루를 밟은 재준이 홈으로 달려 들어가기 시작했다. 유난히 발 빠른 그가 전속력으로 달렸다. 해설자와 마찬가지로, 발목을 다친 데다가 올해가 끝나면 연봉협상이 있는 재준이 무리하지 않을 거라고 생각해, 3루에서 멈출 거라고 생각하며 방심하던 우익수가 정신없이 홈으로 공을 던졌다.

-신재준 선수, 3루 돌아 홈으로! 홈으로! 홈!

포수가 땅에 한 번 튀기고 올라온 공을 잡기 한참 전, 슬라이딩한 재준의 손이 홈플레이트를 쓸었다. 동시에 샌프란시스코 팬 전부가 일어서 소리를 질렀다.

-홈인입니다! 월드시리즈 우승팀은 자이언츠! 샌프란시스코 자이언츠입니다!

재준에게도, 팀 동료 중 어린 선수들에게도 난생처음 듣는 소리였다. 잠깐의 적막도 없이, 심판의 콜 이후부터 동시에 소리를 지르기 시작한 팬들. 수도 없이 흔들리는 깃발들. 그리고 시작된 응원가.

팀 동료들이 재준에게 달려들었다.

정말 이긴 건가.

순간 멍해서 아무 소리도 들리지 않았다. 시간이 정지한 것 같았다. 너무나 긴 시간 간절히 바랐던 소망이라, 이루어진 직후에는 전혀 실감이 나지 않았다.

그가 난생처음 보는 멍한 표정을 짓고 있자 데니스가 나서서 재준을 놀리기 시작했다.

「에이, 무슨 우승 같은 건 관심 없는 것처럼 굴더니!」

「우승에 관심이 없는 스포츠 선수가 어디 있어? 그냥 여자친구가 너무 보고 싶어서 엄살 부린 거지.」

「하긴, 너처럼 승부욕 강한 녀석이 우승에 관심이 없을 리가.」

데니스가 웃으며 고개를 끄덕였다.

재준이 자신을 둘러싸고 있던 거대한 체구의 팀 동료들을 힘좋게 밀어내고 정신없이 달렸다.

가장 먼저 알려줘야 할 사람이 있었다. 열아홉 살의 여름, 첫사랑에 빠지던 그날처럼. 재준은 유영에게로 달려갔다.

"야! 박유영!"

재준이 정신없이 달려가 그녀를 부르자 유영이 자신을 부르는 걸 알았는지 고개를 끄덕였다.

"사랑한다!"

재준의 말에 그녀가 애써 웃으며 다시 고개를 끄덕였다. 환호성 때문에 전혀 안 들릴 텐데, 잘도 무슨 뜻인지 눈치챘다.

얼마나 울었는지 두 손으로 입을 틀어막은 유영의 눈이 벌써 새빨갛다. 재준이 모자를 벗고 이 순간이 현실임을 믿기 어려울 정도로 해맑게 웃더니 제 목에 걸어 유니폼 안으로 넣어두었던 목걸이를 꺼냈다. 목걸이에는 펜던트 대신 반짝이는 반지 하나가 걸려 있었다. 재준이 반지를 들어 보이며 소리쳤다.

"결혼하자, 박유영!"

이번에도 역시 하나도 들리지 않는데, 그의 마음이 대신 들렸다. 유영이 웃으며 한 번 더 크게 고개를 끄덕였다. 그녀뿐만 아니라 그녀 주변에 있던 팬들도 반지를 보자마자 눈치로 알아듣고 환호성을 이어갔다.

재준은 모자를 다시 쓰고 팀원들이 있는 곳으로 달려갔다. 그러다가, 기쁨이 주체가 되지 않는지 한쪽 주먹을 휘두르며 펄쩍 뛰어오른다. 그 순진한 뒷모습에 팬들도 유영도 한참을 웃었다.

우승을 했는데도, 재준은 샴페인을 마시는 시늉만 하고 인터뷰를 마쳤다. 그는 1초라도 빨리 달려가 유영을 끌어안고 싶어 안절부절못하고 있었다.

그가 모자를 푹 쓰고 달려 나갔다. 팬들의 환호를 들으며 제 차로 가보니, 릭에게 미리 차 키를 받은 유영이 타고 있었다. 재준이 운전석에 타자마자 모자를 뒷좌석으로 집어 던지고 유영의 허리를 끌어안아 입을 맞췄다.

덕분에 유영은 얼굴이 새빨갛게 물들어 열 손가락 전부로 재준의 옷을 움켜쥐었다. 그녀의 그런 행동이 귀여워 죽겠다는 듯, 재준의 입꼬리가 올라갔다. 그가 입술을 떼고 물었다.

"언제 가야 돼?"

"좀 이따가 집에 가는 비행기 타야 돼."

"내가 공항 데려다줄게. 나도 곧 한국 들어갈 거니까, 그때부터 결혼 준비 차근차근 하자."

"응. 기다릴게. 아, 진짜 보고 싶었어."
"나도. 너 보고 싶어 죽는 줄 알았어."
재준이 말하고 다시 유영에게 입을 맞추더니, 캐비닛을 열어 수첩을 꺼냈다.
"이제 리스트에서 아홉 개 했어. 하나만 더 하면 돼."
그러자 안 그래도 그 수첩 내용이 궁금해 가끔 수첩 몰래 열어 보는 꿈까지 꾸던 유영이 서둘러 말했다.
"아, 그거! 이제 나도 보여줘. 우리 결혼할 건데 결혼할 사이에 비밀이 있으면 안 되지."
"으음……. 하긴. 뭐."
재준이 별거 아니라는 듯 어깨를 으쓱이더니 유영에게 수첩을 건네며 물었다.
"근데 이거 꿈 아닌 거 맞지? 진짜 우리 팀 우승했고, 너랑 결혼도 하는 거지? 나 오늘 일이 다 꿈이면 진짜 괴로울 것 같은데……."
"꿈 아니야. 너희 팀 진짜 우승했고, 난…… 정말로 너랑 결혼할 거야."
유영이 부끄러워하며 말하더니 배시시 웃었다. 재준이 행복을 못 참고 그녀를 더욱 꽉 안았다가 놓아주자 유영이 수첩을 펼쳤다.
리스트를 확인한 유영의 눈이 커졌다. 1번은 놀이공원 가서 인형 사주기. 2번 꽃다발 사주기, 3번은 비 오는 날 데리러 가기. 같이 술 마셔주기, 첫 번째 홈런볼은 박유영 줄 것, 이모 선물 사기, 이모부랑 낚시 갈 때 운전하기. 그리고 8번은, 다음번엔 내가 먼저 고백할 것. '꼭'이라는 말이 두 번에 느낌표도 세 개 적혀 있었다. 9번은 월드시리즈에서 우승 경기 보여주기. 마지막 10번은 평생 행복하게 해주기.

유영이 입술을 살짝 물었다가 겨우 물었다.

"언제 쓴 거야?"

"첫 번째가 너랑 놀이공원 다녀와서 정한 거니까 초등학교 3학년 때부터. 그리고 8번은 열여덟 살 늦가을. 10번은 그 해 겨울."

재준이 쑥스러워하며 말을 이었다.

"너도 알잖아. 난 평소엔 머리에 야구 생각밖에 없어서. 혹시 잊어버릴까 봐 너에게 해줄 건 전부 적어뒀어."

"……."

"10번도 해줄게. 한 백 년만 기다려봐."

재준이 농담하며 웃자, 유영이 그를 꼭 끌어안았다가 놓아주고는 햇살처럼 웃으며 말했다.

"우승 축하하고, 사랑해."

그녀의 말에 재준이 넋 나간 듯 그녀를 바라보다 못 견디고 다시 끌어안아 입을 맞췄다.

재준은 오늘, 원하는 것을 전부 얻은 기분이었고, 실제로도 그랬다.

에필로그

월드시리즈의 마지막 순간. 재준은 현실 속의 계약 같은 건 생각할 겨를도 없이 팀의 우승을 위해 달리고 말았다.

덕분에 샌프란시스코의 야구팬들은 재준의 등번호인 17이라는 숫자만 봐도 기분이 좋아지는 지경에 이르렀다.

재준의 인기는 하늘을 찔렀다. 그가 식당에서 밥을 먹고 있으면 순식간에 샌프란시스코 사람들로 둘러싸였다. 재준도 그게 무척 신나는지 툭하면 야구팬들에게 둘러싸여 찍은 사진을 한국에 있는 유영에게 보내고 했다. 그 사진 속 재준의 얼굴이 너무도 즐거워 보여 유영은 혼자 한참을 웃곤 했다.

예정되어 있던 인터뷰와 행사가 끝나자마자 재준은 한국으로 돌아왔다. 한국에서는 샌프란시스코에 있을 때보다 훨씬 더 바빴지만, 어쨌든 남는 시간에는 전부 유영의 옆에 달라붙어 있었다.

"야. 신재준. 그걸 또 봐?"

유영이 아이스크림을 먹으며 재준의 옆에 앉았다.

몇 개의 방송사 중 하나. 그날, 부상이 다 낫지 않은 재준이 3루를 지나 홈까지 달릴 거라고 예상한 아나운서는 하나뿐이었다. 재준이 2루를 출발할 때 아나운서가 말하기 시작했다.

-2루를 훔쳤습니다. 3루를 훔칩니다. 그리고 홈을 밟습니다! 아무도 예상하지 못했던 주자! 아무도 예상하지 못했던 팀이 올해 그라운드의 승자가 됩니다!

그 말을 듣고 난 재준이 짐짓 심각한 표정으로 유영에게 말했다.

"나 다음 생에는 아나운서가 될까 봐. 어떻게 저렇게 멋진 멘트를 즉석에서 떠올렸지."

"으음."

종이컵에 들어 있는 아이스크림을 작은 숟가락으로 떠서 한입 먹으며 생각하던 유영이 새침하게 말했다.

"알았어. 그때도 결혼해줄게."

"윽. 내 심장."

재준이 심장을 움켜쥐는 시늉을 하자 유영이 아이처럼 웃으며 물었다.

"그렇게 멋있으면 은퇴하고 해설가가 되어보는 건 어때?"

"글쎄다."

그가 머리를 긁적이더니 화면의 감독을 가리키며 말했다.

"저 할아버지처럼 젊은 애들 틈에서 펄쩍펄쩍 뛰는 게 더 신날 것 같다."

"하긴. 그럴 것 같다."

유영이 재준에게 아이스크림을 한 숟갈 떠서 내밀었다. 그가 아이스크림을 한 입 먹고, 유영에게 입을 맞춘 후 떨어졌다.

"맛있다."

그가 말하자 유영이 아이스크림을 재준에게 내밀었다.

"자."

"나 먹으라고?"

"아니? 키스랑 바꾸자고."

유영의 짓궂은 말에 재준이 킥킥 웃더니 아이스크림을 들고 일어나 냉동실에 넣었다. 그리고 고개를 갸우뚱하는 유영에게 가까이 다가가 입을 맞췄다. 아이스크림을 들었던 그의 차가운 손이 티셔츠 안으로 들어오자 유영의 얼굴이 붉어졌다.

"키, 키스랑 바꾸자고 했잖아."

그러자 재준이 웃기지 말라는 듯 핀잔했다.

"이럴 줄 알았잖아. 나에 대해서 너처럼 잘 아는 사람이 어디 있다고."

"그래도……."

그녀가 말하며 재준의 옷깃을 쥐어 꽉 당겼다.

당연히 재준이 이럴 줄 알았다. 알고 유혹한 거니까. 그와의 잠자리가 좋았다. 더없이 완벽한 그의 몸을 보고 있기만 해도 야릇한 기분이 들었다.

연애는커녕 밖을 나가지도 않아서 고양이보다도 활발하지 못하단 소리를 듣던 재준은 유영의 가벼운 유혹에도 무너져 내려, 그녀를 가볍게 안아 침대로 데려갔다.

시즌이 끝나고, 재준은 302호로 돌아왔다. 그러나 사실상 302호는 창고이고, 대부분의 생활은 유영의 집인 301호에서 했다. 그는 굳이 유영의 작은 침대에 끼어 잤다. 연봉이 얼마이든 재준은 그런 생활이 딱 맞았다. 유영과 하루 종일 붙어 있고 싶으니 더 큰 집도 싫었다. 딱 여기 이 301호가 좋았다.

* * *

12월, 재준을 만나기 위해 한국으로 온 릭이 목도리를 칭칭 두르고 성질을 냈다.

"여기 왜 이렇게 추워!"

"겨울에 와놓고 춥다고 하면 어떡하냐?"

"어쩐지 네놈이 독하더니 이런 날씨에서 살아서 그렇구나……."

재미교포 2세인 릭은 한국은 처음이었다. 부모님 고향이니까 연봉도 같이 듣고, 회사 돈으로 여행도 할 겸 왔더니 끔찍한 추위가 기다리고 있었던 것이다.

두 사람은 릭이 미리 잡아둔 사무실로 들어갔다. 에이전시에서 올 전화를 기다리며 릭도 재준도 안절부절못하고 돌아다녔다. 재준이 뜨거운 차를 마시려고 물을 끓이며 물었다.

"나 설마 연봉이 더 떨어지진 않겠지? 그래도 동결이겠지? 나 작년에 그렇게 끔찍하게 못하지 않았지?"

"……너 리그 최고 투수인데요? 특히 이번 시즌 월드시리즈 MVP인데?"

"나 부상도 당했잖아."

재준은 보기보다 부정적인 성격이라, 제 연봉에 나쁠 온갖 것들만 떠올리고 있었다. 에이전시가 워낙 유능해 지난 연봉 협상 때도 제 실력보다 지나치게 많이 받았다고 생각하던 재준이었다. 그러나 그가 곧 행복한 표정으로 말했다.

"나 만약 연봉 떨어지면 한국리그로 갈 거야."

"그래, 뭐……. 그것도 나쁘지 않지."

릭이 고개를 끄덕였다. 그러자 재준이 의외라는 듯 말했다.

"말릴 줄 알았는데."

"뭐하러 말려. 그럴 리가 없는데."

"응?"

재준이 의아해하는데 때마침 릭의 휴대폰이 울렸다. 릭이 침을 꿀꺽 삼키더니 전화를 받았다. 에이전시였다.

옆에서 재준도 긴장을 하며 기다리고 있는 사이, 릭이 되물었다.

"예? 다시 말씀해주시겠어요?"

그의 미간이 좁아져 있었다. 재준이 입이 바싹 말라 물었다.

"왜? 뭐래?"

"샌프란시스코 자이언츠 4년……. 8천 6백만 달러."

"……그게 얼마지?"

"1년에 240억 정도려나……."

"장난치지 말라고 해."

"진짜야!"

"내 부상은?"

"웃기지 마, 너 완전 멀쩡하잖아. 병원이랑 다 연락해서 정한 액수지."

릭이 성질을 내더니 전화를 마무리하고, 재준에게 다시 물었다.

"할 거지? 계약?"

"나 뭐 사기당하고 있는 거 아닐까?"

"세금 생각해. 넌 두 나라에 내야 되잖아. 에이전시 수수료도 떼고. 그보다 나도 월급 올려줬으면……."

"릭. 말 바꾸기 전에 빨리 나 한다고 해."

"어, 어! 맞아. 말해야지."

릭이 서둘러 샌프란시스코 자이언츠와 계약을 진행했다.

멍했지만 평소 술을 마시지 않는 재준은 차 대신 시원한 탄산음료로 속을 달랬다. 릭도 마찬가지였다.

내일 아침에 구단에서 공식으로 발표한다고 했다. 재준이 301호에 코트를 벗어놓고, 302호 앞에 섰다. 그가 벨을 누르자 유영이 걸어와 문을 열었다. 어차피 방학이라 집에서 뒹굴거리던 그녀가 눈을 비비며 말했다.

"오늘 좀 늦었네?"

"응."

재준이 긴장한 표정으로 말했다.

"나 오늘 연봉 계약했어."

"으응. 그래?"

"응. 그래서 선물 사왔어. 좀 갑작스럽긴 한데……."

재준이 주머니를 뒤적거려 무언가를 건네기에 일단 받아 든 유영이 물건을 확인하자마자 경악했다. 아우디RS의 로고가 그려진 차 키였다.

"야, 야!"

"오다가 예뻐서 하나 샀어. 마음에 안 들면 하나 더 사줄게."

"미쳤어? 사귀는 사이에 누가 차를 선물해!"

"어차피 식장 잡았으면 결혼한 거랑 똑같지, 뭐. 게다가 비 오면 차 사고 싶다며?"

재준이 혼날 줄 알았으면서도 억울한 척 말했다.

"나 이제 서른인데 어떻게 학교에 아우디를 끌고 가, 이 미친놈아."

유영이 밤이라는 걸 감안하여 이를 악물고 말했다. 재준은 오늘 미친놈 소리 여러 번 듣는다고 생각하곤, 뒤통수를 문지르며 말했다.

"갑자기 사와서 미안하긴 한데, 너랑 같이 가면 적당히 무난한 거 고를 거잖아."

"아, 진짜 말이 안 통해……."

"어쩔 수 없잖아. 갑자기 연봉이 올랐는데, 제일 먼저 사고 싶은 게 네 차였어. 그래도 난 작년에 사주고 싶었는데 나름 일 년 기다렸거든?"

신경 많이 써서 사온 걸 텐데 뭘 더 화를 내기도 그랬다. 유영이 체념했는지 살짝 한숨을 쉬고 물었다.

"아니, 그래서 뭐 얼마나 올랐는데 그래? 네 연봉에서 더 오를 게 있었어?"

"응. 연봉 지금 환율로 240억 정도래. 4년 계약했어."

그의 말에 유영이 고개를 갸우뚱하며 다시 물었다.

"진짜? 그럼 많이 줄어든 거 아냐?"

"아니. 일 년에."

"……응?"
"4년에 8천 6백만 달러. 1년에 240억."
"……."
"아, 그리고 참고로 그 차는 올해 한국 들어와서 찍은 광고비 차곡차곡 모아서 산 거야."
"……저기 혹시, 숫자 잘못 본 거 아냐? 네가 뭘 했다고 돈을 그렇게 많이 줘?"
"잘못 본 거 아냐. 팩스로 계약서도 받았어."
재준이 말하며 종이 하나를 꺼냈다. 동그라미 개수를 세본 유영이 흠칫 놀라더니 말했다.
"우리 결혼하지 말자."
"뭐?"
"이건 좀 아닌 것 같아. 원래 연봉도 감당이 안 됐는데 심지어 늘었어……. 나 어지러워."
유영이 정말 어지러운 표정으로 계약서를 바라보자 재준이 당황하며 그녀의 양팔을 붙잡았다.
"내가 뭐 건물 같은 거 살게. 막 있었는지도 모르게 처리하면 되잖아."
"재준아. 잘 생각해봐. 꼭 결혼을 나랑 해야겠어?"
"……야. 박유영. 너 방금 그거 농담 아니었어?"
"아니, 농담이긴 한데……."
"내일 아침 해 뜨자마자 혼인신고 하자."
"싫어. 숫자가 너무 커서 무서워."
"거봐, 농담 아니잖아! 이 상황에서 네가 뭐가 무서워, 몸값 못할까 봐 내가 무서워야지."

진심으로 표정이 굳은 재준의 말에 유영이 한숨을 푹 쉬었다.

두 사람은 계속 티격태격하다가, 여전히 진정이 되지 않아 따듯한 차를 한 잔씩 마시고서야 침대에 들어갔다.

유영이 그의 품에 폭 파묻혀서 말했다.

"신재준."

"안 돼."

"……나 아무 말도 안 했는데?"

"차 반납, 혼인신고 미루자, 이거 다 안 돼."

"으음……. 자고 일어나면 내가 운전할게, 혼인신고 하러 가자?"

"……."

"나 운전 가르쳐줄 거야? 면허 따놓고 운전 별로 안 해봐서."

귀여워 죽을 지경이었다. 재준이 고개를 여러 번 끄덕이고 말했다.

"내 연봉 오른 얘기보다 네 지금 그 말이 더 좋다."

"그건 아니지. 네가 애야?"

"……."

"차는 잘 쓸게, 고마워."

유영이 고개를 살짝 들어 재준에게 쪽 입을 맞추고 다시 품에 안기며 말했다.

"보답."

"……안 되겠다. 나 못 자겠어."

"어? 야, 야아! 어딜 만져!"

"사람을 적당히 괴롭혀야지!"

"도대체 이렇게 유혹에 약한데 어떻게 메이저리그에서 버틴 거야?"

"너한테만 약한 거다, 너한테만."

재준이 말하더니 침대 옆의 조명을 켰다. 그리고 제 상의를 벗어 바닥에 던져버리자, 유영이 괜히 투정했다.

"나 아무래도 안 되겠어. 너랑 사는 건 무리야. 힘들단 말이야."

"너야말로 이렇게 연약해서 어떻게 중학생을 가르치냐. 난 애들 무섭던데."

"애들이 들으면 기겁할 소리 한다."

재준이 웃었지만, 결혼하지 말자는 유영의 말이 신경 쓰여 한숨도 못 자다가 다음 날 눈뜨자마자 춥다고 투정하는 유영을 억지로 잡아끌고 나가 혼인신고를 마쳤다.

외전 1

「내가 가을 야구 하지 말자고 했잖아. 한 팀에 홈런왕이랑 타격왕이 다 있는 건 너무한 거 아니냐?」

월드시리즈 5차전, 이미 3선승을 한 상태에서 재준이 성질을 내자 홈런왕인 카를로스가 울먹이며 말했다.

「에이스가 화내는 걸 보니까 우리 팀이 또 우승하려나 봐.」

「2년 연속 우승이다!」

재준은 제 동료들이 미신을 너무 믿는다고 생각했다.

어쨌든 그 미신은 무서울 정도로 정확해서, 그날 5차전 경기의 승을 샌프란시스코 자이언츠가 가져갔다.

2년 연속 우승을 결정한 경기가 끝난 후, 재준이 싱글벙글해서 유영에게 자랑하려고 휴대폰을 열었다가, 그녀에게서 온 문자를 확인하고 고개를 기우뚱했다.

[미워.]

잘못 보냈나? 축하해, 라고 보내려고 했는데 미친 듯이 오타가 났나?

그가 당황하며 유영에게 전화를 걸었는데, 어제까지만 해도 전화를 잘 받아주던 그녀가 전화를 받지 않는다. 재준이 서둘러 어머니에게 전화를 걸자 해선이 받아 대뜸 웃음을 터트렸다.

-왜.

"저……. 유영이가 전화를 안 받아서요……."

-유영이가 네 전화 받아주지 말래. 끊을게.

"예? 자, 잠깐만요! 유영이 거기 있어요? 그럼 저 좀 바꿔줘요! 저 엄마 아들이잖아요! 가끔이라도 자식 취급 좀 해주세요!"

재준의 다급한 말에 별수 없는지 해선이 휴대폰을 유영에게 넘겨주었다.

-왜에.

"유영아. 내가 뭐 잘못했어?"

-응.

"무슨 잘못? 지금 바로 공항 가고 있어. 금방 한국으로 갈 테니까……."

-나 임신했어.

"……어?"

재준이 자리에 멈춰 섰다.

유영과 마지막으로 만난 것은 8월이었고, 지금은 11월이었다. 그가 어떻게 된 건가 말을 아끼다가 조심스럽게 물었다.

"언제?"

-몰라.

"유영아."

재준이 초조하게 말했다.

"나 얼른 갈게. 응? 그러니까 잠깐만 기다려."

재준의 머릿속이 복잡했다. 자신이 마지막으로 유영과 관계를 한 것이 8월이었는데, 딱 하루 경기에 이긴 후 정신없이 침대로 달려 들어가 피임을 못한 적이 있었다. 다음 날 유영에게 등짝을 얻어맞고 싹싹 빌긴 했는데, 그건 지금으로부터 벌써 세 달 전 일이었다.

재준이 한숨을 쉬었다.

가능성은 두 가지였다. 유영이 임신한 걸 숨겼거나, ……다른 남자 아이거나.

엊그제까지도 다정하게 그를 달래주던 유영이었다. 게다가 임신한 것을 숨길 이유는 또 뭐가 있나.

디펜딩 챔피언인 샌프란시스코 자이언츠의 승리로 경기가 끝나자마자 재준이 복잡한 마음으로 한국에 도착했다. 공항에 있는 기자들의 인파 속에서 아내가 임신을 했다는 말로 인터뷰를 거부하고 정신없이 집으로 달려갔다.

집에는 해선과 놀러 온 유영의 어머니 연진이 있었다. 재준은 두 사람에게 정신이 쏙 빠진 얼굴로 인사를 한 후 유영이 있다는 제 방으로 달려 들어갔다. 재준의 침대에 웅크리고 앉은 유영이 입술을 삐죽거리고 있었다.

재준이 조심스럽게 그녀의 곁에 앉더니 두 팔로 유영을 꼭 끌어안았다.

"왜 삐졌어. 응?"

재준이 다정히 묻자 유영이 말했다.

"세 달째야."

"……어?"

"세 달째라구! 너 경기에 방해될까 봐 말도 못 했으니까 삐지지!"

"……."

행동을 멈춘 재준의 눈이 둥그레졌다. 그가 물었다.

"말을…… 내 경기 때문에 말 못 한 거야?"

"그래! 내가 임신했다고 하면 너 경기 그만두고 올 거라고 에이전시에서도 걱정해서!"

에이전시에서 걱정을 하면서, 재준의 컨디션에 문제될 것 같으니 제발, 제발 조금만 늦게 말하면 안 되겠냐고 했다. 유영은 과한 걱정이라고 생각했지만, 그의 컨디션 걱정이 많이 되나 보다 하고 말하지 않았는데.

재준이 정색을 하며 되물었다.

"당연한 거 아냐? 네가 임신했는데 그럼 경기를 계속 해?"

"지, 진짜 집에 올 생각이었어?"

"당연하지! 우리 출산 휴가 주잖아. 이럴 때 쓰라고 주는 거 아냐?"

'이 녀석, 진짜 복지 좋은 회사 다니잖아?'

유영이 왠지 억울해하며, 한껏 불만을 토로했다.

"내가 서른세 살에 아이 낳자고 했잖아! 계획까지 쫙 세워놨……."

재준이 입을 맞추는 바람에 유영의 말이 끊겼다. 그가 키스로도 모자란지 그녀를 붙잡아 제 무릎에 앉혔다. 유영이 당황하면서도 제 허리를 끌어안은 재준의 팔을 쓰다듬었다. 유영을 만나러 갈 때 입으려고 새로 산 셔츠가 아직도 빳빳했다. 재준이 입술을 떼고 그녀의 뺨을 쓰다듬으며 말했다.

"미안, 비행기를 오래 타서 좀 너저분하지?"

그가 묻자 유영이 말없이 고개를 저었다. 재준은 그녀가 너무 사랑스러워 넘쳐 어쩔 줄을 모르겠다는 눈웃음을 지으며 말했다.

"향수도 임산부한테 안 좋을까 봐 못 뿌렸어."

정작 임산부에게 해로운 것은 그의 눈웃음이었다. 심장이 콩닥거려 아이가 놀랄까 봐 걱정이었다. 재준이 기분이 풀린 듯한 유영에게 말했다.

"쉬는 동안에 할 일 생겼네."

"할 일?"

"응. 너 손가락 하나 까딱 안 해도 되게 해야지."

"정말?"

"응. 뭐 먹고 싶은 거 있어?"

"나 그냥 너랑 있고 싶어."

"알았어. 집에 가자, 이제."

"밥 먹고 갈래. 나 배고파."

"그래."

두 사람이 곧 방 밖으로 나오자 해선이 불만스럽게 물었다.

"유영이 너 제대로 화낸 거 맞아? 세 달 동안 벼르더니."

"그게요, 화내려고 했는데에……."

"어휴, 너 혼자 얼마나 고생했는데!"
"너무 오랜만에 봐서 반가운 걸 어떡해요."
유영이 입술을 삐죽거리자 해선이 혀를 찼다.
"이거 봐, 내가 이럴 줄 알았어. 너 같은 순둥이가 무슨 화를 내니."
그러자 옆에서 연진이 달래듯 말했다.
"재준이도 오는데 맘고생 했을 텐데 너무 뭐라고 그러지 마."
"재가 고생은 무슨."
해선이 재준에게 따라오라고 눈짓하고, 연진과 셋이 방으로 들어갔다. 유영이 고개를 갸우뚱하며 식탁 앞에 앉아 기다리는데 잠시 후 표정이 어두워진 재준이 걸어 나왔다. 그가 유영의 손을 잡아 제 방으로 다시 데려가더니 다 죽어가는 얼굴로 물었다.
"유영아. 잔소리를 너무 많이 들어서 죽은 사람 혹시 본 적 있어?"
"아니? 없어."
"그럼 내가 최초겠네. 그나마 장모님이 말리셔서 이 정도지."
재준이 중얼거리며 유영을 끌어안았다. 그리고 그녀의 머리칼을 쓸어 넘기고 이마에 입술을 댄 상태로 말했다.
"입덧 심하게 했다며?"
"으응. 지금은 좀 나아졌어. 지난달엔 얼마나 심했는데에."
유영이 투정하자 재준이 울상이 되어 그녀의 눈을 바라보며 사과했다.
"미안해. 내가 잘못했어. 오늘부터는 네 옆에만 있을게. 아무거나 다 시켜."

그가 쩔쩔매자 유영은 벌써 기분이 풀려서 자기도 모르게 살짝 웃었다.

"아, 정말. 한참 더 구박하려고 했는데."

"해도 돼. 많이 해."

"그래서. 우리 애기한테 해줄 말은 없고?"

"어?"

유영을 혼자 뒀단 사실 때문에 정작 아이가 생겼다는 사실에 대해선 잊고 있던 재준이 멈칫했다. 그러더니 저절로 입이 열렸다. 재준이 침대에서 내려서더니 어쩔 줄을 모르고 두 손으로 제 머리를 감쌌다.

"와, 이렇게 좋을 줄 몰랐는데."

"그렇지?"

유영이 한가득 웃었다.

"나도 처음엔 네 욕 막 하다가, 금방…… 막 웃었어."

그녀의 미소가 너무도 사랑스러워서 재준의 입꼬리가 한없이 올라갔다. 그가 침대에 걸터앉아 있는 유영의 발아래 무릎을 꿇고 그녀의 두 손을 꼭 잡았다.

"행복하게 해주고 싶은 사람이 늘었다는 게, 기쁘고 감동적이야."

그의 사랑으로 가득한 목소리에 유영이 세 달간의 외로움을 잊고 즐겁게 웃었다. 유영이 옆으로 오라고 손짓하자 재준이 침대에 올라가 앉아서, 그녀를 다시 제 무릎으로 데려왔다. 재준이 행복해 어쩔 줄 모르는 얼굴로 유영의 뺨을 어루만지자, 그녀가 애틋해하며 말했다.

"너도 많이 놀랐겠다. 마지막으로 만난 지 한참 됐는데 임신했다고 해서."

"어, 무서워 죽는 줄 알았어."

"내가 바람 폈을까 봐?"

"뭐……. 다른 건 다 참을 수 있는데. 혹시 네가 나를 떠날까 봐."

"……."

"옆에 있어주지 못했어서. 네가 나를 미워하게 됐을까 봐, 그게 제일 무서웠어."

재준이 아직도 초조함이 느껴지는 목소리로 말하자 유영이 웃으며 두 손으로 그의 입술을 쓰다듬었다.

"바보 아냐? 널 떠날 거면 너한테 연락 안 했지."

"제발 그렇게 무서운 소리 좀 하지 마. 나 울 거다, 진짜로."

"그으래? 근데 누구는 나한테 어느 날 말도 안 하고 전화번호 바꾸고 막 그랬는데?"

"……누가 그런 짓을 해?"

재준이 넋 나간 표정으로 묻자 유영이 검지로 그의 가슴팍을 콕 찔렀다.

"누구긴 누구야? 기억 안 나는 척할래?"

재준은 정말로 뒤늦게, 그게 제 얘기라는 걸 알고 표정이 굳었다. 말 한마디 없이 연락을 끊었던 그 믿을 수 없을 정도로 나쁜 놈이 자신이었으니까.

유영이 웃으며 두 손으로 그의 얼굴을 감쌌다. 그러자 재준이 그녀의 허리를 꽉 안았다가, 임신을 했다는 사실에 흠칫 떨며 팔힘을 풀었다. 그가 유영의 품에 얼굴을 묻고 말했다.

"잘못했어."

"으응."

"진짜 미안해. 이렇게 말하면 진짜 이기적이긴 한데…… 넌 그러지 마, 제발."

"안 그래, 바보야."

유영이 제 품에서 떨기까지 하는 재준의 뒷목을 손으로 쓰다듬으며 그를 달랬다. 그렇게 그녀의 품에서 안정을 찾은 재준이 말했다.

"일단, 먹고 싶은 거."

"으음, 아이스크림!"

"금방 사올게."

"아, 같이 가. 떨어지기 싫어."

유영이 달라붙자 재준이 언제 초조했었냐는 듯이 금방 표정이 풀렸다.

* * *

유영의 출산은 다음 시즌이 개막한 직후였다. 재준은 정말로 출산휴가를 쓰고 한국으로 달려와서, 유영의 옆에 온종일 붙어 있다가 다시 미국으로 돌아갔다.

재준이 락커 앞에서 실실 웃으며 아들 사진을 보고 있으니 데니스가 곁눈으로 사진을 보곤 말을 걸었다.

「으윽, 천사다…….」

「그렇지? 그거 알아? 우리 애는 손톱도 귀여워.」

「사진 더 보여줘! 일단 있는 거 좀 다 보여줘봐!」

얼마 전 결혼해서 아내가 임신한 상태인 데니스가 재촉하자 재준이 첫 아이 지훈의 손 사진을 보여주었다.

「귀엽지…….」

「귀여워…….」

얼마 전까지 서로 눈만 마주쳐도 다투던 두 사람이 아가 사진을 보느라 세상에서 제일 친한 친구처럼 붙어 앉아서 시간 가는 줄 모르자 같은 팀 선수들이 어이가 없어 킥킥 웃었다. 싸우면서 정든다더니, 딱 저 녀석들 얘기다.

데니스가 안쓰럽다는 듯이 말했다.

「아들 많이 보고 싶겠다. 이렇게 귀여운데.」

그러자 재준이 한숨을 푹 쉬며 대답했다.

「보고 싶지. 근데 이번 학기 끝나면 아내도 육아휴직 내고 지훈이 데리고 미국 올 거니까 그때 실컷 봐야지. 그때 우리 집 놀러 와. 꼬맹이 구경하러.」

「놀러 갈게! 선물 뭐 필요해? 아직 자전거는 이른가?」

「아……. 우리 지훈이 크면 자전거 같이 타야지.」

「크으, 좋겠다. 우리 애도 태어나면 같이 데리고 나가서 놀자. 아내분이 교사시랬지?」

「응. 영어 선생님. 아마 영어 너보다 더 잘할걸.」

「하긴, 나도 철자에 좀 약해서…….」

농담으로 한 말인데 데니스가 진심으로 받아들여서, 재준이 유쾌하게 웃음을 터트렸다. 그러나 대화를 마치고 나니, 문득 뭔가 마음에 걸리는 게 있어 유영에게 전화를 걸었다.

유영이 전화를 받자 재준이 물었다.

"박유영. 왜 하필 영어야?"

-갑자기 무슨 소리야?

"왜 하필 영어를 전공했냐고, 너."

-뜬금없이…….

"아니, 생각해보니까. 너무 심하게 잘됐잖아. 미국으로 오게 될 사람이 영어 선생님이라니. 그냥 운이 좋았다고 생각했는데, 생각해보니까 좀 이상하잖아?"

-으음.

"나 때문에 영어 전공했지? 응?"

기대감 가득한 재준의 질문에 유영이 어이가 없어서 웃었다. 그녀가 대답했다.

-그래, 너 때문에 전공했다. 됐어?

"정말?"

-응. 야구를 시작했을 때부터 넌 메이저리그에 가는 게 꿈이었잖아. 너한테 영향을 받아서 그런가. 영어 말고 다른 전공을 생각해본 적이 없었어.

"왜. 어릴 때부터 나랑 결혼하고 싶었어?"

재준의 능청스럽게 묻자 유영이 '으이구' 하고 말을 이었다.

-뭐…… 결혼은 아니어도. 너 보러 가야겠다는 생각은 했나 보지. 생각해보니까, 넌 여섯 살 때부터 나한테 엄청 영향 끼쳤네. 책임져. 알겠어?

유영이 애교스러운 목소리로 장난을 치자 재준이 행복한 표정을 지었다.

1초라도 빨리 그녀를 만나고 싶었다. 온 마음이 아내에 대한 사랑으로 가득 차 있는 기분이었다.

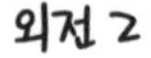

유영은 6년 간 육아휴직을 사용하며 미국에 머물렀다가, 다음 해 곧바로 한국으로 돌아갔다. 양가 부모님이 시즌 동안 아이를 돌봐주기로 하셨지만 재준은 시즌 내내 우울함에 빠져 헤어나지 못했다. 아내와 아이들을 볼 수 없다는 사실에 재준은 손가락 하나 까딱할 기운도 내지 못했다. 그래서 시즌 내내 경기만 끝나면 방에 틀어박혔고, 시즌이 끝날 즈음에는 본격적으로 우울증이 왔다.

결국 재준은 2년도 겨우겨우 버텨내고 계약이 끝나자마자 다음 해 바로 한국 리그와 계약을 했다.

계약 첫 해부터 재준은 어마어마한 성적을 이루어냈고, 최다 득표로 올스타전에 나갔다. 야구는 재준의 팀의 승리로 끝났다. 경기가 끝난 후, 야구장에 즐거운 마무리 행사가 이어졌다. 그라운드에 드러누운 재준의 오른쪽에는 초등학생인 아들 지훈이, 왼쪽에는 이

제 곧 초등학교에 들어갈 딸 유은이 누워 있었다. 세 사람이 폭죽 터지는 시간을 기다리고 있을 때, 저 멀리서 선수 하나가 달려왔다.

"선배님! 수고하셨습니다!"

재준이 부드럽게 딸 유은의 귀를 두 손으로 막고 지훈에게 말했다.

"지훈아. 손으로 귀 막아봐."

"응."

지훈이 두 손으로 귀를 막자 재준이 옆에 털썩 앉는 지강에게 말했다.

"선배한테는 수고라고 말하는 거 아니다, 이 무례한 새끼야."

"윽, 왜 보자마자 욕을 하고 그러십니까……."

재준이 집에서는 절대 보일 일 없는 짐승이 으르렁대는 듯한 얼굴로 말했다.

"안 하게 생겼어? 뭐가 어째? 첫사랑이 누구라고?"

"아, 죄송하다고 했잖아요!"

"죄송하면 다냐? 빨리 가서 인터뷰 무른다고 해. 왜 내 아내가 너 같은 새끼 첫사랑이야?"

재준이 욱해서 화를 내는데 지훈이 아무것도 모르고 순진한 표정으로 물었다.

"아빠? 귀 계속 막고 있어?"

"아냐, 이제 됐어."

지훈이 고개를 끄덕이며 손을 내리자, 재준이 유은의 귀를 막았던 손도 내렸다. 지강이 능청스럽게 웃으며 말했다.

"기사 엄청 많이 났던데요. 사람들이 제 첫사랑이 유영 쌤인 게 신기한가 봐요. 특히 선배님이 저 야구 그만둔다고 했을 때 좋은 얘기 많이 해주셨다고 한 얘기, 사람들이 엄청 좋아하던데요?"

"네놈……. 네 녀석 때문에 우리 유영이한테도 인터뷰 들어오잖아. 너 방황하는 거 잡아준 게 내 아내인 인연이 신기하다면서."

"그러……. 아, 지훈아! 왜 때려, 왜!"

자리에서 일어난 지훈이 갑자기 지강의 등짝을 퍽퍽 때리기 시작하자, 지강이 울상을 지었다. 겨우 여덟 살이라고 해도 아버지가 신재준이었다. 또래들과는 비교도 안 되는 체격과 힘을 가진 지훈의 주먹에 맞으니 등이 얼얼했다.

지훈이 딱 재준이 열 받았을 때 짓는 표정으로 말했다.

"아저씨 우리 엄마 좋아해?"

"아저씨 아니고 형이고, 지금 아니고 어릴 때."

"좋아하지 마! 우리 엄마야!"

"아오, 첫사랑이라고, 첫사랑!"

지훈의 분노를 못 이긴 지강이 자리에서 일어섰다.

"선배님보다 지훈이가 더 무서워요, 선배님!"

"우리 순한 지훈이가 얼마나 열 받으면 그러겠냐. 지훈아, 아무리 열 받아도 사람 때리면 안 돼."

그리자 지훈이 씩씩거리며 말했다.

"저 아저씨가 엄마 뺏어가면 어떡해?"

"……죽여야지."

"내가 도와줄게, 아빠!"

"응. 든든하다."

부자의 대화에 지강이 억울함과 웃김을 동시에 느끼며 허리 숙여 인사했다.

"아무튼 감사했습니다."
"오냐."
지강이 킥킥 웃으며 떠나자 지훈이 다시 세상에서 제일 좋아하는 아빠 옆에 딱 붙어 앉으며 말했다.
"적을 무찔렀어."
"잘했어, 신지훈. 아주 멋있었다고 엄마한테 말할게."
"응. 잘 부탁해."
지훈의 장난기 섞인 대꾸에 재준이 웃음을 터트렸다. 그때 폭죽이 터지기 시작하자 재준의 무릎에 앉아 있던 유은이 신나서 폭죽을 가리켰다.
"아빠! 초록색 반짝이!"
"오오, 멋지네."
"꽃 같아……."
유은이 감동한 얼굴로 말했다. 재준이 미소를 지으며 물었다.
"유은아. 야구장 좋지?"
"좋아. 내일도 올까?"
"내일은 안 되고, 나중에 오자."
"응. 나중엔 엄마도."
"엄마는 학교 가야지."
"으음……. 그럼 사진 찍어줘! 엄마 보여줄래! 오빠, 가자!"
유은이 재촉하더니 제 오빠 손을 잡고 신나게 구장 위를 뛰어다녔다. 재준이 휴대폰 영상을 켜서 두 아이를 찍고 있는데 유영으로부터 문자가 도착했다.
[퇴근하고 TV로 너랑 우리 애들 보고 있어.]

[셋 중에서 네가 제일 귀여워.]

그러자 재준이 자리에서 일어서서 유영에게 전화를 걸었다. 그러더니 카메라를 찾으며 유영에게 물었다.

"유영아, 나 보여?"

-응. 잘 보여.

그러자 재준이 카메라를 보고 손을 흔들며 말했다.

"사랑해, 유영아."

-나도 정말 많이 사랑하긴 하는데, 사람들의 소중한 수신료를 사적인 대화로 소비하지 말아줄래?

선생님스럽기 짝이 없는 유영의 말에 재준이 폭소하더니 다정히 말했다.

"아, 얼른 집에 가야겠다. 우리 유영이 보러. 나 그냥 대전에서 안 자고 바로 서울 갈래."

-안 돼. 피곤하잖아.

"네가 옆에 없으면 그게 더 피곤해. 애들은 차에서 재우면 되니까 금방 올라갈게, 유영아."

재준이 투덜거리자 유영이 웃으며 말했다.

-사실 나 지금 대전이야.

"뭐? 지, 진짜?"

-응. 너랑 우리 애들 보고 싶어서 못 참고 와버렸어.

"유, 유은아! 지훈아! 엄마 왔대!"

그러자 아이들이 신나서 재준에게로 달려왔다.

-나 야구장 앞에 있을게, 천천히 나와.

"폭죽 끝나가, 나 바로 나갈게."

-으응, 아, 빨리 너랑 있고 싶다.

유영의 부드러운 목소리에 재준은 몸에 힘이 풀려 그 자리에 멈춰 섰다. 유은이 똘망똘망한 눈으로 물었다.

"아빠, 엄마가 뭐래?"

"빨리 아빠랑 있고 싶대."

"그럼 얼른 엄마 보러 가자!"

유은의 말에 재준이 크게 고개를 끄덕였다. 전화를 끊은 재준이 한 팔로 유은을 안아 들고, 다른 손으로 지훈의 손을 잡았다. 그가 넓은 야구장을 둘러보았다.

그가 사랑하는 공간은 딱 둘뿐이었다. 야구장, 그리고 유영의 곁.

그런데 야구장에 서 있어도, 그녀의 곁으로 빨리 가고 싶으니.

"달려서 갈게, 유영아."

재준이 중얼거렸다. 학창시절처럼. 뒷모습만 보고도 유영이란 걸 알아차리고, 정신없이 그녀에게 달려가던 그때처럼.

지금도 그녀의 곁으로 달려가고 싶었다.

* * *

702호 남자는 전업주부였다.

아침이면 출근하는 아내를 배웅하고 그로부터 얼마 뒤 아빠가 초등학생인 두 아이를 배웅한 후, 동네 슈퍼에 가서 과일이랑 찬거리를 사서 콧노래를 부르며 집에 들어갔다. 키가 무척 크고 눈에 띄게 잘생겨 사람들은 그의 존재를 알지 않으려 해도 알 수밖에 없었다.

702호 남자는 종종 아내가 집에 올 시간에 맞춰 밖에 나가 그녀를 기다리곤 했다.

그의 아내는 가까운 곳에 있는 고등학교의 영어교사여서, 종종 같은 단지에 사는 졸업생이나 학생을 만나 반갑게 인사를 하기도 했다.

얼마 뒤 사람들은 그가 메이저리그 최고 투수 중 하나였던 신재준이라는 것을 알았고, 얼마 뒤 아파트와 가까운 곳에 있는 건물 몇 개가 그의 소유라는 것도 알았다.

* * *

재준은 전업주부가 적성이었다. 특히 온 가족이 먹을 음식 만드는 데 취미가 생겨 한식, 양식, 중식에 심지어는 베이킹까지 시작했다. 자신 없이 한국에서 2년 동안 아이들과 지냈을 유영에게 미안한 마음이 컸기 때문에, 그녀에게 모든 것을 맞춰주려고 노력했다.

그러나 프로리그가 그를 놔주질 않았다. 게다가 재준 스스로도 현역 은퇴 후 감독의 꿈을 꿨기 때문에 결국 전업주부로 고작 1년을 지낸 후 서울에 홈구장이 있는 한 프로팀의 감독으로 끌려갔다.

"와, 우리 감독님."

유영이 모처럼 유니폼을 입은 재준을 보며 해맑게 웃었다.

"그냥 현역 선수 같아."

"안 그래도, 우리 팀 최고령자가 나보다 나이 많아."

"불편하겠다."

"친하게 지내지, 뭐."

재준이 어깨를 으쓱이자 유영이 그의 머리칼을 쓰다듬으며 말했다.

"귀엽네. 근데 감독이 너무 잘생겨서 어떡해?"

"너 내가 일하러 안 나갈까 봐 칭찬해주는 거지?"

"……들켰어?"

"당연하지, 내가 너를 몇 년 알았는데."

재준이 유영의 어깨에 얼굴을 묻으며 말했다.

"아, 집에 있을 때가 좋았는데."

"일도 많은데 뭐가 좋아?"

"기다리기만 하면 너 볼 수 있잖아."

"하긴, 사실 나도 네가 집에 있을 때가 좋았어. 집에 가면 너 볼 수 있고……. 밤에 힘들게 해서 다음날 출근 힘든 것 빼고는 다 좋은데……."

농담을 섞어 말하려고 했는데, 그가 다시 바빠진다는 생각을 하니 왠지 정말로 울 것 같아서 발꿈치를 들어 재준의 목을 와락 끌어안았다.

"일하러 가지 마. 으응?"

유영의 울 것 같은 목소리에 재준이 괴로운 표정으로 말했다.

"네가 그렇게 말하면 진짜 가기 싫어지잖아."

"그래도 갈 거잖아."

"그러니까. 마음이 무거워진다고."

재준이 유영의 허리를 꽉 안아 이마에 키스를 하고 중얼거렸다.

"넌 왜 이렇게 매일 귀엽냐."

"잘 갔다 와."

"응."

또 출근하지 말라고 매달릴까 봐, 유영이 고개를 들어 나무를 올려다보았다.

제법 오래 그를 알았는데, 오늘도 그가 좋았다. 매년 오는 봄이 좋은 것처럼, 올해의 그 녀석도…….

그때 멈춰 선 재준이 유영을 돌아보고 그녀를 불렀다.

"유영아."

"응?"

재준이 여전히 부끄러운지, 모자를 푹 눌러 쓰고 말했다.

"너랑 사는 게 좋다."

재준의 다정한 목소리에 유영이 환히 웃었다.

"응. 나도 너랑 사는 게 좋다."

그러자 재준이 만족스러운 듯 씨익 웃더니 신나서 차로 향했다.

그가 출근하고, 유영은 모처럼 제자인 서연을 만나기 위해 집을 나섰다. 서연이 줄 게 있다면서 그녀가 있는 동네까지 찾아온 것이다.

집 근처 카페에 앉자마자, 서연이 중학생이던 그때처럼 짜증을 내며 말했다.

"어우, 진짜. 선생님 때문에 내가 인문계 4년제를 나와가지고 이직 준비한다고 이러고 있잖아요."

하여튼 만나기만 하면 이 레퍼토리였다. 유영이 웃으며 말했다.

"아니, 지가 공부해서 대학 가놓고 왜 내 탓을 해? 웃겨, 진짜."

"아, 몰라요. 선생님 때문이에요, 무조건."

"왜, 난 좋다?"

그녀가 삐죽거리는 시늉을 했다. 서연이 곧 민망한 표정으로 가방을 열어 책 한 권을 꺼냈다.

"친구들이랑 돈 모아서 시집 하나 냈어요."

그녀의 말에 유영의 표정에서 장난기가 사라졌다. 유영이 책과 서연을 번갈아 보더니, 두 손으로 조심스럽게 책을 끌어당겼다.

그녀가 책을 너무나 조심스럽게 손으로 쓰다듬자 서연이 툴툴거렸다.

"그렇게 조심하시지 않아도 돼요. 그냥 심심해서 낸 거예요."

서연이가 민망해 죽겠는지 커피만 쪽쪽 빨아 마신다. 유영이 책 표지를 쓰다듬는데 괜히 눈물이 툭툭 떨어졌다. 서연이 핀잔했다.

"좋다면서 왜 우세요?"

"너무 좋아서."

"뭐가 그래요."

"우리 서연이 진짜…… 진짜 대단하네."

그녀의 말에 서연이 배시시 웃었다. 저 말 한마디가 좋아서 열심히 살아봤다. 세상 사람들이 다 열여섯 살에 벌써 인생을 망친 것처럼 서연을 대했다. 그런데 그즈음 저 선생님이 진심으로 대단하다고 말하니까. 그게 위로가 되었다. 순간, 제가 꽤 괜찮은 사람처럼 느껴졌다.

어둡던 날, 왠지 저 말 한마디가 반짝이니 어디로 가야 할지 길이 보이는 것 같았다. 서연이 어깨를 으쓱이며 대꾸했다.

"나도 알아요."

그녀의 대답에 유영이 눈물이 그렁그렁한 눈으로 유쾌하게 웃었다.

가끔 사람은 참 별것 아닌 일에도 감동하고, 별것 아닌 일로도 살아간다고 유영은 생각했다. 그런 사실들이 늘, 유영을 자신의 일에 집중하게 했으며, 그녀를 행복하게 했다.

* * *

한여름. 방학을 맞아 지훈은 유소년 야구단 캠프에 가고, 유은은

친가에서 자고 오기로 한 날. 두 사람은 함께 여름 데이트를 했다.

오전에 영화를 보고 밥을 먹은 후, 대낮 시간. 두 사람은 손을 꼭 잡고 공원을 걷고 있었다. 모자를 푹 눌러쓴 재준이 말했다.

"아, 더워."

"으응. 더워."

유영은 말하면서도 재준의 손을 꼭 잡고 걷고 있었다. 더위를 많이 타는 재준이 더워서 계속 끙끙 앓자 유영이 그를 살짝 보더니 조심스럽게 손을 놓으려 했다. 그러자 재준이 그녀를 보며 손을 꽉 쥐었다.

"왜."

"덥다며."

"손 안 잡으면 안 덥냐? 하나 있는 희망도 뺏으려고 하네, 이 사람이."

재준이 깍지까지 껴서 그녀의 손을 잡았다. 제 입으로 덥다고 말해놓고 뭐가 그렇게 좋은지 그녀의 손등에 쪽 입을 맞춘다. 얼굴이 빨개진 유영이 제법 무서운 표정으로 말했다.

"누가 보면 어쩌려고 그래?"

"더워 죽겠는데 저것들은 뭐가 좋다고 붙어 다녀, 하겠지."

"사람들이 너 다 아는데."

"그럼 애들을 초등학교까지 보낸 것들이 아직도 저렇게 좋을까, 하겠네."

그의 태연한 대꾸에 유영은 표정을 풀고 웃고 말았다. 손을 잡고 그늘을 찾아 걷는데, 건조하던 날씨에 바람이 불자 산뜻한 기분이 들었다. 어제 비가 와서 하늘은 청량하게 맑은 파란색, 구름은 새하얗게 뭉쳐 여유롭게 떠 있는 기분 좋은 여름이었다.

그늘을 천천히 걷던 유영이 말했다.

"이렇게 청량한 여름엔 이상하게, 학창시절이 생각나더라."

"그래?"

"응. 네가 유니폼 차림에 모자를 푹 눌러쓰고, 우리 교실 창가에서 손 흔들던 게 생각나. 네가 웃으면서 날 부르면, 아직도 생각날 만큼 심하게 가슴이 뛰었거든."

"……쑥스럽게."

재준은 순식간에 목까지 벌게져서 멀리 시선을 돌렸다.

자신도 그랬다. '오늘부터 하복 입어' 하며 웃던 유영을 보면 심장이 울렁거려 밤에 잠이 오지 않았다.

재준이 멀리서 캐치볼을 하는 아이들을 발견하고 괜히 말을 걸었다.

"야, 너 공 좀 줘봐."

"네?"

"이렇게 잡는 거야. 야구공은."

재준이 소년의 손가락을 하나씩 올려 야구공 잡는 법을 알려주는데, 소년의 눈은 재준에게 고정되어 있었다. 재준이 씨익 웃으며 물었다.

"너 아저씨 알아?"

"알아요! 메이저리거잖아요, 신재준!"

"이야, 제법이네. 던져봐."

소년이 공을 던지면서도 재준에게서 눈을 못 뗀다. 재준이 유영에게 달려오자 그녀가 웃으며 말했다.

"하여튼 머릿속에 야구 빼면 뭐가 남을까, 우리 남편은?"

"박유영이 남지."

"으으, 말은 잘해."

"진짜야. 나 너 아니면 야구 그만뒀을 것 같은데."

"거짓말. 네가 어떻게 야구를 그만둬?"

"뭘 모르네. 원래 애들은 생각보다 단순하잖아."

재준이 다시 유영의 손을 깍지 껴서 잡고 말했다.

"너무 힘들어서 죽을 것 같아도, 너한테 멋있어 보이고 싶어서 열심히 했다고. 이 여름에도."

"으응."

"그러니까 괜히, 야구 하다 말고 너희 반 교실 창문으로 달려갔지. 네가 힘내라고 해주는 거 들으려고."

"아……. 어, 어쩐지 자꾸 우리 반 오더라……."

"몰랐냐? 그때부터 내가 미리미리 다 손 써놓은 거지. 나중에 크면 너랑 결혼하려고."

"……음흉해."

"이미 늦었어. 못 물러."

서로가 서로의 마음속에서 베이스를 하나씩 훔쳤다. 그러고는 친구라고 방심하고 있는 사이에 어느새 마음속으로 들어와버린다.

두 사람은 손을 꼭 잡고 데이트를 즐겼다.

청량한 여름이었다.

-마침-

작가 후기

안녕하세요, 기진입니다.

후기 글을 써야지, 써야지 하다가 때마침 첫눈이 내려 마음이 들떠서 후기를 적습니다.

무관심 도루를 수정하면서 다시 읽어보니 '두 사람이 열심히 제 일을 하는 이야기'가 되어버린 것 같습니다.

그래도 각자가 각자의 영역과 공간, 한 사람은 한국에서, 한 사람은 미국에서 서로를 그리며 힘껏 살아가는 모습을 적는 것이 즐거웠습니다.

각자의 삶을 인정하면서 살아가는 모습을 이상으로 그리며 이번 무관심 도루를 적었습니다.

어쩌다보니 참 춥고 건조한 계절에 책이 나오게 되었습니다. 극중에서도 두 사람이 지금 계절 무렵에 재회해 사랑을 키워가니 제

딴에는 딱 좋은 계절이라는 생각이 드는 동시에, 이 책을 구매해주신 독자님들께 잠시나마 촉촉한(!) 느낌을 드릴 수 있는 글이 되기를 간절히 바랍니다.

행복한 연말 되시기를 바랍니다.

제 책을 구매해주신 독자님들께 진심으로 감사드립니다!

-기진 드림